U0953598

大鱼

有爱的青春陪伴者

岁岁相见欢

莲九少 著

lianjiushao works

广東旅游出版社
GUANGDONG TRAVEL & TOURISM PRESS
悦读书·悦旅行·悦享人生

中国·广州

图书在版编目（CIP）数据

岁岁相见欢 / 莲九少著. — 广州 : 广东旅游出版社, 2020.2
ISBN 978-7-5570-2059-0

Ⅰ. ①岁… Ⅱ. ①莲… Ⅲ. ①长篇小说－中国－当代Ⅳ. ①I247.5

中国版本图书馆CIP数据核字(2019)第272982号

岁岁相见欢

Sui Sui Xiang Jian Huan

莲九少 / 著

◎出版人：刘志松 ◎总策划：苏瑶 ◎责任编辑：梅哲坤
◎策划：迟暮 ◎设计：Insect 西楼 ◎封面绘制：小夏

出版发行：广东旅游出版社
地址：广东省广州市环市东路338号银政大厦西楼12楼
邮编：510060
邮购电话：020-87347732
印刷：长沙鸿发印务实业有限公司（长沙黄花工业园三号 邮编410137）
开本：889毫米×1194毫米 1/32
印张：10
字数：277千字
版次：2020年2月第1版
印次：2020年2月第1版
定价：39.80元

目录

Contents

Contents

楔 子

x i e z i

三月花开，四月蝶舞，五月末的西山木槿花开成海。

远远望去，一大片浅紫色连着一大片深紫色，空气中带着淡淡的芳香，是西山十大胜景之一。

木槿花朝开暮落，盛开的胜景在西山也算是一年一度，十分盛大。

就在这天，秋离听说司卿喊她去三危山，说有要事相商时，她莞尔。

三危山何许地也？

西山女帝青氏一族属地也。

司卿何许人也？

青氏新任女帝是也。

秋离原是神尊胤川种在九重天外的一棵丹木树，西山女帝万年前去神尊处做客，见得这丹木树，便看上了。上天入地，穷尽六界也就这么一棵丹木树，女帝稀罕得紧，便许了神尊一个人情，千求万求地将这丹木树搬回了崟山山脉之中。万年后，丹木化形，变成个漂亮的小姑娘，便是秋离。秋离同司卿那是一起打过架，一起捅过马蜂窝，和过稀泥巴，得了一块蜜糖也要一人一半的交情。

可惜二人都是女子，否则怎的也能用“青梅竹马”“两小无猜”来形容了。

前几日司卿刚继任西山女帝，忙得脚不沾地，两人有些日子没见了。

此时司卿叫秋离去三危山，秋离觉得定是她终于得空接自己去三危山玩耍。

可是，她这厢笑得灿烂，司卿那厢却是一派愁眉苦脸。

院中木槿花开得正盛，司卿一袭素白色的长裙蜷缩在一块墨色的巨石之上，头没精打采枕在席上，秋离来了，也没分出眼神看她一眼。

秋离敛了敛明黄色的长裙，挨着司卿不客气地坐下，在她脑门上一戳："出息——做帝姬的时候玩儿得没心没肺，当了女帝没人管了怎的愁出了一张苦瓜脸？"

司卿嘟着嘴不说话。

秋离以为她是这些日子在帝宫中憋坏了，好意哄她开心："说吧，想溜去哪里玩我陪你，就算顶着拐带女帝的罪名我也认了。"

谁知司卿丢出一本账本在她面前："玩儿什么玩儿，我总算明白为何娘亲早早让我接手女帝之位，偌大一个西山帝宫，一毛钱银子都没有！"说罢露出痛心疾首的表情，"早知如此那些年就不混账地花钱跟流水似的！"

秋离翻了翻账本，也惊讶得合不上嘴，看着司卿一脸失足少女要改邪归正的表情，不禁心中一凛："你……你想干吗？"

司卿干笑两声，掰着手指给秋离算账："西山两万居民，这几日我清查了一番，其中九千是这几年为了向你求亲才搬来的。"

秋离咽了一口口水。

司卿此话不假，自她化成人形，六界众人被她的美貌惊艳，求亲的一直不在少数。

司卿接着道："这些人不是四海龙王的皇子，就是这星君那星君的好友，再不济也是六界中鼎鼎大名的将领，我小小西山惹不起，只能供着，他们不仅半分税收都不贡献，还拿着我西山的岁贡花得心安理得。"

司卿咬着牙，一脸的愤恨，恨不得一人抽他们一巴掌。可惜，那些人她都惹不起。

秋离又咽了一口口水：“所以，你要把我嫁了？”

司卿尴尬地笑了笑：“倒也不是这么说，你也知道我三危山主管西山政务，财政大权都在天帝山溪边一族的手中，昨日我派使者去跟溪边一族的首领青逸交涉了一下，看能不能让他支援一些，他这个人你也知道哈。”

青逸这个人她怎么可能没听说过！想当年秋离和司卿少不更事在西山横着走，没少捅娄子，司卿身份颇高，基本上都是让别人吃瘪的，唯有一次栽在青逸手中，她们二人吃了个哑巴亏，从此再不敢去天帝山挑事儿。

说来也是，西山一直民风淳朴，风调雨顺，政事上没有什么需要费心的，倒是这掌管财政大权的天帝山才是最耗费脑力、考思量的地方。按照此中道理来说，青逸作为天帝山的首领，算是西山最能干的人了，过的桥比司卿走的路都多，哪有司卿不栽的道理。

此人脑子好，长得也一表人才，是整个西山难得的少年俊才，但就是有个要命的毛病，好色！

据说天帝山中凡是雌性的生物都不免惨遭他的毒手，他的手下曾经劝谏他要节制，他只是毫不在意地轻笑了一声：“节制——”顿了一下，“这两个字能填饱肚子吗？”

这样嚣张嘚瑟的人，如果司卿找他去借银子，他说出“借银子也不难，我记得你手下那个叫秋离的丫头长得不错，把她送到天帝山来陪我玩儿几日，我就拨银子给你”这种话，秋离也不会觉得奇怪。

秋离一脸怨念地看着司卿：“要么把我嫁出去，要么将我送去天帝山，原来咱俩姐妹一场，在你眼里不抵银子几两！”

司卿连忙摆手，一本正经地拿个算盘拨弄着：“可不是几两，我算了算，你至少能换个万两黄金。”

秋离不想说话，只想咬人！

第一章

故人来

站在凡界的大街上，秋离有点发愣。

曾经在戏本子上看凡界繁华景象，在头脑中也勾勒过无数次集市的模样，可是，现在她面前一片火海，空气中渐渐有了灼烧的那种刺鼻感，整个人热得仿佛要脱了水，身边男女老少哭喊作一团，哀声成片，一派人间地狱的惨状。

秋离欲哭无泪，是她自己作茧自缚！后来司卿笑嘻嘻地跟她说：“我有一个一举两得的好法子。”她居然信了。以她和司卿做朋友的这千八百年司卿表现出来的糟心脑子，司卿想出来的法子，她居然应了，她的脑子也够糟心的。

还记得那日，司卿道：“你还记得洪荒之前，黄帝和蚩尤一战，应龙以一己之力杀了蚩尤和黄帝，但法术消耗过大被反噬，法力全失，隐居凡界吗？”

秋离点点头。

司卿痛心疾首道：“应龙前辈与我母亲交好，母亲大人不忍见其流落民间，最近太平了，想将他寻上一寻。”继而又有条有理地分析，如果这个任务交给她，简直是一举两得。这些年她去凡界一来可以帮着寻一寻应龙，二来可以先避避风头，三千世界，她没入凡尘，还有谁找得到她？如此待得她找到了应龙，抑或西山那些求亲的人散了，再由司卿将她接回去。

秋离哂笑："我记得古籍中记载，'东北荒泽，应龙为尊，溪边辅之'。万八千年过去了，你没想接应龙回来，现在想起来了，大概不是你母亲念在往日的情分上，而是你想找个人帮你收拾青逸，所以你才费劲把人家原主子请回来吧。"

司卿不好意思地笑了笑："整个西山，还是小离离最懂我的心！"说罢语重心长地拍了拍秋离的肩，"待我收拾了青逸，到时候咱们要多少银子，就有多少银子，你想怎么花，就怎么花！"

看在银子的分上，秋离应了。

其实她早就想来凡界逛逛，只是苦于找不到好的借口，现在司卿主动提起，她高兴还来不及。戏本子里总说人间是多么多么繁华，多么多么有趣，她本以为是来享清福的，没想到，她才逃离西山那个火坑，又结结实实地落进凡界这个火坑。

戏本子里都是骗人的！

下凡之前，司卿怕她捅娄子，特意封了她的八成法术，除隐身、易容、打架这些基本保命的法术之外，其他什么都不剩了，现在她想要呼风唤雨招来龙王灭火根本就是不可能的事情。

火势凶猛，秋离初来乍到又不认路，逃脱无门。秋离掩面，难道她万年嘉木今日要不明不白烧死在一场人间的火灾中？

秋离叹气，她死得好冤啊。将来要有幸化作厉鬼，一定天天去缠着司卿给她烧香。

不过一琢磨，秋离便明白了当下形势。临走前司卿塞给她了一本天命簿子，她此番下凡，应的正是个亡国公主的命格。萧国是齐国边上一个不起眼的小国，多年来虽饱受萧国压迫，但算是安稳，熟料最终还是逃不过亡国的下场。大齐攻占萧国王宫之后，带不走的金银财宝，便一把火都烧了。

灭国的当日，齐兵屠城，萧国公主萧婉离不甘受辱自刎与大殿之上，以死殉国。本来应该当场殒命的，只不过秋离此刻继承了她的身份，便没有死成。

司卿那个家伙还激动地跟她说："你不知道我找这个命格找了多久，这个萧婉离死了，后面的命格天命簿子上就没有了，你到时候便是自由之身，想怎么过，便怎么过！"

呵呵。秋离真是想笑都笑不出来，这个萧婉离的命还真不是一般的背，躲过了自裁，躲不过火烤。

以秋离的身手，逃出去倒不难，只不过她不认路。她原身是一棵古树，若是在火海中耽搁得久了，非烤煳了不可。正在惆怅之际，忽而一只手进入了她的视线，稳稳地牵住她："公主，这边走！"

秋离回头，见两个身穿盔甲的带刀侍卫站在眼前，她不疑有他，握住来人的手一起向外跑去。两名侍卫一人与沿路追兵厮杀，一人一路护着她狂奔，从火海突围。

这一路上，又有火海，又有追兵，待他们冲出都城，三人身上都挂了彩，筋疲力尽，身后似乎还有追兵的声音。

秋离受他二人救命之恩，情急之际也顾不上他二人是否会惊讶，随手捏起地上的树叶幻出一辆马车让他们上去，在头上摸索一番又摘下一根金钗塞进他们手中。秋离叹口气，还好这公主穿戴还算体面，这金钗看起来也算值钱，不会显得太寒酸。

"不远处应该有小镇，你们自己找家医馆。二位救命之恩无以为报，不过追兵追捕的对象是我，我们若是分头行动，彼此生还的机会更大。"

那两个侍卫还未来得及错愕，秋离轻轻一鞭打在马上，马车便载着那两人跑得没影了。

秋离抬头看一眼夕阳，又回头看一眼城中的凶猛火势，眼前、身后，都是一片通红。她不由得苦笑，在人间的第一天，竟然就这样过去了。不知道现世兵荒马乱，迎接她的日子会是什么样？

想至此，她从怀中掏出司卿给她的那块牌子——一块缺了角又生了锈的铁牌。她指尖在上面轻点，一道白光闪过，便见一个罗盘现于铁牌之上，直指北方大齐都城的方向。

下凡之前，秋离已经将应龙的大概方位打听了个清楚。凡界与南荒的交界处有一大片樟木林，林中有汪一望无际的潭水，名唤碧渊潭。两界交接之处灵力往往更胜，有利于修行恢复。应龙属水系，遇水则强，栖于碧渊潭处，倒是合情合理。

按照凡界的方位，这处便是萧国与大齐附近，可是具体在哪儿，却不得而知了。因此，下凡之前，司卿还给了秋离一块碎了角的牌子，称是原先应龙不离身的令牌。此牌在与黄帝的那场战争中碎掉了，半块遗失人间，半块落在西山，让她找到了。这块碎了角的牌子毕竟曾是神物，能认主，若是离得应龙近了，便可指示他的方向。

认清方向后，秋离将牌子重新收好放于怀中。只是，她没想到，方才她使用法术催动铁牌的一幕，竟被马车上的人尽收眼底。

马车之上，男子卸下头盔，露出清秀俊美的容颜。男子身旁的小童帮他包扎身上的伤口，边包边有些不解地问："公子平时不似多管闲事之人，这次怎么节外生枝对萧国公主施以援手？"

男子眉眼绝美，五官上的每一个细节都好似世间最厉害的工笔画师一点点描绘出来的，虽然身上有血污，可是神情淡然，似乎有种不食人间烟火的谪仙气息。他没有回话，只是嘴角勾起一抹淡淡的笑意。

小童见主子笑了，不由得疑惑："公子笑什么？"

男子若不经心地理了理衣下摆，轻轻回了一句："我们寻了这么久的人，可能终于寻到了。"

秋离是个痛快人，当初司卿给她那块破烂兮兮的快要生锈的牌子的时候，她二话没说拿上就走了。走了这些时日，她饿得肚子咕咕叫才想起来，司卿这个家伙，光顾着给她布置任务，没给她饭钱！

她将头上戴的金钗当了，换了些银钱，又从驿站牵了一匹好马，没几日的工夫，便到了大齐临都羊城。

羊城是离大齐都城临兹最近的一个城镇，也是临兹之外的一个军事重镇。所以，秋离打算在羊城歇歇脚，备齐了干粮和行李再一路杀去碧渊潭。

此时正值用兵之际，两国接壤处战火连天，没想到羊城中照样繁华，丝毫没受影响。秋离叹气，羊城紧邻都城临兹，半点备战状态都没有，不知道是这里的国君心太宽还是太昏庸。

不过，国君的事情她管不着，现下，她的主要任务，是要想个法子赚银子，填肚子。

羊城大街上人群熙熙攘攘，临街商铺鳞次栉比，各种吃食，样样都让她看得流口水。她想来想去，虽然她可以用障眼法把石头变成银子用，但那是迫不得已而为之的下策，现在她不想用这样的办法，毕竟乡亲们赚钱也不容易。

秋离在街上来回转了几圈，琢磨来琢磨去，看到街角一个老阿婆支的面摊。犹豫了半晌，她厚着脸皮蹭过去，打着商量道："阿婆，我力气大，我帮你和面，你能不能给我碗面吃？"

老人家忙活一天正好有些腰酸，见她面善又可怜，便应了下来。

秋离是什么人？西山司卿之好友也；司卿是什么人？三危山青鸟族之帝姬也。在洪荒之前，西山青鸟是专门负责王母的膳食的，在司卿身边混了千八百年，秋离的厨艺也足以惊艳凡界。

她迅速地和面，抻面，烧水，然后低头尝了口煮面的汤水，回头问阿妈道："阿妈，给我花椒水、盐和酱油，花椒剁成丁，熬一碗花椒油。"

老阿婆惊讶于她娴熟的和面功夫，毫不犹豫地将花椒水递给她。秋离再低头尝了口面汤："花椒水和盐水一比一调一碗。"

她说得胸有成竹，不容置疑，老阿婆反倒忘了这面摊是自己的，毫不迟疑地按着她的要求做。

不久，秋离便赢得了老阿婆的信任，说服老人家借她几文碎银，去隔壁摊子上买了只鸡，杀了鸡，熬了一锅醇香的参鸡汤，那鸡汤面的香味儿隔着一条街都能闻到。

秋离做得起劲儿，老阿婆在一旁看得眉开眼笑。

那天晚上，传说，羊城清溪巷巷底的面摊被人挤爆了，排队吃面的人都排到了另一条街上去了，秋离的小面摊供不应求，三文一碗的小面涨到三两一碗，客人还是络绎不绝。

月华初上，秋离满意地摸摸银袋子，向老人家告别。老阿婆双眼泪汪汪地看着秋离，忍不住感叹："姑娘哟，你年纪轻轻，怎么能做这么好吃的东西？"

秋离不以为意地笑了笑："从前女帝……呃，姨妈总是教导我们女孩要自爱，要自重，我和司卿一合计，姨妈这不就是在劝我们好好吃饭嘛！"

老阿婆一脸愣怔。

见老阿婆不解，秋离又认真地解释："你看，一定要很爱自己才会好好吃饭啊，饭吃多了，怎么能不重呢？这不就是又自爱，又自重吗？"

老阿婆："如果你姨妈知道，可能会哭的……"

拐角茶楼二层靠窗的雅座正好能将这小小面摊尽收眼底，对窗坐着饮茶的蓝袍男子刚刚泡好一壶新茶，动作行云流水，赏心悦目。周围雅座的小姑娘们全都直勾勾地盯着蓝衣男子，要是看人喝茶也可以收门票的话，那此刻这个蓝衣男子已经发财了。

当时，秋离正在与卖面的老阿婆高谈阔论，蓝袍男子正将一杯茶送入口中，姑娘们正目光炯炯地等着美男子抿茶，这三个"正"凑在一起，下一秒，仙风道骨的蓝衣男子突然一个不小心差点将口中的茶喷了出来，呛得直咳。

画风急转，不过看客姑娘们手很快，"唰唰唰"，周围一下子伸出十几块手帕。

"公子……"蓝衣男子身旁的小童赶紧递过去一块干净的手帕，却讪讪地发现自己这个正经的随从竟然是动作最慢的。

蓝袍男子拨开眼前缭乱的帕子，接过自家小童递来的那块手帕拭拭嘴角，清了清嗓子："无妨。"说罢，脊背又挺了挺直，淡然地将剩下的半杯茶喝完。

良久，他的眼神又往街对面飘了飘，嘴角扬起了：“是个有趣的女子……”

他一路跟随她来羊城，想趁机接近她，见她身手不凡，便没有贸然行动。他想，她模样出众、气质不凡，不料说起话来，朴实得让人觉得有点……有点脑子不太够用的样子。

这样想着，他眼角眉梢不觉多了些温柔的神色。

小童有些不解，他跟随公子多年，从没见过公子对哪个女子上心过。这个女人凭什么得到公子的青眼？他觉得莫名其妙。

小童见公子神色缓和，便问：“我们可还要按计划行事？”

蓝袍男子饮了一口茶，嘴角的笑意隐去，面上恢复了一派寂静无波的神色。他沉吟了片刻，压低了声音，答非所问地说道：“沿途有三批去抢苍龙阙的人，我们的人也在其中，她却安然无恙，你可知为何？”

小童摇头。

蓝袍男子闭了闭眼，面色沉静，缓缓道：“我猜想，原因不外乎两个，一来，她有暗卫，武功之高不可想象，所以一路跟来，我们都未发现那暗卫的身影。”

小童惊诧：“怎么还能有暗卫能逃过公子的眼睛？”

蓝袍男子默然：“山外有山，人外有人也不是没可能，不过……”

小童目光炯炯地等着蓝衣男子说下去，蓝衣男子顿了一下，却突然伸手去拿茶杯，不再说话。

小童心急，催道：“不过什么？”

蓝袍男子放下茶盏，手轻轻在桌子上叩了叩，大概是在思考。然而思考了半晌，他终于垂了眼眸，没再言语。他转过脸去，又默默地注视着街角那个忙碌的身影。

第二日，艳阳高照，是个好天气。秋离当初在西山和司卿常躲在一处，偷看凡界的戏本子。这次有机会下凡，自然要去看几出戏，过过瘾才好。

此次观看的戏讲的是一位将军，偶然在大泽之侧救了一条青龙，青龙应允，若是日后将军有需要，以苍龙阙召唤之，青龙必还这个人情。后来，将军受到国君迫害，被追杀至崖边，无奈之下拿出苍龙阙召唤青龙，青龙现身，助将军突出重围，力抗十万大军，逼迫国君退位，该将军自立为王。从此，青龙便庇佑将军和将军后人，只要将军后人持苍龙阙召唤青龙，青龙必当现世，于是便有了得苍龙阙者得天下的说法。

秋离听得正入神，却突然剧终了。她悻悻然将小二招来问道："那后来呢，那青龙去哪儿了？"

小二笑了："我在这儿卖了快五年的茶水了，姑娘您是第一个听戏问青龙去哪儿的人。"

自然，凡界之人，更关心凡界之事，人们只关心那将军后来如何了，并无人问起那青龙归于何处，写戏的人，亦没有想过这个问题，秋离这一问，便将眼前人问住了。

小二摸摸头："不过是个传说罢了，那青龙有没有还难说，姑娘莫要认真。"

秋离努努嘴，有些扫兴，不料眼前忽而出现了一袭蓝色衣角，待她抬头，眼前人已毫不认生地坐下，自顾自地斟了一杯茶喝。

"喂，你……"秋离刚要开口阻止，就见来人眉清目秀、斯斯文文的样子，模样生得极俊俏，就算拿去西山扔在上仙堆里，也算得上是出挑的。

秋离倒吸一口凉气，这这这……凡界怎么有长得如此好看的男子呢？

她努力地在脑海里搜刮了一番当初看戏本子时男女初见的对白，憋出一句："不知公子有何见教？"

蓝衣公子笑了笑，如春日微风，冲她略一抱拳，儒雅一笑："见教不敢当，小生上咸城自荐为官，不巧盘缠用完了。方见姑娘对这个戏本子感兴趣，不如小生给姑娘解惑，换二两碎银生活。"语罢，还借花献佛地拿起她桌上的一块红豆糕递到她手里，笑吟吟地看着她。

蓝衣公子眼波深邃，看得秋离大脑一片空白，她木着脑袋咬了一口手中的红豆糕，"好"字就从嘴角溢了出来。

话出口后，秋离便暗自懊恼，觉得自己答应得太快了，不够矜持。想起司卿老说她的命门便是美男、美食和戏本子，她从前不觉得，今日忽觉司卿说得似有几分道理。

听蓝衣公子娓娓道来，秋离才知道，原来，这戏中的故事，竟是从萧国开国君主身上演绎来的。自然，这戏本子中的故事，是将那萧国开国君主美化了的。他当时身为将军，拥兵自重起兵造反，意图不轨，被当时的君主发现，先发制人将其逼入困境，却不知经历何种奇遇，青龙救他一命，并助他夺取皇位。此后，萧国国君一族便仿佛与龙神有了契约，二百年来，无人敢侵犯。

秋离笑了笑：“那只不过是个传说，时隔百余年，你辈怎知这故事是真是假？”

蓝衣公子道：“真假不知，但苍龙阙确有其物，是萧国的传国至宝，这次大齐对萧国用兵，不过是为了夺取苍龙阙，进而一统天下，打破割据局面罢了。”

秋离再笑：“若是苍龙阙确实有用，那萧国被大齐灭族这等大事，怎的不见萧国后人唤出苍龙来救命？”

蓝衣公子依旧不疾不徐道：“那苍龙阙确实有，可损坏了也是事实。据说几十年前萧国王室的某个不肖子孙，在祭祀仪式上不小心将苍龙阙摔成了两半，其中一半被窃取遗失，仅剩的半块苍龙阙，并不能唤出真龙。”

秋离咋舌：“这国王老儿也是不小心，这么重要的东西，咋能丢呢？”

蓝衣公子轻笑：“匹夫无罪，怀璧其罪。萧国有苍龙阙这样的宝贝，天下哪个不觊觎呢？上百年来，战事不断，国力亏损得厉害。真龙又不是随叫随到，不到亡国的关头，哪个不开眼的敢随意将真龙唤出？还好苍龙阙有一半遗失了，这才止住了萧国被诸国连年攻打的势头。否则，萧国早在几十年前，便亡了。”

秋离思索半晌，确实有道理。

剩下秋离比较关心的，就是青龙的身份。

洪荒之前，人鬼神魔仙妖混居，战争不断。

洪荒末期，六界争斗愈演愈烈，大战一触即发。父神不忍生灵涂炭，以一己之力开天辟地，六族便有了自己的属地。洪荒一战过后，上古真神大多羽化，六界回荡着挥之不去的浊气。父神以散尽修为的方式，洗涤天地浊气，却也因此羽化而亡。羽化之前，他三魂飘散四方，守卫四海，而七魄分别凝成七位真神，重新降世。

第一位降临的是九重天外的神尊胤川。洪荒之后，是他重整六界，振兴四海八荒，因此被奉为天地尊神，避世九重天外。

第二位降临的，便是龙族的首领，萧夜殿下。

萧夜乃上古真神转生，有如此尊贵的身份，他一向是连天族都瞧不上的，若不是看在胤川神尊的面子上，他连九重天的朝拜都是不去的。所以，龙族一向也是孤傲清高得很，若说有条青龙能臣服于人，招之即来还能冲锋陷阵，她决不相信。

只不过为何当初的萧国开国君主能使青龙为其退敌，秋离想不明白。待她再想追问，只见眼前人冲她微微颔首："故事讲完了，银钱在下领走了，再会！"

"哎——"秋离还想将眼前人留上一留，可那蓝衣公子走得利落。

秋离有些失落，不知这等秀色可餐的小帅哥，下次什么时候还能再见到。不过失落归失落，正事儿她半点不敢耽搁，她琢磨着，萧夜率领的龙族，大抵不会在凡界讨生活。世人口中的青龙，十有八九是应龙的化身。

若她猜测属实，那堂堂上古神祇，躲在凡界，竟连凡人也能驱使，惨得有些说不过去了。秋离是个十分心软的人，想至此，便不忍耽搁，回到驿站收拾了东西，准备连夜便去碧渊潭，将应龙寻上一寻。

不远处，蓝衣男子看着秋离离去的身影，嘴角微微上扬。

那童子盯着自家公子，微微有些好奇。他自小跟着公子，虽然公子素有温婉之名，待人接物礼仪周全而和蔼，可那是做给外人看的，私下的时候常绷着一张脸，神情凝重，散发着生人勿近的气场。他极少见着公子笑，可是这几天跟着这黄衣姑娘，他已经破天荒地见着公子笑了两回。

“方泽——”

童子突然听到公子喊自己，忙恭敬地应道：“公子有何吩咐？”

蓝衣公子目不转睛地看着秋离离去的方向，嘴角的笑容越发深了：“收拾行装，鱼要上钩了。”

桃花十里，清风拂面，传来花香阵阵。月华初上，星空当头，湖面上水汽袅袅，汇聚的都是天地灵气。秋离跟着司卿给她的那方罗盘显示走至此处，当是古籍中所记载的碧渊潭无疑。

秋离心叹，应龙老儿倒是会挑地方，这地方隐秘，若不是有罗盘带路，想必她花个几百年也是找不到的。外面看起来十分不起眼的地方，走进来，却发觉灵力充沛，比西山仙境不让分毫，实为修行的好地方。

秋离于磐石上打坐调息。她连日以法术催动罗盘，功力基本上消耗殆尽，就算现在她想找应龙，也是找不到的。秋离环顾四周，心想，既然到达这方宝地，便先行吐纳，接受些天地灵气，补充体力。

她闭上眼没多久，便觉得手指微痒，睁眼，只见一黑色泥鳅从她脚边爬到手心，正在奋力地啃她的手指头。她本想反手拍死这条小泥鳅，转念一想，这碧渊潭附近的活物，这些年下来想必也有了些灵性，飞升成仙指日可待，若是她这一巴掌下去没把它拍死，打了个半残，日后天庭相见，岂不尴尬？平白给自己添一个仇人，她想，这犯不着。于是，她好心好意地将它扔进了湖里，那里灵力应当比这岸上还要充沛，说不定这小泥鳅能早八百年成仙，到时还要将自己谢上一谢。

斗转星移，天空泛起鱼肚白，秋离调息完毕，昴日天君已经准备出门干活了。

秋离灵台清明，撸起袖子，也打算开始干活了。

她向来是个仔细的人，这点她对自己颇有自信，因着当初在西山，每每她和司卿犯了过错，都是由她来善后的。毕竟司卿作为一界帝姬，字典里有“闯祸”两个字就够了，“善后”两个字，同她是不搭边的，因此，这项苦差事便落在了秋离的头上。

比如她们若是招惹了不该招惹的人，跑路时向东跑，在地上怎的扫去离开的印记，又在西边踩一个多浅多深的脚印才会让追兵以为她们是向西跑的，秋离很拿手；再比如，若是她们将神君的宝贝带出山卖了换钱玩儿，怎么栽赃到旁人的头上，秋离很拿手；再比如，一个她们俩深恶痛绝的仇人躲进了深山老林，怎的将他揪出来再打得他哭着找妈妈，秋离很拿手。

故此，她花了三天时间，将碧渊潭周围的每一条石头缝儿都扒拉过一遍，依然没见到应龙的踪影，她觉得很挫败。

这三天，除桃花树上的一只玄鸟，石缝中的一只壁虎，连同湖底的三条大红锦鲤和被她摔进湖底还昏迷的那条泥鳅之外，并没有任何其他的活物了。

她还曾气急败坏地捏着锦鲤质问它可否见过一条青龙，那气势将那条锦鲤吓哭了，引得她被旁的两条锦鲤啃了一口，现在手腕子还生疼。

秋离想，莫不是司卿这个不靠谱的给了她一个假的罗盘？

她转念一想，这不太可能，毕竟这个罗盘将她带到了碧渊潭，这就说明，应龙应当在这附近。

难不成，应龙当真隐身于碧渊潭，非苍龙阙召唤不得而见？难道，她也要掺和进人间纷争之中，去抢劳什子的苍龙阙？

这样想着，秋离头有些痛。

头疼的时候就会肚子饿，秋离现在顶着凡人的身子，肚子饿了，觉得灵台也跟着不清明，于是她决定原路返回，先回到羊城填饱肚子，再作打算。

刚出了碧渊潭半日，她便听得窸窣的脚步声，听那气息，来者的武功不弱。

秋离心中一叹，又来？

从萧国到羊城这一路上，她也遇上过不少跟踪她的人，不过她那时法力尚存，施了个障眼法便逃脱了。

奈何此刻她法力不足，若是不动手，想必是躲不过这一劫了。秋离的手按在剑上，心中升起了几分疑惑。

起初，她怀疑是她萧国亡国公主的身份被人发现，所以一路有追兵追杀。可是她入大齐多日，行迹掩藏得很好，按理说不应当有人揪着她萧国公主的身份不放。难不成，是她身上还有什么别的可图的东西？

不待她捋清思路，她便听那脚步声向另一方向而去，随后便有叮叮当当的兵器碰撞声响起，想必，那伙人已经同别人缠斗在一起。

秋离本不想惹这档子麻烦事，可是那伙人缠斗在她回羊城必经之路上，所以她还是按捺不住好奇心，往打斗之人中瞧了那么一瞧。只是一眼，她便拔剑冲了出去。

秋离的三大命门——美男、美食、戏本子，美男排在第一，是有道理的。她就那么不经意一瞥，便见着十几个黑衣人围攻那日听戏时偶遇的蓝衣帅公子，公子手无缚鸡之力，被那些黑衣人追着跑得很狼狈。秋离哪里还按捺得住，自然要路见不平，英雄救美啊。

她和司卿闯了几千年的祸，打了几千年的架，积累的经验今天全派上了用场，两三下便将几个黑衣人和蓝衣公子隔开，逼得那几人连连后退。

黑衣人见状，便将攻击重点从蓝衣人身上转到了秋离身上，几道白晃晃的剑光直直地冲秋离刺来，秋离躲得吃力，在地上打了个滚，滚得很是狼狈。

躺在地上出神之际，她想起当初那些戏本子中的佳人都是柔美娇弱的，定是好整以暇地躲在侠士身后，拍着胸脯惊魂甫定地道一声“吓死奴家了，多谢公子出手相救”，而不是像她这样冲在前面将自己搞得如此狼狈，于是她顺势“哎哟”了一声，给蓝衣公子递了一个眼神，给他一个拔剑挡在自己面前的机会。

那蓝衣公子收到她的眼神后，恍然大悟一般，神情有些腼腆，磕磕巴巴道：“小生……小生不懂得武术。”

秋离无奈地翻了一个白眼，在地上连滚几圈躲开对面人接连落下的剑，利落地爬起来冲回去再战。几个回合下来，虽然她胳膊上挂了彩，但有惊无险地让几个黑衣人知难而退。

待黑衣人消失了踪影，蓝衣公子赶紧将秋离扶了起来：“姑娘救命大恩，小生没齿难忘，日后一定相报。”

秋离琢磨着前几日赚的银子基本上花光了，拍了拍身上的土，冲蓝衣公子笑了笑：“日后就不必了，今日事今日毕，不如公子给我十两银子，咱们银货两讫便好。”

蓝衣公子身边的小童扑哧笑出声来，蓝衣公子回头看他一眼，他便老实地将嘴闭上。

蓝衣公子倒是一脸淡定，拱拱手道：“银子虽然没有，但小生模样还不错，若姑娘瞧着顺眼，小生便以身相许当是还债了，不知姑娘意下如何？”

“扑哧——”

“咣当！”

扑哧一声笑出来的是秋离；“咣当”一声手中东西摔到地上的，是蓝衣公子身后的小童子。

秋离忍俊不禁：“你这人倒是有几分意思，不知怎么称呼。”

蓝衣公子作揖道：“在下元氏，单名辰。”又指指身后的小童，“这是我的书童，方泽。”他手又拱了拱道，“敢问姑娘芳名？”

动作一气呵成，如行云流水，看得秋离赏心悦目。她自认没法将作揖的动作做得如此仙气飘飘，纵然她真的是个神仙。她大大咧咧地比画了一下道：“秋离。”又冲元辰摆摆手，“再会。”

元辰快走一步将她拦下：“姑娘因元某负伤，好歹容元某陪姑娘去医馆看个伤，否则元某实在良心难安。”

秋离本能地想拒绝，但看元辰说得万分恳切，一时狠不下心来，便应了。

回了羊城，元辰将身上佩带的玉佩于当铺换了些银子，找了家医馆陪秋离看伤。所幸秋离伤得确实不重，不过简单敷药包扎便好了。大夫又将这几日的外敷药捣成泥，放在青花白底的瓷坛中，由秋离拿着，叮嘱了几句药效用法，便准备将他们送出医馆了。

元辰似还有些不放心地问道：“大夫，她这伤，要多久才能痊愈？”

大夫看元辰这不放心的模样，了然一笑：“公子放心，夫人这伤不碍事，敷上老朽的药，只要三日，便好得连疤都看不见了。”

元辰依然笑得温润似玉，向大夫道谢：“如此，便谢过大夫了。”

“扑哧——”

“咣当！”

身后又是两声。

元辰回头看方泽方给自己斟了杯茶，此刻茶水连同茶杯已然碎了洒了一地，不由得轻皱眉道：“你今日怎么了，如此冒失？”

方泽憋得脸上通红，轻咳一声：“今日……喀喀……手滑。”

他家公子今日，有些反常，他从不是个轻佻的人，怎么今天占人家小姑娘便宜没够？

倒是秋离大方地开口：“大夫您想多了，我们不过萍水相逢，不是那种关系。”

说着似是有些不好意思，不经意间手一松，瓷坛自她手中滑落，眼看就要落到地上，众人心中皆吃了一惊，所幸方泽眼疾手快，将坛子稳稳接住。

大夫松了一口气，拍拍方泽的肩叹道：“年轻人，身手不错嘛。”

方泽不好意思地挠挠头，却见秋离似笑非笑地看着自己，猛然了悟，有些懊恼。

元辰看了看秋离的眼神，便了然她的想法，依然淡定自若地摇了摇折扇：“秋离姑娘，可否借一步说话？”

秋离点头。

遇到他二人时，她心中便有疑惑。那几个黑衣人身手不凡，若是二人半点功夫不会，从她听到兵器声到她出手替他们解围，他二人就该身首异处。如果不是他们二人中有人刻意隐藏身手，便是他们伙同那些黑衣人作了一场戏给她看，对她有所图。

再则，元辰行为举止自是大家做派，就连书童方泽也是气质不凡，她不相信穷苦人家的读书郎身上能有这种气质，便笃定他二人并未与她坦诚相待。

所以，她方才故意趁着方泽出神之际假意摔坏瓷坛一试方泽的身手，没想到一试便中。

元辰向她拱拱手："我知姑娘心中疑虑，明日晌午，请姑娘清溪巷底安雅茶庄一坐，定当知无不言。"

秋离微微点头。

是夜，微风徐徐，明月高悬。

元辰依然一袭蓝衣，负手立于庭院松柏之下，抬头望着月亮发呆。微风吹过他的广袖，袖子随风轻轻鼓动，好似海浪涌动。

方泽叹了叹，自家公子的模样生得实在俊俏，就连发呆也不忍让人打搅，这不，上个月刚修的门槛，这个月又给媒婆踩平了。忍了又忍，他还是忍不住开了口："公子怎的还不睡？"

蝉声在院中渐次响起，又安静下去，元辰淡淡开口，两个字却说得方泽一惊："紧张。"

在方泽印象中，自从五年前元家败落，他跟着公子从昭国一路流浪来嬴国，拜在公子诺门下，便是公子一人在打理里里外外所有的事情，从一无所有到富可敌国，中间有再大的风浪，也没听公子说过"紧张"二字，他不由得好奇："公子缘何紧张？"

元辰一本正经道："明天喜欢的人要来家中做客，怎么能不紧张？"

方泽心里暗道：公子你不是在逗我吧？

元辰眉头一挑："怎么，你不信？"

方泽连连摆手，他家公子确实挺喜欢一本正经地开玩笑，可是他有几个胆子质疑自己主子的话！"公子说的话，我哪有不信的道理。"

元辰不再说什么，回头过去望月亮："你以为我跟着她，只是为了苍龙阙吗？"

元辰的声音很轻，天上的云、树上的叶都静止，一动不动。

元辰的声音那么轻，轻到仿佛一声叹息，在风中飘散。

沉默良久，元辰的声音再次缓缓响起："你不觉得她很像一个故人吗？"

故人？方泽有些摸不着头脑，他从小跟在公子身边，公子的故人他没有不认识的道理。愣了半晌，他忽而一拍脑门："公子你是说……可是，年纪也差太多了……"

元辰默契地点了点头，然后若有所思："我只是猜测，也不确定。"

是夜，秋离本已躺下，可是翻来覆去睡不着。

正中的八仙桌上，蛤蟆状的铜鼎缓缓吐着龙涎香，香气袅袅本该安神，却莫名扰得秋离胡思乱想。

她想的不是别人，正是元辰。

不知为何，她觉得他笑起来的模样，莫名让她有些熟悉。是谁呢？她思考良久，却想不起来。

她是个不将事情搞明白便不罢休的性子，反正也睡不着，干脆披了衣裳起身，斟了杯茶，去院子池塘边走走。

夜空中的月亮分外亮，即便被挡在乌云后面，也挡不住从云薄的地方射下的银光。淡淡的月光笼罩在院中的莲池上，莲池上升起一层淡淡的水雾，似烟波浩渺。

秋离坐在莲池中央的红亭中发呆，忽然想起，西山也有这样一汪碧绿的莲池，女帝将婆罗池养护得好，池岸上终日仙气缭绕，一到夏日荷花遍开，接天莲叶，是西山一大奇景。

想起婆罗池，她便想起那日她在池边看到的，灿若星辰、深似瀚海的眸子。

是了，她猛然间了悟为何她对元辰有种说不清道不明的好感，原来，他与那人一样，都爱穿蓝色衣衫，笑起来，嘴角的弧度仿若三月春暖花开。

那个万年来，唯一曾在她心间驻留过的男子——昆仑虚，白泽上神。

西山一族，是为数不多的从洪荒延续下来的上仙一族，历史源远流长。西山女帝，也自然极重学重教，凡是西山贵族家的子女，满三百岁能识得字，便要送入学府闭关修行五百年，学礼、乐、武、史这四科，学成之后，方可离开。

而白泽上神，正是司文礼的上神，女帝面子大，便将他请来，代授文礼一科。白泽为人清雅，来到西山，便看中了那婆罗池，在池边搭了个竹屋，来西山教书时，做休息之用。

初见白泽之时，秋离不过化形三百余年，还是个稚嫩的少女，懵懵懂懂，自然不复现在这般洒脱自在。

那时的她，四字以蔽之——混得很惨。

这段记忆，一千岁成年后，她很少想起，不知怎的，今夜忽而重温了一遍。

秋离原身是被神尊胤川养在九重天外的一棵丹木，西山女帝见她新奇，便将她从九重天外讨了来，栽在了荃山山脉，照顾有加。自她化形近三百年来，吃穿用度从不曾短缺，只不过，也仅限于此了。女帝平日政务繁忙，少有心思关心她别的方面，是以，她初入学府那几年，被西山的那些贵族当作外来人排挤，那些苦，她打碎了牙和着血咽到肚子里，不曾跟任何人讲过。

开始的时候，其实也没那么糟。贵族家的子女不堪读书的苦，常聚在一起抱怨女帝建立这破学府坑人，一起吐苦水，然后想着法子溜出去玩儿。两个领头的姑娘妙冉和执夙皆生得很美，和学府的守卫混得熟，于是守卫对他们一行人的行为睁一只眼闭一只眼。

那时，妙冉和执夙也会叫上秋离。起初，秋离也觉得很有意思。艳阳天，他们翻墙溜出去，秋离年纪最小，手脚也笨，骑在墙头上不敢跳下来，便是蜀青和尚楠两人二话不说地叠起罗汉，让她踩着他们的肩膀，将她扛了下来，汗水顺着他二人的脖颈儿，打湿了衣领。

秋离贪嘴，次次皆是妙冉带她出去找上好的酒家，吃各式各样的美食。酒醉之后，他们便聚在一起说说女帝管他们如何严厉，他们美好的童年如何苦不堪言。秋离虽觉得女帝人是不错的，可她从来插不上话，只是听他们抱怨。

有次几人宿醉，误了上课的时辰，秋离二话不说站出来将过错一力承担下来，被夫子打了板子，手心肿胀得握不住筷子，便是执夙去买了好吃的，一勺一勺地喂她吃。课业小考，她们一起不及格，大雪天被夫子在学府外罚跪，几个人冻得瑟瑟发抖，便抱在一起，讲夫子的坏话取暖。

有朋友如此，秋离很珍惜。

只是胡闹的次数多了，秋离便思忖，有那个胡闹的时间，不如多看看书，好少挨夫子几个板子。这样想着，他们再拉着秋离出去玩，吐苦水，秋离便建议大家一同在学府中温书，却遭到执夙嘲笑，于是，她不再提了，偶尔婉拒执夙的邀请。

渐渐地，他们分道扬镳。

学府中，还是有几个家境不那么显赫的男学生读书很上进，时不时，秋离与他们在书屋遇见，讨论一下上古历史，谈谈人生哲学，便渐渐地熟悉起来。

见此情景，几个贵族家的女孩子便不高兴了，觉得秋离看不起她们，拂了她们的面子。于是她们刻意疏远冷落秋离，有时秋离热情地和执夙、妙冉她们打招呼，她们视而不见，从她身边大声地说笑着走过，将她晾在一旁。年少时，秋离还不懂道不同不相为谋的道理，她不懂为什么她的朋友不理她了，只是努力想弥补彼此之间的关系。可她若提出一同出去吃酒，她们便说没空；她若说春日一同出去踏青赏花，她们嘴上应下，到了日子，却放秋离鸽子，令她空等一日。

这世间最伤人心的，就是莫名其妙的疏远。这样热脸贴冷屁股的事情有过两三遭，秋离便放弃了。

毕竟，她想，她是四海八荒唯一的一棵丹木，神尊年年不辞万里从九重天外舀来五色泉水浇灌她，不是让她跟别人屁股后面，给他丢脸的。

惹不起，只好躲。因此，能不打照面，秋离便尽量不与她们打照面。

见秋离如此态度，执夙、妙冉她们便更加放肆。聚在一起之时，她们不仅说女帝的坏话，抱怨夫子太严，还常常讲秋离的是非，说她是个无情无义的人，看不上她们这些姐妹不说，还爱勾搭些不三不四的男子。她们还说，秋离美则美矣，可终究是个外来之人，不属于西山，她身份卑微，不配和她们这样的贵族做朋友。

这样一来，那些本要和秋离熟起来的朋友，也渐渐疏远了她。有几个不轻信流言的，放学路上被执夙和蜀青围堵暴打一顿，第二日乌青着半边脸来上学，连抬头看秋离的勇气都没有。如此，本来不大的西山学府，便没有人再愿意和她亲近。

执夙、妙冉一行人的作为，秋离略知一二，暗自伤心了些许时日。她气愤，她虽然不同她们一处玩耍了，可心中将她们视作朋友。这样伤人的话，秋离决不会背着她们讲；这样的事，她决不会背着她们做。若是日后她们有什么需要帮助的地方，她也会挺身而出。她们此番行事，秋离会难过，会恼，可难过、恼过之后，却不知道要怎么办。

她毕竟只是个青葱的女娃娃，不经世事，终究没有勇气和执夙、妙冉她们对峙。秋离也曾想过，她可以向女帝说说心事，但那些学子的父母，大多是西山手握重权的人物，翻手云，覆手雨，就算女帝愿意向着她，也不能在此事上明目张胆地护着她。

终归，这些流言和伤心，秋离只能咽到肚子里，一个人消化。

眼不见，心不烦。她惹不起，便躲着她们，一下课，她便快步走回寝室，不与她们共处，她将心思都投在书上，想着这样便不会被影响了。

秋离心颇宽，毕竟，未化形之前，她同胤川在九重天外住了几百年，修出神识后，便日日看着他捧着茶盏，在海棠花间看经书，耳濡目染，她也明白，外物皆为虚幻，尘世皆为虚幻，流言皆为虚幻，唯有本心为真，若能忠于本心，便不被世事所扰。

是以，渐渐地，那些流言蜚语，虽会令她微微伤心，却已不能分她的神，她明白，只要她修好她的本心，自然会超脱。总有一天她们会从学府结业，到时西山天大地大，只要她能自由自在，无论她们怎么编派她，她都不在意。

只不过，有时院子中传来女子嘻嘻哈哈的声音，她难免失神愣怔地望向窗外，她羡慕她们能走在明媚的阳光下，三五成群，有说有笑。她终究是个小孩子，她渴望有朋友，渴望有人陪伴。

就在这种矛盾中，史、乐两科渐渐接近尾声，大考的时光将近，只有这两科合格的学子，才有机会修礼和武两科，若不然，就只好重修史乐，那离从学府结业更遥远了。

秋离在乐上造诣极高，一支长笛吹得出神入化，连教学的夫子也拍手称奇，赞她是千年难得一遇的音乐奇才。

不知是不是那几个女学子想开了，这些日子，她们突然和秋离热络起来，下了课便约着她一同去吃饭。秋离本以为，自己会有些气恼她们，会拒绝她们，不知为什么，话到嘴边，却说不出口。

或许是寂寞得久了，秋离在答应她们的邀请的那一刻，心中竟有些开心。究竟为什么开心，连她自己也不太懂。

酒席的排场摆得很大，在学院中最大的酒楼包了上好的包间，点的也全是秋离喜欢的菜，执夙和妙冉拉着她回忆曾经的时光，她也笑着点头回应。恍然间，秋离觉得仿佛回到了她们还是朋友的时光，一起嬉笑打闹，好不快活。她突然了悟，为什么方才会有那一瞬间的开心。

因为不管她面上装得多不在意，心底里还是抱有一丝幻想，幻想着她们还可如从前那般做朋友。

可惜，酒没过三巡，这群姑娘中说话最有分量的执夙便开了口："阿离，此次大考，夫子要做一首百鸟朝凤的乐曲，我们姐妹于音乐一道不是那么通透，可否借妹妹的乐谱来看看，参考一二？"

秋离去夹桂花糕的手，就那样僵在半空。

她有片刻的失神，这才悟到，原来她们终究是做不成朋友的，一顿酒席，不过一场利用。她们花了钱，看了她的乐谱，说到底，不过是一场交易罢了。

秋离不是小气的人，得了好东西从来愿意与别人分享。只是这刻，舌尖上突然滚上来“拒绝”二字。她咬了咬牙，将“不”字就着桂花糕咽到了肚子里，点了点头，道：“今晚饭毕我便将谱子拿给你看。”她也不清楚，说这话时心中的酸胀感是怎么回事。

她只想着，无论怎样，在最初的时候，她们待她还是不错的，今日之事，便是当报答前些年，她们照顾她的情谊，从今天后，便银货两讫了。

从此不论阳关道还是独木桥，她和她们，不再会有任何牵扯了。秋离终于看清事实，不再有任何幻想。

没有想到，事情并没有这样结束。

大考那日，众学子将乐谱上交，秋离方要离场，突然听得执夙扑通一声跪在夫子面前，当着众学子的面，指着她，言之凿凿道：“夫子为执夙做主，此次大考之前，秋离她假意对我们示好，灌醉我们一众姐妹，偷了我的乐谱，请夫子治她抄袭之罪。”

几百双眼睛落在她身上，秋离惊得呆立在原地，张了张嘴，却不知如何辩解，只是无力地道：“夫子，秋离没有。”

可是，半个学府的学子都做证，说那日秋离确实和执夙她们去了酒楼，她平日里独来独往，由此看来事情确有些蹊跷。再加上妙冉等人齐齐跪下为执夙做证，说是亲眼见她作了此乐谱，是那日吃酒，被秋离借去，本念在同窗之情的分上原谅她，没想到，她竟做出这种事。

秋离瞪大眼睛望着执夙，半晌不能回神，心底有个地方，不知道为何，揪着很痛。说不清，道不明，像是某个地方轰然倒塌，再也无法拼凑完整。

夫子惜秋离才华，知她应不会做出这等事，可又奈于执夙的言之凿凿，不好公然偏袒她，只好问：“秋离，你可能证明自己的清白？”

秋离愣了愣，将眼神望向那边窗下站着的迁风。她在竹林中写乐谱那日，他恰好在旁边的亭中看书，她一边写，一边用长笛吹奏找灵感，他是听见了的。

见她望向他，迁风张了张口，可被执夙凌厉的眼眸一瞥，又低下头去，没能说出一个字。

见状，秋离无奈摇了摇头。迁风是个式微的贵族，平日里便不太招执夙待见，他偏生胆子又小，上次被执夙、蜀青他们打了一顿后，胆子就更小了。秋离若是逼着他为自己说话，恐怕日后少不了又要遭执夙一顿排挤。

她看向夫子，叹口气，摇摇头："秋离无法证明，只是问心无愧。"

如此一来，夫子也庇护她不得，只好罚她去小黑屋面壁，对着祖师画像跪坐思过五日不许进食，不许任何人探望，出来后，禁足，然后补考。

第一日的傍晚，秋离跪得头昏脑涨，却听门"吱呀"一声开了。来人不是别人，正是执夙，来的目的无他，不过是来耀武扬威的。

秋离心中有一个疑惑，憋了许久，碍着面子从来不曾问出口，终于今日憋不住了，问道："执夙，我们不曾是朋友吗？怎么会走到如此境地？"

执夙轻笑："朋友，呵，我们道不同，总归不是一路人，做不成朋友。"而后她又轻轻抬起她的下巴，眉眼微微弯起，"而你，长得太美，才华又太盛，我们做不成朋友，便只能做敌人了。"

秋离"哦"了一声，苦笑："原来是因为嫉妒。"

执夙微怒："我有什么好嫉妒你的？我父母皆是洪荒一战的功臣，而你，什么也没有，就算我把你像蚂蚁一样踩死，女帝也奈何不得我。"

秋离再"哦"了一声，苦笑："原来是因为空虚。"

执夙再怒："我有什么好空虚的？蜀青和尚楠皆是我的裙下之臣，就是那个曾经对你有意的迁风，现在也听命于我。"

秋离"哦"了一声，笑道："原来是因为占有欲。"

执夙眼睛瞪圆："我最恨的，就是你这仿佛什么都不放在心上的态度！凭什么你能过得这样云淡风轻，而我，手中的东西比你多得多，却总是不如你快活。"

秋离忽而意识到自己为了躲避痛苦而装出独来独往的样子，反而能刺激得执夙羡慕，不禁觉得好笑。可笑过之后，心中有淡淡的痛。心中虽痛，可面上不显分毫，她知道，自己这样的态度刺激到她，于是笑道：

"说来说去，原来是因为闲。"

执夙衣襟一甩，冷冷道："秋离，咱们没完！"

秋离饿到脱力，还是费力挺直腰杆儿，抬眼看她一眼，轻声说："秋离不才，竟能得你如此恨我。此番情谊，定奉陪到底。"

执夙气愤地关门离去，屋中恢复了一片漆黑。秋离仿佛失了所有力气，跌坐在地上，久久难以回神。

那时她年纪小，觉得没有朋友便是天大的事情，难过得手足无措。可现在回想起来，秋离觉得好笑，从学府结业后的上万年，她再也没有见过执夙。

她和司卿混在一处，混得风生水起。只是听闻执夙和几个姑娘，在自家的山头上，作威作福了些时日，便被父母许配他人。以她们的身家，许的是天族的高官。她们自此离开西山，好多年杳无音信。再后来，仿佛是在某个来提亲的追求者口中听过，执夙嫁的那位夫君，身份尊贵，受不了执夙唯我独尊的脾气，在外养了几房小妾，执夙回娘家闹过几回，终究抵不过夫家势大，哭了些时日，便也安宁了，将自己圈在深闺中，也不知道在做何事。

若是能料到后来的事，当初秋离不会那样难过。只是当时年纪小，终究逃不开眼界有限。见过的，不过那些人；经历的，不过那些事儿。目光被阅历所拘，只看到眼前的那一方水土、几许时光。那时，她在那个小黑屋中关着，只觉自己被朋友背弃，被师长冤枉，被全世界抛弃，难过得难以自抑，摸出长笛，呜呜咽咽地吹起来。

她心中有感，吹出的曲子，也感人至深。

隔了太久的时光，她不记得自己是如何睡去的，只记得自己吹着吹着，便哭了，哭着哭着，便睡着了。

翌日一早，门被推开，秋离以为执夙又买通了守卫来奚落她，不料，来的人是迁风。她愣了愣，张嘴："是执夙派你来为难我的？"

迁风摇头，将她扶起："昨日没能为你做证，当真对不起，只不过——"

她摆了摆手："没事儿，我懂。"

迁风继续道："今早白泽神君突然来找夫子，说是夜晚听到笛声，觉得感人至深，以为是夫子的新作，来讨教一二。夫子向他说了你的事情，他便断然道：'能作出这种乐曲的人必定不会做出抄袭的事来。'有了神君作保，夫子便提前将你放出来。"

秋离讶然道："神君只听我一曲，便相信我是清白的？"

迁风点头。

秋离在史书上见过白泽的名号，他是父神魂魄中，第四个凝聚而成的神君，原身是昆仑虚神虎，守着妖鬼仙神四界入口，保天下安康。他自小在神尊胤川身边长大，后神尊处理事务繁忙，便将他送去萧夜殿下身边教养，他便集神尊和殿下的气度才华于一身，令后辈仰慕。

既然有神君作保，这件事，便这样翻页了。

又过几日，她与执夙她们皆从乐、史两科结业，升去修武和礼。礼之一科，虽由白泽任主教，但他身为昆仑虚之主，事务繁忙，得空才能来一趟西山，是以，白泽不在之时，他们的时间，便都用来修武了。

修武的这几年，也是秋离和执夙闹得最僵的几年。

刀剑无情，练武场上的磕磕碰碰在所难免，若是有个小伤，大家不放在心上，不然便显得太过小气了。执夙几人，便趁着这机会，时常找秋离的麻烦，他们人多势众，秋离躲不开，打不过，经常搞得一身伤，无处可诉。

一日，她身上新伤旧伤，精疲力竭，走到婆罗池边上，腿一软，冷不丁地被人一推，沉进了池子里。虽说仙身淹不死，但冬日里水凉刺骨，刺得身上每一寸肌肤都痛，再加上这段时间都没过过消停日子，她实在挣扎不动，便冷冷地看着自己往下沉。水流声将岸上的那些嘈杂声都掩了去，她觉得世界仿佛许久不曾这样安静，有些眷恋这种安静，便不再挣扎，任由自己向安宁的深处沉去。

一瞬间秋离想，若是就这样永远被包裹在这片安静之中，也不失为一个不错的选择。

不知道这样沉了多久，秋离腰上突然受力，一道蓝光缠上她，向上一提，径直将她提出了水面。

她呛得咳了许多声，落汤鸡一般坐在地上，头顶上传来一个含笑的声音：“有什么过不去的坎儿，值得寻死？”

她抬头，望见那一袭蓝衣，一双笑意盈盈的眸子，温润如玉的笑容，仿佛冬日里一道阳光，一下子洒进她的世界，撕裂寒冷，注入一道温暖之气。

一时间，秋离灵台一片空白，连呼吸都忘记了。

见她不语，他依旧笑意盈盈：“当初你被胤川养在九重天外时，我还日日去给你浇水，你受了多年五色泉的泉水，应当不会是这般脆弱的心性，可是受了欺负？”

她不知道他是谁，只是长久以来，开心也好，伤心也罢，都是她自己扛，从来没有人问过她是不是受了欺负，此刻秋离陡然生出了满腹委屈，突然抱住他，放声大哭起来。

这一哭，便哭了半个时辰。

那蓝衣男子也是好脾气，任由她抱着哭，待她哭累了，递与她一方帕子、一盏清茶。

秋离有些不好意思，擦干了眼泪，才看清眼前人。他气度不凡，仪态万千，虽只是将帕子递给她，却在一拿一递间显出了高门贵族才能有的优雅严正，一看，他便不是学府中的学子。她正想开口问夫子是何人，转念一想，学府中不过五个夫子，她见过了四个，剩下这个，只能是那古卷中记载的，由女帝亲自请来的，不在学府常住的——白泽神君。

秋离心里“咯噔”一声，这下丢人了。

心里这样想着，手上一松，神君递与她的茶盏便摔在了地上，秋离掩面，完了，这下丢人丢大了。

仿若看出了她的窘迫，白泽袖子一挥，将地上的陶瓷碎片抹去，不疾不徐道：“一个茶盏而已，你别放在心上，我正好能去赤言处讹他一盏新瓷，我也不亏。”

白泽将她领入院中去坐，又给了她一身浅蓝色袍子，要她换上，省得着凉。她将袍子捧在手心，有沙棠木淡淡的清香。秋离看着袍子愣怔一阵子，才回过神来。待她换好衣衫出来，白泽已在院子中温了热茶，听她从石阶上走下的声音，他头也未回，只是伸手向对面的座位做了一个“请”的动作，邀她入座。

秋离一颗心怦怦怦跳得很快。

她第一次与神君见面就摔了人家的杯子，穿了人家的衣裳，她有些心虚。或许是这些年被执夙一行人欺负怕了，她担心她这样笨，神君会嫌弃她。

是以，她呆立在他身后，久久没有落座。

白泽看着她惊弓之鸟的模样，便也没有勉强，只是送了她几味驱寒的药，便让她走了。临走前，他还嘱咐道：“若是哪日又想不开了，便来我这里喝喝茶。”

她受宠若惊地接过药瓶，又一步三回头地感谢了他几番，因为看路不当心，还被石头绊倒，重重地摔了个狗啃泥。她听得背后白泽走过来的脚步声，吓得赶紧利落地爬起，羞得连脸上的泥都顾不上擦，头也不回地向前跑去。

现在回想起来，秋离觉得，自己小时的性子确实别扭了些。或许是因为同执夙那段破裂的关系留下了阴影，好长一段时间里，她都很怕自己做错了什么，会惹得别人烦不喜欢她。

所以，那日从白泽神君处回来，秋离琢磨着，什么时候去找神君还衣裳才更合适。早上怕影响神君吐纳，晌午怕影响神君用膳，晚上又怕影响神君休息，怕去得不合适了，会惹得神君讨厌她。这样思前想后了大半月，她终于决定，傍晚用膳前去神君处走一趟。

离得老远，还没到婆罗池边上，便见有几个白衣小仙在叮叮当当地修篱笆，周身仙气祥和，不像是西山之人。她好奇地向那边走了几步，突然有个白衣仙童冲出来，将她拦住。

她拱手：“不知仙友何人？”

那白衣仙童亦作揖道：“在下昆仑虚白泽神君座下天枢星君，望姑娘自重，不要跳下这婆罗池，若是跳了，神君也不会再捞你了。”

秋离听得一头雾水，良久挤出了一个“啊”字。

见她疑惑不解，天枢这才放下心来：“仙友不是来跳婆罗池的就好，也不知道哪个挨千刀的女仙想不开，从婆罗池跳了下去寻死，我家神君善良将她救了，请到家中坐坐。这可不得了，自那日后，每日都有十几个西山女仙组团来这里跳婆罗池，想诓我家神君救上一救。我家神君纵然心善，也受不了每天十几个来跳池子的女仙，救人救得手都酸了，这便命我等在此修筑篱笆仙障，省得有人再往里跳。”说罢，他还愤愤地补了一句，“这样下去，这婆罗池就成了西山女仙的泡澡池了，灵气散得差不多，明年夏天也生不出莲花了。”

这些都说完，天枢才突然想起来，问了秋离一句：“不知仙友哪位，来婆罗池畔何事？”

秋离“呵呵”干笑两声，心想，我便是你口中那个挨千刀想不开的女仙，于是赶紧将白泽的衣裳藏好，拱拱手道：“我来找你家神君有些事，去去就回。”说罢便一溜烟地跑进去。

院中竹影婆娑，白泽不知去了哪里，她想，见不到也好，省得见到了尴尬。院中清风徐徐，吹得庭院下风铃叮当脆响，入耳使人心旷神怡。秋离将衣衫放在了院中的青石桌上，放了张字条感谢他的赠衣之情，便想要离开。

一回身，不料和对面来人撞个满怀。

竹叶轻摇，阳光细碎，风铃草开出大朵大朵白色如铃铛般的花朵，缠绕在头顶的木架上，鼻尖有若有若无的幽香袭来，熏得人心头一颤。

秋离窘迫：“白……白泽神君。”

来人也不恼，手中握着卷竹简，嘴角噙着似有似无的笑望着她想要逃跑的样子。

秋离更窘迫了。

白泽将竹简放在手边的白玉方桌上，广袖一拂，桌上便多出了套黑釉茶具。秋离就算不识货，也能看出这茶具和之前她打碎的茶盏是一套的，既然同出自赤言神君之手，必定价值不菲。

接着，白泽又幻出一方紫藤架着的茶炉，煮上水，示意她坐下。

秋离上古史修得很好，对于本来只存在于史册中的神君突然出现在自己面前，有种本能的敬畏，此刻紧张的一颗心不知已经扑通扑通地跳了几下，头脑也有些飘飘然，不甚清醒。或许是孤单怕了，她竟连推辞也没有便坐下了。

他斟了杯茶推至她面前，她客客气气地接过茶杯便一饮而尽。

白泽一句“小心烫”还没出口，秋离惊呼一声“烫”，随后哐当一声茶杯落地。

白泽垂眸看了看案几上剩着的那个茶杯，伸手递给她，叹道：“姑娘要不连这个也摔了算了，我正好从赤言处再讹上一整套。”

秋离哑口无言。

这样一来，本来紧张的气氛，倒是缓和了不少。

接下来的半个月，秋离常去白泽处坐坐，最初是想去感谢他，后来，便渐渐成了习惯。见他不烦，她越发大胆起来，下了课，便来他这处坐坐，赶上用膳的时辰，便厚着脸皮在这里蹭饭，直到月亮西斜，才回自己的房内睡觉。

这样一叨扰，便是半年之久。

他每次都为她沏茶。记忆中，白泽并不是个话多的人，若是秋离问，他常常答得很认真；可她若是不开口，他亦很少先开口，有时看书，有时也练练字。无论她是在他的院子中看书还是吹笛，抑或只是发呆，他从未赶她走过。

她也不是没有好奇过，为什么堂堂神君会准许她在他的院中叨扰，却从没见过别的女仙的影子。

对于这个问题，很久之后，秋离才有答案。

那日，她在练武场上练得久了，洗澡的时候不小心在汤池中小睡了半个时辰，醒来时，便已过了用晚膳的时辰。这样想着，她便先随意填了填肚子，才动身去白泽处。到的时候，自然比平时晚了些。

隔着竹林，她便听到天枢的声音："师父还不用膳，可是在等秋离小仙？今日下午是武学课，每每武学课后师父都会让徒儿多备些小吃。"

那厢没有声音。天色微暗，连晚霞也消得仿佛只能看到地平线上的一抹金光。屋中掌了灯，衬得白泽的背影越发笔直，透过婆娑树影，她似乎看到他微微点了点头。

天枢不解："西山女仙众多，不知师父为何只对秋离不同。可是因为她是胤川神尊亲手种的丹木的化形，所以师父高看她一眼？"

秋离心中一紧，快走两步，躲在檐下，将他的声音听得真切。白泽的声音温婉如玉，不疾不徐："为师座下只有你和天权两名弟子，学子多了之后之间存在的欺凌和孤立，你自然看不透。我幼时长在胤川身边，正好守着那丹木，那时我为她浇的五色泉水并不比胤川少，今时见这丫头被人欺负得有些惨，实在不忍。可这些纷争毕竟是小辈之间的事情，我不好贸然插手，更何况，我并不是时时待在西山，若是我为她出头，我走后顾不上她，她的境况，只怕更惨。"

似是在回忆，又似在思考，白泽顿了一下，良久，声音也低沉了些："我能做的，不过给她提供一个歇脚的地方，让她不至于那么孤单，那些学子，因着我的关系，也多少能收敛些。不过，生活还是她自己要过，究竟将来什么样子，她会不会受欺负，还要看她自己。"

风过竹叶，有沙沙的响声。

秋离愣在原地，有些出神，心中有一股暖意流过，说不清是感激还是别的什么。那刻她想，若是将来有什么能为白泽神君效劳的，她定万死不辞。

只不过，她终究没有等到这样的机会。

两日后，神尊传了一只纸鹤给白泽，有事要他回九重天外复命，翌日便启程。临行前夜，秋离收到天枢送来的拜帖，说是神君请她到竹院小坐。

听闻他要离去，她急匆匆地跑去，路上之匆忙，竟连什么时候跑掉了一只鞋都不知道。

冬去夏来，冰雪消融，碧色的池水浮起朵朵睡莲，花盏连绵至目穷处，呼吸间皆是令人迷醉的香气。夜空中，月色如洗，投在水面上，映出粼粼波光，微微浮动。

秋离跑进竹园时，白泽正坐在白玉石桌前，自己与自己下棋。他眉头微蹙，思考得很是认真。见她进门，才微微抬头，入眼便是她这略显狼狈丢了一只鞋的样子，他不禁失笑："秋离，你——"

秋离记忆中，白泽这是第一次笑。他是个不爱笑的人，所以偶尔一笑，便好看得让人觉得要失了心神。

她顾不得自己喘得上气不接下气，也顾不得什么礼仪修养，张口便问："你要走了？什么时候回来？"

白泽的黑子"吧嗒"一声落到玉石棋盘上，眉头微挑，似是有些意外。也是，秋离以前在白泽身边总是一副怯生生的样子，话也不多，安静得紧，这次突然问出这样一个问题，秋离自己也有些意外。方才不过是情急，也没顾上礼数，若要她开口再问一次，她反而不好意思。

白泽也不恼她僭越，放下手中的棋子，认真道："看神尊信中的意思，要个千八百年。"

秋离心似乎被什么东西猛地揪了一下，又好似被人扔进大海中，被浪头猛地拍了几下，晕晕乎乎，酸酸胀胀，却是连自己也说不明白究竟是什么感觉。

白泽袖子一拂，收了棋盘，幻出水晶盏，斟了些消暑的酸梅汤，秋离无意识地抬手接过就往肚子里灌。冰冰凉凉的汤水下肚，她才觉得微微回神。

白泽迎着月光而坐，浅浅的银白色，落在他本就好看的睫毛上，他鼻尖挺立，被月光微微勾勒，添了几分圆润，却也越发挺直起来。一双眸子似含着星光，温和得如同天山上的雪莲。蓝色衣袖随着微风鼓动，干净得不染纤尘。

秋离看得有些痴。

白泽淡淡地开口:“临走前,有个故事,是关于萧夜的,我想讲给你听。”

秋离对萧夜殿下这个名号的印象,便是被史册记下来的,据说他立下赫赫战功,随着时间的流淌,和古卷一起躺在书架上发霉。她想象,这样一个以武力扬名于天下的人,应当威风八面,与她这样的小仙没有半点相似的地方。

然而,白泽说,萧夜刚刚化形的时候并不在仙界,他阴错阳差地在凡界凝聚。在凡界他过得并不好,常常饥一顿饱一顿,所以身形分外瘦小。他那时天智未开,看上去有点傻笨可欺,便常被村子中其他小孩子欺辱。胤川找到他时,他正被几个孩童摁到泥潭中打得毫无还手之力。

当时,胤川说要接他走,萧夜却摇摇头说,给他三日再走。

这三日里,胤川并没见萧夜做什么重要的事情,他只是每日在林中挖坑,接连三日,终于第三日中午挖完了。萧夜小心翼翼地拿树枝掩盖了坑口,掩盖了坑口的踪迹。

胤川使了隐身咒,默默坐在坑旁,悠闲地斟了壶茶,静待萧夜实施计划。

不多时,那几个常爱欺负萧夜的小男孩便追着他向这个方向跑来,眼见到了坑边,萧夜利落地拐了个弯,然而那几个孩子没那么幸运,他们一时间刹不住车,便接二连三地在坑边上踩空,栽了下去。

然后萧夜搬出早在树后藏的水桶,兜头便浇了下去,晚秋时节,冻得那几个孩子生了大病,后来在家躺了好些天,才下得来床。

胤川不解萧夜作为,而萧夜是这么说的:“对于坑你的那些人,你若不还手,他们不会觉得无聊而就此收手,只会觉得你好欺负而变本加厉。被坑了又如何?断牙和血咽到肚子里,再坑回去就是了。总之,坑到最后的,才坑得最好。”

秋离被萧夜这句话逗笑了,她并不知道,原来史册上打遍天下无敌手的战神,也有过被人欺负的时光。她以为神祇都是以六界苍生安定为己任的,没想到还有萧夜殿下这样一个异类。她心下了然白泽为何会对她说这番话,他是鼓励自己勇敢些,没人照应着的时候莫要太软弱被人欺负了去也不知道还手，心中不由得对他又多了几分感激。

愣怔之际，他又递与她一支玉笛，道：“你在音乐上颇有造诣，这支笛子，曾是赤言神君与我打赌时输我的，我带在身边多年，那日夜里听到你的笛声，便想寻着你生辰的契机送你，不过——”他顿了一下，“不知下次见面，光阴几何，便先赠与你，你且照顾好自己吧。”

秋离接过玉笛，日月星辰在那一刻失了颜色。她眼中只剩下白泽含笑的眼睛和嘴角似有似无的笑意。这个笑刻在秋离的心底，成了世间最美的景致。

月挂天边，真真如玉盘皎洁。淡淡月华如水，轻轻泼洒在世间。白泽负手立在竹林之前，叹了一句：“月光正好。”

她忽而心中一动，拿出白泽方才送她的笛子，临月吹笛，即兴演奏一曲，整间竹院，都沉醉在秋离悠扬的笛声中。

这便是离别了。

第二章

有所思

白泽走了三个月，秋离对着笛子发了三个月呆。

三个月后，天枢星君造访西山，说是神君给秋离姑娘送来了生辰贺礼，秋离欣喜地打开天枢手上的桃木盒，只见其间盛着一方薄薄的绢丝卷轴，其上描摹的，是他临别之际，她吹的那首曲子的乐谱。

她吃了一惊，没料到，她不过随手吹奏，他竟一音不错地记了下来，只不过宫商二调微调，显得比她那时吹得更雅致。曲子下面他工工整整地落了三个字“素娥畔”。目光扫到这三个字，秋离的脸霍地红了。

只听天枢星君不疾不徐地道：“师父说，那日月光皎皎，姑娘于月下吹笛，便将此曲命名为《素娥畔》，赠与姑娘，愿姑娘与月同辉，心想事成。”

她这才记起，当初学史时，是学过这么一段：“混沌初开，乾坤始奠。青女乃霜之神，素娥即月之号。”

她这厢以为他暗指自己为素衣美娇娥，没想到，白泽比她高雅得多，于是她为自己的思想境界，羞愧得脸更红了。

后来不知怎么这件事情在西山传开了。秋离生辰日，白泽亲自派手下的天枢星君送来贺礼，此事在学府引起了一阵不大不小的风波。也是由此，她和执夙的暗斗变成了明争。不过，她始终记着白泽临行前对她说的那番话，是以若是执夙欺她，她不再一味地忍让，当机立断地还手，虽然依旧伤重，但不再觉得那样憋屈。

再后来，她认识了司卿。

那日在练武场上，她和执夙一伙人斗得两败俱伤，累得躺在擂台上不想动，却有一双藕荷色的绣花鞋映入眼底，她顺着鞋向上望去，便见着司卿。司卿伸手将她扶起，回头看了执夙一眼，冷冷道了句：“执姐姐，这里毕竟是西山，你莫要欺人太甚了。”

秋离很感动，这是她在学府的两百余年中，第一次有人向她伸出援手。司卿一面帮她擦伤口，一面道：“我早就看不惯执夙那个张牙舞爪的样子，恨不得跟她打一架才好。偏生她父亲位高权重，母亲千叮咛万嘱咐要我不要与她动手，要不，我一定替你出头。”

秋离笑笑，司卿不知，只是这样，便将她感动得一塌糊涂了，从这日起，两人便成了好姐妹，形影不离了。

五更锣响，悠长的锣声在小巷中回荡，绵长的尾音传到秋离耳中，她才恍然回神。

不知不觉，她竟在院子中站了两个时辰。池塘中起了一层淡淡的薄雾，整个院落有如仙境。

慢慢地，东方泛鱼肚白。

秋离打了个哈欠，终于是困意上头，有些睁不开眼了。她回屋对着铜镜照了照，发现眼底有两块抹不开的乌青，想着这样去见元辰，颇有些失礼，便写了张字条，让小二去安雅茶庄走一遭，说自己身子不适，隔日再上门拜访。

走回屋内，秋离拨了拨桌上的龙涎香，睡意更浓，躺到榻上，不久便熟睡了。

睡着时，秋离做了个长梦。梦中，是她从西山学府结业后的光景。

自打她从学府结业后的这近万年间，上西山来求娶她的人不计其数，这时她才明白，西山丹木是个多么响亮的名号；她的模样、她的才华，这世间有多少人会嫉妒红了眼睛。她也渐渐理解，为何那时执夙恨她恨得那样紧。

自打她满了五千岁，女帝便不厌其烦地替她说媒。可千年来，不论女帝为她说了多少亲事，都被她推拒了。让人跌破眼镜的是，秋离第一个瞧上眼的男子，竟是西海二皇子。那时西海三皇子来上门提亲，她偏偏看上了陪三皇子造访西山的二皇子。那二皇子早已娶亲，她却不知着了什么魔紧追不舍，二皇子怕了她，只好提前告辞。谁知二皇子离开西山那日，她竟追着二皇子的背影，一路从三危山山头，追到了危栀山山头，其间掉进井里三回，撞到树上五回，可这都拦不住她一路追随他背影的决心，她像着了心魔一样，一路跟着他，直到司卿在西山的边界拦住她，骂了她一顿，才结束了这场闹剧。

类似的事情，在接下来的一千年中，她还做了三四桩。司卿总是笑她此生第一大命门便是男色，她也认了。

于情之一字，她干的最后一桩傻事，是八千岁上头，见着东荒智尚元君。

洪荒战时，嫘祖应劫羽化，她一身养蚕织布的本事，都留给了后人陵姬。六界中人织就的锦缎，若是陵姬排第二，便没有人敢称第一。因着西山山脉中的翠山中多桑树和箭竹，适宜养蚕，洪荒一战后，陵姬便隐居在翠山之中。那智尚元君便是特意来拜访陵姬的，求她织一匹大红的锦缎。不知怎的，智尚元君合了秋离的眼缘，生出一段孽缘。

陵姬亲手织的锦缎，造价极高，智尚元君拿不出那么多钱。为此，秋离花光了所有积蓄，千金散尽，供他买了一匹又一匹，一直到秋离穷得叮当响，再拿不出一分钱来，才晓得原来那智尚元君已有心上人，饶是秋离使出百种柔情相对，他也不会有丝毫心动。他买料子，是要拿去做一件大红的衣裳，好去向心上人表白。

秋离这才恍然明白自己做了多傻的一件事。

智尚元君要离开西山的前夜，特意给秋离下了张拜帖，说是临走前，有话与她讲。她去时，他正一袭蓝衣在院中桃花树下温酒，见她来，冲她浅浅一笑，斟了杯酒递与她。就着簌簌飘落的漫天桃花，智尚元君道："傻阿离，我平白拿了你这些银两，这样挥挥袖子就走了，忒不地道。然而想来想去，我也没有什么好还你的，只不过，我这人于情之一道，看得还是颇通透的，因而想提点你一句。"他清了清嗓子，端出前辈的架子来，"我这几天瞧着，你能看上眼的男子，都有个共同点，就是爱穿蓝衣裳。你心底可是有个什么人，连自己都意识不到，于是错把这一腔热情，放到了不值得的人身上？"

智尚元君这番话，于她似是有醍醐灌顶之效，秋离这才意识到，她并不是什么样的男子都喜欢，她只偏爱那些能将蓝色衣衫穿得很有仙气的男子，只偏爱那些笑起来，同那个人有些相似的男仙。

她抬头望着天上如水的夜色，忽而意识到，白泽离开西山后的千年中，她竟不曾再抬头赏月。不是月色不美，只是看月的人，已然不在。

如此星辰如此月，与谁指点与谁看。

蓦然回首，才了悟，连她自己都没意识到的某个时刻，她的眼底心间，早有了那一袭蓝衣，便再也容不下别人了。

只可惜，她悟得晚了，这余下的几千年，白泽再没来过西山。而秋离虽然和司卿一起将西山搅得翻了天，但没有勇气上昆仑虚去叨扰白泽。于是年少时期不明所以的小相思，便这样断了线。

从此，她便未再犯这样的错误，也没再喜欢过哪个人，她不知今日为何会梦见这一段，忽而于梦中，回到了少年时与执夙打架的光阴。

她被一群人欺负得奄奄一息躺在练武场上，动一动，全身上下便撕裂一般疼。她正在想会不会自己就这样死在这里的时候，一袭蓝衣映入了她的眼帘。

她吃力地抬头，蓝衣故人的模样，逆着光，显得分外亲切而高大。

故人弯下腰，将蜷缩在地上的她抱起，然后丢了一句话给执夙："你们以后若是再欺负她，就自己承担惹我生气的后果。"

秋离感激地向他道谢，故人的模样却突然变了，变成了下午所见的蓝衣公子模样，那公子调笑着："你若真的想谢我，也不用太麻烦，以身相许就好了。”

秋离吃了一惊，猛地从床上坐起，发现自己坐在客栈的雕花床上，铜炉中的龙涎香已经烧尽，袅袅余香有一阵没一阵地从帘外袭来，秋离摸摸自己怦怦乱跳的心脏，才意识到自己的这个梦，做得分外真实了。

她思忖怎么会突然梦到白泽，回想起来，自己竟梦见堂堂神君来西山救自己给自己撑腰，想必是这些年跟司卿厮混在一起，脸皮也变得忒厚了。又思忖，莫不是元辰也爱穿蓝衣，今天下午一个蓝衣身影在她眼前晃悠久了，便莫名勾起了少时的回忆。

秋离口渴，从纱帐中摸着坐起来，斟了杯茶咕咚咕咚喝下，只觉得困意消了大半。窗外阳光斜射进来，已过了晌午。她摸了摸饿扁的肚子，预备先去填填肚子再作打算。

她唤来小二：“附近可有吃辣的酒家？”

小二笑容可掬：“若说吃辣的酒家，从这里往西去有个楼中楼，环境幽雅，味道也不错；或出门向左，沿着清溪巷走个三炷香的工夫，有个王家竹楼，里面的铜锅涮肉，辣味一绝，凡是外地人来我羊城，没有不去吃的，吃了没有不被辣哭的。只不过这店面沿街，环境没那么讲究。”

秋离谢过小二，便打算往王家竹楼去。

司卿乃洪荒前司斋的青氏一族后人，做饭一绝，做辣更是个中好手。平常人若是感时伤怀，总要喝点小酒，对月作诗，邀花对饮，好不风流。然而，司卿那时哄秋离，方法便粗暴多了，不开心了，给秋离炒一锅花椒，惆怅了，也给秋离炒一锅花椒，两个人对月吃过花椒泡凤爪，冲着桃花啃过麻辣猪蹄，辣得两人执手相看泪眼，无语凝噎，哗哗流泪说不出一个字，满院子找水喝。司卿说，我西山人，哭鼻子太丢人。可若是吃了辣，别人就不知道你是软弱哭的，还是辣哭的，便没有那么丢人了。

秋离深深觉得，别人院子里的花花草草千八百年就能修成人形，她院子里的花花草草上万年了还连个人影子都没有，一定是被司卿的花椒吓的。

秋离入座，方吃了两口，便觉得辣味纯正，一路从舌尖辣到胃里，火烧火燎的，瞬间眼圈见红，泪眼汪汪。正要吃第二口，忽而听见有个熟悉的声音响起，顺着声音望去，元辰带着方泽从不远处的街上路过。

秋离心中“咯噔”一下，才给他下了帖子说身子不适，若是现在让他撞见自己在生龙活虎地吃涮肉，实在尴尬。她现在临街而坐，位置有些显眼，她寻思着，若是换到对面，那便是坐在阴影中，而且背向街市而坐，这样，即便元辰冲着这边望过来，也不容易看见她。

谋定而后动，秋离端起碗，一个箭步冲着对面的椅子挪过去，然而店家却误会了她的意思，赶忙喊了一声：“哎，姑娘，还没付钱呢。”

他大嗓门一喊，全街市上忽而静了，大家都在打量她这个吃霸王餐的姑娘。她心虚地瞥了一眼元辰的方向，果不其然，那人目光含笑，正灼灼地望着她。

她尴尬地嘿嘿一笑：“这么巧。”

他面色平常，道：“早上收到帖子说姑娘身子不适，正要去探望。”

秋离笑得更尴尬，随口圆场道：“鼻子有些堵，来吃点辣的，通通气。”说罢还猛扒拉了一口涮肉，辣得流下了两行清泪，还使劲吸了一下鼻子。

她心中泪奔，世间最尴尬的会面，不过如此了吧。

然而，她还是年轻了。

元辰依旧面色平常，拱拱手道：“寒舍就在不远处，若姑娘不嫌弃，不妨去歇歇脚，容我雇辆马车送姑娘回客栈，省得路上着凉。”

秋离摆摆手，继续干笑，想找个理由搪塞过去：“不麻烦元公子，我和昨天的荣大夫约好，饭后去他那处再号号脉，抓两服药吃吃便好。”

说曹操，曹操到，秋离话音刚落，便见着荣大夫从街的另一边走来，冲元辰拱拱手：“公子真是体贴，一早就派人接老朽来给夫人请脉复查，不知夫人现下何处啊？”说罢，他顺着元辰的目光望见被辣得泪流满面的秋离，捋着胡须轻笑，“哈哈，看夫人吃辣的样子，倒是精神得紧。”

秋离尴尬，正巧有两只乌鸦从头顶飞过，“啊啊”叫了两声。真是没有最尴尬，只有更尴尬。

元辰颇有风度地没有拆穿她，只是客气地将她请到安雅茶庄，又十分认真地请荣大夫给她号了号脉，抓了两服药给她煎好。

荣大夫走后，房间中只剩她与元辰。她思索着要怎么解释一下才好，然而方才大街上的尴尬，元辰只字未提，只是将药斟了出来，让她喝下。与人相处的分寸元辰把握得极好，秋离不由得又对他多了几分好感。

她与元辰跪坐在红木矮几对侧，木兰花的窗纹在地上投射下斑驳的阳光，一呼一吸间，有淡淡的茶香，还有淡淡的药香。

她这才知道，安雅茶庄，正是元氏产业。今早元辰收到她的字条，说抱恙不能造访之后，便请方泽去叫了大夫，想去客栈寻她，怕她一人生病，没个放心的人照看。正好安雅茶庄位于清溪巷巷底，他才出门没几步，便碰上了吃辣吃得正欢的她。

元辰唤来小童将她的药碗端下去，又端来茶具，给她斟了一杯红茶暖胃，他本想询问她感觉如何，又觉得秋离看他的眼神带着防备，于是将问候咽了下去，徐徐道："请姑娘来茶庄，是有位故人，想给姑娘引见一下。"

秋离愣了一下，只听门开，拐角走进一名红袍男子，风情万种地扇着折扇，一下子将她拥进怀里，喊了她一声："阿离离——"

秋离再次愣住了。

她记得她如今顶着个倒霉公主的身份，这个倒霉公主，原名叫作萧婉离，能喊她旧名之人，果然是个故人。她被他抱在怀里勒得喘不过气，趁着推开他的工夫在那个公主的记忆里搜寻了一圈，眼前的这个人，正是她父王大哥家中的小儿子萧谆。

秋离嘴角抽搐，她这个堂哥，从小被大皇伯捧在手心里，养了一身公子哥的坏毛病，这次萧国灭国，萧国皇室悉数灭族，不承想，他竟能幸免于难。

被秋离推开，萧谆有些诧异，秋离怕他再贴上来，便赶紧倒了杯水塞进他手里，道："堂哥缘何在此？"

萧谆叹了一声："萧国被大齐用火屠城，我本以为皇族之人皆遇难，唯我侥幸，起初寝食难安，不知应如何自处。有幸半路遇见元公子，经他提点方悟寻苍龙阙方是正途，便经他安排，一路行至此处。”

“苍龙阙？”秋离疑惑道，“只不过是两百年前的传说，堂哥确知此物存于世？”

萧谆点头，又叹气：“我不过是游手好闲的公子，自己做不了什么大事，只不过小时对这些神鬼的事情颇为好奇，缠着父王讲过不少。”言至此，他喝了口茶，又叹了口气，“皇爷爷当初想将皇位传于二叔，于是在仪式上摔碎苍龙阙的倒霉差事落在我父王头上。他当初是见过苍龙阙的，这东西，我确定有。”

秋离一愣：“就算得到苍龙阙，堂哥又能怎么样呢？”

萧谆捧着茶杯哼了一声，那口气叹得比三月的桃花被狂风吹落还要惹人怜惜：“唉，我不是治国之才，也不能怎么样。只盼能将苍龙阙交给有识之士，替我们报了灭国之仇，再还天下苍生一个太平。”

元辰抬手为萧谆续了些茶，笑道：“萧公子倒是豁达，不知多少英雄为了江山折腰，萧公子倒是能如此轻易拱手让人。”

萧谆掩嘴笑笑：“腰嘛，由那些爱管闲事儿的人去折就好了，我有荣华富贵便够了。”

秋离在一旁冷静地看着二人，没有插话。她想，萧国灭国不过是一个月前的事，元辰与萧谆相识，也最多一个月工夫。元辰在自己面前不曾掩饰对苍龙阙的好奇与欲望，大概是个有野心的角色。而萧谆是个花钱如流水的主，元辰愿意付出这么大的代价供养萧谆，多半是因为他身上有关于苍龙阙的别人没有的消息。上次在茶楼相见，元辰对苍龙阙的事情如数家珍，多半也与萧谆有关。

那自己呢？她想，元辰这样费尽心思地接近自己，又是认定了自己身上有什么呢？

既然他早知萧谆与她是故人，便也一早就知道她萧国公主的身份。这样的身份，能有什么不寻常的地方？她寻思片刻，突然了悟，摸了摸身上司卿给的那半块破铁牌，笑了笑：“元公子大概误会了我身上的什么东西。”

元辰也不明说，只是眉毛微微上挑：“哦，是吗？元某不这样认为。”

萧谆看着他俩这样打哑谜，忍不住插嘴：“你俩在说什么？阿离离你身上可有什么不寻常的东西？”

在秋离保有的萧国公主的回忆中，萧谆虽然有些娇气，公子脾气大些，但是不傻。在为人处世方面，萧谆绝对是一把好手。他能在短时间内便相信元辰，说明此人必有可信之处，况且从她和他几次接触来看，除了昨日黑衣人事件他欺骗了自己，其他方面都让她觉得他不是坏人。

就算他图谋不轨，她想，她可是会法术的人，他还斗得过她不成？

这样思忖着，秋离便将司卿给她的那半块破铁牌从怀里摸了出来，大方地放在红木桌上：“想必元公子说的，便是这个吧。这不过是故人送的礼物，与苍龙阙没有半点关系。”

元辰惊诧于秋离的爽快，他以为，苍龙阙这样重要的东西，她应该不会轻易示人，没想到她这样大方，毫不遮掩。

比元辰更吃惊的，是萧谆。

他“呀呀呀”地叹了半晌，才回过神来，愤愤道：“皇爷爷果然还是偏心的，当初让我父王摔碎的半块，原来只是一个角！我就说爹爹给我看过的苍龙阙的形状怎么那样古怪，花纹也不全！”

元辰诧异地看了萧谆一眼，秋离也愣住了：“你说什么？”

萧谆翻了个白眼：“这牌子你父王给你的吧？他难道不曾跟你说过，这不起眼的牌子，是苍龙阙？”

元辰本有些疑惑，但转念之间，便将事情想明白了。萧谆手中那份苍龙阙的图纸本就是不全的，和秋离手中的这份拼起来，才是一整块苍龙阙。那萧谆的爷爷留了一手，那个在祭坛上被一分为二的苍龙阙，本就不是全部，这样，即使碎掉的两半都被某个君主找到，那个国家也无法拥有召唤神龙吞并九州的力量。而萧婉离是萧国先帝最宠爱的公主，灭国之际，萧婉离出逃，身上带着不为人所知的苍龙阙碎块，也算合理。

然而，此刻秋离脑子中的想法只有“你不是在逗我吧”。这明明是司卿给我的东西，怎么就成了你萧国的国宝？

他们三人，一个恍然大悟，一个震惊失语，一个愤愤不平，三人相对而坐，没有一个人开口说话。

半晌，还是元辰先开了口：“秋离姑娘如此坦荡，若是我不说实话，便显得我小人了。”说罢，他饮了口茶，道，“在下并非齐国人，这处安雅茶社，和这赶考公子的身份，都是假的。”

他看了看秋离的反应，这番话他虽并未对萧谆讲过，可萧谆精通人情世故，又在他这庄子上住了些许日子，能看出些端倪，他并不意外。只是他没想到，秋离面上也没有任何意外的表情，仿佛早猜到了。

他忽而有些愉悦，或许是因为意识到秋离是个比他想象中还聪明的女子，他说不清，总归是露出了笑容，却又很快收敛了，继续道：“九州动乱，有志之士应奉明主而救百姓于水火，元某不才，却也看出嬴国之强胜，大浪淘沙，或许百年之后，嬴国可取胜。只是百年之中，多少马革裹尸，多少妻离子散，又多少颠沛流离。齐吞萧国，不多久，又有国家吞齐，无辜的，不过都是平民罢了。辰愿得苍龙阙献之嬴，还天下一个太平。”语罢，他望向秋离，“不知姑娘可愿助在下一臂之力？”

秋离一愣，她还沉浸在他激昂的陈词中，没想到他话锋一转，这么快就引到了她身上。助他一臂之力，她想，元辰指的，可是要借她这块生了锈的牌子一用？

她作为一个仙，自然不想看到凡界生灵涂炭。只是，六界轮回，各有其道，她若是拿着仙界的东西，坏了凡界运行的命数，恐怕会有更大的灾难在后面等着。

她狠了狠心，将牌子收回怀中：“抱歉，这个东西，我借不得。”

元辰并不意外，吃惊的是萧谆：“阿离离，你脑子没坏掉吧，找到苍龙阙，不仅可以报灭国之仇，享荣华富贵，还能顺带为天下苍生做一件好事，你为啥不答应？”

她低下头去，并不解释。

元辰并不勉强，只是道：“此物对姑娘重要，在下清楚，也不想勉强。只是姑娘既是萧国皇室中人，找苍龙阙这件事，做得比元某名正言顺。

萧公子已经答应和元某一同寻找剩下的苍龙阙碎片，不知道姑娘是否有兴趣，与我们同行？”

半个月后，秋离与元辰一行四人，终于到达荆国。

她不知道自己是不是喜欢蓝衣美少年的老毛病又犯了，那日，她没拒绝元辰的请求。

或许是想着找到苍龙阙能多些找到应龙的机会，又或许是因为单纯地想与元辰一路同行，她说不清，只是那日看着元辰的眼睛，她拒绝不了他的请求。

据萧谆说，几十年前，他父亲摔碎的苍龙阙，半块被和亲去荆国的公主当作嫁妆带走，还有半块被秋离的父皇赐给了领兵打仗的将军当作护身符。只不过那将军后来战败，下落不明，据说流落昭国。

于是，四人上了路，先去荆国，再去昭国。

秋离虽来凡界不久，但是在元辰的熏陶下，对当前国势有了大致了解。九州列国割据，昭、荆、嬴、晏、韩、萧、大齐七国盘踞各方久矣。其中，昭国、大齐算是老牌强国，历史悠久，只是盛极必衰，颓势初显；嬴国、荆国是后起之秀，因着接连两任国君知人善任，国立日渐强盛，渐渐有与齐、昭抗衡之势；晏、韩、萧因着地理位置不利，国土狭小，一直是在夹缝中求生存。

现在萧国已灭，只剩六国争霸。

除却晏、韩两个小国之外，荆、昭、大齐国力皆不可小觑，秋离不懂为何元辰单单看重了嬴国，定会从这群雄争霸中脱颖而出。

元辰摇着折扇，回了她三个字：“因为人。”

秋离不解，元辰继而解释道：“一个国家的运势，可以从当权者看出七八分。昭国奸臣当道，贪污成风，国君昏庸，十年之后便会衰落；荆国现任国君荆成王虽是个厉害的角色，但他的两个儿子没有建树，想必繁华到了头；至于大齐嘛……”他顿了一下，云淡风轻道，“大齐富庶，国君也算开明，保持霸主地位不难，只是，大齐没有我。”

秋离愣了一下，才反应过来元辰这是在自夸，可是这句自夸听起来不但不显生硬，反而显出他运筹帷幄胸有成竹。

她不觉心中一动，有些笑意爬上嘴角，时局是否真的能如他所料，她竟有些期待了。

荆国四月，本是莺歌燕语，阳光明媚的大好时节。秋离听说，荆都是个富庶之乡，以为应该是花红柳绿，可还未近荆城，便远远地望见都城上空雾气迷蒙，大片大片的浓烟从城内滚出，空气呛得刺鼻，似是有肉眼可见的烟灰颗粒。

秋离以手遮掩口鼻："这是都城失火了？"

元辰摇头："进去看看。"

空气中弥漫着一股烧焦的味道。

待几人进得城门，才晓得是家家户户在院中烧纸钱，熏得街上也是一片雾气蒙蒙，并非失火所致。

见着元辰露出"原来如此"的笑容，秋离不由得好奇，问道："四月烧纸，这可是荆国特有的风俗？"

元辰摇头含笑看她："非也。"

秋离再问："可是有国丧？要不怎么家家户户都烧纸钱？"

元辰再摇头："非也。"

秋离糊涂了，只听元辰道："荆旧臣赵相带着公子职画隐居多年。公子职画是当今荆王第二个儿子。荆王想将公子职画接回宫中抚养，并且给赵相封官。赵相不肯，带着公子职画躲入山林，荆王无法，只好放火烧山，可是那赵相是个有骨气的人，宁愿被烧死也不回来面见荆王，所以只有公子职画一人活着从火中逃了出来。荆国百姓怜惜赵相曾经对荆国有巨大的贡献，便在他的忌日烧纸钱给他。我日前听说过此事，没想到，竟然是这么大的阵仗，看来赵相在百姓心目中的地位不容小觑。"

秋离不解："那公子职画既是荆王的骨血，又怎么会被旧臣带走呢？"

她想，若是在西山，有人敢将司卿从女帝身边带走，女帝定会和他拼命，这个荆王是个好生奇怪的人。

元辰神秘地摇摇折扇："这便是他们荆王宫的秘辛了，我一个外人，不好多评价。"

秋离觉得荆王此人奇怪，料想入宫是件难事，然而她错了。

荆王祝融恽的母亲是萧谆的姑姑，那荆王算得上是他们表兄。现下萧谆与妹妹国破家亡，投奔表兄，齐国与荆国本来就不和，无论祝融恽是否收留他二人，两国早晚都是要交战的，祝融恽收留他二人，能博个重情重义的好名，实际花费也不过几个人的口粮，这样划算的生意，还是要做的。

萧谆只消在宫殿外报上姓名，不多久，便有小厮将他们请进了宫殿好吃好喝地招待。

荆都风流，荆皇宫的装饰更是奢靡到令秋离咋舌。宫女穿着整齐的明黄色衣裙在殿外候着他们，笑意盈盈，腰间别着小铃铛，走起路来，银色小铃铛随着步子摇摆，声音清脆悦耳，穿行在重重宫闱的深红色围栏里，给沉闷的宫殿添了两分灵动的气息。

秋离一行被宫女引着入了后宫，帘幕重重，一路熏香，熏得秋离脑仁疼。她自小是个穷命，越是贵的东西，便越克她。她寻思，能让她头这么疼的，这香定是要贵上天了。

推开屏风的是个绿衣小侍女，模样很是标致，像夏日池塘中的出水芙蓉，清新可人。随后小侍女撩起纱帐，伺候在一旁，与身后的山水屏风融为一体，让出来的地方，赫然有一张金灿灿的睡榻，榻上侧卧的，是一个华服的美丽女子，雍容大气，显得方才见得那些小侍女有些小家子气了。

荆王最宠幸的郑夫人亲自为他们接风，郑夫人下手立着个眉目清秀的男孩子。

秋离知道被荆王从民间带回宫的公子职画收养在郑夫人的名下，想来就是这个男孩子了。十六七岁的模样，正是风流的年岁。

郑夫人冲着公子职画温柔地摆摆手："给你的表兄表姐问好。"

那男孩子彬彬有礼地冲着他们拱手作揖，不卑不亢，抬眼时眼中似盛着点点星光，笑起来，好看得将身边的姑娘都比了下去。

秋离不由得看愣了，郑夫人貌美如花，可是站在公子职画身边也暗淡了许多，不知当年公子职画的生母，该是个怎样倾国倾城的人儿。

元辰似是从她看郑夫人的目光中看出了她的心思，附在她耳边轻声道："你可莫要小瞧了这郑夫人，十六年前，荆王下手整顿荆国权贵世族，大家贵族大都被连根拔起，唯有郑氏，凭借着这个郑夫人，还在荆国身居高位。"

秋离听了元辰此语，不由得又看了那郑夫人一眼，生出了两分敬重，看似柔弱的姑娘，竟然这般厉害，忽而想起进宫前，萧谆给她讲这个郑夫人上位的传奇故事。最初的郑夫人只是个不起眼的陪嫁丫鬟，忘记了是哪个盛大的场合，所有后宫女子列队朝拜荆王，唯有这个郑夫人不抬头，也不正眼看他。荆王许之千金和高位，令她抬头，她亦拒之，答："若是妾现在抬头，岂不是屈从于重利之下？这样的品德，又怎能留在王宫？"

荆王听了大喜，便赏了她封号，郑夫人的荣宠，延续至今。

这个郑夫人的娘家也在萧国，算萧谆的半个姑母，招待他们一行三人，自然上心。

吃饭时分，秋离分神看了公子职画两眼，那小男孩长得实在养眼，引得她好生好奇他的生母是谁，能将他生得这样花容月貌。

元辰见她眼神总往公子职画身上飞，咳了一声。秋离回头看他，他又装作什么事没有的样子，低头吃他的菜，弄得秋离有些莫名其妙。

秋离是个急性子，心里藏不住话，于是用手肘捣了他一下："你咳什么，要不要喝点梨水止咳？"

元辰没想到秋离说话如此直接，然而不接她的话头又不太好，于是，沉默了半晌，道："你果然还是更喜欢十五六岁的男孩子。"

这话说得秋离没有半分头绪，果然？还是？更？这话从何说起？她不解其意，只好支支吾吾应了一声："嗯，公子职画是挺耐看的。"

她这话一说完，元辰的脸色便沉了两分："他是很好看，比我小时候水灵多了。果然荆宫养人。”

秋离只觉他这话说得莫名其妙，他是什么意思，羡慕公子职画生活环境优越？他不像这种人啊。秋离想来想去，她从来不是个灵光的，弦外之音也没听懂过，于是不再难为自己，专心喝酒。

推杯换盏，觥筹交错，郑夫人喝得微醺，双颊泛红。银月西斜，公子职画向她告辞回宫休息，郑夫人抓着公子职画的手：“你怎的那么狠心？你可知道这些年，大王他一直念着你？”

公子职画被郑夫人的话说得有些错愕，一时间愣在原地不知道如何接话。还是郑夫人手下的丫鬟眼疾手快地将公子职画扶了下去，附在郑夫人耳边提醒：“夫人，你喝多了，那是公子啊。”

郑夫人这才恍然回神，理了理衣襟，脊背重新挺了挺，仿佛什么都没有发生，恢复了之前那个高高在上的夫人的模样。

这个小插曲很快便被丝竹声掩了过去，然而秋离眼尖，恰巧看到了。不知为什么，秋离忽而觉得，容光焕发的郑夫人眼中其实有种说不出的哀愁。

未几，席散。秋离向郑夫人告辞，郑夫人起身回礼，或许是酒喝多了，起身时踉跄了一下，秋离赶紧伸手扶住她，身体触碰的那一瞬间，秋离忽而觉得身边浓雾大作，浓重的白色将身边的景致一一抹去，仿若望不到头的深夜，又突然被人撕开了一个口子，阳光陡然照了进来。待到浓雾变淡，秋离已然置身另一间明亮的宫殿中，宫殿的正中坐着一个红衣美人，身后立着一个怯怯的小宫女。红衣美人眉如远黛，眼如星辰，身姿纤细，却又有一种威严让人不敢侵犯的气质。她眼神中盛着化不开的寒意，秋离心中一凛，这不是她这个年纪的女子眼中应该有的。

红衣美人微微回头，朱红嘴角轻提，语气虽是带笑的，却让人听不出丝毫笑意。她回头看向身后的宫女：“簪儿，你想留下的对吧？”顿了一下，轻声询问，却又不像是个问句，“你喜欢他，很久了吧？”

身后被叫作簪儿的女子猛地跪下，脸色惨白：“夫人莫要折煞了奴婢，簪儿这一生自然要跟随夫人，生死不离。”

窗外的竹影婆娑，透过窗户在地上投下参差的叶影。红衣女子浅笑，脸上盛开三月桃花似的灿烂的笑容，眼神却留在无限远处，空洞一片。她自说自话：“其实这也由不得你，就像我不想离开，却不得不离开一样。”顿了一下，她道，“我离开后，郑家需要一个后宫的倚靠，大王需要另立一个郑氏的王后来安抚郑家，无论他们是谁，都会想办法让你留下的。”

瞀儿的头垂得更低了，她的脸涨得绯红，一言不发。

红衣女子垂眼定定地看着她：“他需要一个名声好的、拿得出手的门面装点后宫。明日我离开的时候，宫中所有的人要站在台下朝拜我和祝融恽，你不要拜他，也不要看他就是了，无论他许你怎样的荣华，你要摆出一副淡泊名利的姿态，我保你入主后宫。”

瞀儿微微惊讶地看向红衣女子，红衣女子却将眼神移开，轻轻叹息一声：“愿他会珍惜你，瞀儿。”声音轻轻的，也带着重重的无奈，“我说这话是真心的，你知道的。”

眼前再一次黑了下去，仿佛没有一丝光线，黑得令人窒息，秋离大口呼吸，胸口憋闷得仿佛一定要大口呼吸才能喘气。慢慢地，她眼前出现了不一样的景致，视线聚焦之后，依旧是觥筹交错的郑夫人的宴席，身边元辰轻轻扶住了她，轻声问道：“怎么，酒喝多了，头晕吗？”

秋离摇头。

她又抬头望了一眼郑夫人。方才，阴错阳差地，她被困在了郑夫人的潜意识里，就在她伸手扶住郑夫人的那一瞬间，她窥探到了那时候郑夫人内心的想法。

她默默地又看了郑夫人一眼，有些不敢相信。在刚才那个幻境中，她看到的丫鬟瞀儿，正是现在站在她面前的郑夫人。在屋中正襟危坐的红衣女子，她没见过，可看那眉眼容貌，不得不叫她联想到公子职画。

那潜意识里的一切，正是郑夫人的心结，就算她是高高在上的郑夫人，拥有无限宠爱，然而在内心深处，她依然只是那个红衣女子身边不起眼的丫鬟。

秋离疑惑，一个女子是要有怎样的威严，才能给另一个女子的一生烙下这样不可磨灭的印记。

之后秋离一夜睡得不安生，眼前貌似总有影影绰绰的人影飘过，仿佛有什么旧事在上演，令人闻之悲伤。

日子如流水般过去了半个月，荆王一直没有时间接见他们，元辰也不急，在院中散步看书，悠闲地等着。

转眼夏至，荆王带着两位公子游街，与百姓同乐，元辰一行也在邀请观赏游街队伍之列，终于了了秋离在凡界玩耍的心愿。

灯火繁华，秋离来了凡界，不是赶路，便是躲避追杀，第一次有机会静下心来好好看看凡界热闹的景象。所以沿路不论看到什么，她都会有些好奇地驻足。

元辰便一直在她身后离她半步，随着她走走停停，极有耐心。

秋离的目光一直停留在那些小商贩身上，而元辰的目光一直停留在她身上。她在看风景，而他在看她。

最终，秋离在一个卖香包的小摊贩前驻足。紫色的缎面上绣了两朵荷花，并蒂莲。这并蒂莲的模样让她想起西山的婆罗池，一到夏日，婆罗池莲花万里，蔚为壮观。白泽走后，她不自觉地常走到婆罗池畔，夏日将近时，便折了两枝莲花插入瓶中，带回房中，当作是对他的念想。她瓶中的莲花，也是这个样子。所以看到这个香包的时候，她多看了几眼。

只是，秋离摸了摸口袋，她身上没有银子，抬头看了看元辰，欲言又止，她还是不想为了这点小事麻烦他。

她叹口气，有些人，有些事，大概就是没缘分吧。

人来人往，熙熙攘攘，过桥的时候，秋离忙着看热闹，不经意被人一推，重心不稳向前跌去。好巧不巧，桥边有一个石桩，原本是码头船夫拴船用的，可惜年久失修，从中间断掉，剩下一个尖锐的断口，秋离便直直向那断口跌去。

若是地方宽敞些，她还可以躲过去，可是现在周边全是人，她连个躲闪的地方都没有。

秋离下意识地伸手护住了腰间的玉笛，她眼睛一闭，可是期待中的疼痛并没有到来。

元辰伸手拉住了她，想象中，戏本子里才子佳人相逢，佳人不慎跌倒，英雄救美，英雄搂住佳人的腰，二人四目相对时，浪漫四溢……

秋离回头去看元辰，也想和他来场浪漫的对视，然而，回过头她才意识到，根本没有什么唯美的相拥，元辰此时是真的“拉”起了她。她就以一个很丑的姿势，被元辰拉住了腰带，就像牵一匹马那样。

秋离汗颜，真是有够丢人的……早知道是这样，还不如让她摔在地上算了。

元辰见秋离的手轻微擦伤，还护在那笛子上，一面帮她处理手上的伤口，一面问道：“这支笛子见你一直带在身上，寸步不离，可是有什么重要的意义？”

秋离低头看了看身上的玉笛，手在玉笛上的暗纹处无意识地摩挲，眼前仿佛又出现了那蓝衣人将玉笛递给自己时飘逸俊朗的仙人之姿，呓语道：“确实，是个很重要的人送的。”

元辰看着那笛子若有所思，仿若在自言自语：“如果是元某赠与姑娘东西，姑娘可也会如此爱惜？”

秋离愣了一下，因为他的声音太小，她听得不真切，反复将他的话在心里回想了一下，忽然脑子中一道惊雷劈过，脸上烧得有些红。啊啊啊啊，他这话到底什么意思？难道他对自己有意思？

这个想法让她莫名地有些心慌，不太敢抬眼去看他的眼，尴尬之际，忽然身后炸起几声巨响，她吓了一跳，元辰善解人意地轻轻拍了拍她的肩，伸手指向天空：“别怕，今日过节，荆国放烟火。”

秋离抚抚怦怦直跳的心，第一跳是被那烟火吓的，第二跳却是被元辰有意无意搭在她肩上的手惊的。

这个姿势，是不是有些暧昧了……秋离咬咬嘴唇，小心翼翼地分出一点余光去看元辰，只见他这个动作做得自然无比，坦然得仿佛只是找了个地方架手，是她想多了而已。

因为人群都在往烟火处涌动，本来就拥挤的街道变得更加拥挤，人山人海，不停地有人往烟火跟前挤去，秋离和元辰左右躲闪，还是不免被人流撞得摇摆，被夹带着不自觉地往前走去。人群熙熙攘攘，元辰怕秋离被人流挤散，本搭在她肩上的手微微用力，将她的肩往前一带，她整个人便几乎要贴在他胸口上了，元辰声音轻柔："小心走散。"

秋离的心跳得快不是自己的了，可元辰的声音听起来还是那么温柔平和。

他的声音自她头顶传来，温热的呼吸打在她的头顶，心里微微发麻。她只觉得全身上下都不是她的了，眼睛不知道要看哪里，手也不知道要放哪里。还好有头顶的烟火，火树银花合，星桥铁锁开。风吹过，流光如星。

秋离从没见过这样的景象，不由得感叹："好美。"

元辰不看烟花，反而低头看她："之前没有看过吗？"

秋离的目光完全被烟花所吸引，没有多想，张口就道："嗯，没看过。西……"

她想说"西山没有烟花"，可是话至此生生顿住，她不是西山秋离，在凡界她的身份是萧国公主，萧国有没有烟火，她不知道。

于是，后半句话被她咽回肚子里，语气也转了个大弯："昔日在萧国父王管得严，不让我们凑这种热闹。"

她只得硬着头皮应付着，心有些虚，也不知道圆回来了没有。

元辰明显感觉出了不对，倒是也不忙拆穿她，只是轻轻"哦"了一声，语气轻轻上挑，便没有下文了，也不知道是陈述句还是疑问句。

见他半信半疑，秋离想再解释几句，又怕越描越黑，纠结之际，方泽不知道从哪里得到一张字条，递给元辰之后，元辰的脸色便阴沉下来。元辰突然对她抱拳致歉，说有急事，需要先离开。

看着匆匆离去的元辰的背影，秋离突然对眼前的景致也失了兴趣，虽然街上依旧灯火通明，热闹非凡，可是她觉得心里没着没落，仿佛周遭的一切都不如元辰在时那么吸引她了。

她也无法解释为什么自己会有这种感觉，只是随便在街上转了转，便悻悻然回了楚宫。

走回院子，秋离发现元辰负手站在院子里等她。风吹树叶婆娑，带来此起彼伏的虫鸣。他的衣摆随风飞舞，忽然之间，秋离的心情就从悻悻然变成了雀跃。

月光下，他二人并肩而立。

秋离问："我看你走时神情凝重，是否遇到了什么难事？可否说与我听？"

元辰沉默了半晌后说："消息传来，赵王今日去了。我曾为赵人，多少有些哀思。先赵王早年间也算得上英雄神武，可惜……废长立幼，总是君王大忌。昭国这一动乱，我在昭国的一些部署被打乱，所以匆匆赶回来，做了些调整。"沉默半晌，元辰叹了口气，"我们尽快离开荆国才好。我想，不出几日，荆国也要兵乱。"

秋离不解，荆国歌舞升平，街市上热闹非凡，怎会突然间兵荒马乱？

只听元辰解释道："古来长幼有序，帝王出游，车马、随从、排位都是有一定规章的，而这次荆王给太子商宸和公子职画的完全一样，就说明荆王对太子不够重视，多少也生了废长立幼的心……"

秋离觉得元辰有些小题大做，女帝虽然严格，可是对于小节一向不重视，每次出游她都和司卿乘一朵云，也没觉得哪天女帝会传位给她啊。"不过是一次出游，哪能看出这么多门道。"

元辰不与她争辩，只是淡淡笑了笑："你今日累了，早些休息吧。不要在宫中乱走，以免惹上麻烦。"

秋离点头要走，突然又被元辰叫住："差点忘了，我想把这个给你来着。"

秋离回身，元辰递给她一个香包，颔首道："今日突然离场，扫了姑娘兴致，聊以赔罪。"

秋离接过那香包，紫色的缎面上绣了两朵荷花，并蒂莲。秋离认出这是自己晚上在小摊旁看上的香包。

她只不过多看了那香包两眼，没想到他竟这般细心，将自己的小心思都察觉到了。她有些惊讶地抬头，迎面对上元辰的眸子，只见那眸子中仿佛盛了万点星光，含笑回望她，眸子的主人声音轻柔："你的眼光不错，这个荷包的绣工和用料都是顶好的。我在里面放了我调的杜衡，为了衬香包上的图案，还特意加了一钱干荷花。你闻闻看，可还喜欢？"

被石兰兮带杜衡，折芳馨兮遗所思。

前几天他教她念诗，正好提到过这一句。山鬼身披石兰腰束杜衡，折下鲜花送给喜欢的人。

秋离一时间失神，不知道他突然送她杜衡，可有别的意思。她下意识地去望他，正好对上他深沉明亮的眸子。回想起方才他柔和低沉的语气，这样的蓝衣翩翩，加上不知从哪里飘来的荷香，秋离恍然间以为自己回到了婆罗池畔，眼前的蓝衣人和记忆中的重叠在一起，只听故人轻声问自己道："怎么脸色这样差？可是白日里又跟人起了冲突？来，我给你泡了盏茶提神，你尝尝看，可还喜欢？"

她控制不住自己红了脸，也顾不上礼仪，接过香包，转身跌跌撞撞地跑了。过了万年，每每再想起那故人，她还像个没有长进的孩子，只好落荒而逃。

身后白月清风，秋离一口气跑到月亮门后，背靠在石门上，低头摩挲手中的香包，脸上不自觉地露出一抹笑意。她一直觉得元辰身上有一种特有的好闻的味道，今天才知道，原来是他自己调的杜衡。

她手握着香包，心中止不住地愉悦。

方泽看着秋离突然离去的背影，有些莫名其妙，挠着头问元辰："秋离姑娘这是不喜欢公子的礼物吗？怎么突然就跑了？"

元辰不疾不徐地拂拂衣角的褶子，抬头看看月亮，眼神落在遥远的地方："不知道。"

方泽惊讶："这世上还有公子不知道的事情？"

元辰斜眼看了方泽一声，方泽闭嘴了。不过方泽跟在元辰身边多年，早已习惯了他的寡言少语，于是养成了自言自语的好习惯：“公子，萧国是产烟花的大国，每个节气都会放烟花庆祝，宫中更是少不了，秋离姑娘怎会说她没见过？其中是不是有什么蹊跷？”

元辰负手：“没什么蹊跷，她本就不是萧国公主……”

方泽嘟嘴：“凭这一点就断定，公子你是不是太武断了？”

元辰的眼神不知落在哪里，很是遥远：“不可能，时间、地点、年纪都对不上。”

方泽一下子疑惑起来：“公子你说什么？”

元辰的眸子沉下来，不再回答他：“夜深了，安歇吧。”

夏至后，秋离一直对着荷包发呆。

她揪着馒头，在湖心亭中边喂鱼边发呆。他送她荷包，对她照顾有加，是喜欢她，还只是出于礼貌？她想起他们一起看烟火的情景，就会忍不住嘴角上扬，然而，她很快便管住自己的嘴角，唉，说不定只是她想多了。

于是，她一块一块揪着馒头，一边扔，一边念叨：“他喜欢我，不，我想多了……”扔到最后一块，发现真的是自己想多了，秋离心中有些酸酸的感觉。

终于，荆王接见了元辰。

秋离原以为向荆王讨苍龙阙是件困难的事情，她料错了，不过片刻工夫，元辰便从殿里出来了，手中捧着玄铁小盒子，盒子中放的正是苍龙阙。

秋离很吃惊，悄悄问元辰：“你是用什么东西换来的这个？”

元辰儒雅地扬了扬嘴角：“荆王后的埋骨之地。”

秋离又吃了一惊：“荆王后？是祝融恽的母亲？”

元辰摇头：“荆王后，郑清羽是公子职画的亲生母亲，也是荆王祝融恽最心爱的女子。”

在郑夫人潜意识里看到的那个红衣女子浮上心头，秋离讶异：“自己心爱的女子，难道不知道埋在什么地方？”

元辰笑了笑，看了两眼身边跟着的祝融恽的心腹，未再言语。

秋离的好奇心被吊起来，那个郑清羽到底是什么人？若她才是荆王最爱的女子，为什么她的儿子会流落民间？而现在的郑夫人，又如何从一个丫鬟摇身一变集三千宠爱于一身？她知道现在不是个好时机询问元辰，却实在按捺不住，便施了隐身术摸去了御书房，找到了一卷《荆国记》，然而，那上面并没有本朝的事情，最新一段历史，停留在先荆王时代，上面与郑清羽有关的记载，不过寥寥数句。

荆五十四年中秋，先荆王与百官同庆，席间见太傅郑氏之女清羽美貌伶俐，以诗句政局问之，皆对答如流。先荆王大喜，赞曰：“得此女者必为一代英王，荆国有郑氏乃大幸矣！”大有封为下任王后之意。

同年，先荆王危，是时，太子恽出征，驻守边关十月。先荆王卒后，太子长兄祝融艰矫旨欲以称王，郑氏女阻之，迎太子归朝。百姓皆云，先荆王果有远见。

不过是一段血腥的夺位史，字里行间，却似是能看出郑氏清羽的聪明和能干，但除此之外，并无其他。

她在书房中兜转许久，再找不到什么有用的东西。到了晚上，她便摸去了元辰处，冲着元辰扮个鬼脸：“元公子，能不能借今日荆王给你的那块牌子一用？”

元辰笑笑：“何用？”

秋离犹豫了一下，决定据实相告：“好奇。小时候我学过一些小法术，可以通过人贴身的物件，大致窥探到他生前发生的事情。”

元辰倒也大方，将手上的苍龙阙递给她，不卑不亢地问：“你这个法术，可以让我也看看吗？”

诚然，不欠人情是她的好习惯。她不是个小气的神仙，八卦这种事嘛，多些人一起听更有趣。她有点庆幸，至少，司卿给她留了八卦的本钱。

秋离对着那块苍龙阙使了一个浮生咒，点点往事画卷般在他们面前展开。

时光如水倒流，面前的景致如走马观花般变幻，一个回眸，便定格在了二十多年前。

荆五十一年夏，清羽上街为妹妹清云选礼物。清云与她并非一母所生，清羽是嫡女，清云是庶女，而且母亲去得早，在府中的待遇，自然不同。清羽心善，怜清云自小失了母亲，便人前人后对她呵护有加。清云生辰将至，她想亲自挑选一个礼物，免得别人将她妹妹看轻了去。

今日，她在古玩店中看上一支金钗，方要拿起，就有一男子声音自背后响起，他也看上了这支钗。

她寻着声音望去，男子与她年龄相仿，蓝底袍子上面绣着月白的水纹，一看便是王孙贵族家的公子。

她面上覆着白纱，男子看不到她的模样，她却可以大胆地看着他。逆着光，清辉洒了他满身，清羽想：这真是一个耐看的男子。

可是，这个耐看的男子并不甚怜香惜玉，执意要同她抢这支金钗，他要将这钗送给他及笄的姐姐，并没有因清羽是个女儿家便有相让的意思。

店家也为难，眼前二位衣着华贵，显然都不是他得罪得起的。索性，她和那个公子决定，斗诗论胜负。

生逢乱世，以战为题。

她先语："山河狼烟起，矛戟破天光。"

他对曰："九州云如羽，铁马碎冰河。"

他再念："遥知故土亡国恨，可堪他乡琵琶曲。"

她对曰："愿能盼得明月归，不忘沙场有情郎。"

大概年轻时，世人都不知道"收敛"二字怎么写，总是莫名愿意争强好胜。他二人似是卖弄学问，一首接一首，对得如流水般顺畅，越对越觉得意气风发。

末了，不知怎的生了狭路相逢、英雄惺惺相惜的感觉来。

十几个回合下来，店家都等得不耐烦了，他们二人还是滔滔不绝。未几，对面男子拱了拱手："姑娘好才学，恽自叹不如。"拂拂袖示意小厮，将金钗让给了她。

她笑笑，毫不客气接过了金钗。

恰巧一阵清风吹过，吹动她的面纱，白纱微掀，阳光径直洒在她凝笑的朱红嘴角，晃得对面的少年恍然失神。

见少年失神，她嘴角的笑意更浓。

那笑意，看得元辰也有一瞬间的愣怔。秋离心中有些酸意，用手在他眼前晃晃："哎，被美人勾得魂儿都没了。"

元辰摇摇头："只是突然想起世人对清羽的评价，有些感慨。"

秋离有些好奇，追问元辰是什么评价，只听他略带怅然道："后世人评价荆王后清羽时，说她是个精彩绝艳的美人，只可惜不爱笑。不过，也有人说，她不爱笑也挺好的，毕竟她的眼神中盛了太多的凌厉和果决，若是嘴角带笑，倒让人觉得别扭了。"

后面的话，元辰没再说，秋离回头看着清羽此刻嘴角洋溢的笑意，恍然了悟他话语中的怅然。因为没人知道，清羽也曾爱笑，笑起来正如少女般干净明媚，轻易让人失了神。后来，她眼底如何盛了那些凌厉，恐怕只有懂她的人才明白。

抢钗一事就此翻页，在少年清羽的记忆中，公子恽是个不算大度，不算小气，才学不高不低，也就模样还不错的少年罢了。

这件事，清羽从未对母亲提过，少年间的小打小闹不足挂齿，再加上当街与男子对诗有失身份。只不过将金钗送与清云的时候，她随口当个笑话提了提，便没有然后了。

半年后的春天，郑夫人领着清羽和清云去息夫人处小坐。清羽同妹妹皆到了及笄的年纪，母亲这日带她们来串门，也不过是提前走动走动，看日后是否有说亲的可能。

息夫人穿着一身湖绿色的轻纱，虽已过了不惑之年，可是皮肤依旧娇嫩如夏日仙桃，指尖的朱红丹蔻衬得她多了几分小女孩没有的娇媚。息夫人看着她母亲笑笑，玩弄着手指上的玉镯，声音婉转如黄鹂："恽儿这个年纪还没有定性，前几天听下人说，他在集市上遇见了个姑娘，现在满皇城找人家，也是个荒唐人。”她声音轻轻上扬，似是有些说笑，“将来，找个管得住他的才好。”

言下之意，究竟将来婚事成否，要看清羽的本事了。

清羽默不作声地低头吃茶，面上表情不变，心里却轻哼了一声，莫名地感觉别扭，原来是个登徒子罢了，谁稀罕非要嫁你！

她母亲也赔着笑：“谁家的姑娘，这样叫人挂心？”

息夫人叹气：“不知道啊，听下人说，他二人在古玩店对了几句诗。想来，能念诗，也不是什么随便的人家。”

清羽吃茶的手放下，头埋得更深，有点脸红了。

他，在找她？

她拧了拧手中的帕子，之前别扭的感觉不见了，取而代之的是脸色越发红起来，哼，你个登徒子，谁稀罕你找。

之后她母亲便和息夫人聊起家常，清羽无聊，随意走走时，恰好遇见了夫子在同祝融恽讨论政事。

她躲在朱红的柱子后，提着裙角，屏息听着他二人辩论。

天朗气清，空中浮云朵朵，夫子和祝融恽并立院中松柏树荫之下。夫子捋着长长的白胡须，声音悠长缓慢：“列国战乱，国家大小不一，实力强弱不一。为君之道，以小博大，先肃弱而后谋大，此稳矣。”

那时祝融恽年纪虽小，一身青衣却衬得他气质分外好，谈吐间有种常人不及的自信：“欺弱怕强，不仁；军队分治小国，化整为零，不智；邦交开展，边界人民不宁，不安。齐治国如此，便是不仁不智不宁之国，若恽为王，必先图之。”

言下之意，便是要与霸主齐国争锋，小小年纪有此见地，清羽莞尔，他，倒也有些意思。

这日的祝融恽，头发一丝不乱地盘在头顶，青色长袍及地，清风拂过他的衣角，有种玉树临风的感觉。她这才发现，那同她抢钗的小少年，玉簪束发的模样倒也英气逼人。

院中桃花灼灼，她躲在殿后望着那一袭青衣，忽而想，若是此生和此人共度，也不是一件坏事。

一颗芳心，便在这满院粉红桃花中，默不作声地动了。

再几日，无崖子无意间得了清羽作的一首诗，颇为欣赏，于是写信寄到清羽家中，想要收清羽为弟子，要她去山中修习一年，问她可愿意。山中修习清苦，她母亲怜她千金之躯，希望她仔细考虑。

清羽莫名想起祝融恽，想起他谈吐自若地评论天下政事的模样。她想，如果有一天，她站在那人身边，定要有配得上他的才华才好，无崖子颇有盛名，若能成为他的女弟子，那名气便大大不同。

想至此，她便应了。

山中修行没什么乐趣可言，无崖子很是苛刻，讲述治国治天下的理念，常常要她作文章。刚开始的时候，清羽觉得辛苦，但久了，她也觉得这些事情有意思。

家国天下，看起来很遥远，可是在乱世之中，就算只是一个女子，肩上也应有这份责任。

偶尔她会收到妹妹清云的来信，向她请教如何对诗。她讶异于妹妹突然对诗文感兴趣，因此每次都认真回复妹妹，想让妹妹将这兴趣保持下去。

书信回得多了，很多内容她记得不是很清楚，只记得大体是些情诗，她一面笑这小妮子春心动了，一面一一为她解析诗句。唯一让她记忆深刻的一次，便是清云问她，最悲伤的感情，应是什么样子。她不懂情，山中修习，却让她懂了离别之苦，想了想，她动笔回了一句："同心而离居，忧伤以终老。"

大概，最忧伤的，不过是，我心悦你，却无法与你身在一处，抱憾而终。

元辰微微向前倾身，从秋离的肩头望过去，仔细看这信上的笔迹。

由于贴得太近，秋离的心忽而不听话地漏跳了一拍，不自觉往旁边侧侧身，脸微红地问他在看什么。

元辰答得倒是大方："我听说，清羽下葬的地方没有任何陪葬品，唯有一封信随她入土，上面也写着十个字——同心而离居，忧伤以终老。"

秋离一愣："你好奇，信上的笔记是不是一样？"

元辰没说话，点点头。

秋离想，握着一封写给自己妹妹的信下葬，这个清羽倒是挺有性格的，她喜欢。不料，元辰叹口气："原来命中有些事情，早就注定了是劫不是缘。"

秋离再问，元辰却不再多说了："故事总是要自己看才有意思，提前告诉你结尾，便无趣了。"

然而，此信之后，清羽再未收到清云其他的来信。

无聊发呆时，清羽会想起祝融恽的脸，每每想起，都莫名地忍俊不禁；明明在念书，却恍然失了神。

一年后，清羽出山。临行之日，无崖子与她对立山门前，山高风寒，山顶皑皑白雪终年不化，一片寂寥，唯有几棵挺立的松树迎风而立。无崖子和清羽一青衫，一红袄相对立，似两位遗世而立的仙者。

无崖子道："清羽，临行前，为师还有最后一句话送你。"

清羽颔首，轻笑，那笑容自信而灿烂，仿佛雪山上绽开满目的无忧花："师父请讲。"

无崖子默了良久后开口："要知，情深而不寿，慧极则必伤，你日后行事，尽力便好，莫要强求。"

当时的清羽参不透这句话的含义，只是叩谢师恩，便离开了。

半月后，清羽再次回到荆国境内。恰逢中秋大宴，先荆王见她聪慧，喜欢得紧，也因此，她得了"得此女者必为一代英王"的批命。清羽欣喜，脸上倏地一红，望向席上正在吃酒的公子恽。他目不斜视，并没向她这边看来。

清羽却兀自心跳漏了一拍。一年不见，记忆中的少年个头高了，眼眸也越发深沉了，长眉直插鬓角，目光沉似大海，波澜不惊。

褪去了少年的稚气，取而代之的，是男子的沉着。

清羽在山中苦读一年，为的，便是有朝一日配得上他。此刻，她望着他俊美的侧颜，打定主意，若是他为王，她定全心辅佐。

只可惜，人算不如天算。后来，先荆王虽然立了公子恽为太子，可是公子恽领兵出征几月时光，荆王暴毙，公子艰叛上作乱，意图自立为王。

公子艰手下士兵五万包围了都城，斩杀了拿着先荆王手信的大臣，披上了龙袍。为了给自己正名，他一方面在荆国境内假造祥瑞之景，一方面斩杀所有不臣服于他的大臣，一时间人人自危，人心惶惶。

最后，他要强娶郑清羽为妻。只因当初先荆王那句“得此女者必为一代英王”的批命，公子艰便要娶她为王后，以证明自己不是辜负先荆王的好儿子。并且以她郑家在政治和军事上的影响力，只有获得郑氏的支持，这个王位公子艰才坐得稳。

当时郑府被公子艰手下的士兵围困，士兵拿刀尖抵着郑氏全部女眷，要将她们收押入宫中，说是准备大婚。清羽父兄手下有精兵十万，只可惜和祝融恽一起被牵制在远方的战场，远水救不了近火。

一向祥和的郑府，徒生了刀光剑影的凉意。月光清凉，郑府的后院却被士兵的火把照了个通红。清羽透过火光，看着满院士兵冷笑，公子艰也是个聪明人，他只不过担心她兄长手下的兵马，就用这样冠冕堂皇的理由将他们藏于冷宫，收为人质。

冷宫清冷，寸草不生。一家人陡然被囚禁还没有安顿下来，清云却突然将她拉去僻静角落，向她坦言，自己已有四个月的身孕，如果日后有什么不测，请清羽无论如何帮她保住孩子。

清羽逼问清云孩子是谁的，无奈清云不答，只是一直流泪，她心软，便应了清云。毕竟，现在的形势之下，怎么保住郑氏一家上下一百七十口的性命，比弄清清云肚子中的孩子是谁的，重要得多。

父兄皆不在家，母亲又是个躲在深闺中的妇人，保护全家周全的重担，一下子落在她这个长女身上。

她一面与公子艰周旋，一面掩人耳目延请大夫入宫来给清云保胎。宫中公子艰的耳目众多，她几乎无法与城外父兄的军队取得联系，只能自己密谋扳倒公子艰，再加上还要避人耳目帮清云抓药保胎，短短五个月内，消瘦到形如枯骨。

终于，五个月后，清羽将一切谋划妥当——她要刺杀公子艰。

公子艰防备心极重，他们唯一的突破口，便是公子艰祭天之时。

唯有祭了天才是名正言顺的王，而人在目标实现之时，多少会放松警惕，而这就是他们的机会。她已同赵相商量好，在天台上刺杀公子艰。

杀了公子艰后，有没有命逃走，她并不知道。她只知道，她不想嫁给他，因为从始至终，她想嫁的只有祝融恽一人而已。只要公子艰死，公子恽便是唯一可以继位的人，到时候，不管她还有没有命活着看到，总归是帮他完成了心愿。

本是刀尖舔血的买卖，可是想到那人登上王位时的模样，她莫名多了几分勇气。

当然，她也在赌，赌她和祝融恽的默契。她相信，要想推翻公子艰，祭天的这一天，就是最好的时机，她相信他也会有所动作，只要她杀掉公子艰后能送信号出城，他定能及时来相救。

事已谋定，清羽早早上床歇息，为明天的大战养精蓄锐，然而躺了半晌，还是翻来覆去地睡不着。面对生死，说不怕是假的。于是她又起身，决定写一封信留给祝融恽。

早春入夜依旧有些凉意，再加上她身子不好，更是怕冷得紧。她将窗户关紧，在桌旁点起一盏小灯，哈气暖暖手，提笔写道：见信如晤。君见此信时，妾想必已不在人世。与君缘起于一金钗，思慕君两载，终是有缘无分。妾心系君身，愿以性命换君似锦前程，望君谨记，不仁不智不宁之国，必先图尔。

她搓搓手，将烛心轻挑，屋中亮堂了一些。她在火上暖了暖手，本来还想写写她这两年来对他的喜欢，又觉得太肉麻，于是作罢。

她将信拿起，反复读了两遍，觉得语气拿捏得正好，于是，落了款：荆五十六年三月二十日夜，羽。

她将信好生揣在信封中，封口之前，犹豫了许久，又添了一笔：山无陵，天地和，乃敢与君绝。

她第一次写这样肉麻的诗句，不由得脸红心跳，可是她想，如果她真的死了，死前连一句情话都没说过，也太窝囊了。她将信好生藏在被中，若她不能活着，定有他人能发现这封信，转交给他。

一颗心怦怦直跳，一夜未眠，清羽睁着眼睛，终于熬到天亮。

第三章

人情恶

翌日。

清羽一早便起来梳妆，她穿上大红喜袍，这喜袍是入宫时照她身形裁的，可是因为这几个月她过度消瘦，现已大如布袋，在她身上随风摇曳。清羽眯眼看着朝霞的方向，心跳得很快。今夜暮色降临之时，她和公子艰，只会有一人活着。

朝霞红似火，将半边天晕染开来，仿佛预示着什么。

不多时，公子艰手下的士兵，便领她去天台祭天。

事情进行得很顺利。很快，祭天台上，只有她、公子艰和他手下四名亲信。余下的人，皆在台下仰望他们。

公子艰在祭台前跪下，合上双目，准备祈祷。清羽将眼睁开一条缝，微风拂过她的面庞，吹乱她的发丝，但是她不敢眨眼。她盯着公子艰弯腰磕头的那个瞬间，认准机会，拔下头上的金钗，冲着公子艰刺去。她手快，公子艰的护卫手更快，还不等她的金钗碰到他，便被护卫发现，一瞬间四把明晃晃的剑，架在了她的脖子上。

然后，对面人的血，溅了她一脸。

是赵相。他虽没有登上祭台的资格，但他可以伪装成清羽的家丁站在祭天队伍的最前列，趁四名守卫借将注意力放在她身上之时，从台下一跃而起，手起刀落砍下了公子艰的头颅。

公子艰身死，场面一时失控，她的双腿还有些发软。她不记得自己是怎么从祭台上跑下来的，只记得祭台上打杀声震天响，赵相护着她从祭台上一路杀下来，不多久两人身上便皆是血迹斑斑。

清羽肩上中了一箭，疼得她几乎晕厥过去。就算身边有赵相的搀扶，她也几乎无法站立。混战中，突然城门大开，她看到了为首那个骑在马上奔腾而来的少年，正是她日思夜想的人。祝融恽竟真的跟她心有灵犀，在同一刻动手。此刻，清羽觉得，就算受再多的伤，都不痛了。

她看着他一路向自己冲来，心中盛满欢喜。马背上的人坚定自信的眼神，势不可当。那刻，她忽然明白，她想要这个人坐上王位，她想要看他一统江山，因为她，早在不知道什么时候，便爱上他无论什么时候都坚定、自信的眼神。

为了他眼中的自信和坚定，她可以豁出自己的性命。

后来，清羽因为受伤过重，昏迷过去。在她昏睡时，天地易主。

公子恽登上荆王之位，等她醒来便听闻，荆王恽为她裁了嫁衣，要娶她过门，就在明日。

清羽欣喜地让喜娘帮她梳妆，她最近消瘦气色不好，他都没有见过她最美的样子。两年多以前，她同他在首饰店中相遇，那时，她正值豆蔻年华，只可惜戴着面纱，他没看到她。后来，她去他家串门，她躲在柱子后面看他，他依旧没看到她。

如今，她终于可以与他举案齐眉，她想，她一定要问问他，是否能猜到，她便是两年前那个同他斗诗，后来他满城找，却没找到的姑娘。

她特意叮嘱喜娘，将脸上的妆施得厚重些，她不喜欢浓妆艳抹，只是担心自己现在不够好看，她想将最美的一面给他看。

清羽满心欢喜地上了花轿，喜娘帮她盖上盖头。喜娘从小看着她长大，有如乳母的情分，她不知道，为什么喜娘看着兴冲冲的她，眼底有一抹她不懂的哀色。

她想，喜娘大概是舍不得她。于是她善解人意地安慰喜娘：“阿妈别伤心，清羽去嫁给自己喜欢的人，阿妈要为清羽开心才是。”

喜娘看着她欲言又止，叹了叹气，还是紧紧握住她的手，嘱咐了一句：“进了宫，万事小心，照顾好自己。”

说完这句，盖头便放了下来。清羽眼前倏地暗了下去，但她并不害怕。她是要去喜欢的人身边，路再黑、再长，她也不害怕。

锣鼓喧天中，清羽从郑府被人抬进了王宫。

她满心欢喜地在轿子中等待着，等待她的心上人揭开她的盖头，将光明和美好带给她。

等待的时候眼前是一片未知的漆黑，而在这片漆黑中，清羽不知道的那些回忆片段，一一在秋离面前展开。

祝融恽祭天称王，郑氏扶持有功，她的兄长被擢为护国将军，领二十万兵马。郑氏还希望再出一个皇后，先荆王早有意许清羽后位，清羽的父兄自然提出要让清羽做王后，却被祝融恽驳回。

大殿上那般空旷，空旷到祝融恽说的每一个字，都掷地有声。他说：“公子艰已娶清羽为后，那孤任新帝，又怎可立自己嫂嫂为后？孤愿与郑氏结两姓之好，只是人选，需要再斟酌。”言下之意，是娶清云过门。

这番话，还好清羽没有听到。这话落在秋离这个外人耳中，都要替她疼，何况是刚从刀尖上捡回性命的清羽。她劳心劳力了五个月，瘦得脱了相，帮他争回王位，她一心一意地喜欢他，他却因为他哥哥曾扬言要娶她，便嫌她名声不好，要换人。

双方僵持不下，在朝堂上争了一天，祝融恽势弱，最终同意娶清羽过门。

这一切，清羽并不知道，她醒来，听到的消息便是，荆王要娶她过门了。

屋外婚礼的热闹喧哗离她很远。她一人坐在床尾，等着他掀盖头。

屋内很静，更漏窸窸窣窣的声音暗示着时间的流逝，清羽紧张得手心出了汗。

清羽也不明白自己在紧张什么，刺杀公子艰的那天，她也没有这样紧张。

她想，他会主动同自己说话吗？若是他不说话，她第一句话又应该说什么呢？

你好？太俗套。

你来了？太傻气。

她思前想后，心里揣着一句“我喜欢你很久了”，却不知道应该什么时候说出口才合适。

要不，就说那句她写下的情诗：“山无陵，天地和，乃敢与君绝。”

她要与他白头偕老，此生，或喜或悲，是福是祸，她都是要陪着他的。

不待她理清思路，门便被人推开了，她的心怦怦直跳，脸上却努力攒出了镇定的微笑。

她模样生得很美，笑起来的样子更美，尤其是今日化了这样美艳的妆，又是从心底生出来的笑容，她想，她有把握他会喜欢上她。

毕竟当年，他曾经看着她的笑容，不小心失了神。

还不等她的思绪整理完毕，头上的盖头便被人近乎粗暴地一把拽下，盖头摘下后清羽对上的，是一张冷冰冰的脸。她完全不曾预料到对上祝融恽这样的神情，以至于一时间有些愣住了。

祝融恽的声音也是冷冰冰的：“终于成了王后，你可满意？”

她不知他是何意：“嗯？”

他眼中似乎有怒气：“若不是为了能早日封清云为妃，孤怎会妥协，这么快娶你入门？”

她还是一头雾水。

祝融恽转身拂袖出门，窗外的月光在屋内碎了一地，冷风吹进来，刀一般刮在她脸上，先前祭台上留下的伤口还隐隐作痛，痛得她灵台有些混沌，思量着他方才的话。

变故来得太快，她还没回过神，不清楚他方才说了什么，他要娶清云？可是清云明明有了身孕……

脑海中有什么念头一闪而过，可不待她想清楚，便听殿外小厮跌跌撞撞地跑进来报，清云被清羽的贴身丫头撞倒，跌入水池之中，早产了。

她手脚有些发凉，拖着疲累的身子从床上挣扎着爬起来，一口气跑到清云的产房门口，产婆将她拦在门口不让她进去："新娘子大婚之日不能进产房，见了血不吉利。"

清羽担心妹妹安危，使劲向里面张望，无奈产婆拦得紧，她进不去，只好问："清云怎么样了？"

产婆脸色有些不好看："大人孩子只能保一个。"

清羽本想说保大人，可是记起妹妹入宫前的嘱托，便生生将要出口的话咽了下去，转而道："保孩子。"

话音刚落，便被身后一个怒气冲冲的声音打断："保大人！"

她回头，来人不是祝融恽又是哪个？呵，他身上还穿着和她成亲的喜袍便急匆匆地赶来，脸上的焦急之色难以掩饰。方才在屋中来不及想明白的事情清羽突然有了头绪，原来妹妹的心上人，也是自己的心上人。

只可惜，整个荆王宫的太医在产房进进出出忙碌一整晚，大人终究没保住。

清云的血染红了整个房间，祝融恽不顾手下人阻拦冲进了产房，跪在那片血红中，紧紧握住清云的手，他将她的手放在自己怀中暖着，仿佛这样便能阻止眼前人离开。

清羽呆立在门口看着这一切，想不明白祝融恽是何时爱上清云的，但是她看着祝融恽跪在清云的房间失声痛哭，便明白，祝融恽有多爱清云。

定然是爱已经深入骨髓，所以他才会两腿脱力直接跪倒在床边，将一身是血已经断气的清云抱入怀中，身边的人怎么劝，他都不肯松手。

心中有一个地方细细密密地疼，清羽想，若是死的人是自己呢，他会伤心吗？太医说她那一箭伤得很重，若不是她意志力强，大概就回不来了。

天快亮时，祝融恽终于摇摇晃晃从清云房中走出，满身的血迹，仿佛地狱来的修罗，他赤红着双目看着她，眼里有清晰的恨意，看得清羽浑身发凉。大概，他对清云的爱有多深，对清羽的恨便有多深。他路过清羽身边的时候，声音冰冷，问："为什么死的不是你？"

清羽身子一震，久久说不出话来。她忽而被无力感包围，后悔她活下来，要是在祭台上被那一箭射死了，或许他会少讨厌自己一些。

她终于悟了，原来他从未喜欢过她。是啊，他从未说过喜欢她，她凭什么认定他会欢天喜地地迎娶她？难道只是因为一年多前，他们在金钗店有过一面之缘？

这样的理由，她现在想想都觉得好笑。真的好笑。

聪慧如清羽，不会不怀疑那天清云的死因。只是，祝融恽盛怒之下将她的丫鬟都杀了解气，她着实无从查起。

后来，清羽从只言片语中了解到那日朝堂上祝融恽和他父兄关于郑氏立谁为后的争执，又听说兄长为此事对清云很是不满。

她知道兄长向来不喜欢清云，若说他为了护着自己做出了什么事，也不是不可能。总归，清云的死，与郑氏脱不了干系。而她作为郑氏嫡女，清羽叹气，祝融恽恨她，也不算恨错了人。

祝融恽因为失去心爱的女子，打击过重，从此一蹶不振，无心政事。每日上朝不过做做样子，不甚用心，作了很多荒唐的决定，如他自愿降低身份向大齐示好，甘愿倾荆国之力为大齐马前卒，引起了朝臣的一致不满；名士白里曦来投奔，他却因为白里曦长得丑，便让人家去放牛；心眼极小，大将子玉只打了一场败仗，就被他赐死了。

此番事故接连而出，大臣们坐不住了，以郑氏为首的百官上书让荆王放权，祝融恽也不含糊，将所有奏折丢给清羽来批阅。

她父亲是朝中太傅，兄长手握十万大军，想来，没有别人比她更适合做此事。

如此，便是四年。

她日日埋头政务，他夜夜买醉，两人互不寒暄，互不打扰，也算是过了些和平的时光。

其间唯一的插曲，便是她爹爹将远房表妹郑荠送到她身边伺候。荠儿进宫正是清羽刚当上王后那年的严冬。那日天气好，连阴了好几日的天突然放晴，正午的阳光暖融融，清羽批阅了一早上奏章有些疲乏，便捧着暖炉，躺在后院的摇椅上，看着湖中的波光粼粼，悠闲地晒着太阳。

荠儿穿着桃红色的小夹袄，圆嫩嫩的小脸，青春灼人。清羽瞥了她一眼，便知道父兄的用心，只好苦笑。她这些日子实在是不得宠，让家族一起跟着发愁。

她起身打量眼前的表妹，隐约想起小时来家中做客时，她同清云走得很近。见小姑娘低着头微微发抖的样子，清羽眉头微挑："你怕我？"

荠儿偷偷抬眼看了她，又迅速低下头，微不可见地轻轻点了点。

清羽眉头再挑："哦？为何？清云没同你说过我是怎样的人？"

荠儿脸色微微变了变，低头不语。清羽心头一紧，还是拿捏着语气："说来听听，总归你以后要在我手下做事，有事瞒着我可不好。"

荠儿扑通一声跪在她面前，声音带着几丝颤抖："荠儿不敢有所隐瞒。清云姐姐说王后是个厉害的角色，不易相处，明面上对人好，背后里会捅人刀子。荠儿是个没什么心眼儿的，在王后身边肯定是活不过三天的，还请王后娘娘高抬贵手，让荠儿回家吧。"

清羽的表情未变分毫，手上的暖炉却不小心掉在地上，应声而碎。

原来，她真心相待的妹妹，是这样想她的。

身边的小丫鬟想将那个暖炉拾起，她们知道那是清羽从娘家带来的暖手炉，她很是喜欢。然而丫鬟蹲下刚要动手，听见头顶上的人喜怒不明地悠悠道："坏了便扔了吧，有些东西，终究是留不住的。"

清羽还是将賫儿留在了身边，那是她父兄的决定，她无权置喙。

后来，她又从賫儿的只言片语中了解到，清云一直以来是很不甘心做个庶女的，她一直不喜欢自己庶女的身份，还曾在入宫后，托賫儿帮她从宫外请产婆入宫。按理说，宫内到了日子，都会请产婆来接生。提前寻找产婆，就说明，清云早就想好了要早产。

或许清云也听说了朝堂上父兄的争执，料想家族已经对自己动了杀念，便用了这样一招釜底抽薪，以自己的生命为代价，让自己的孩子成了祝融恽的心头肉，祝融恽不得不好生疼爱着。

清羽想通这一切时，正在用金雕的假指甲拨弄着桌上的香炉，香炉明明灭灭，她的心也跟着浮浮沉沉。她曾想写封信，将自己收集到的证据都呈给祝融恽，证明不是自己下手害死清云的，可是动了笔后又作罢，将一封写好的信好生收好压在箱底，因为她明白，若是面对一个活人，她总是有机会做得比她好的，可是，清云已死，她无论做什么，都无法撼动清云在祝融恽心中的位置。

而且她如此心高，又怎么会放下身段去跟一个死人比高低。

她只好作罢。只是可惜，祝融恽认定是她害死了清云，她还没有来得及对他说那句喜欢，已经永远失去了说出口的资格。

时间一晃而过，转眼便到了荆五十八年。

荆王去陵墓祭奠云夫人，途中遭了埋伏，行踪失联。正巧，齐国联合其他八国派兵攻来。荆国几位大将均被牵制，城内虚空，唯有两万禁军。

攻城之围何解，一下子难倒了荆国上下。临政殿中，几位肱骨大臣商量退敌之策无果，吵成一团。清羽坐在临政殿的侧位之上听着众人争吵，有些头疼。四年的时光褪去了她眼底小女生才有的紧张与不安，只剩下深不见底的寒意。毕竟，战国局势纷乱，世族权力纷争复杂，若是没有她的铁腕，荆国也不会如现在这样繁荣。

最后，令尹子文提议要她借荆王的名义，调郑氏十万大军回援救楚。她与郑氏同气连枝，定不会对她的求救置之不理。子文深受荆王信任，此提议一出一呼百应，所有眼睛都落在了郑清羽身上，只等她作决定。

是夜，月明星稀，一骑快马借着夜色的掩护，从楚城东离开。

马蹄疾驰，马背上的人正是郑清羽。冷风刮在她脸上，疼得她的神智无比清醒。出宫上马前的一幕，一遍遍在她眼前回演。

上马前，胥儿问她：“令尹大人既然有了好法子，为何王后还要走？此去凶险，王后万一有个好歹可怎么办？”

清羽不语。她有百转千回的心思，却不知如何讲起。

子文忠心耿耿，她绝不怀疑。只是郑氏本就兵权独揽，功高盖主，幸而一直忠心耿耿，听命于王室而幸免遭殃。雁门关离都城只一门之隔，若是十万大军听她指挥围困雁门关，岂不是日后想要造反就能造反吗？那祝融恽的王位，以后岂还坐得稳？

若是这样，那祝融恽，又怎还会留她郑氏活口？

她了解祝融恽。世人说他是个无能的王，只是因为，他的计较，世人看不懂。向强国大齐示好，并不是他目光短浅、好逸恶劳，只是中原已被割据，若想占地盘，在齐国的授意下攻打，才是更安全的。

白里曦有治世之才，祝融恽让他去放牛，还被嬴国用五张羊皮便换走，并不是他不识人，而是他知道没有世族撑腰的白里曦不可能在荆国立稳脚跟，所以还不如送他去嬴国，等嬴国强盛了，便可牵制大齐，解荆国之危。

城濮之战失败，他逼大将子玉自刎，并不是昏庸，而是他削弱世族必须的一步。他四年不理朝政，看似无能，实则以退为进。

荆国大族掌权，王权岌岌可危，而祝融恽要做的，就是先稳固王权，再取而代之。他这样处心积虑、步步为营，作为第一大世族郑氏代表人的她，与他有杀妻之仇，怎么能不惊心？

她初听到消息时，她便怀疑祝融恽一早便知道八国有出兵的计划，而他非要在此时出宫祭奠云夫人，只不过是要安排一个陷阱。他就等她挪用兵符好将她治罪。即使她一直不出手，真到危急时刻他也会回来。

他擅长揣测人心，他只是赌她不会袖手旁观罢了。

她心烦意乱时，有过犹豫，也曾拿不定主意，而现在的冷风将她的思绪整理得无比清楚——是的，她不可能袖手旁观。

他太了解她的软肋。

荆国有她的亲人、她的家园、她的子民，她赌不起，输不起，因此明知可能是陷阱，她亦会跳进去。

这些小心思，她如何对别人讲？告诉讆儿这些不过是一个泼天豪赌，祝融恽赌上了一城百姓的安危，要她挪用兵符，好置郑氏于死地？

她说不出口。

或许，她内心抱了一丝侥幸，只要她不说，这一切便不是祝融恽安排的陷阱，他便没有费尽心思地想要她死。

她不愿相信他这么恨她，毕竟她那么爱他，从第一眼见到他，便爱上了他。

破八国围困之局，清羽只用两步。第一步，她求了已经隐居的赵相出山，刺杀敌军主帅，扰乱敌军军心，拖延时间。

第二步，她散布谣言，说一切尽在荆王的掌握之中，一旦联军攻城，必定杀他们个措手不及。因为她料想祝融恽不会真的拿全城人性命开玩笑，他不过在等待契机将联军一举拿下，于是她用流言逼他提前现身。

五日后，大齐主帅被暗杀，八国军心大乱，被两万禁卫军打散，向城外溃逃，逃亡途中遇到荆王早在城外埋伏好的三万士兵，此一战，八国损失惨重。

这一盘棋，她每个子都下得精妙无比。只是，这场赌局，清羽作为赢的人没有半分开心。

楚军胜利的消息传来时，清羽正在院中赏月。夜风寒凉，讆儿为她披上斗篷，她却说不用。风虽凉，但比风更凉的，是她的心。

她对月叹息，呵，他所有的算计，她都猜对了，不枉夫妻四年。

然而，夫妻四年，她愿意将性命都给他，可他只想要她死。

荆王大败八国的消息传遍楚宫上下的同时，清羽带着瞀儿住进了清寒宫。

清寒宫是犯了错的后宫女眷关禁闭的地方，宫人不解她的作为，可是也没有谁敢拦她。荆王回宫后，听闻王后在清寒宫之事，一语未发。

清寒宫地势偏僻，因久无人住，连院中唯一的杨柳都枯死了，破败得不适宜人居住。夜里风凉，清寒宫显得比别的地方更冷，一阵凉风吹来，秋离没忍住打了个喷嚏。

元辰随即解下身上的外袍披在她身上。

秋离有些羞赧地道谢，又问元辰道：“你懂得多，你说清羽明明立了功，为什么还要搬去冷宫住？而且荆王知道了，为什么什么都不说？”

元辰清澈的眸子动了动，看得秋离心痒痒的，只听耳边他的声音如清泉：“清羽是个聪明人。”

秋离好奇：“怎讲？”

元辰低头看着她，不想直接将答案戳破，于是循循善诱道：“荆王设这个局，目的就是置她全家于死地。现在不仅被她破了局，还让她立了功，如果你是荆王，你怎么想？”

秋离从来没有过要害别人的心，所以没有办法将心比心想到害人不成会是什么感受。只不过，她回忆了一下执夙原来坑她却被白泽护住的情形，那个时候执夙好似气得要将牙都咬掉了，变着法子地和她作对，于是她试探着回答：“会挺生气的？可能一计不成再生一计？”

元辰笑笑：“孺子可教。”

所以清羽才先自罚去冷宫，躲开与他的正面交锋。

想通了这一点，秋离一下子有些替清羽难过。其实秋离一直都挺替清羽难过的，只不过这次感觉两个人有了类似的经历，便更加惺惺相惜。秋离自己人生最难过的时光就是在西山学府里日日被执夙欺负的时候，所以一结业她便逃也似的离开，再也没有和执夙打过照面。

她好歹能逃开执夙，可是清羽呢？欺负她的那个人，是她全心全意爱着，逃不开也躲不掉的夫君啊。

秋离觉得清羽实在是有点可怜，不由自主地叹了口气。

元辰侧头看她，温柔地问："怎么叹气了，是不是以前也被人辜负过，触景生情？"

秋离的眼睛猛地睁大："你……你莫不是会读心术？"

元辰指指秋离的眼睛："都写在眼睛里了。方才整个人脸色都不对了，应当是想起了什么不愉快的事情。"

秋离退后一步，睁大了眼睛看着他："你厉害得有点可怕。"

元辰抬手帮她捋了一捋额前掉落的细发，动作轻柔认真得让秋离心尖颤了颤。他的眼睛定定地看着她，嘴唇开开合合好似要说什么，终是什么都没有说。

与人交往，他极有分寸。虽然想关心秋离，却怕引起她的反感，于是转头看向前方："且看下去吧。"

秋离低头。她一颗心跳得不听使唤。幼年时那些不靠谱的桃花经历秋离时常拿出来吹嘘，说自己好歹算得上是万花丛中过，片叶不沾身了。那时司卿就会笑她说："你倒是想沾，你沾得上吗？"

一句话便戳破了真相，虽然说少不经事时她喜欢了好几个男子，但从没有哪个又给她披衣，又给她撩发的。和元辰这样的亲密动作已经超过了她过去万年中男女大防的界限，她却不想拒绝。

秋离不知道自己怎么了，她有些懊恼，难道又犯了以前那个见蓝衣男子就喜欢的毛病？

她偷偷侧眼看了元辰一眼，只见他神情专注地看着前面，心里不知道为什么觉得吃了蜜一样甜，蜜从心底漾到嘴角，变成了一抹掩饰不住的微笑。

因着清寒宫位置偏僻，所以没有人注意到清羽连夜请了一个大夫来宫中为她把脉。

秋离离得远，听不太清楚他们到底说了什么。只见沈大夫对她摇摇头，只言片语传来：“王后受了风寒，寒气侵入心脉，想必一年，最多一年半，便会……”说到一半，沈大夫便不忍说下去了。

清羽苦笑。命运对她，果然不够仁慈。

詧儿扑通一声跪在清羽身前：“詧儿请求王后珍惜自己的身子，那些政治上的事情，王后就不要再想了，好好歇歇，调养调养身子。”

清羽只是轻轻一笑：“政治上的事情，哪里是我说不想就能不想的。到时候身子调养好了，郑氏没了，你我都没命了，荆国，也不知道在哪儿了。”

年少时，清羽不懂无崖子为何会用那种略带惋惜的眼神看着她，叮嘱她“情深而不寿，慧极则必伤，你日后行事，尽力便好，莫要强求”。

想必，他已经一眼看穿了她的命运。

她与祝融恽大婚那日，清云去世，祝融恽以夫人之礼葬清云，丧礼一应事宜，全是她一手操办，丧礼办了七日，第八日，祝融恽抱着清云的骨灰向祖坟出发，而她，累晕在王宫之中，高烧三日不退。

她的病来势汹汹，宫中的太医说，她与公子艰周旋耗费了太多的心力，刺杀那日她又重伤未愈，一直操劳至今，以至于现在身子千疮百孔，已经如一棵枯柳。若是好好将养，还能活个十来年，若是太过劳心劳力，不过五年，便会心力衰竭而亡。

好好将养，说得轻巧。世家斗争纷乱，家中需要她这个王后撑腰，她怎么能不为家族出一分力；战国纷乱，荆国好不容易才在列国站稳了脚跟，她怎么能不为家国百姓，再出一分力。

即使出的这分力，要搭上她的性命。

人生在世，珍视的东西不同。所谓，知我者谓我心忧，不知我者谓我何愁。无崖子懂她无法袖手旁观，所以才会那样惋惜地说“尽力便好，莫要强求”。

慧极必伤，一语成谶。

这也是她最终的归宿。

清羽搬入寒清宫的第三日夜晚，祝融恽终于来看她。

灯火昏暗，祝融恽站在殿门口，隔着重重破败的纱帘居高临下地凝视她，烛光将他的影子拉得老长。

他的脸隐没在阴影中，声音也不带丝毫温度："王后好手段，不过三天，满朝文武皆上书请愿要寡人将王后接回宫中。"

清羽捧着竹简坐在矮桌旁，眼睛不曾离开书简半分，声音淡淡的，听不出是喜是悲："曲平原大人在召陵与大齐国使者恳谈三日未果，难道大王今日前来，不是为了此事？"

祝融恽一时被她噎得说不出话，轻咳一声："是又如何？"

清羽轻笑，仍不抬头看他："不如何。"说罢伸手挑挑眼前的灯芯，纤纤素手，细弱得不成样子，语气利落半点不拖泥带水，"妾有一计，只不过大王不会答应，不说也罢。"

祝融恽一愣，哑于她今日的坦率，觉得今日的她与往日有些不同，但又说不出是哪里不同，他沉吟半晌，终于将端着的架子放下来，几步踱到她身边坐下，抬手斟了一杯茶，推到她面前："王后但说无妨。"

清羽将书简放在桌子上，目光落在祝融恽推来的茶盏上，愣了愣。她入宫五年，与他对坐的次数屈指可数，更别提他为她沏茶，不由得苦笑，看来这次的会盟，对他来说，着实重要。

将茶放在手心中暖暖，清羽指尖蘸了一点茶水，在桌子上画了一张地图："齐南荆北，整个交界线都相邻，大齐不肯松口议和，究其原因还是忌惮荆国在北边布防的兵力。现在的大齐，没有用武力压制荆国的实力，唯一能做的，不过是抑制荆国北扩。"清羽的指尖在桌子上敲了敲，"可是北扩与否，空口无凭，大齐国君想要的，不过是一个筹码。"

说罢，清羽抬头，祝融恽正有些愣地望着她，她有一瞬出神。六年前，在首饰店中，就是这双眼睛和她对望；五年前，在祝融恽的府邸中，便是这双眼睛闪着自信的光芒。

好似这四年的岁月不曾有过，他们还是青葱少年，她还是那个爱慕着他的小姑娘。手边的蜡烛突然爆响，“啪”的一声将她从回忆中拽出，她凝了凝神继续道：“这个筹码，若是不够分量，大齐国君定不会让步，为今之计。”她顿了一下，其实祝融恽这样聪明，早就想到了，只是他不愿意而已，“为今之计，唯有送质子去齐国，才能定齐国国君之心。”

“放肆！”祝融恽的反应果如她所料，他一下子站了起来大声喝道，“寡人就商宸这一个儿子，待寡人百年之后，还要传位给他，你休要打他的主意！”

清羽面上表情分毫不变。商宸是清云的孩子，也是祝融恽唯一的儿子，若祝融恽舍得送儿子去齐国，今夜也不会站在她面前了。

她惨淡一笑，仿佛看穿一切似的轻声道：“不用商宸去，我去。”

“你去？”祝融恽挑了挑眉，面容有一瞬愣怔，随即又轻笑，“世人皆知荆王与王后不睦，齐国又怎会接受你做人质？”

清羽面容依旧是淡淡的：“可若是我腹中有大王的孩子，就另当别论了。”

祝融恽愣怔了好一阵子才反应过来，突然欺身上来，将她压在床边，眼神中透出说不清的鄙夷，一字一句，咬牙切齿：“你如此想做我的女人，我成全你。”

清羽心中钝痛，不着痕迹地将他推开，一向能绷住喜怒不外露的脸显得有些惨白：“不用，只要大王和臣妾做出恩爱有加的假象，之后的一切，都由臣妾和太医来安排便好，不劳大王费心了。”

她语气淡淡的，听不出是喜还是悲。她是那样骄傲，她不要他的施舍，即使做人质，决定要牺牲，她也要按她的方式，丝毫不肯让他看不起自己。

楚五十八年春，世人皆言荆王变了。

他忽而将王后从寒清宫接入凤禧宫居住，自此不再夜夜笙歌，和荆王后一生一世一双人，夫妻二人恩爱有加，传为荆国佳话。

早晨，清羽帮祝融恽穿衣束发，送他上早朝；夜间，他若读书，她便红袖添香；若是他晚归，她就亲自熬了银耳羹，送去他的书房。

看着清羽在厨房忙活的样子，瞀儿忍不住心疼她的身子：“王后，不过是做个样子，又何必这么认真？煮汤束发这种事，让下人去做就好了，您多休息休息。”

清羽只是笑笑：“不必了，这些事，其实我早就想做，不过一直没有机会罢了。”

她一直想做他的妻子，想为他束发，想为他红袖添香，洗手作羹汤。以前，她是端着架子，他不喜欢她，她也不去招惹他。如今有了这样的机会，她又怎么能随便让别人代劳？即便是做戏，她也不介意自欺欺人一次，只这么一次而已，毕竟，她没有多少岁月好活了，以前的她活得太过清醒，现在糊涂一些也不错。

这样的恩爱和默契，让作为旁观者的秋离看不明白，他们二人究竟是假戏真做，还是演得太好。

若是连旁观者都分不清，那戏中的人，不知道分不分得清。

一次国宴饮酒归来，两个人皆有些醉意上头，洗漱过后，同宿凤禧宫。祝融恽吟起了诗，清羽便自然而然地接了下句，二人从皇皇者华念到了关关雎鸠，四目相对，就那样水到渠成地放下了纱帘，一夜春宵，帐暖人欢。

隔着纱帘，究竟是祝融恽动了真情和清羽圆房，还是只是做戏给他人看，没有人知道。只不过，随后，便传出王后清羽有身孕的消息，满朝文武皆震惊，祝融恽下令大赦天下，二人如胶似漆，羡煞旁人。

只是，好景不长。

或许是祝融恽察觉到了自己对清羽在意，所以对清云感到愧疚，这种愧疚，终于在清云忌日之夜全面爆发，将两个人本要缓和的关系，再次拉回了冰点。

是夜，祝融恽去给清云扫墓回来，喝得烂醉。清羽没想到他今日会来她的院中，正一个人坐在院中于月下吹埙。祝融恽推门而入，浑身的酒气，眼中也是醉意，语气不善：“阿云写的曲子，你怎么会吹？”

清羽一愣：“这明明是我写的曲子。”

祝融恽不屑地笑了笑：“清云说你总是抢她的东西。”他似是醉意上头，“你是不是想说，那年在首饰店，跟我抢钗的是你，日后同我斗诗的还是你？”

她不明白他说的“日后”是什么，只喃喃道：“六年前的金陵街上，是你将那支钗让给我的。”

“呵。”

祝融恽不屑地打断她：“阿云说，你们是好姐妹，她什么都同你讲，可是你反过来利用她，抢她的功劳。”

清羽一向不屑于辩解，却也忍不住喃喃道：“我没有……”

祝融恽两眼赤红，酒意上头，自话自说：“你没有，你是说是清云顶了你的名同我在一起？你在山中修行的那一年，我和她有上百封书信往来，探讨诗词，难道那些信都是你写的？‘同心而离居，忧伤以终老’这样清新的句子，是你写的？”

若话也能锋利如刀子，那祝融恽所说的每一个字，都直接命中她的心脏，她失血过多，所以脸色只好惨白，脸色越发惨白，她就越发说不出话。

世上有句俗语：哀莫大于心死。如果非要给这词画出一个模样来，应该就是清羽现在的样子。

祝融恽明显是醉了，秋离看得出，他不过是在跟自己闹别扭罢了。那些年和执夙打架打多了，她能分辨哪些话是出于真心讨厌，哪些话是出于对自己不满意，要将怨气发给别人，虚张声势而已。

现在的祝融恽，便是后者。他对清云作了恩爱不相移的承诺，他守了四年，可是遇见清羽只三个月，他便破了功。他讨厌自己移情别恋，讨厌自己不坚定，可是每一次看到清羽，都不能控制地喜欢她。她本来应该是他恨的那个人，他却一步步不由自主地，沦陷到这个地步。

他讨厌自己动摇，可是他控制不住自己的心，所以只好把这股对自己的失望，加之于清羽。

可话一出口，他又讨厌这样的自己，觉得话说得太过了，无颜面对清羽，索性拂袖转身出门。

明眼人都看得出，祝融恽并不是冲她发脾气，可是她没有看出来。自从那句“那年在首饰店,跟我抢钗的是你,日后同我斗诗的还是你”之后，她便走神了。

她脸色惨白地盯着眼前的烛光,连祝融恽出门都没注意到。一直以来，她都以为，是清云和祝融恽先有了感情，是自己插足，所以总是端着正室的架子，从来没想过去插足他二人的感情。

而今日，她原来坚持的一切，忽而成了一个笑话。

当日夜里，清羽闭门谢客。她连夜请自己的母亲入宫，关于清云和祝融恽的纠葛，她从前没想着要去搞明白，现在，这些却以一种最残酷的方式，呈现在她的眼前。

母亲叹了口气，告诉她，清羽随无崖子山中修行的第二月，她带清云上山烧香，恰巧遇见了息夫人一行，那公子恽望见了清云头上的那支金钗，便对她产生了兴趣，两人不时传些情诗。

因为祝融恽登基前，清羽全部心思都在与公子艰周旋上，她母亲不忍用这样的事分她的心，祝融恽登基之后，事情演变出乎意料，便也没有了说的机会。

送别母亲，清羽将自己关在房间里，她本以为知道真相后会心痛，却意料之外地没有。时隔四年，她终于透彻领悟，其实说与不说，又有多少区别呢？

毕竟他们之间的误会太多了，解释不清。

就算那日在首饰店他见到的是她，又如何？就能抹去清云同他的情意，抹去清云为他生下长子商宸的事实吗？

她越发确定，那日清云是故意早产，故意去世。清云要以自己的命，为商宸博得一个好前程。因为，清云和祝融恽之间，本就源于一场祝融恽将清云认错的误会，若是有朝一日被清羽澄清，那清云便一无所有。

然而这个误会，随着清云的死去，再也没有了解释的机会。

清羽不禁自嘲，她以为自己绝顶聪明，可是在“感情”二字上，远没有清云来得通透。清云吃定她的骄傲，即便她有朝一日发现了这个误会，也是不屑于解释的。

她一向自命清高得很，怎可能与死人争个高下？

所以，清云永远是祝融恽年少时惊鸿一瞥的初恋，因为他的能力不足，没有保护好心尖上的恋人，清云利用祝融恽这种愧疚，让他对商宸一直宠爱有加。

临出宫前，清羽的母亲留下一个木盒给她，说是当年祝融恽和清云传的信，若是她想知道事情的来龙去脉，可以自己翻看。清羽本想将那盒子扔了，终究还是没能抵制住自己的好奇心，打开了那个木盒。

里面放的大多是年少时期两人写的酸诗，其中大多，在她和无崖子修习时，清云曾翻抄给她看过，求她释义。

其中有一封，引起了她的注意。

那不是一首情诗，而是一封长信，总结来说，含义很简单：祝融恽许诺清云后位，只是碍于先帝的许诺，无法直接为之。他知道公子艰早有不臣之心，便故意远赴边关，引得公子艰谋反，他料想公子艰定会求娶清羽，他到时再率兵攻城，可以一举除掉公子艰这个心腹大患。若是清羽在战乱中和公子艰一起身死最好不过；若是清羽侥幸活下来，他可借此名正言顺推掉和清羽的婚事，一石二鸟。

手一抖，信从清羽手中滑落。

天边云头遮住太阳，凤禧宫笼罩在一片阴霾之中。

那天，清羽将所有的人遣出了寝宫，将自己闷在屋里。可是，所有人都听到了，宫内传来压抑的哭声。

四年来，祝融恽不爱她这件事她已接受，可如今看到这封信，她再也抑制不住几年来的委屈。怎么能不痛？原来她最引以为豪的事，不过是她一厢情愿。就算没有她的帮助，他亦早有安排，在她九死一生挣扎着想要活下去的时候，他根本只想让她死。她机关算尽，到头来，原来只是一个笑话。

她费尽心思守护他的江山，而他，不过想除掉她罢了。

清羽的回忆戛然而止。

眼前的幻景一下子消失不见，月色如洗，偌大的房间中，只剩下元辰和秋离两个人。

秋离还沉浸在清羽的故事之中，突然就这样毫无征兆地断了，有些意兴阑珊。她想，故事一定不止这样，否则，为何祝融恽要以苍龙阙为代价，换取清羽的埋骨地。秋离心中好似有好多小蚂蚁在爬，痒痒的。

于是她问元辰："后来怎么样了？清羽是怎么死的？"

元辰低头："她去大齐做人质了，可是到了大齐不久被人劫走，下落不明。"

秋离气得骂了一句："哼，祝融恽这个人渣。"

元辰看着她："他只是没有早些看清自己的心意罢了。"

秋离又哼了一声："那也是个人渣！"

元辰突然很认真地思考了一下，对她道："没有想到，原来前尘往事中，还有清云这样一个人物。她几乎不曾在史书中出现过，却是这场博弈中最大的赢家。"

秋离眉心微皱，她从未从这个角度想问题，不过，祝融恽和清羽被折腾得这么惨，确实都拜清云所赐。

元辰嘴角轻提："杀人诛心，这个清云，倒是个诛心的高手。算准了祝融恽痴情，清羽高傲，为商宸博了一世宠爱，不知若是活到现在，能在七国之间掀起多么大的风浪。"

元辰看着她，顿了一下后道："阿离，你要小心这样的人，他们杀人不见血。"

还不等秋离回话，窗外传来了萧谆的声音："什么杀人不见血？你个元辰，大晚上的跟我妹妹说死不死的，吓坏了小姑娘可怎么好？"

元辰拂拂衣角，好整以暇地看着他："无事不登三宝殿，能请动萧小王爷大晚上来找我的，定然是大事。”

萧谆桃花眼勾勾：“确有一事。荆王召见我们，可算是大事？”

元辰眉头一皱：“荆王半夜召见，可有蹊跷？”

萧谆嘴角撇了撇：“不知。总归我们在人家的地盘上，还是得听话。”

元辰点头，回头看了秋离一眼，嘱咐道：“我去去就回。你在这里等我。”

萧谆“哟”了一声，桃花眼挑一挑，落在元辰身上：“腻不腻？我还在呢，就这么赤裸裸地勾搭我妹妹，我看不见的时候，你还不得把我家阿离离生吞活剥了啊。”

秋离没好气地瞪了他一眼，将二人推出门去，临走前，元辰不忘回头看她一眼，她知道他的意思，冲他颔首，用唇语对他道：我会小心的，你放心。

萧谆和元辰二人离开，秋离一个人在屋中干坐着也闲得慌。她想知道清羽后来如何了，不知道结局，她总觉得一颗心悬在半空，不踏实。

于是她趁着夜色摸到了清羽生前住的宫殿。秋离想着不过片刻工夫她就能将事情弄明白，随后就回去，应该不会出岔子。

一片乌云悄无声息地飘了过来，天空中无月，无星。

清羽的凤禧宫虽然十几年没有人住过，但是一应俱全，纤尘不染，一看便是常有人打扫的样子。

屋中的东西许久不用，感受不到丝毫人气，秋离在屋中逗留许久，也感受不到任何清羽的意识残存，有些失望。她在屋中随便翻看着，不经意间拿起桌上放着的一封发黄的信，手在触到信的刹那，感受到了一丝丝的悲凉。

然而，这丝悲凉不是来自清羽的，而是来自祝融恽的。

耳边瞀儿的声音轻响：“王后，王上通传。”

清羽带着几分看破红尘的淡薄：“就说我病了吧。”

秋离追着那声音找去，忽而一脚踏空，身边的景致变了样子，黑夜不见，取而代之的是秋日萧瑟的午后，一袭红衣的清羽趴在桌子上，恹恹地拨弄着金蟾蜍炉子中的香灰，手指有一搭没一搭地搅着，眼神失了灵气，空洞洞的。

她的整个心神似乎都落在很远的地方，人好似在屋子里，却又不在屋子里。

秋离还年轻，不曾在情场中摸爬滚打过，不知道清羽这样的眼神意味着什么，只是觉得她比先前又消瘦许多。若换作是一个懂情的人来看，看到清羽的模样，大概会掉下泪来。

这便是一个女子在爱情中失望透底，生无可恋的模样。

清羽对祝融恽死了心。

自从那日之后，清羽将自己关在屋中好些日子，沓儿几次来报说祝融恽来访，她都闭门未见。

哀，莫大于心死。

而心死的人，总是冷酷而决绝的。

终于，清羽在召陵会盟的协议上盖下了玉玺。当荆王后将于三日后启程去齐国为质的消息传遍朝野后，祝融恽破门而入。

那时，清羽正坐在铜镜前梳头，乌黑的秀发垂在地上，盖在她大红的华服上。

祝融恽从殿上大臣的口中听到这个消息的时候，立刻散了朝，一口气从临政殿跑来她这里，气都没喘匀就急着问："颁布诏书前，为什么不同孤商量一下？"

清羽朱红嘴角上扬，兀自笑笑，低头用梳子一下下小心梳过自己的发尾，轻声道："又有什么关系呢？妾不在了，大王心里不会更痛快吗？"

她虽然在笑，可是眼睛里没有一丝感情。洁白的脸庞如冰一般冷，可是嘴角的弧度让人觉得她是那样好看的女子。

祝融恽只觉得心中莫名一痛，讪笑："阿羽，你为何总要说这样伤人心的话？”

清羽眼神疏离，声音里含着冰碴儿：“哦，这样就算伤人心了吗？”

说罢，她只是低头看着发梢，梳子一遍遍穿过浓密的发梢，滑到一片虚无的空气中。

祝融恽看着她不知如何接话，只得悻悻然离开。

三日后，清羽随着齐国的使团出发，带着腹中的质子前往齐国，从此开启了齐荆两国间长达十年的和平。荆国百姓，也享受了一段短暂的安稳时光。

然而这都是后话了。

临行那日，祝融恽站在城楼上目送清羽离开。城中的桃花开了，风一吹，粉红的桃花随风飞舞卷起漫天红雨。清羽穿着大红色的王后礼服，缓缓上车，随浩浩荡荡的人马，离开楚都而去。

就在出城的一瞬间，清羽忽然回头看他。她大红的衣衫仿佛把天边的云彩都染成了红色，她回头看他，眼中没有任何温度，只是朱唇轻启，他听不到她的声音，但是读懂了她的唇语：“此生，就此与君决。”

祝融恽突然觉得心中仿佛被什么东西击中，一下子痛得站不起身来。

这便是诀别了。

之后，祝融恽不时站在空旷的凤禧宫中，愣怔出神。看到她曾经穿的衣裳，他忽而没由来地走了神，他想，她那么瘦弱，小小的身躯都撑不起一件衣裳，旅途颠簸，会不会不习惯？

他留下了她身边的小宫女，因为清羽走后，他需要一个郑氏的女子做夫人，可是，鬼使神差地，他封了另一座寝宫给小宫女，并没有让小宫女住进凤禧宫。

他一直不明白自己为什么会因为她的离开而魂不守舍，他以为是不习惯，直至某一日，齐国传来消息说清羽被人劫走了。

他感觉心被人揪了一下，派出大半兵力，给手下下了死命令，要赶在大齐之前找到清羽。

或许，唯有失去了，才懂得珍惜吧。他想，他要将她接回国，管他什么召陵会盟，直到她离开，他才明白，没有她在的荆皇宫，是多么沉闷无趣。

他想，他要找到她，他要告诉她，他喜欢上了她。他想要向她赔罪，告诉她自己那日喝醉了，说出伤她心的话，那并不是他的本意。

然而天意是这样不遂人愿，当他满心期许将她寻回的时候，事情却以另一种方式，在某个暴雨交加的夜晚尘埃落定。

那夜，雨势异常猛烈，雨打芭蕉噼里啪啦的声响让人心中不宁。祝融恽惴惴不安，总觉得今晚会有什么事情发生。

忽而一道闪电撕开黑夜的沉寂，随着风雨和闪电，一个人影破窗而入，带着满身雨水的凛冽和泥土的腐败气息，挥剑便冲他刺来。

是赵相。

他浑身被雨打得湿透了，双眼通红，仿佛刚从地狱忘川中爬出来的厉鬼，死死地盯着祝融恽。三招之内，便将剑架在了他脖子上。

祝融恽一愣，没有反抗，颓然问道："阿羽在哪里？"

赵相没有回答，只是扔了一个木盒在他面前，狠狠地扇了他一巴掌，道："你和清云的事，她都知道了，这一巴掌，是我替她打的。"

这一声惊动了侍卫，侍卫将屋子围了个水泄不通。

祝融恽捡起那木盒，摆摆手，让侍卫放赵相走。木盒里面掉出的，是一封发黄了的信，上面的封蜡从来没有动过，他好奇地拆信，只见上头写着：见信如唔。君见此信时，妾想必已不在人世间。与君缘起于一金钗，思慕君两载，终还是有缘无分。妾心系君身，愿以性命换君似锦前程，望君谨记，不仁不智不宁之国，必先图尔。荆五十六年三月二十日夜，羽。

字迹并不轻快，似乎可以看出写信的人心中明明紧张，却又故作镇定。

还有一句添在最后的话：山无陵，天地和，乃敢与君决。

脑海中时光飞转回楚五十六年，他在城外领三万大军起兵诛杀公子艰，而她在城内以一人之力与公子艰周旋。那个时候的她，美艳动人，就算一人面对万人，也眉头都不皱一下。她那个时候爱他，愿以命为他换远大前程。

山无陵，天地和。她那时说。

祝融恽握着信的手颤抖起来，原来，她曾经那样真挚地爱过他，可是，这些他都不知道。他先听到的，是她临行前回头对他说的那句“此生，就此与君决”。

最后，她应该是恨极了他吧。

而在这封信下面放着的，赫然是清羽在山中修行时，写给清云的信，里面一字一句解释他曾写给清云的诗句的含义，还有她写的那句：“同心而离居，忧伤以终老。”

他终于明白了前因后果，他曾倾心清云的才情，原来一切不过是假象。只可惜他明白得太晚了，一切都已经来不及。终于，深夜的楚都皇宫中，响起了男子难以抑制的哭声。

年少之时，他对那个抢金钗的姑娘一见钟情。他深陷于她的笑容、才情中无法自拔，他想，即便掘地三尺，也要将她找到，他要让她幸福，他要天天看到她那样醉人的笑容。

他从不知道，原来在最开始的时候，他便认错了人。

同心而离居，忧伤以终老，他和清羽之间，一语成谶。

此后十年，祝融恽着手整顿了荆国全部的贵族势力，偏偏对郑氏手下留情，没有赶尽杀绝。

故事至此落幕，秋离终于看出一点政治手段的门道。正如元辰所说，杀人诛心。当清羽不再爱祝融恽的时候，便知道如何一针见血、杀人诛心。

到最后，关于清云之死的真相，清羽不屑于解释；关于祝融恽之前对她的算计，她也懒得在意。只是，祝融恽恨郑家人让他失去清云，所以一旦祝融恽王权在握，郑氏难逃一死，所以，临死之前，她还是要想办法保住郑氏家族的荣光。

她甚至将自己的性命也算计了进去。她偏偏要在自己死后才让祝融恽知道，他们之间原来是一场错过和误会。而因为她的死，他没有办法对这场错过和误会做任何弥补，这种错过会让他遗憾、内疚，也是这种遗憾和内疚，会让他对郑氏额外开恩。

原来，她不爱了之后，会这么狠心。郑氏女子的手腕都不容小觑。

祝融恽看懂她的算计，却还是一步步，按照她设计的路线，保住了郑氏的荣华。

他不介意她算计他，不介意她耍手段。他愿意一步步按着她的安排，下完所有的棋。他唯一的遗憾，就是不知道清羽被葬在了哪里。

他以一国之君的身份，多次去郑家打探，然而郑家人只是说："清羽留下遗言，她活着的时候爱了你一生，爱得太累了，死后只想清清静静的，再没有你打扰。她最后的心愿，还请你尊重。"

她便是这样恨极了他。

祝融恽屡次求郑家无果，只好在荆国境内发出悬赏，能找到荆王后埋骨地的，必有重赏。

事情便是这样，拖到了今天。

当残酷的真相终于演完，天色已经微亮了。秋离还没来得及感叹，便见门忽而被人推开，元辰一闪而入，将门掩好，神色慌张，身后跟着一片嘈杂的士兵跑过的声音，秋离还没来得及问发生了什么，便被元辰一把拉过，躲在了身后的衣柜之中。

衣柜狭窄，二人面对面紧贴着，听着房间外士兵匆匆的脚步声，秋离满脸疑问。

元辰不便说话，怕引来追兵，在秋离的手掌心中一笔一画地写道："商宸反了。"

秋离一愣，见元辰又写道："商宸不仁，得知荆王有另立公子职画为太子的打算，于是领兵反了，已经刺杀了荆王祝融恽，正在宫内大肆屠杀。"

秋离眉头一挑，不禁感叹元辰神机妙算，游街那日他便想到了今日的情形，真是比她的推演术还要厉害。

元辰自然不知道秋离此刻心头转过的千百个念头，再写："方泽去接应萧谆了，我们分头行动，城北集合。"

秋离有些唏嘘，世事果然难料。祝融恽曾这么宠爱这个大儿子，可曾想到日后自己会废他另立储君？又可曾想到，有朝一日会被他逼宫，落得惨死的下场？

元辰看出秋离心中所想，便劝慰她："宠爱姬妾，废长立幼是帝王家大忌，然而许多君主不能免俗。祝融恽绝不是唯一一个因此命丧自己儿子之手的君主。"

秋离垂眼："人非草木，无可免俗。"

元辰再写："若此生只爱一人，白头到老，只生一子，一生专宠，便可无虞。"

秋离再写道："话虽如此，可世间帝王，谁能做到？"

元辰写："不论我身居何位，贫穷或富有，必能做到。"

柜内空间狭小，他二人本贴得近，元辰突然说这么一句，秋离一下子红了脸，再加上在掌心写字摩挲得心尖有些痒，见得元辰目光灼灼地看着她，不由得低下头去，不敢看元辰。

有带刀士兵进了屋，气氛忽而变得紧张。秋离听脚步声，来人不下三十人，若是她自己倒可以勉强脱身，可是带着一个不会武功的元辰，她有些犹豫，不知自己能否护他周全。

或许是从她轻皱的眉间看出了她的犹豫，元辰在她掌心写道："你先走。"

秋离摇头。

还不等他们再交流，柜门便忽然被带刀士兵打了开来，秋离一个跟头翻出去，便和为首的几人厮杀开来。她三拳将一个士兵打倒在地后，夺过他手上的剑，拉起元辰的手便向外冲。

"向北走，"元辰对她道，"城北有片密林，我们好脱身。"

秋离点头，转身便向北跑去。混乱之中有一匹受惊的马从对面的方向宫门疾驰而来，元辰一个回身拉住马身上的缰绳，飞身上马，双手利落地往后紧紧拽住缰绳。

拉住马的元辰即刻掉转马头，向着秋离的方向跑来，她将手伸向他，月光洒在她的指尖，他伏下身伸出手，将月光的清辉和掌心的温度一起握到她的手中，紧紧抓牢，疾驰之间将她拽上马背。

随着“驾”的一声利落断喝，白马前蹄跃起，秋离重心不稳差点向后摔去，连忙伸手环住元辰的腰，然后随着马落回地面，又向前摔去撞在他结实的背上。

元辰被她抱住嘴角微微上扬，轻轻道了一声“抓紧了”，便驾着白马带着她疾驰而去。

身后追兵不舍，流矢从四面八方射来，秋离以笛御敌显得吃力，一拨持箭人就在他们身侧不远的地方，再这样下去就算秋离有三头六臂，他二人也要被射得满身血窟窿，元辰虽然不断地掉转奔跑的方向以躲避流矢，可秋离还是听到了轻微的“噗”的一声，仿佛箭头穿破血肉。

“你受伤了？”秋离有些不安。

只听木头折断的声音，元辰回头看她，脸上没有什么多余的表情，淡淡地说：“不碍事。”

没有时间问得更仔细，元辰的马已经到城门口，城门下防御火力更为集中，他俩这样硬闯，没可能闯过去。

她当机立断，伸出一只手，对元辰道：“拉稳我。”

元辰立即心领神会地点头。

秋离左手拉着元辰的右手，一个侧空翻翻身下马，借助惯性整个人身子横着飞了出去，将身侧那些持箭的弓箭手一一踢倒在地。她身手敏捷，三两下便将守城人打倒在地，给逃生扫清了障碍。

元辰右臂微微用力，秋离便稳稳落回马上，坐于他身前。这样默契，好像他们已经在一起并肩作战了好几年。

他冲她笑：“抓稳了吗？”

她回以一笑："抓稳了。"

说话间，两人便冲出楚都大门。一瞬间，太阳自远方的山头升起，迸发出耀眼的光芒。

元辰扬头，在马身上重重一拍，白马疾驰而去，两人的身影便消失在晨光之中。

她的后背靠着他的胸膛，她似乎能感受到他心脏跳动的节奏，一下一下，稳健而有力。她的脸不禁又烧红了些。

秋离摇摇头，逃命的关头还能犯花痴，她真是服了自己。

城外是一片树林，借助地形的掩护，他们藏身一个溶洞之中，加上秋离隐藏行踪的本事，追兵完全找不到他二人的行踪。追至深夜，追兵也疲乏了，反正他二人不是商宸追杀名单上的头号人物，追兵们见冷风起了，便草草搜了搜林子，回去复命了。

追兵退去，他二人皆松了一口气。更深露重，元辰捡了树枝，两块打火石一碰，便生起火来。秋离才知道原来凡人不用法术也可以生火，便凑过去，看着打火石新奇得很。

她捡起打火石在手中学着元辰的样子敲打在一起，一个火星溅出落在她手上，吓得她一下子将打火石扔在地上，元辰紧张地拉过她的手："可烫着了？"

秋离摇摇头，手还被元辰握在手里，四目相对，两个人又尴尬地将手放开。

借着火光，秋离注意到此刻元辰的脸色惨白得出奇，额头渗着微微的细汗。刚才天色黑她没注意到，现在才看到，他胸前洇出来一大块血迹。

秋离"啊"地低呼了一声，惊讶于自己的粗心，也惊讶于他受了这么重的伤居然一声没吭。

箭身被人为地掰断，整个箭头没入血肉之中，这样想拔出来包裹伤口都难了。

她有些发愣："为什么折断了？"

元辰不以为意地勾勾嘴角：“怕你分心。方才生死关头，分心片刻，我们俩都不知道命丧何处了。”

秋离皱皱眉，心中有些淡淡的难过，她不知道这种难过是从何而来，她从来没有因为谁有过这样的情绪，明明伤的不是自己，却比自己受伤了还难过。难道，这种感觉就是心疼？

她心疼他？

秋离摇摇头，将这些乱七八糟的想法从脑子里摇出去，当下给元辰治伤最重要。

“还有没有别的伤口？”

元辰声音很轻：“背上还有一个，在肩头。”仿佛在说早安一般云淡风轻。

秋离探头过去看，果然肩头上还有一块血迹，和胸前的这块一样，整个箭身已经被掰断了，只有箭头留在体内。她着急得不知所措，元辰只是捧起她的脸，轻轻抚了抚她的眉头：“别皱眉了，不碍事的。”

秋离心疼得说不出话。

元辰嘴角扯出淡淡的笑：“阿离，你心疼我，我很开心。”

秋离脑子有点蒙。她想起方才出城之前，她坐在马后；出城之后，她坐在马前。她想以元辰的性格一定不是闲得无聊要跟她换一换座位，而是因为要把她同城墙上的那帮弓箭手隔离开。

这样想来，她又有些懊恼自己不细心。

元辰继续道：“我左袖中有一柄小刀，还有金疮药，现在自己不便，还得麻烦你帮我包扎一下伤口。”

秋离依言行事，果然在他的左袖中找到了一个小布包，里面有金疮药、针线，还有一柄拇指大的小刀，这样小的刀自然是用来处理伤口而不是用来杀人的。她不禁感叹，元辰的装备还真齐全。

她将他右肩的衣衫半褪下，他露出结实的胸膛。本来解他衣衫时秋离还有些羞赧，可是看到露出的皮肤时，吃了一惊，羞赧什么的，全都被她抛到脑后去了。

秋离本以为元辰是个养尊处优的富家子弟，没想到他胸前背后，有大大小小的刀伤、箭伤，仿佛星罗密布。她数了数，光左半边的身子上，疤痕就有七块。

秋离愣住了，指着他心脏位置最大的一块伤疤问：“这是怎么弄的？看这位置和大小，当时的情形应该很危险吧。”

元辰的眼中蒙上了她看不懂的神情：“这块伤疤是怎么来的，你不知道吗？”

秋离一愣：“我为什么会知道？”

元辰别过头，似是在想什么，然后轻咳一声：“我以为你当下的重点，应当是给我止血。”

秋离这才回神，嗯，她这个人，有时候是容易分心了些。她拿起小刀，认真道：“我要把周围的皮肤刺开，才能把箭头取出，可能有些疼，你忍着些。”

元辰点头。

待要下刀，她又抬起头来，不放心地在地上扒拉了一根枯树枝，嘱咐了一句：“若是实在疼了，忍不住了，你就喊出来，或者咬住树枝。”

元辰接过枯树枝，向她回以一笑：“不碍事的，我都习惯了。”

这是今天第三次听到元辰说“不碍事的”。

秋离叹了口气，曾经，这也是她的口头禅。她于包扎术上还是有些经验的，因为小时候她被执夙欺负，身上没少挂彩。那个时候她脸皮薄不好意思去医馆，就全都是在小屋里，自己给自己包扎的。

后来司卿来了，就是司卿给她包。那个时候司卿也一脸心疼地看着她，问东问西，她总是摇摇头，对司卿笑笑：“不碍事的。”总归不是第一次挂彩，都习惯了。

不是不疼，只是不想让身边人担心。

这样想来，秋离觉得她很理解元辰。由于有了理解，也跟着多了几分心疼，心好似柔软得化成了一摊水，手下的动作也不禁变得更加轻柔而小心翼翼。

将所有伤口处理妥帖，秋离松了一口气："好在都没伤到要害，上了药，过两天就能结痂，七八日应该就能愈合了。"

说罢她便要起身，却突然被元辰牵住了手。她愣怔在原地，回眸，正好对上了元辰那双灼灼地看她的眼睛。

"咯咯，"元辰清了清嗓子，"承蒙阿离今日又救了我一命。"他顿了一下，脸上反常地有些微红，不知道是因为疼还是有别的原因，就那样牵了她好一阵子，才张口道，"姑娘的救命之恩无以为报，我以身相许好了。"

秋离的眼睛瞪得比鸡蛋还要大："你——我——"支吾了半晌，不知道说什么，勉强挤出几个字，"你莫不是拿我取笑吧，我们才相识几日……"

他们相识不过月余，在秋离近万岁的生命中，不过是弹指一瞬罢了。

元辰垂了眸子："当然不是取笑。"说罢顿了半晌，小心地组织措辞，良久才一字一句道，"今日追兵在侧，眼看命在旦夕，我便想若是此生命葬于此，能得你相伴于生命的最后时刻，也算是一桩幸事。若是上苍眷顾侥幸脱险，我便一定要向你剖白心迹。不知秋离姑娘是否相信一见钟情，元某自打见到姑娘的那一眼起，便对姑娘动了心。不知为何，总觉得姑娘是个故人，仿佛认识了许久，见之不能忘怀。元某向来是个直接的人，有一说一，既然喜欢了，便不想掩掩藏藏。"他一向是胸有成竹的，一派淡然，此番话却说得小心翼翼，生怕被对面人拒绝。

秋离脑子一阵晕，继续处于失语状态。虽说六界去西山求娶她的人数不胜数，但是司卿知道她对他们无意，便也没有给他们自由恋爱的机会。凡是秋离看上的人，从来都是她在身后追着跑，不撞南墙不回头。

这还是第一次有人这样认真地同她说喜欢，她脑子中好似烧开了一锅粥，咕嘟咕嘟地冒着泡泡，让她想不清楚事情。

元辰也不在意她的反应，继续道："我原先不知道害怕是什么感觉，但是今日听说商宸反了，要屠遍荆王宫上下，我冲进你的屋子你却不在，那一瞬间有一种寒意从心底袭来，我手足无措，有生以来第一次脑子一片混沌不知道要怎么办，我这才了解原来这就是害怕的感觉。”

秋离舌头打结：“我……”

脚边火堆的余柴即将烧完，木柴噼啪作响，一撮小火苗挣扎地迸出最后一抹火光后，便无声地熄灭了。

夜静极且暗极，可是即便在暗极中，秋离也能感觉到元辰的目光定定地落在她的脸上，他的声音恬淡：“我说这些，不是要逼你回应我。只是寻找苍龙阙一路艰险，元某担心今日不说，明日便没有机会了。毕竟刀剑无情，不知道什么时候人便去了。”又是一阵沉默，“希望元某今日的话不算太唐突了姑娘。”

秋离斟酌半晌，一个“你”字卡在嗓子眼。

元辰又点燃了几片枯叶，微弱的亮光照在他们脸上，能勉强看清对面的人。明明有了光，却不知为何感觉比方才一片漆黑还要暧昧。

她不知道要说什么。

她不喜欢元辰？可是她常忍不住对着他脸红，因他一个小动作而心跳加速。她喜欢元辰？可是前一万年的经验告诉她，她可能只是又犯了老毛病将他错当成另一个人罢了。

斟酌半晌，她还是放弃回答了。

两个人相对沉默着，枯叶燃烧的声音显得分外刺耳。

元辰见她不说话，伸手揉揉她的发，面上浅笑刚好被火光照亮：“你看起来明明是个自信的姑娘，可是眼中偶尔会闪现出唯唯诺诺的慌张，突然被全世界抛弃般不安。于是我猜，你小时候是不是被人抛弃过、欺负过。那日在清羽的回忆中，我确认了这个念头。可这也让我很心疼，很想照顾你。乱世之中，我承诺不了太多，唯一可以承诺的是只要有我在一天，我就一定会在你身边保护你，不离不弃，不再让任何人欺负你。”

秋离感觉心中某个柔软的地方被撞了一下，有点疼，有点酸，又有点甜蜜。

或许是她沉默了太久，让气氛有些尴尬，元辰轻咳一声，打破沉静："好了。"他故作轻松地耸耸肩，"不知道说什么就不要说了，我等着就是了，无论你是喜欢上我，还是后来喜欢上别人。"

火燃尽，两人相对而眠。

可是，这夜秋离辗转反侧，未得片刻安眠。元辰的一番话在她心中打了无数个滚儿，直到她能倒背如流，眼前闪现过无数个蓝衣身影，从白泽到西海二皇子，又到智尚元君，最终定格为元辰含笑的面容。

她想起第一次在茶庄与他相遇，他手中折扇轻摇，用玩世不恭的语气，给她讲苍龙阙的故事；她想起后来在碧渊潭外相遇，他执意带她去看大夫，紧张她的样子；她想起他毫不隐藏地讲述自己要寻找苍龙阙的目的，那样野心勃勃又胸有成竹。还有今日，他二人一起躲避追兵，明明相识不久，却默契得仿佛多年挚友。

他们认识的时间那么短，可是回忆起来，好像有那么多的故事。

以前从来没有人跟她说过要照顾她一辈子不离不弃，她很感动，可是感动过后，却不知道要怎么办。

如果自己又犯了喜欢穿蓝衣服的人的老毛病，那还是悬崖勒马为好。她不想随便接受他的心意。于这凡界，她终究只是个过客，牵扯过深，对谁都不好。

半睡半醒之际，她想起当初她痴迷西海二皇子的日子，他拒绝她拒绝得很彻底，最初几天她虽觉得苦痛难熬，可是现在回过头来，她其实很感谢他当时的决绝。

天色微微泛白，秋离终于做了决定。

洞中的火已燃尽，发白的灰烬轻飘飘的，被清风一吹便四散飘去。当东升之日的第一缕日光照进山洞中时，秋离向元辰辞行。

她颔首，不敢看他的眼睛："感君恩情，无以为报，只好先行告辞，有缘再会了。"

元辰叹了口气，沉默了良久，道："终究还是我唐突了。"

秋离摇头：“你在意我，我很欢喜，只是现在我不知该如何看待你的那份在意，不知道该如何面对你，我需要时间想想清楚。”

元辰低头，答得大气：“好，我等着便是。”

她不再言语，他也未挽留。

秋离看着元辰离去的背影，鼻子有些酸。可是，她觉得她做的是对的决定。

第四章

春衫薄

与元辰分别后，秋离回到了羊城，她想，她的首要任务是找到应龙，这样才能早日替司卿分忧。凡界她逛得差不多了，应该早些完成自己的差事，早些回西山。

她坐在客栈吃着早茶，一面吃，一面筹谋着如何再去碧渊潭将应龙寻上一寻，正思忖着，听到一个熟悉的声音。

“老板，来两壶上好的桃花酒。”

秋离顺着那声音望去，虽然还是原来那副相貌，可是他一张口，秋离便知道，他并不是萧谆。

就算一样是那副娇滴滴的富家公子哥做派，可是天上地下，若是真的有一个男子能璀璨得令众生倾倒，举手投足妩媚得让人心醉，也令她觉得如此欠扁，那只有一人——青丘狐帝，赤言神君。

她同赤言的初见，可以追溯到两千年前。那时，她收到东荒智尚元君传来的纸鹤，信中说他将从陵姬那里求来的大红锦缎，托七仙女裁成长袍，送去给他的心上人……后面的还没读完，她便和一个红衣身影撞了满怀，撞得满怀桃花芳香。

秋离有些愣，她发誓，她活了近八千年，见过的所有女子加起来，不及面前这男子万分之一的芳华。

银发似雪，如天边飞瀑，红衣灼灼，灿若桃花，他对着她淡淡一笑，满目春景便失了颜色。

秋离一瞬间以为自己瞎了，世间除了他身上的红色，竟皆成了黑白。

那男子以袖掩口，拖着长音轻笑道："请问，这里可是三危山？"

秋离看了看他的红袍，认出那是用陵姬织就的锦缎做成的，上天入地，不可能再有第二块红锦缎会如此闪耀夺目，于是她想也未想便道："你便是智尚元君家的那位？"

祸从口出，秋离并不知道，她长这么大最接近灰飞烟灭的时刻，便是此时。霎时间，红衣男子怒发冲冠，出手便是一道红光冲她袭来，速度快得她都没看清，吓得手中的玉笛脱手，径直往地上落去。却也奇了，那向她打来的红光突然转了弯儿，托住那掉落的玉笛。

她惊魂甫定，却听红衣男子咬牙道："我送白泽小子的玉笛，他转手就这么送人了？"

听到白泽的名字，秋离脑子发蒙，以为这可能是场三角恋。

眼前这红衣"佳人"，可能心许的是白泽神君，所以见到白泽送她的笛子，才会这样愤懑，于是赶紧补充道："白泽神君不是那种人，你勿吃飞醋。"

若是多给秋离半炷香的时间，让她看完智尚元君的那封信，她就不会说那么多傻话了。

那信上说，智尚元君的心上人得知那是表白之物，气得脸上失了血色，挥手就废了智尚元君五千年修为，将他扔回东荒从头修行。

秋离后来得空将那信看完，冷汗直流。她这才知道，眼前这红衣男子的身份，竟是排位比白泽神尊还要靠前的青丘神君，赤言。

她默默摸摸还健在的四肢，心想，定是白泽面子大，赤言才没动手把她打死。只不过跟赤言熟了后，秋离才知道，那日他没再动手，只是不想打碎自己造的那支玉笛罢了。

那段时间，赤言醉心于酿酒术。西山三青鸟一族，是洪荒前为西王母司膳食的仙族，四海八荒粮食的质量，自然也是西山最佳。赤言想酿好酒，自然要来女帝这里讨粮食。

所以他在西山一住就是五百年。荃山山脉的果木，因借了秋离的灵气，长得最好。因此，女帝便在荃山中为赤言辟了一方小院，离秋离的居处，腾云不过半炷香即可到达。

刚开始，秋离和司卿还畏首畏尾，不敢在赤言面前造次。背着他的时候，她们常常仰天长叹，求老天爷早日将神君请走。可时间久了，她们发现，神君本人就是个造次的人，所以在神君面前，她们便造次造得没什么心理压力了。再之后，她们闯了祸都打着神君的名号，连女帝都奈何不了她们，她们便打心底喜欢神君在西山住了。

凡事都有代价，她们既然打着神君的名号闯祸，自然也要当神君试酒的小白鼠。不论是月黑风高夜还是艳阳万里天，只要神君的新酒酿好，秋离和司卿必要被赤言抓来试酒。她二人年纪小，眼界浅，再加上女帝管得紧，没什么机会喝酒，更别提是神君酿的美酒，她们根本品不出好坏，只是逮住机会便要喝个畅快，她那一身好酒胆，也是如此练出来的。

神君颇爱坐在桃树下喝酒，桃花漫天，酒比桃花醉人，而神君那一身红衣，又比酒醉人。喝得烂醉，她和司卿双双醉倒在赤言屋前的青石板上，望着神君的一袭红衣感叹，花更美耶？人更美耶？醉兮醉兮，竟觉男子比桃花美，岂不傻耶？

也有他们都喝高了的时候，秋离不小心说漏嘴喜欢白泽的事情，被赤言要挟做了好些傻事，后来忍无可忍，她冲到赤言处说若是他敢将此事泄露给神君知道，她便满天下地宣扬他做的那些个好事。

两人大眼瞪小眼许久，最终偃旗息鼓，握手言和。

如此一来二去，秋离和司卿竟与赤言没大没小地处成了好朋友。

秋离记得，学史的时候，夫子曾经同她们讲，父神魂魄凝聚而成的几位神君中，数青丘神君赤言的命最好。

神尊胤川凝聚时，六界一片萧条，百废待兴，他被送去西天苦练两万年，才以一己之力匡复六界，恢复了从前的秩序。史书上短短一句话，背后神尊吃了多少苦，又受了多少难，岂是常人能想象的。

萧夜殿下凝聚时，六界秩序初定，但四海八荒还有不臣之心者聚众造反，全靠殿下立下赫赫战功，才还六界真正的安稳。

而轮到赤言神君时，六界再无大患，又因是九尾狐，他被封在青丘那片肥沃、富庶、祥和的土地上，好山好水地养着。秋离叹息，也只有青丘那样的风水，才养得出这样一个赤言，顾盼间眼波潋滟，举手间，有种天下尽放眼前，也不及一时风流快意的洒脱。

每每看到神君那一动便迷醉众生的眼波，她和司卿便起一身的鸡皮疙瘩，她们时常聚在一起执手唏嘘，若是将来有人将神君收了，也不知道是享了大福还是造了大孽。

回忆中的那个红衣身影和眼前的这个人重叠在一起，秋离确定没有看错。萧谆固然也是风流公子坯子，扔在人群中，也算上顶显眼的存在，可他那气度芳华，却比不上赤言的万分之一，赤言柔而不媚，美而不骄，仙风道骨，世间无双。

她坚信，眼前这个人，定是赤言变的。

虽不知他来做什么，不过，他们神仙来凡界走一遭，不是什么稀奇事，用不着借凡人的模样乔装打扮这么麻烦。只有要长久逗留的，才需要变幻身形，省得吓着寻常百姓。

秋离心想，能让赤言神君下界走一趟的，一定不是小事。她不敢耽搁，将萧谆邀至自己旁边就坐，压低了声音道："神君，我是秋离。"

赤言掩嘴笑了笑："没想到，下来走一趟，还能碰到熟人。"

秋离问："神君下界，可是有什么重要的事情？"

赤言再笑："也没什么，有个老朋友下凡历劫，我来看看热闹。"

秋离暗笑，她还真是多想了，以赤言神君这种性子，能有什么重要的事？

想罢，抬手想喝口茶，茶方入口，却听赤言慢悠悠地补充了一句："顺便来找找司卿，前女帝说她和人私奔了，仙界找不到踪影，所以托我来看看那丫头是不是躲来凡界了。"

"噗——"秋离一口水没咽下去全喷在了桌子上，"私奔！这么大的事儿，你顺便找找！”

她有些激动，一时没压住声音，全客栈的人大概都听到了她这句话。民风一向淳朴的羊城被“私奔”两个字吓了一跳，一时间客栈内鸦雀无声，所有人都看向秋离的方向，目光迥异。赤言嫌弃地端着茶盏向旁边的桌子挪了挪，羞得秋离想要挖条地缝钻进去。

她将一锭银子拍在桌子上，饭菜也没顾上吃，拎着赤言的衣领，低着头快步从客栈走了出去，找了个僻静的巷子，才将手放开，急急问道：“怎么回事？”

司卿打了近万年的光棍，怎么她离开西山不过月余，这厮不仅找到了对象，还有了私奔的勇气。

赤言没好气地甩开她，认真地将衣领理整齐，道：“西山有个叫青逸的，你可知道？”

秋离点头：“知道。”随即反应过来，吃惊得下巴差点掉在地上，“司卿和青逸私奔了？”

赤言好整以暇地点点头，秋离摸摸差点跳出来的小心脏，叹道：“这丫头和青逸私奔，是脑子进水了吗？”

赤言狡黠地一笑，笑完又不语，看得秋离二丈和尚摸不着头脑。原来萧谆还是萧谆的时候，秋离觉得这厮举手投足间有纨绔子弟的做派，现在赤言变成萧谆，秋离便觉得，这厮只有欠抽的做派了，不笑也欠抽，笑也欠抽。她不由得呛他一句：“你笑什么？”

赤言淡淡地拂拂袖子：“据可靠的小道消息，司卿和青逸初识之时，不知何故司卿正想从天帝山的后门翻进去，结果一个不小心跌进山后的温泉中，你也知道青鸟一族水性不怎么样，后山人迹罕至，青逸正在……”他突然顿了一下，“咯咯……泡温泉，正好被司卿砸到坏了好事，一气之下任她在里面泡了三天才捞出来，司卿脑子是不是进水了，实在难说。”

秋离愤愤道：“这可靠的小道消息你从哪儿听来的？”

赤言无所谓地摸了摸头发：“司命啊。”

秋离翻了个白眼：司命是个人才，我记住你了！

秋离没有赤言那种说笑的心情，自从知道司卿和青逸私奔下落不明之后，便日日急得像热锅上的蚂蚁。赤言倒是淡定，他说，他们想找一个躲起来的人虽然不容易，但司卿是来凡界找秋离的，只要秋离放出消息，司卿自然会找来。

秋离感叹，关键时刻，还是赤言神君脑子清楚。她不敢耽搁，立刻动手将自己的画像张贴在城中各处，说是自家走散的妹妹，望知情者到永安客栈提供线索，她想着如果司卿看到定会找过来。然而三天过去了，司卿没来，各式各样的登徒子却来了不少，永安客栈爆满，带得附近的小客栈也生意红火起来，来人均说画中女子容貌惊为天人，怎么都得一睹芳容才不枉此生，挤得秋离和赤言不得不另寻落脚之地，连夜将城中的小广告全撕了。

秋离一计不成，又生一计。她从客栈放出话去，说郧城的贵人家遗失了一只青鸟，头顶有三只眼睛，额角有一缕红毛，如有线索者，来同福客栈，赏。这正是司卿真身的模样，四海八荒，唯有司卿一人是生来额角有一缕红毛的三青鸟，若是这话传到司卿耳朵里，定能知道是秋离在找她。

然而这次，大批大批来到同福客栈的全是来打劫的。养得起三青鸟的人家，定不是普通大富大贵的人家，盗贼一拨一拨地来，客栈里架打得比擂台上都精彩，打得客栈的老板都怕了，跪求秋离和赤言离开。

终于，赤言看不下去她这笨手笨脚的模样，伸手在胸前挽了一朵花，一道绿光便从他手指尖射出，直指北方而去。

秋离暴走："你能用法术追踪你怎么不早说？"

赤言："你又没问我，我为何要说？"

秋离："没问就不能说了吗？"

赤言掩袖笑笑："要不然，我哪有这么多好戏看。"

顺着追踪咒的踪迹，秋离和赤言一路来到昭国都城寒僋。沿路走来，麦田大片闲置，城中女子哭声一片，哀鸿遍野。

赤言眉头微蹙："这是怎么了？这哭声真让人心疼。"

秋离心中也有疑问，她莫名想起了元辰，记忆中的他好似什么都知道，若这时他在身边，定能将事情的起因经过娓娓道来。

此刻，她也只能摇摇头："不知。"追踪咒似乎到了寒僋便没了影，想必司卿在这里施了结界，好叫西山的人找不到她。

她和赤言在小茶馆中歇脚。不比楚都，就算是寒僋最热闹的茶馆，也有些凄凉的意味，人迹寥寥，连做生意的小二也愁眉苦脸。

连带着秋离也心情沉重地跟着叹了好几口气。

她用手肘捅了捅赤言："凡界萧索如此，你们一个两个怎么还总嚷着下凡来玩儿？"

赤言翻了个"你怎么这么没有见识"的白眼给她："现在是战时，自然景色萧索，百废待兴。若是和平年代，凡界比我们青丘热闹多了。"

战时。秋离将这两个字在心中滚了一遭，她生得晚，没赶上洪荒战乱，也没赶上神尊肃清六界，又长在还算富庶的西山，衣食无忧，所以"战时"这两个字，于她不过是书中的描述用词，她没有什么切身感受。

哀鸿遍野，从前于她来说不过是一个成语，可是今日置身其中，才深刻地体会到其悲凉。

她拦住上茶的店家，问道："小二哥，寒僋最近可是出了什么大事，怎么城内尽是女子哭声？"

那店家是个拐子，走路一瘸一拐，听秋离此语，他忍不住拭了拭眼角，长叹一口气："今日是平长战败的祭日。去年此时平长战败消息传来，昭军降了，四十万年轻汉子卸甲投降之后，没想到被嬴军全部活埋了。"

"活埋！"秋离一愣。

"是啊。"店家咬牙愤愤道，"活埋。从此，城中再无壮年男子了，那哭声，都来自失了儿子、失了丈夫的妇女。若不是我老头子年岁大了，又是个瘸子，想必现在也埋在那山头下了。"

秋离忽而想起那日元辰说的话："百年之中，多少马革裹尸，多少妻离子散，又多少颠沛流离。齐吞萧国，不多久，又有国家吞齐，迭代的是权力，而无辜的，都是平民。”

无辜的，都是平民。

想起连日来见到的荒野、焦土、残尸，秋离隐隐有些心痛，她忽而便理解了元辰的抱负。

赤言还是玩世不恭的做派，淡淡抿了口茶，又“噗”的一声全都吐了出来，秋离一脸怨念地擦着身上的茶渍，一面听赤言抱怨：“这也算茶？这样难喝，连马尿都不如。”

战时哪还有那么多臭讲究，有茶喝就不错了。店家投来不满的目光，秋离也觉得他这样说不太妥当，漫不经心地补了一句：“你怎么知道？你喝过马尿？”

赤言瞪了她一眼，如果眼神能杀人，此刻赤言就要将她千刀万剐了。赤言瞪了一会儿，想起自己好歹是个神，不能老和她这种后辈小仙计较，于是不再言语，坐在木椅上，掐指算了起来，口中念念有词，忽而勾人的桃花眼睁开，他拉起秋离便走。

三日脚程，两人来到城郊一处别院外。竹院在城郊林中深处，本应是清静之地，却传来铿铿锵锵的打斗之声。

秋离心头一揪，司卿！

她以为是西山的人来追捕司卿，想也未想便提剑冲了进去，只见院中黑衣人的尸体散落了一地，墙角处，一个青衣男子嘴角带血，被三个黑衣人团团围在中间，他腿上中了一刀，有涓涓血迹不断渗出，因为疼痛他眉头微皱，可丝毫不显颓势。

青衣男子轻轻拭去嘴角的血迹，理一理衣襟，虽处于亡命之情势，却无半分惧色，逆着阳光，仿佛从地狱里爬出来的战神：“还是一起上吧，这样利落些。”

秋离盯着那青衣男子仔细地瞧了半晌，想在他身上找出司卿的蛛丝马迹——或是她易容的，或者她附身的。可是把眼睛瞪出来了，她也没瞧出来他和司卿有什么相似的地方，然而从小养成的打抱不平的习惯还是让她下意识地拔剑加入混战。

不愧是训练有素的杀手，虽只有三个人，但行动力极强，剑剑是杀招，再加上秋离要保护那个行动不便的青衣男子，打起架来略显得吃力。她分神看了一眼旁边的赤言，想着这厮有法术，怎的不得拔刀相助。然而赤言一副看好戏的样子，虽然接到她的眼神，却只是优哉游哉地叉着腰，半分要插手的打算都没有。

三名黑衣人看出秋离身手不凡，彼此交换了眼神，便先冲着秋离而来。秋离惦念着仙凡有别，不忍痛下杀手，却将她自己置于不利的位置。

三名黑衣人的剑锋明晃晃向她刺来，她用剑挡开，剑锋直刺向一人背心。

她灵巧地在地上翻滚而起，昨夜落了雨，地上的泥还有些潮湿，这一滚便不小心滚了一身的泥。秋离也顾不上擦，三人出招凌厉，她不得不迎头对上他们的招数，然而一个女子不敌三个汉子的力道，她被震得重心不稳，向后跌去，退了几步，跌在泥中，刚要起身，一双手映入眼中。

她一愣，沿着那双手往上看，手的主人有一双好看的眸子——正是元辰的。

泽出剑挡在秋离身前，替她拦下三人的致命一击，然后一个箭步上前便和他们缠斗在了一起。那三名刺客见又有一人参战，短时无法取胜，相互间使了个眼色，收剑逃了。

元辰扶她起身，秋离未曾想过，她与元辰的重逢，会是这个样子。

她有些羞恼，每次与他见面，都是她打架打得一身狼狈，不曾像戏本子中写的那样花前月下，才子佳人。

想至此，她又摇了摇脑袋，她怎么会突然想这些乱七八糟的东西？

赤言突然在身后轻笑一声，饶有兴致地道了句：“有趣。”

秋离连忙回神从元辰怀中挣脱出来，刚想问他为何在这里，却见元辰一脸担心，开口问道：“怎么样，可有受伤？需不需要叫大夫？”

青衣男子袍子半边浸在血中，用剑撑地才勉强站直。至此他实在听不下去了，在旁边轻咳几声：“咯咯，见色忘友，我比她明显伤得重很多好吧。”

方泽给青衣男子做了简单的包扎。收拾利索了，那青衣男子理了理衣襟，正襟危坐对元辰道：“是子楚派你来杀我的？”

元辰依旧面上带笑，笑若清风：“是的话，叔父要如何呢？”

青衣男子愣了一下，又恍然回神：“你不会杀我的。”

元辰轻摇折扇，不愠不恼：“既然知道，又何必问呢？”

言语间，元辰将两人的关系简单地和秋离作了介绍，面前的这个青衣男子秦子诺，正是当今嬴国国君的堂兄，当年两人争夺皇位，子楚继位，子诺败走回到母国昭国避世。三年过去了，嬴王依旧担心秦子诺会借助昭国兵力杀回嬴国，夺他王位，因此派了无数杀手来取他性命。

四人围坐在一张竹子做成的矮几旁边，秦子诺自顾自低头倒水。他喝的并非普通的水，而是热水泡开的玫瑰花骨朵，倒入杯中，芳香四溢，粉红的花瓣在杯中悠然绽开，赤言眼睛一亮。

见得赤言这个眼神，秋离叹息，此番回去，也不知道谁家的玫瑰花要遭赤言神君的毒手了。

秦子诺推了一杯在秋离面前：“这是去年栽的花，上个月刚采的，晾晒了一个月，今日入口，是最佳口感。以此薄礼，谢姑娘出手相助之情。”语罢，又推了一杯给元辰，“你今日有口福了。”

元辰用杯盖压了压花瓣，轻啜一口，赞道：“不错，颇有几分华成夫人真传的意味。”

秦子诺那张没什么表情的脸上突然僵了一下，似是想到了什么旧事。秋离后来好奇地询问过元辰，才得知，华成夫人指的是昭国没落贵族后人绍若嫣，也是秦子诺还是嬴国公子时，明媒正娶的正室夫人。

细细数来，这女子，也算半个传奇人物。

十五年前，昭军由于主帅绍茄指挥失误，在谢里败于齐军，昭王震怒，下旨诛了绍茄九族，绍若嫣的父亲乃绍茄堂兄，因此一家人未能幸免于难。当时，绍若嫣在外求学，免于一死，后奔赴嬴国投靠亲戚，入宫为婢。因养得一手好花，沏得一手好茶，颇受婳阳夫人重视，婳阳夫人将她赐予秦公子诺为夫人。她靠着自己的聪明才智，从一介卑微的侍女变成堂堂公子夫人。若是写成书，这会是一本传奇奋斗史。

秋离尝了一口玫瑰花茶，清甜可口，很是与众不同，赞了一句：“果然是好茶。”她随手将饮了一半的茶盏放在案几上，正好赤言坐在她手边，顺手拿起她的茶盏就要往嘴边送。

周围三人倒吸一口凉气。

秋离脑子“嗡”的一声，她可记得这位神君是有洁癖的，忘记是谁曾不小心坐了赤言神君专属的座垫，被神君直接从青丘扔出来摔了个半身不遂。今日这盏茶赤言神君要是真送进嘴里了，秋离想，她这条小命可能也就送了一半了，于是她连忙伸手阻拦道：“神君别动！这是我的杯子。”情急之下连称呼都忘了，直接说了出来。

赤言转头，一本正经地让她少安毋躁：“你的不就是我的？有什么好大惊小怪的……”

秋离脑子又“轰”的一声，神君如此反常必有幺蛾子，吓得结巴了一下：“你你……你又在憋什么坏水？”

赤言和颜悦色道：“我哪有什么坏水？”

秋离愤恨地想，没有就怪了。

她眼睁睁地见着那盏茶贴上神君的唇，只觉一头雾水。神君的洁癖怎么没有让他抓狂到把杯子扔掉？仔细回想一下方才神君的动作，那一瞬间她感觉眼前有一抹不易捕捉的红光闪现，她低头看了一眼案几上的杯子，又看了一眼神君手中的杯子，案几上的那个杯子冲着她的边沿上有一点不起眼的淡红色，应当是方才她喝茶时不小心将唇脂印在了上面，也就是说，她的杯子好端端地放在案几上，赤言方才用了个障眼法将两个杯子调换过来，他手上拿着的那个，才不是她的杯子！

看穿这一切，秋离暗暗在心里给自己叫了声好，看来这些年自己的修为颇有进步，连神君的障眼法也骗不过她了。

她这厢想事想得出神，完全没有听到那厢赤言和元辰的对话。她错过的对话如下。

赤言贱贱地打圆场："神君，不才表字，让各位见笑了。"

只听元辰略带尴尬地笑了笑："萧公子和姑娘兄妹情深至此，令外人羡慕。"

赤言笑得妖媚，随口诓他："其实我们不止兄妹情。我的倒霉老爹之前一直罔顾礼法想让我和阿离离亲上加亲，我本是不愿的，但是现在萧国破败，王室只剩了我俩，我突然觉得其实也不是不可以将就的。"

听赤言此语，元辰一口茶没咽下去呛得直咳，秋离这才回神，给元辰递过一方帕子，元辰接过帕子，艰难地问了一句："萧公子说的，可属实？"

秋离一脸疑惑地看着赤言，不知道他方才说了什么，刚要询问，看到赤言给她使了个眼色，便心领神会地敷衍了一句："嗯，属实。"

话音刚落，只听"咣当"一声茶盏落地，秋离顺着声音望过去，元辰手中原本端得稳稳的茶盏不知怎么躺在地上，只见他收起一脸的惊讶之色，咳了一声："不好意思，手滑了……"

用过晚膳，秋离几人便都歇在了秦子诺处。

他这竹园不大，有两间厢房而已，一间给了秋离，另一间便要委屈元辰、方泽和赤言挤一挤了。秋离不放心地看了赤言一眼，他现在顶着萧谆的模样，秋离怕他说错话露馅，于是便想要不自己和赤言一间算了，反正是兄妹，名义上还算说得过去。

然而这个提议受到了元辰和赤言二人的强烈反对，她只好作罢。

秋离不解，以赤言这样挑剔造作的性子，怎么忍得了和别人挤一个房间呢，他图什么？想来想去，秋离觉得，他也只能图元辰了。她心下一惊，难道是元辰的小模样太俊了，真的把赤言神君……

她仔细回想了一下下午赤言神君跟自己故作亲近的模样，忽然了悟。啊啊啊，他下午没事儿找事儿，难道是故意激元辰吃醋？

秋离又琢磨半晌，嗯，应该是这样的。

这样一来，她又有些不放心元辰了。她忍不住朝元辰望了一眼，见他一双眼睛定定凝在她身上，心中一荡，便又赶紧低下头去。

他俩这一来二去地互望，落在赤言眼里便是眉来眼去，害她没少被奚落。

私下没人的时候赤言一直追在她身后问他二人是什么时候暗送秋波、暗生情愫、珠胎暗结的，她呸了一声说“你才珠胎暗结”，确定赤言真是吃醋了。她有些不好意思，被赤言追到辩无可辩，只好在外面躲个清净。

月上梢头，秋离躺在屋顶上吹风，有些惆怅：唉，神君看上了元辰，这可如何是好！

她莫名想起智尚元君，心中不觉为他一阵怅然。四海八荒倾心于赤言神君的神仙数不胜数，而今日元辰首战告捷，秋离寻思了一下，认为应当是颜值的功劳。

她正胡思乱想着，忽而耳边传来笛声。秋离本来就是吹笛的好手，听这笛声悠悠，与她比起来虽然还差那么点火候，但是在凡界，应该算得上是登峰造极的水平了，而且，这笛声中，有些她听不懂的东西。

凄凄切切，清清冷冷，戚戚。

带着些婉转又张扬的忧伤，秋离听不懂，这些情感，从未出现在她的笛声中。她不是没有失过恋，只是，她从不曾体会过这样刻骨铭心的哀伤。

她从屋顶上略微探下头，望见月光之下，花海之中，秦子诺正在对月吹笛。清冷月光在他身上镀上了一层淡淡的清辉，他孤身站立在田间花海中，合眼认真地吹着笛子，长长的睫毛阴影洒落在脸上。

秋离大大方方地在房顶找了个舒服的姿势偷听，跷起二郎腿，双手枕在头下，和着凉风和笛声，竟有了幽幽睡意。

眼前的光景渐渐暗下去，一片黑暗之中，好似听到一个女子温柔地哼唱悠扬婉转的民歌小调：“春风渡，雨丝稠，新柳悠悠挂长枝，娇花染新红。”

逆着光，隐约有一个女子的身影。眼前的画面渐渐地亮起来之时，秋离看到光的深处有一个身穿藕荷色纱裙的女子站在田间摆弄着花圃，一边摆弄，嘴里一边哼着小调，轻快而愉悦。

她虽无倾国倾城的容貌，可是让人觉得亲近，看了便欢喜。

风中，好似听到一个男子的叹息：“这是我听到的最好听的一首歌谣，可惜，没有机会说与你听。”

透彻心扉的哀伤席卷心头，秋离猛地惊醒，头顶星辰满天，风吹落叶翩然落在她的身上、耳边，带着些凉意。

秋离拿下落在脸上的叶子，透过叶子看着月亮发呆，不知为何凄凉之意涌上心头。方才，她通过秦子诺的曲调，看到了他心头的那个执念——那个种花的女子，还有那句未说出口的话。

房檐下突然传来元辰和秦子诺的对话：“叔父，离开昭国吧，日子会太平很多。”

夜色沉沉，秋离看不清秦子诺的表情，只见他摇了摇头：“别的地方，种不出这么好的花。”

秋离觉得这样听人墙脚不太地道，可是若现在离开，实在太容易被发现，便只好不地道地听了下去。

元辰轻笑：“为了一个不知道等不等得到的人将自己置于险境，叔父以前可不是这样的人。”

秦子诺也笑：“见色忘友，难道你以前就是这样的人？”

他叔侄二人互相嘲讽，又会心一笑。

元辰不再劝他，只是转头看着月亮。秦子诺收了笛子，沉默了一会儿，忽而道：“阿辰，这些年，我从不曾端着长辈的架子对你说教，你懂事得早，事情做得周到，从没有让家族担心过。只不过，你和那个姑娘……”

元辰似乎料到他说什么，打断道：“是的，我喜欢她。”

“我喜欢她”，掷地有声，半分都不想掩饰，听得秋离脸上一红。

秦子诺顿了一下，又问道：“多喜欢？”

元辰低下头，似乎在思考。秦子诺知道他这个人做事一向严谨，从不随意说什么，因此没有催他。世界仿佛在这一刻静音了，唯有田间几声悠悠虫鸣。

元辰思考良久后说：“我方才在想，这世上有什么对我是重要的，想来想去，不过江山百姓而已。可若是有日她要，就算是江山我也愿送给她。”说罢，他笑了笑，“说来也怪，我一向自诩是个谨慎的人，在她面前，却破了功。”

这话别人听来甜蜜，而落在秦子诺耳朵中，却多了几分酸楚。他是情场里滚过的人，看得自然也比旁人通透几分。方才元辰说的是“我喜欢她”，而非“是的，她是我的人”。

闻弦歌而知雅意，这段关系里，元辰不过是单相思而已。纵然是单相思，也已入骨，药不能医。

秦子诺淡漠地道：“你的事我没有立场干涉，然而身逢乱世，你这样的身份，有这样一个软肋，可想好了？”

这次元辰并未犹豫：“想好了。”他抬头看着月亮，眼神坚定，“我以为经过这些年，心早已穿了一层厚厚的铠甲，练得刀枪不入。可是遇上她之后我才发现，人生短如白驹过隙，若是活得太清醒，太了无牵挂，便有些无趣了，能有这样一个软肋，生有欢死有惧，我觉得很庆幸。”

秦子诺笑了两声：“这般豁达，倒不似我以前认识的你了。”

元辰嘴角含笑，眉头一挑：“哦？那你之前认识的我，是怎样的？”

秦子诺的玉笛在手中敲敲：“锱铢必较，半点亏也吃不得，聪明得可怕。”

元辰嘴角的笑容更深了：“有多可怕？”

秦子诺负手而立：“赢国杀手三千，尽数听你调遣；咸城最繁华地带，十家米铺，六家姓元。你且说，可怕不可怕。”

元辰跟着他淡淡地笑笑，手中扇子轻摇：“这样听来，好像是有点可怕。”

见这人没个正形，秦子诺也不再绕弯子，道：“元四公子从不做亏本买卖，你且说，你这次绕道来我这里，是来讨什么的？”

元辰也不客气：“记得华成夫人身上有一块浮云龙暗纹的铁牌，辰想借来一用。”

“何用？”

“苍龙阙。”

秦子诺脸一白：“那个暗纹的牌子，是苍龙阙？”语罢，他顿了一下，“你这样直白相告，不怕我私藏然后利用它对付子楚？”

元辰抿唇，一双乌黑的眼眸，似乎能洞穿人心：“叔父要是有这样的心思，怎会待在寒儋城郊三年不曾离开呢？他早该招兵买马，不知道杀回咸城多少次了。”

随后二人的对话声音压得低了些，秋离听不真切，不过大意是，那东西不在秦子诺这里。三年前，公子诺在夺嫡之争中失败，华成夫人便不知所终了。虽然她的大部分物品公子诺保留了下来，可那铁牌大概是华成夫人的传家之宝，随着她一同失踪了。

说罢不多久，元辰便拱拱手先行回房了，余秦子诺一人站在月色之下。秋离想待他走后，她便能从房顶上下来了，然而，秦子诺忽地转过身来，看着房顶的方向：“秋离姑娘，墙脚可听够了？”

秋离自知再躲下去便不合适了，有些尴尬地从房顶上飞身下来，涨红脸结巴道：“听、听够了。”她窘迫地笑了笑，“方才听公子的笛声有些入神，不是故意偷听的。”

秦子诺身手不弱，若是感觉不到她在偷听，那这些年早不知道被刺客捅死多少回了。

秦子诺并不恼她偷听，叹口气道：“阿辰这个人，看似精明，却死脑筋得很。我失势后，多少家人急着和我撇清关系，只有阿辰一次又一次地帮我，若不是他，我可能已经死了很多回。只不过因为我和若嫣曾经照拂过他，他便认准了以命相报。”顿了一下，他负手而立，“他方才的话，姑娘若是都听到了，还望能仔细思量。我这话说得或许自私，但是姑娘若能接受他的心意，便不要轻易辜负。若不能，便早早离开。”

秋离回忆起方才元辰的那番话，不觉脸上又有些烧。

夜风起，秦子诺负手而立：“我言尽于此，夜凉，姑娘早些回去歇息吧。”说罢，他便抬腿往回走。

秋离看着秦子诺的背影，一句话不经大脑地就从口中溜了出来：“公子若是好奇华成夫人的下落，秋离可以帮忙。”

秦子诺的身形顿了一下，多年的尔虞我诈让他变得很是小心：“这件事于姑娘，可有什么好处？”

秋离没想到他问得这样直接，愣了愣。诚然，她可以用法术找到华成夫人的下落，可这件事于她，除了能满足些看故事的好奇心，没有其他半分好处。她会有此一举，完全是为了帮助元辰。

她承认得很大方：“我想帮他找苍龙阙。”

秦子诺打量了她一番，讶异于她的直白，又怀疑她说话的可信程度。或许华成夫人的下落对他来说太过重要，所以他这样小心的人最终还是应了。

要使用浮生咒并非难事，只要秦子诺给她一件华成夫人的旧物便可。秦子诺作为当事人，不适合参与，于是秋离熏了香，让他在花田中入睡，也好让自己能安心做法事。

闭上眼睛，眼前一派光怪陆离，冰冷的海水从眼前掠过，传来阵阵刺骨的寒意，变幻莫测的情景从眼前掠过，仿佛奔腾的河流，不回头地流去。

她自水底探出头来，视野陡然开阔，大街上车水马龙，一派热闹景象。

耳边充斥着嘈杂的说话声，秋离潜心听了半晌便明了，街头巷尾都在热议的话题，是倚红楼的歌女畅滢姑娘如何地幸运。她不是头牌，也不是绝色，却不知怎的得了平阳君的青睐，被一顶花轿抬进了门。

平阳君何许人也——嬴国太子安国君之子，秦子诺是也。

秋离莞尔，是了，故事应该是从这里开始的。

他和华成夫人的牵绊，就在市井的闲言碎语中，拉开了序幕。一介青楼女子能进王室大门，着实算得上麻雀变凤凰了。据说，这已经是这一年抬进平阳君府的第三个歌姬了。平阳君是咸城新贵，又对歌姬青眼有加，弄得咸城的良家女子都想弄个歌姬当当，说不定哪日就被抬进平阳君的门，享荣华富贵了。

偶尔也会有几个碎嘴的提到平阳君家里的那位正室——华成夫人绍若嫣，不禁惋惜，说，正室夫人是个哑巴，虽有了华成夫人的尊号，可成婚两年，平阳君从未正眼瞧过她，是个可怜人。

因想着要节约时间，她果断地跳过这些世俗间的风言风语，去捕捉下一段华成夫人的意识，意识跳跃之间，眼前一片浓重的墨黑，让秋离有些心惊。

其实，浮生咒一般是施与人的，追着精神的游丝，一路向精神的上游探寻，窥探到之前的种种过往。旧物陪伴在人身边，承载着人的感情，也可以借来施展此术，一般越是贴身的东西，效果越好。

秋离不知秦子诺给她的东西和华成夫人有着怎样的联系，或许不甚贴身，总之这个法术施得不甚稳当，她在捕捉意识的过程中，觉得心口隐隐作痛，应当是受到了剧烈的反噬。

就在心口痛得她要承受不住之时，背上被人拍了一下，不适感骤然消失，她猛然回头，身后那个花枝招展朝着她贱笑的，不是赤言又是哪个。

灼灼日光没有令她目眩，赤言的一袭红衣倒闪得她花了眼。

赤言眨着桃花眼，含情脉脉得让人直起鸡皮疙瘩，末了还不忘朝她翻了个白眼："有这种热闹看都不叫我，真是活该被法术反噬。"

赤言一直是这样刀子嘴豆腐心，虽口上说她活该，但出手默默将她身上的反噬化解，使她舒服了许多。

她感激地冲他笑笑，而他哼了一声，将她丢在身后，扭着腰肢朝着幻境深处走去。

秋离腹诽：臭狐狸，你这性格还能再别扭一些吗？

她追着赤言的脚步，走到一座花园内。四下望去，姹紫嫣红，百花争艳。她分神看了一眼园外的牌匾，果然是平阳君府，只见绍若嫣的院门口车水马龙，并不如传言中那般不受待见。

秋离听下人嘴碎提到，新宠畅滢想要证明自己比正室夫人绍若嫣更得宠，于是在花园里使绊子，使绍若嫣跌在玫瑰花上，刮破了脸。

畅滢以为，这个哑巴亏绍若嫣吃定了，毕竟，没有证据是她推了绍若嫣，而且，她有平阳君的宠爱，她料定平阳君会偏袒她。

然而事情就是那样急转直下，在所有人都以为华成夫人会吃亏的当口，平阳君没问缘由便将畅八子贬出了平阳君府。一时间，府内哗然一片。下人们以为华成夫人要复宠，原本门可罗雀的西苑一下子热闹起来。

若嫣的丫鬟绿漪一面沏茶，一面抱怨："这些人也太势利眼了。"

若嫣抿了口茶，笑着摇了摇头。这西苑是热闹还是冷清，她都不甚在意："侯爷性好听曲，女子为了争宠便在曲艺上下功夫无可厚非，但是恃宠而骄，便是不智了，侯爷不喜欢自作聪明的女子。"她声音喑哑难听，如同烈火中烧焦的炭火噼啪作响，秋离吓了一跳。

世人皆传华成夫人是个哑巴，却不知她其实是可以说话的，因为声音太过难听，所以她在外人面前不轻易开口罢了。她话音方落，突然听得男子的声音低低地传来，带着几分戏谑："夫人对我的喜好，还真是了解啊。"

若嫣吃了一惊，抬头见着一袭竹绿色长衫的男子掀开门口珠帘款款走进来，来人正是平阳君秦子诺，手中一把扇子轻轻摇着，眼中却有些怒意。

秋离也有点惊讶，现在站在她面前的这个秦子诺，和她昨晚见到的人，容貌虽一致，但气质截然不同。

面前的这个人，虽也是一袭青色长衫，可是身上那纨绔子弟的桀骜，是怎么都忽视不了的。

若嫣连忙行礼，他不伸手扶她，任她跪在地上。

他瞟她一眼："既然这么懂得怎么讨本相爷欢心，那你自己怎么不试试？"

若嫣不抬眼，淡淡道："宠而不爱，非华成所求。"

秦子诺用扇子挑起她的下巴，那动作要多轻佻便有多轻佻。他嘴角虽是笑的，眼睛却冰冷得没有半分温度：“那你想求什么？”

她不接话，淡漠地跪在地上：“相爷来找臣妾，想必是为了婳阳夫人生辰贺礼一事吧，臣妾可以为相爷解忧。”

秦子诺手一抖，将扇子收了，冷声轻哼：“果然什么都逃不过我好夫人的眼睛。”

秦子诺眼神冰冷地在屋子里扫了一圈，便转身出了西苑。见他的身影消失在西苑，绿漪才把跪在地上的若嫣扶起来：“夫人总是这么和侯爷僵着是何必呢？奴婢觉得侯爷心中是有夫人的。”

若嫣瞪绿漪一眼，绿漪知道自己失言，连忙闭嘴。只听若嫣淡淡吩咐道：“走，跟我去花园采两株杜若去。”

绿漪惊讶：“那可是夫人的宝贝……”话音还未落，她又被若嫣瞪了一眼，赶紧乖乖闭了嘴。

画面渐渐淡去，身边景致渐次暗了下去，秋离知道赤言是个没什么耐心的主，想必若嫣准备贺礼这段平淡的时光要被他跳过了，她忍不住回头去看他，只见赤言的折扇在手中敲敲，一脸满足：“相爱相杀的戏码，最是好看。”

秋离盯着赤言手中的扇子回忆了半晌，下午他手中还是没有这扇子的，她疑惑道：“你这扇子是哪里来的？”

赤言说：“方才市集上买的啊！”

秋离讶异道：“快入秋了，你买扇子干什么？”

赤言却顾左右而言他：“你有没有发现，长得好看的人，比如元辰，比如秦子诺，有一个共同点？”

秋离一脸蒙：“哈？”

赤言一脸严肃：“扇子啊！耍帅必备神器啊，本尊怎么能没有呢？”

秋离无语绝倒。

西河郡瘟疫，嬴王打算派一个王孙前去治理。

嬴王年事已高，秦子诺的父亲做了三十多年的太子，已然熬成了一个老太子，可嬴王看着还是精神矍铄的样子，究竟是父还是子先驾鹤西去，朝堂上众说纷纭，却没有人敢妄言。

若是在咸城就这两位天之骄子谁活得更久设个赌局，那一定是全咸城最炙手可热的赌局，只不过没有哪个嫌命长的敢做这件事。赤言不怕死，整日眼冒金光地筹划着，结果被秋离一句话泼了个透心凉。秋离说："赤言神君，凡界的钱，带回青丘不能花啊。"

不过，赌局虽没开，赌注却有人下了。朝堂大臣们赌上了身家性命，开始站王孙的队了。太子年事已高，若是太子先嬴王而去，那天下便是交到王太孙手中的。在这样的情势下，西河郡瘟疫这件大事交给谁去处理，就像朝堂上的风向标，俨然是做王太孙的头功。

而这差事最终居然落在没有靠山的平阳君头上，舆论哗然，顿时便有不少人议论，说不定太子属意平阳君为王太孙。

而太子耳根一向软，听不得枕头风。他能有这一决定，众人纷纷猜测，和婳阳夫人生日宴上平阳君送了两株上好的杜若，引得婳阳夫人眉开眼笑脱不开关系。

西苑中，秦子诺将一盒金首饰放在若嫣桌上："本侯一向赏罚分明，这次能去西河治瘟你有头功。"

若嫣让下人将盒子收了起来，脸上并没有喜色，只是从身上拿出一个小荷包，从里面倒出一个碧玉制的平安符来："瘟疫来势汹汹，还请侯爷自己多多保重。"言语客气得体，让他挑不出半分错处，却又疏离得好似没有任何多余的感情。

秦子诺接过若嫣递过来的平安符，又望了望她那张悲喜不明的脸，不知哪里蹿起一股无名火，哼了一声说"不劳记挂"，转头便走。

秦子诺也不明白当时那股无名火是从何而来，直到很久很久以后，久到他失去了一切，才明白，原来，不论他怎么骗自己不在乎她，她都妥帖地被他收藏在心底，她的喜怒牵动着他的喜怒，她的哀乐牵动着他的哀乐。

他期望她可以为了他而开心、难过，满腔期待落了空，只有莫名的失落和愤懑。

只是这种别扭的心情，他也不知道该向谁去说，在心里藏久了，变成了两个人的心结。

瘟疫难治，秦子诺一个月后控制了疫情从西河回来，自己也病倒了。太医来看过，说他也感染了瘟疫，加上这些时日劳累过度，治不治得好只能听天由命。屋子里的莺莺燕燕都哭傻了眼，却因为怕传染，没有几个肯来照顾他起居的。别看他平时爱姬多，可是真到了生死关头，大家更爱惜的，不过是自己的命而已。

病中迷迷糊糊，秦子诺梦见了小时候的事情。

秋离也因此了解他前半生的生活以及他与绍若嫣的初相识。

秋离想，这个物件可能贴秦子诺的身比较久，因为浮生咒带她看到的、体会到的多是秦子诺的想法，对于绍若嫣，她知之甚少。

秦子诺的母妃地位卑贱，是嬴国太子醉酒而宠幸的一名小小的宫婢。这宫婢人微言轻，生下他没几年便被人陷害而死，他也因此受了牵连，被禁足在冷宫之内。他虽有皇孙的身份，可是他父王有二十多个儿子，不久后就将他忘了。从小，他便被丢在皇宫一角，时不常有人来欺负他，他折腾得浑身是伤。

有几次，他痛极了，想着若是就这样死了，说不定也是一种解脱。小小年纪，他已有了厌世之情。于他，活着或是死了，都差不多。

他孤苦伶仃地过了四五年。后来，机缘巧合下，秦子诺认识了若嫣，她成了唯一接济他的人。

若嫣是婳阳夫人府上的小丫鬟。她同他一般年纪，看他可怜，时而偷偷送些吃的给他，后来，还带些书来给他看，他不识字，她便和他并排坐在月光下，借着清辉，读书给他听。

刚开始他还有些胆怯，坐得离她远远的，她也不恼，只是笑他胆子小。

他怯怯地问："你来看我，不怕婳阳夫人知道了处置你？"

她胸有成竹地笑了笑："婳阳夫人再怎么说也是太子妃，她虽然不待见你，但你若死在这后宫中，她也免不了要负责任。你再不受待见，也是名义上的皇孙，所以我来，她睁一只眼闭一只眼罢了。”

他将信将疑，她小小年纪，如何能将人的心思揣测得这般剔透？可见她来的次数多了，确实没人追究，他胆子便也大了起来。

她给他读史，九国战争纷乱，她分析得头头是道，脸上自信满满，不像个小姑娘，倒像是个满腹经纶的老学究。

他讶异于她小小年纪竟有如此见地，她颇为自豪道：“我师父无崖子可是普天之下最有名的政治家，只可惜，我家道中落，没能在师父身边更久。”

这样，两个孩子便熟了起来。从九岁到十三岁的光阴，他身边只有她一人陪伴，亦师亦友。

那天他被几个皇子合起伙来欺负，被打得身上青一块紫一块，躺在地上奄奄一息，他想，或许他这一生，快要走到头了。

他这一生命贱，丢了命也并不觉得可惜。只是生命最后的关头，他莫名想起若嫣，他想，她若看到他死了，会不会难过。想到可能会害她难过，他突然有点不想死了。

那个时候，他活下去的全部动力，就是不要让她太伤心。

后来，他听说若嫣哭着去求了叶阳王后。就算叶阳王后对他没有什么感情，看到孙子伤成这副惨兮兮的样子，多少还是有些于心不忍，找了个太医来给他瞧病。

其间，若嫣寸步不离守着她，给他取药、煎药，再一勺勺地将药喂入口中。他不退烧，她便守在冷宫里不肯走。

他赶她去歇息，她不肯。看着她担心自己而皱在一起的眉头，他耍赖道：“你给我唱首歌吧，这样我就不这么难受了。”

她也不推托，张口就来：“春风渡，雨丝稠，新柳悠悠挂长枝，娇花染新红。”声音婉转，如黄鹂出谷般动听。曲是旧曲，词却是新词，她自己填的，她说，她一直向往能住在这样有山有水的地方，时光慢慢，流水轻轻，船桨摇摇，听雨赏花，便是一生。

唱完后，她满眼期待地望着他问道："好听吗？喜欢吗？"她一向做事稳重，突然有这样天真的一面，倒是让人觉得可爱非常。

他故意逗她："不好听，不要唱了。"

她气得抬手打他，他躲得狼狈："喂，我还是个病人。"

她撇撇嘴："你是我从阎王手里抢回来的人，哪那么容易被抢回去。"

若嫣嘴上这样说，手却不忍心落在他身上。他那日是在她的歌声中睡去的。他想，她的歌声那样好听，好听得伤口都不疼了。

后来，婳阳夫人知道若嫣越级去见叶王后，有些气愤，罚了她几个板子，关了她三天禁闭。

听到这个消息的时候，秦子诺恨得将牙都快咬碎了，可是躺在病床上，他什么都做不了。他以前一直得过且过，也不觉得什么。可今日他第一次有了不一样的念头，他想，总有一天，他要让命数把这些年亏欠了他的，悉数还回来。他要强大到可以保护她不再受无妄之灾。

这是第一次，他心中有了对那个位置的觊觎。

三天后，若嫣一瘸一拐地来看他，他忍不住难过。那样明媚的一个女子，为了自己，被折磨成了这个样子。他以前也好奇过，他这样一个落魄的人，怎么值得她费这么多的心，可是过于自卑，从未问过。

而这天，徘徊在心间许久的问题终于忍不住问出了口。若嫣的回答是，她在他身上看到了自己的影子。

若嫣说话的时候，抬眼看着天上的星星，目光却不知道落在了哪里。她本是名门小姐，大家闺秀，在跟着无崖子修行期间家族遭受无妄之灾，迫于生计，投入秦宫为奴，一瞬间从枝头的娇花零落成泥，人人可欺。还好，她有种花这门手艺，深得婳阳夫人喜欢，才没被人欺负死。

所以今朝见他一个皇子过得这样惨，她有些于心不忍。

或许是相似的经历，慢慢让两颗心越贴越近。她来看他，他认真地听她讲史讲诗；她忙时，他便偷偷溜到武场，去观摩别的王子是怎样习武的；月上柳梢头，他在自己的冷宫中扎上稻草人，和着冷风和月光，一点点摸索那些招式。

渐渐地，他不再那么弱小任谁都能欺负。他脸上有了自信的笑容，她再来看他，他就将学到的招式演示给她看，她开心，他便更开心。

他有时会央着她唱歌给他听，她从来不端架子，说唱就唱，口中的小调从来没有重样。这是秦子诺最惬意的时刻了，晚上躺在房顶吹风，看着月亮，听着若嫣的歌，总让他忘记一天的疲惫，心中万分安宁。

眼下的日子过得似乎过于顺利了。从十三岁到十八岁，鲜有人欺负他，眼见着就到了可以出宫建府的年岁。

秋离莫名有些心惊。

若是事情顺风顺水地发展下去，秦子诺能娶若嫣为妻，他定会把她放在手中捧着、宠着，恩爱不相疑，哪至于如秋离之前所见，他丝毫不在意若嫣似的。若嫣也应该还有婉转如黄鹂般的嗓音，哪至于成了近乎不能说话的哑巴。

赤言也有同样的预感，见她揪心，故意逗她。他用折扇在手心敲敲，道："有位先知曾说，生活就是这样，欲扬先抑，欲抑先扬，扬扬抑抑，才有意思。"

秋离："哪位先知？"

赤言一副理所当然："司命啊。"

秋离翻白眼："他算什么先知！"

"凡人的命格簿子都是他写的，你说，咱们看的这段故事，他算不算得上是先知？"

秋离闭嘴。跟赤言斗嘴，永远不可能斗赢。

转折说来就来。

就在秦子诺出府的前一晚，宫中火光大作。毫无疑问，火是有人故意放的。毕竟，秦子诺再不济也是个皇子，出宫建了府，便可以招揽门客，拉拢人脉了。这些年做过亏心事的人，总是怕因果报应的，于是想除掉这个心腹大患。

火从秦子诺住的冷宫深处烧起来，火势极旺，前门还被人用柴火封死了，任宫人泼了十几盆水进去，也不见浇出一条生路来。

他被熏晕在浓烟之中，失去了意识。昏迷中，他隐约听到若嫣和婳阳夫人的对话，他听到若嫣说，她愿为婳阳夫人的细作，监视他的一举一动，若是他有了二心，便手刃了他。

他惊醒，衣襟被汗全部浸湿，才发现不过是一场噩梦。

他醒来，发现自己身处一个新宅子中。宅子，是婳阳夫人安置的，听说，婳阳夫人还给他指了个夫人，不日完婚。

他的美娇娘，不是别人，正是若嫣。

他日日想起噩梦中若嫣要将他的头颅献给婳阳夫人的事，夜里便一身一身冷汗，睡不踏实。终于熬到大婚的日子，他自我安慰道，他一定是太想娶她，所以才会紧张到胡思乱想。

他一日一日挨，想着挨到娶她的那日，就该安心了。

别人敬新郎官的酒，他都没舍得多喝，他要清醒地见到她，熬了十来年，终于熬到和她执手白头，他怎么舍得醉。

他要牵着她的手，告诉她，苦日子都过去了，柳暗花明了。他会为了她，闯出一片天，他要庇护她一生无忧，一世安康。

然而，洞房内，掀起盖头，他望见她眉眼如画，一双清澈的眸子却如古潭清冷，不带丝毫温度。他被她的眼神冰得愣了一下，试着喊了一声“阿嫣”。

若嫣很少染红唇，今日化了浓妆，嘴唇红得有些刺眼。她嘴角笑意如花绽放，却莫名让人看了悲凉：“平阳君。”

她声音喑哑，吓了他一跳，仿佛一夜之间她的嗓子就废了，连发出的音节都有些破碎。

他疑惑：“阿嫣，你的嗓子……”

不待他说完，便被她打断：“不干你的事。”

她开口疏离，听得他半晌回不过神。

她冷冷开口：“既然我们今后便捆在一条船上了，有些丑话，还是讲在前面好。”她顿了一下，“我从小对你好，不过看准了你成年便能出宫。我不想在宫里和别人钩心斗角，浮生短短，我只求安稳，利用了你，很是对不住。不过，我也救了你一命，咱们就两清吧，我终究是婳阳夫人宫中出来的人。从今后，你走阳关道，我走独木桥，道不同，不相为谋。”

若嫣的话，仿若一把钢刀刺进他心底，他觉得事情不该是这样的，可又该是怎样的，他也说不清楚。他只觉得心中隐隐作疼，张了张口，却不知道要说什么，只好唤她的名字。

“阿嫣……”一句话，就那样生生凝在半空，冻结成冰。他觉得，今晚的若嫣，比他那日在噩梦里见到的还要可怕。

若嫣起身，红色的喜袍垂下，铺了满地。她径直向外走去，声音不带一丝温度：“以后，我都去书房睡。”

秦子诺伸手拽住她的袖子，心寒得让他手脚冰凉，牙关也不住地颤抖，一句话在唇齿之间缠绕了许久，终究还是问出了口：“是不是，若有一天，我和婳阳夫人起了冲突，你会毫不犹疑地提着我的项上人头去投诚？”

若嫣的身影僵了一下，她沉默了良久，长叹一口气，不悲不喜，嘴角扯出叫人看不懂的笑：“我本还掂量着这样伤感情的话要怎么说出口才好，不过既然你问了，我也不用瞒你了。”

秦子诺抓着她的手一下子便僵在了空中。

“是的，婳阳夫人是我的主子。”朱红双唇轻启，声音没有起伏，“我以监视你作为交换条件，获得了出宫的自由。”

若嫣话说得这样露骨，真叫他没法接。

空气一下子安静下来，秦子诺脸上没有一丝血色，惨白得让看到的人都心疼。只可惜，若嫣背对着他，看不到。

赤言在一旁闲不住地咂咂嘴：“啧啧，这女子，心也是够狠的。”

秋离站在一旁看着，无法想象秦子诺此刻的心该有多冷。她忍不住想，如果若嫣能看到秦子诺面如死灰的表情，会不会有些心疼，会不会说话就不这样伤人，他们便也不会像日后那样形同陌路。

可缺的就是这个“如果”。没有如果，没有当初。

有些事情，如同箭在弦上，一旦发动，便再没有回头的可能。绍若嫣和秦子诺就如同两支射往不同方向的箭，从此命运轨迹再无交缠。

外面流言传出，平阳君大婚当夜嫌弃娘子身份低微，摔门便出，从此不曾有一夜宿在西苑，整日流连花丛，小妾纳了不少。

那些羡慕华成夫人的流言，渐渐转了风向，原来人人都说绍若嫣是个好命的，丫鬟嫁了皇子当夫人；现在人人都说，飞上枝头的麻雀，也是家雀罢了，注定没有当凤凰的命，还要守着活寡，让人心疼。

不论怎样的流言，若嫣都只在后院里侍弄她的花，安然自若。他，不过听他的曲，纳他的妾，处在流言中心的二人，倒是比市井中人过得还要悠然自在。

日子就这样，一晃到了今日。

秦子诺在瘟疫中高烧不退，不知怎的，就将这些过往全都想了起来。

他想起小时候被打得半死，哄着若嫣给他唱歌，她那家乡小调，听着便让人觉得心安，仿佛世间再无洪水猛兽能伤他分毫。

他流连戏楼，戏子们个个人比花娇，外人说他好色，只有他自己知道，他喜欢的从来都不是她们的貌，而是她们给他唱那首歌儿："春风渡，雨丝稠，新柳悠悠挂长枝，娇花染新红。"那首在他落魄时，陪伴了他整个童年的歌曲。

于是，他近乎疯狂地将每一个能将这首歌唱得好听的戏子纳进门。只可惜，不论谁唱，都不再给他那样心安的感觉。

或许是病得太重，恍惚间，他似乎又听到那首小调："春风渡，雨丝稠，新柳悠悠挂长枝，娇花染新红。"声音虽不甜美，还有些喑哑、破碎，可是听在秦子诺耳中，有种说不出的熟悉之感，仿若天籁之音，让他卸下心防。

这首小调，给了他力量，他似乎去鬼门关走了一遭，在乌黑的奈何桥畔听到了这曲子，便将孟婆汤抛了，朝那盛汤老人拱拱手，抱歉道："我在世间还有些留恋的人，回头再来和孟婆叙旧。"

忽而，漆黑的天边好像被乌云扯出一道口子，金光射了进来，他的眼睛适应了许久面前的光线，才看出来，这是他的卧房。

阳光透过窗棂，投下斑驳的影子。空气中浮浮沉沉的灰尘，那么清晰。

他想转身，却见床边趴了一个人。他一动，她便也跟着醒了。

正是若嫣。

她迷迷糊糊地醒来，见他醒了，一时间出神，眼睛睁得老大，里面是惊喜、惊讶还是别的什么，太复杂，他看不懂。随后，她似乎想起什么，随意绾起发髻，浅浅一笑："没死就好，那我走了。"说罢，她就起身出门，只留下一个背影给他。

后来，他还是从丫鬟口中听说，他重病不省人事，家中姬妾怕被瘟疫传染，没有一个肯近前伺候的，唯有华成夫人衣不解带地在病床前照顾他。大夫说可能药石无用了，她却还不肯放弃，日日抓药来煎，夜里，便唱小调给他听，虽然声音哑，可全府上下，没有一个人觉得不好听。

听说她关心他，他有些开心，在街上买了一口酥带去西苑找她。他还记得，小时她最爱吃一口酥。第一次她从厨房偷东西出来给他吃，带的就是这个一口酥。她目光炯炯地把酥递到他嘴边说"快尝尝好不好吃"，一边说，一边不自知地舔了舔嘴角。

他摸摸手中的一口酥，有一句话压在心口。他想问问她，他重病时她去照顾，是不是因为在乎他，就算她从前没有对他动过心，那之后呢，他们有没有在一起好好过日子的可能呢？

秦子诺一只脚踏进西苑的时候，若嫣正在侍弄窗边的牡丹，正红色的牡丹开得似火。若嫣见他进门，大方地笑笑，声音喑哑但不带半分卑怯道："我今日方晒好的玫瑰茶，要不要尝尝？"

他接过茶，只觉香气扑鼻，这一扑，那满腹话语便被扑得不知从哪儿说起才好。琢磨间，只见她摆弄着桌子上的茶碗，漫不经心道："前几日照顾公子的事情，公子也不必要放在心上，总归我担了平阳君夫人的名号，和院外的那些莺莺燕燕不一样。夫妻二人，总是一荣俱荣、一损俱损的，我去照顾公子，不过是为自己谋个好前程。”

秦子诺一杯茶没喝完，一句话没问出口，又被挤对得撩了帘子气呼呼地出了西苑。买的一盒酥，也被他全都扔在了地上。

若嫣的这张嘴太尖利，他完全不是对手，还没开口便败下阵来。

她总是什么都不用问就看透他在想什么。她对他了若指掌，可他对她一无所知。

秦子诺记忆中没有的那些画面，秋离看得到。

那天，秦子诺走后，若嫣蹲在地上，亲手将摔碎的了一口酥一片一片地捡起来，像捧着珍宝，放在手心里，小心地捏了一片放进嘴里，甜甜的酥饼入口，眼泪却下来了。

秦子诺不知道为什么若嫣如黄鹂般的嗓子会暗哑至今，秋离知道。

秦子诺出宫的前一日，冷宫火光冲天，宫中一时流言四起，说看到秦子诺被房梁砸中，已经晕倒在火光之中，救也没用。这样的流言一出，众人救火的劲头，便弱了下去。

只有若嫣不肯信。

她说不动别人救火，只好心一横，扯了块披风罩在身上，捧起一盆水兜头浇下，冲进了火势汹汹的冷宫。

秦子诺已然昏倒在院中，她也不知道哪里来的力气，竟背起秦子诺一路冲出火场。可惜，出来前她的衣领上落了颗火星，很快便烧了起来，她背着他，分不出手去扑火，只能忍着痛先冲出来，等她在地上打滚儿扑灭火时，整个左肩和脖颈的肌肤，已经模糊一片，看不得了。

若嫣的嗓子，便是废在这里。

凭借着惊人的毅力，若嫣将昏迷不醒的秦子诺拖到婳阳夫人面前，跪下为他求情，希望婳阳夫人请大夫来医治他。

那时她的嗓音已经暗哑到难以分辨出口的是怎样的音节，她还是忍着剧痛求婳阳夫人。

婳阳夫人虽不是这件事情的始作俑者，但也是乐见其成的。毕竟，她现在虽没有子嗣，若是有了子嗣，也是要在众多王子中杀出一条血路的。

对手能少一个是一个，她没必要阻拦。

面对若嫣的求情，婳阳夫人不动声色，悠然地抿着茶，身边的婢女一下一下慢悠悠地扇着扇子，若嫣急得磕头额角磕出了血：“夫人就算行行善，不是为了公子诺，也为自己的将来打算打算。”

“嘭”的一声，婳阳夫人将茶杯磕在桌上，微微眯起眼睛看着若嫣，带着些许狡黠和杀气，叫人看不出来她究竟在想什么。

空气安静得让人害怕，他二人的生死便在婳阳夫人这一念之间。

若嫣知道没有退路，只能硬着头皮继续说：“太子今年五十有一，莫说夫人现在还没有子嗣，就算有，年纪这样小，也不可能封王太孙。别家的王子母亲都还健在，可公子诺不一样，夫人不如做了这个顺水人情，也为自己将来铺路。”

婳阳夫人眉头轻挑。

没有子嗣，这是她的心病。凭她的身份，凭着太子的宠爱，若是她能有个血脉，那大嬴国的太后她当定了。只是，这些年她的肚子一直没消息，说她心中不愁，那是假的。她身边的婢女都知道无后是婳阳夫人的忌讳，没有哪个不怕死的敢和夫人提这桩事。

偏生若嫣胆子大，今日敢将这番话挑明了说。可婳阳夫人不傻，公子诺受了这多年的欺凌，对婳阳夫人这个当家主母没有怨气是不可能的，这样一个人，又怎么好收为己用呢？

婳阳夫人转着小指上长长的金色指甲套，并不言语。

若嫣再重重地磕了一个头：“阿嫣愿为夫人犬马，在公子诺身边将他的一举一动汇报夫人，若他有二心，阿嫣一定替夫人清理门户。”

婳阳夫人脸上这才有了一丝笑意，声音软软绵绵，听着是极温柔的，可又透着些彻骨的寒意：“怎么个清理门户法？”

若嫣沉了脸：“阿嫣愿手刃之，提公子诺之头颅来请罪。”

终于，婳阳夫人笑了，她着人请了太医，好生将公子诺调养好了，又选了处宅子，将人送了进去，还亲自请了太子下旨，将若嫣指给秦子诺做了夫人。

宫中一下子炸开了锅。再不济，秦子诺也是个王子，抬个丫鬟做妾了不得了，怎能做夫人？一时间，后宫议论纷纷，有些丫鬟羡慕若嫣好命，有些则嚼着舌根，说公子诺好不容易熬到了出宫建府，却又被指了个丫鬟当夫人，想必这辈子别想有出人头地的机会了。

若嫣便是在这些流言蜚语中换了红妆。她披了盖头坐在床边等人引她上轿，先等来的不是新郎，而是婳阳夫人。

婳阳夫人不掩来意，她救了秦子诺一命，也不是白救的，她终究不是心善的菩萨，若嫣父母皆亡，这样没有把柄握在手里的人，她用着也不放心。

于是，一颗药丸，便在若嫣大婚这日送到了她面前。从此，她的命便掌握在婳阳夫人手中，若每月讨不到婳阳夫人的解药，她便会一命呜呼。

锣鼓喧天，没有祝福，没有家人，陪若嫣出嫁的，唯有一颗入喉毒药。

红盖头遮住了两行清泪。

若嫣曾说：“宠而不爱，非我所求。”

她求的是什么呢？不过愿得一心人，白首不相离。她经历了那么多起起落落，知道最珍贵的，就是那能牵手白头的人。她跟着无崖子读了那么多年的书，她的师姐们皆学有所成，开口家国天下，头头是道。唯有她，师父夸她聪明，但她心思从未用在读书上。

是，她对那些合纵连横的策略半分不感兴趣，得了闲，便偷戏本子来看。她想，人生大幸莫不是得一合心意的人，神仙眷侣般不理世事地过完后半生。

可是，她从吞下婳阳夫人递过的毒药开始，便失去了这个资格。

当命不属于自己的时候，又有什么资格说爱呢？

那日，秦子诺问若嫣：“那你想求什么？”

她没有说话。

只因为从出嫁这日开始，她所求的，不过是求而不得罢了。

她知道他有心觊觎那个位置，这么多年他的努力，她都看在眼里。

他贪恋美色，流连花丛，只不过是障眼法。他作为新贵，没有根基，自然不能太惹眼。但背地里，他日日努力读书、习武，经营权势。她不忍他的付出付诸东流，却摆脱不了媔阳夫人眼线的身份，只好装作不爱他，将他推得远远的。

世间安得两全法，不负如来不负卿。

她爱他至深，所以宁愿委屈自己，来成全他的抱负。

第五章

落花辞

四月间杏花摇曳，风吹过，纷飞出一场遮天蔽日的大雪。杏花飞扬中，嬴王的旨意送到平阳君府。因治理瘟疫有功，嬴王特意在宫内设了晚宴，给秦子诺庆功。若嫣作为正室夫人，这样的场合，自然是要陪同出席的。

管弦丝竹，觥筹交错，让若嫣眼晕。与一群面和心不和的人坐在一起打官腔，她觉得呼吸不甚舒畅，便趁人不注意从宴席上溜出来，四处走走散心。

丝竹声渐渐离得远了，她长出一口气，想着终于能躲个清静，可一回头，在梅树下看到一个对着月亮发呆的男孩。十三四的模样，看上去有些孤独，可在这样的排场里，他不显得怯懦。

她见着他面生，便问身边丫鬟："这是哪个？"

丫鬟恭敬地回话："这是公子楚夫人家的远亲，元家公子，元辰。"

没想到在这里还能见到熟人，秋离冷不丁地被自己的口水呛到，咳起来："元……元辰怎么在？"

赤言一脸看白痴的表情看她："他们是旧相识，在回忆里打过照面有什么奇怪的。"

秋离点点头，是这个道理。只是在秦子诺和绍若嫣的回忆里走一走，还能遇到小时的元辰，这倒像是意外惊喜了。

若嫣又问："既然是远亲，又在我嬴国做什么？"

丫鬟再答："元家获罪，元小公子一路逃来投奔公子楚。"

若嫣"哦"了一声，望了望天上的圆月。她叹口气，触景生情，又想起小时的自己，月儿这样圆，可怎的世间有这样多支离破碎的家庭？

她虽久居深闺，但时事政治没落下。她知道公子楚是刚从昭国逃回的质子，在嬴国王宫中朝不保夕，因为逃得急，连自己的妻儿都没来得及带上。他的小儿子秦征不过六七岁的年纪，也被他抛在昭国，生死不明。一个连自己儿子都保护不了的人，又有什么能力来保护这个不知从哪里冒出来的远亲？这小孩子，留在这里，被排挤，被欺负是逃不过的命运。

或许真如绍若嫣所说，对那些和她有过相同处境的人，她实在无法冷眼旁观，不施以援手。她虽与元辰萍水相逢，却忍不住走向他。

若嫣轻手轻脚走到他身边，与他并排站在梅树下，抬头看月亮，不说话。

元辰看了她一眼，并不好奇，也自顾自地望天。

若嫣虽不是话多的人，可是从没见过这样话少的孩子，这跟她的设想不太一样，她以为他会好奇地问她为什么在这里，可是等了半天，都没等到这句开场白。两人大眼瞪小眼许久，终于她忍不住先开了口："你怎么不问我是谁？"

她这些年喝了好些药，找了好些大夫调理，说话的声音不再那么恐怖，却依然十分沙哑，不像是个正常女子该有的声音。

元辰拱了拱手："原本不知，但是现在知道了。"他恭敬作揖道，"拜见华成夫人。"见她惊讶，元辰解释道，"今日宴请的，无不是皇族贵胄，夫人小姐，皆身出名门。若是有人有夫人这样的嗓音，闺阁女子，定是藏在家中不让出门；若是许了人家，便早该声名在外。可我来了咸城几日，并未听说有这样的女子。唯一知道的，不过是华成夫人是个哑巴，这样寻思，想必夫人不太爱说话罢了。"

若嫣神色暗了暗，眼眉低垂，可怜这小孩子年纪虽小，倒是聪明得紧。只怕偌大的皇宫中若是没人照顾他，这种聪明，只会给他带来杀身之祸。

元辰年纪小，想事情不周全，没想到她的思绪一时间转了这样多的弯儿，只以为自己说到了她口不能言的伤心事，立马满面尴尬之色，赔礼道："元辰唐突了，请夫人恕罪。"

若嫣抿嘴苦笑，心想：他还算是个知事理的。心下一个不忍，她就在那夜宴会结束时，将元辰带回了平阳君府。她想，这个孩子留在宫中，必定是个没人照应的，她愿意做个人情，这个孩子这样聪明，以后说不定会是平阳君的好帮手。

若嫣愿意做这个人情不稀奇，奇的是秦子诺的反应。

他原本是极反对这件事的，这个孩子毕竟是个来路不明的野小子，还是公子楚的远亲。公子楚自己都不帮衬这个孩子，他为何要操这份闲心。

不知道元辰和秦子诺说了什么，二人秉烛手谈了一局黑白棋后，秦子诺便转了心思，不仅给了元辰百金，还把自己在咸城的几处铺子交给他打理。元辰年纪虽小，做事情却井井有条，不到半年，那些铺子的盈利便翻了倍。嬴王的信任加上敌国的财富，平阳君一时间成了咸城最炙手可热的新贵，权力之大，财富之多无出其右，可谓风光无限。

"你去哪儿？"见赤言扭着腰就往府外走，秋离赶紧追上去。

赤言掩嘴笑笑："好不容易遇见个熟人，自然要去看看元辰在做什么！"

"哎——"还不等秋离阻止，赤言的身影已然消失不见。她本是不想去的，觉得这样偷窥他的过去不道德，于是在原地等。可是在院子中呆呆地吹了会儿冷风，只觉得胸口一阵剧痛袭来，差点痛得她昏过去。

"赤言你浑蛋！"她一拳打在旁边的树上，痛得差点将牙咬碎。枝头落叶纷纷，肩上、头上皆是落叶，她没有什么力气去拂，胸口痛得有些难以忍受。赤言见她没有追上来，便撤了加持在她身上的法力，一瞬间之前所有的法术反噬同时袭来，痛得秋离差点昏过去。

"死傲娇！"秋离又在心底骂了赤言一句，扶着墙向外追去。

赤言果然立在元辰窗外。

月已西斜，元辰还在书房对账，豆大灯火点着，照得屋内有些凄凉昏黄。

秋离看着他瘦小的身影投在墙上，孤单得让人觉得有点心疼。

赤言回头看她一眼：“来了？”

她白他一眼，不说话。

赤言朱红嘴角微扬：“这小子，还真的挺能干的。几家半死不活的首饰店，你可知不过半年时光，怎的就富可敌国了？”

秋离依然不说话。

她不答，赤言也不恼，自顾自地扇着他那风流公子的折扇道：“他将所有的铺子都卖了，花大价钱在杀手组织中雇了大批杀手，然后借助平阳君的名号盘了几家米店。咸城繁华，贵族奢靡，可毕竟是战时，柴米油盐比金银更加金贵。别家米店的进货送货渠道，全被他雇来的杀手打散，久而久之，这咸城，自然他一家独大。”

秋离低头，破釜沉舟，从头来过，这胆识气魄，确实非常人可比。这人年纪虽小，却是个狠角色。

林中风声簌簌，秋离耳尖，听得出风声中还夹了轻轻的脚步声，脚步声极轻，若不是她武学修为高，想必也辨不出。来者，武功不弱。

树大招风，尤其是元辰这样根基不稳的树。那些富商不是吃素的，他断了别人的财路，别人想要他的命，也不难推测。

她忽而揪心，这家伙不会武功，他刚来嬴国站住脚跟不久，想必身边没有什么帮衬的人，能保护他的最多方泽一个，可来人听着有七八个，他们可是对手？

她一时心焦，手按在剑上，刚要出鞘，却被赤言按住。赤言摇头：“这都是过去的事儿了，你莫要冲动。你既能遇到一个生龙活虎的他，他必定也能撑过这一劫。”

她寻思他的话有道理，便默默地松开了紧握的剑。

黑衣人转瞬而至，提剑破窗而入，剑尖即将没入元辰的背心，千钧一发之际，方泽提剑从侧面冲出，将其一剑毙命。元辰顺势一个翻身越到桌子对面，抽出墙上的宝剑，两人便和黑衣人混战在一起。

看他和方泽配合的娴熟程度，这种刺杀显然不是他们第一次遇到。他们寡不敌众，自然要用点非常手段。可是这种刀尖舔血的事情，他竟然拿自己做诱饵，让对方大意，兵不血刃解决掉一个敌人。只要时机把握得不恰当，方才来人那一剑，便能要了他的命。

秋离不由得有些心惊。

可更让她吃惊的是，元辰竟然会使剑？！

她自诩是武学行家，和元辰相处数月，和敌人交手几回，从未有人看出他有身手。她不信自己看走眼了，其中，定有什么她不知道的变故。

想至这层，她不禁又为他捏了一把汗。

来人人数众多，个个身手不弱，不多时，元辰、方泽二人便落了下风。黑衣人招招都冲着元辰的命门而来，剑剑致命，方泽有护他之心，可被其他人缠得脱不了身，每每试图突围，却又被剑锋拦下。元辰体力不支，慢慢落了下风，行动放缓，身上多处见了红，好几道触目惊心的口子，汩汩地渗出血来。

秋离紧张得额头都冒了汗，她几次提着剑就要冲出去，可都被理智劝了回来。她告诫自己，这是过去发生的事情了，她无须太在意。可是每次看到他命悬一线，她都忍不住紧紧握住剑。

“公子！”方泽见元辰负伤，心急想要突出重围救他，出招乱了阵脚，躲闪不及，手臂被砍伤，也见了红。

黑衣人一剑从元辰的小臂直刺到手掌心，整条胳膊上一下子绽开一条血红的口子，“哐当”一声，元辰吃痛，手中的剑应声而落。

元辰的右手，便废在这一刻，此生再提不起剑来。黑衣人趁胜追击，一掌打在元辰的背上，他躲闪不及只得生生受了，内脏经脉都受了重伤，“哇”的一声吐出一口血，再也坚持不住身形，踉跄倒地。

“公子！”方泽见他受重伤，心下焦急，也顾不得许多，提剑便向元辰方向冲杀，出手没了章法，被敌方寻了可乘之机，身上又添了多处伤口。

元辰负伤跌倒在地，黑衣人提剑冲他刺去，电光石火之间，便要刺进他的心脏。元辰胸口的衣襟被划开，见了血，剑尖没入胸口，仿佛响起剑尖没入血肉的摩擦声，方泽见到这一幕惊恐得近乎呆愣住，被对手打伤也忘记了躲避，狠狠撞在墙上，却一直盯着元辰的方向。剑尖还在一寸寸刺入元辰的心口，就在这千钧一发之际，只听“当”的一声，不知从哪里横空飞来一把短剑，两剑碰撞，黑衣人的剑应声而断。

是秋离。

元辰命悬一线，她还是无法袖手旁观，即使知道很有可能没有她，还会有别的人来救他，她也无法眼睁睁地看着他身陷险境而无动于衷。

那把剑离他的心脏那么近，下一瞬，就可以洞穿他的心脏了，她怎么能不管。

有秋离出手，没两下了黑衣人便被打得落荒而逃。

元辰已然倒在血泊之中，方泽也身受重伤，秋离便带二人去医馆看伤。

赤言站在一旁摇着他的扇子不说话，他冷眼旁观她给元辰操劳地跑前跑后，包扎，上药，桃花眼含着脉脉深情，不知道在想什么。

秋离终于明白，那日她在元辰胸口看到的那个伤口是怎么来的了，果然她没看错，这确实是个深可致命的伤口。她只要再晚出手片刻，他便心脉尽断，再无回天之力。可是就算她救回了他一命，他的七经八脉也皆已受损，即使侥幸活了下来，他也会成为一个再也无法动弹的废人。

医馆的大夫冲着浑身是血的元辰连连摇头，表示无能为力。

秋离别过头去，一时间眼泪竟不可抑止地涌上了眼眶。

她赶紧擦擦眼角，再回过头来看元辰，犹豫了片刻，从怀中掏出来一个小药瓶，那是她曾经和司卿常用的伤药。仙界物品，私下赠与凡人是不合规矩的，只是秋离现在管不了那么多。

她将瓷瓶递给方泽：“这里面有七颗药，你每隔三天给他喂一颗，晚饭后用清水服下，一个月之后，他应当行动无虞。”后半句话她咽回了肚子里，只是，可惜了他的一身好武功，怕是就此全都废了。

秋离叹，怪不得她遇见的他不会武功。

方泽虽然负伤，但见秋离照料他二人如此用心，扑通一声跪在地上，对着秋离道："姑娘可是公子的故交？请姑娘留下名字，等公子醒了也好上门去给姑娘道谢。"

秋离被方泽的盛情弄得有些局促，连声道："不用了，不用谢。你将他照顾妥帖就可以了。"她偷瞄了元辰一眼，他好像在从书房来医馆的路上就重伤晕过去了，应当是没看见她的，这样最好，此刻她还是不要节外生枝为好。

方泽年纪虽小，却很固执，跪在地上非要将秋离的名号问出来不可："我家公子命苦，从小没个照顾他的人，所以若是有人对他好，他必定涌泉相报。若是问不出姑娘的姓名，公子回头要埋怨我的。"

秋离拗不过他，连忙摆手，一面让方泽不要追问，一面窘迫地从医馆中退出来。退着退着忽而想起，那日在山洞里，她问他胸口的伤痕是怎么来的，他反问："这块伤疤是怎么来的，你不知道吗？"

她不由得一愣，难道，那时他就认出她了？

秋离随即否定了自己这个念头，他应当只在昏迷前模糊地看到了她一眼，难道就能凭微弱的记忆认出了她？这个想法一产生，她便一面退一面分心，在门口摔了一跤。

秋离窘迫地爬起，赤言就在门口摇着折扇看她，她没注意，正好和他撞了个满怀。秋离抬头，只见他一双桃花眼若有所思地看着她。她叹了口气，道："要说什么，说吧。说我傻也好，痴也罢，总归那刻，我无法冷眼旁观他去送死。"

赤言咂咂嘴："春心都动了，嘴还这样硬。"

秋离翻个白眼："你才动了春心！毕竟一路走过来是朋友，怎么能见死不救？"

赤言也不反驳："你不好奇，当年的元辰，没有你插手，是怎么熬过这一劫的？"

秋离这才想起来，好奇地问："怎么熬过来的？"

赤言摇摇折扇，声音拉得很长："没有熬过来，他被一箭穿心，当即毙命。"

秋离讶异得下巴差点掉在地上："怎么可能？那……那我们见到的那个……是人是鬼？"

赤言道："因为你来了，改变了他的过去，所以一切因你而重写，他便活过来了。"

秋离脑子里轰的一声一片空白，这是个什么操作？她怎么不知道？浮生咒难道不是一重幻景，怎的还能改变过往？

赤言敛了笑脸，一向浮夸不正经的脸上终于现出严肃的表情："一念由心动，一相由心生。仙亦如此。"

折腾了一夜，此刻旭日东升，天空泛出鱼肚白。秋离低头琢磨了很久，突然想明白了："所以神君你要我……"她一字一顿说得极慢，咬牙切齿，"方才从平阳君府走出来，我们就不在幻景里了。这里是真实的过去，你用了时间扭转术，我们现在在四年前，这才是为什么我可以改变他的过去。"

赤言嘴角轻弯："不愧是白泽最喜欢的弟子，脑子转得果然快。"

秋离没有心情和赤言开玩笑，她知道事情的严重性，凡人的命格因仙人的心念而改，那便脱离了天命簿子排好的戏路，这凡人的命格便也系于此仙人心念之上。若是此仙人心念再动，那这凡人的命格会再次反转，一个不存在于天命簿子上的生命，会死亡，会消失，会变成虚无。

秋离忽而明白了什么，定定地看向赤言："神君你不是为司卿而来的吧，是为我而来的。"

赤言是个严肃不过三秒的人，他随即又露出招牌式的桃花笑，折扇重新打开，摇了起来。他往身后的墙上一倚，摆出了极妖娆的姿势："哎哎哎，小秋离你是我认识的最聪明的姑娘不假，可是自作多情就是你的不是了，我确实是受了西山前女帝的嘱托下来找女儿的，只不过下界前听司命说，一个他笔下应该死了十几年的人，一直莫名其妙地活着，便顺便下来看看是怎么回事。"他的扇子在她头上轻敲，"我就是顺便来看看你，顺便。"

她知道赤言的性子，明明是对你好，但总是要说得那么欠扁，可能是不想别人觉得欠他人情。当年她和司卿一起在背后说神君坏话的时候就说，如果以后哪个姑娘被神君看上了真是倒了大霉，莫名其妙就天天被人挤对……

不过现在她没心情和赤言斗嘴，元辰现在活着，完全是因为她冲动之下想要他活下去。如果有天她完成了司卿交代的任务，回到了西山，不再关心元辰的死活，他便有可能烟消云散。

怎么会这样？

“神君。”秋离抬眼看着赤言，赤言懂她，知道她一定会于心不忍。他既预知了此事会发生，便不会扔下她不管，“你既然顺道来看我，那我估计你也有一个建议要顺道告诉我是不是？”

赤言哼了一声：“人要活得傻一点，像你这么聪明，多没意思。”

秋离回了一句：“彼此彼此。”

她回忆了一下司卿让她帮忙的时候是怎么耍赖撒娇不讲理的，然后深吸一口气，弯起眼睛，嘴角挂上一个人畜无害的笑容，低下头扯扯赤言的袖子，柔声道：“神君你就别卖关子了，告诉我嘛。”

赤言被她的反常吓得下意识弹出去一米远，甩掉她拽着他袖子的手：“哎，我怕了你了。”他捋了捋袖子上的褶子，“我早就告诉过你了，你喜欢他，那就好好过。机会难得不是？”

秋离低头：“你也知道我的老毛病，万一我不是喜欢他，而是喜欢穿蓝衣服的……”

不等秋离把话说完，赤言气得用折扇直敲她的头：“你是真傻还是假傻！这么简单的事情，你让他换件衣服不就行了吗？”

秋离在风中目瞪口呆，是啊，这么简单粗暴的方法，她以前怎么没想到过呢。

她忽而想到下午元辰和赤言都有些怪异的脸色，问了一句：“对了，你下午和元辰说了什么，为什么他的脸色那么奇怪？”

赤言拉着长音“哦”了一声：“那个嘛，我跟他说你是我未过门的媳妇……”

秋离脑子“轰”的一声响：“哈，什么玩意？”赤言神君，饭可以乱吃，话不可以乱说好吗。

赤言不紧不慢地摇着手中的折扇：“你别激动，以他的脑子，今天下午就应该想明白我是在诓他了。我下午不过是想激他吃醋一番，早点向你表白。”

秋离一脸难以置信：“可是他早就跟我表白过了。”

赤言哑然：“这小子，下了凡性子直爽了很多嘛，害得我白操了那么多心。”说罢他掸掸衣服上的灰尘，如释重负道，“你们俩相互喜欢我就放心了，你跟他好好过。”赤言很满意地捋了捋头发，“这桩事解决了，我去给那个谁找女儿了。”他极自恋地摇了摇头，“我怎么这么忙。”随即自问自答，“大概是能者多劳吧。”最后自怨自艾地摸了摸脸，“唉，管完这桩闲事我要回青丘补个美容觉，这么奔波下去我要长皱纹了。”

秋离就没见过这么臭屁的人，还不等她寒碜他，赤言就不见了，只剩她一个人在风中回忆他方才的话。

喜欢他……

好好过……

秋离整理整理思绪，身边浓雾大作，眼前的景色在白雾中影影绰绰，似乎在飞速变化，待到视线再清晰时，她回到了幻境中的平阳君府，不过时间似乎往后延了几个月。

此时荆国阳泉君从荆国来投奔婳阳夫人。婳阳夫人自然要扶植娘家势力，更别说她从小便与这个弟弟亲近，很是宠他。婳阳夫人力保阳泉君为中吏，吹了没几天的枕头风，阳泉君便在嬴国取得官职。此番自然广撒请帖，力邀咸城中有名望的贵族一聚，秦子诺毫不意外地收到请柬，请柬中说，阳泉君在姐姐处看到几株杜若，对于能巧手种出这花的女子很是好奇，希望可以得见。

秦子诺去问若嫣要不要同去参加宴会，她眼睑微垂，似乎有满腹心事。

见她犹豫，秦子诺说，若是不想去便不去了，他挡回去便是，反正阳泉君初来乍到，一时半会儿也不能将他如何。

可是若嫣固执地点了点头，坚持要去。她眼神中有些东西在闪烁，似乎在害怕，可是在怕什么，他看不懂。

他不知道她在想什么，有种不好的预感在心头一闪而过，可是形势逼人，容不得他多想。他只以为自己是多疑了。

夜宴那天，若嫣着了华服，化了红妆，她很少施浓妆，成亲那日是第一次，这是第二次。他负手站在府门前等她上马车，回头见她出门那刻，他愣住了。

她五官不算精致，可是铅华淡淡，有种动人心魄的美。他看着她出神，忍不住唤她：“阿嫣。”

她蓦然回眸，眼中似乎盛了星光，嘴角朱红微展，柔声道：“怎么？”

秦子诺又一次出神，今夜的若嫣有些反常。她有多久没有这样温柔地对他说话了？久到他都忘记了同她说话是多么舒服，仿佛一片干枯已久的草地忽逢甘霖。

和心爱的人说话，不用多，只消他唤她一声“阿嫣”，她轻声回他一句“怎么”，便感觉空气都暖洋洋的。

若是能一直这样下去就好了。

见他出神，若嫣又追问了一句：“怎么？”

秦子诺摇摇头：“没什么。”继而补充道，“忽而想到，明年开春，我们一起去踏青好不好？”原先他很纠结，他爱若嫣，可是碍于她是婳阳夫人的眼线，他不得不一直端着个架子，装出不在意她的样子，离她远远的。此刻，他在心头郁结了很久的难题仿佛就在她的一句柔声细语中解开。既然还是这么喜欢她，他就不挣扎了，就算她是婳阳夫人的眼线又怎么样呢？重要的是，享受在一起的每一刻。

若嫣没有想到他会突然说这么一句，愣了愣，没有回答，转身上了马车。车帘后，传来若嫣似有似无的声音：“若是还能见到明年春天，我希望可以回昭国老家，守着一方苗圃，种种花，泡泡茶，就好了。”

秦子诺坐在马上，若嫣的声音虽小，但一句不落地落进了他的耳朵里。他嘴角勾出一抹笑意，他有信心，三年内可以坐上嬴国的王位，到时候他就带她回昭国，种花，煮茶，她想怎样就怎样。

他满心欢喜地畅想着他们的以后，只可惜，命运没有给他以后。

那次入宫，晚上婳阳夫人说好久没有和若嫣话家常了，想留她在宫里小住两日，秦子诺没多想就同意了。

可是，接连三天，若嫣都没有回来。

他派人去找婳阳夫人，小厮传话回来说，华成夫人前日就出宫了，早就不在婳阳夫人处了。

秦子诺觉得不对劲，一个大活人，怎么就会不见了？他托了元辰帮他多方打听，直到一个月后，才听说阳泉君从宫中偷运过一个女子出宫，不晓得有没有可能是华成夫人。

秦子诺一边觉得此事荒唐，一边不敢耽搁地上阳泉君府上拜访。阳泉君接见了他，与他在后院对坐饮茶。一树雅樟绿意颇胜，可是秦子诺觉得这绿色艳得有些刺眼。听闻了他的来意，阳泉君不以为意地笑了笑："你说绍若嫣那个小贱人啊，她溜回昭国了。"

秦子诺强压着怒气："华成是我的内人，还请你说话放尊重一些。"

阳泉君一脸不屑："若是没有我的姐姐护着你，你又算个什么东西？"

"啪"的一声，秦子诺的拳头落在面前的案几之上，将案几劈成两半。他拱拱手对阳泉君说："在我的爵位比你还要高一等的时候，阳泉君你说话最好客气些。"说话便头也不回地走了。

之后，秦子诺花了很多时间和很大精力寻找绍若嫣，不承想阳泉君因为害怕秦子诺报复，主动与刚从昭国作人质回来的秦子楚结盟，说服婳阳夫人认了秦子楚为干儿子，并将其立为太子。

政局瞬间反转，秦子诺忽然失宠，被流放。从万人瞩目到人人唾弃，就在一夜之间。

出乎所有人意料，流放当日，婳阳夫人居然亲自来给秦子诺送行。

他坐在囚车之中，婳阳夫人站在高处好整以暇地看着他，红紫色的华服好似正在盛开的紫罗兰："本宫要想在后宫立住脚跟，的确做过不少不光彩的事情。只是有一件，我本来没想骗她的。"

秦子诺一愣。

婳阳夫人掸掸长指甲上的灰尘道："你这一去，估计是回不来了，有些话，我思来想去还是想告诉你，也算是为自己积点德。"她声音顿了一下，"若嫣和我的弟弟是旧相识了，你也知道，我嫁到嬴国之后没什么亲人，所以比较宠着这个弟弟，那日宫宴之后，他向我讨若嫣，我便允了。当时我承诺若嫣，只要若嫣去见他，我便保你一生荣华富贵。呵，也怪你自己不争气，跟我不齐心，浪费了她一片苦心。"

秦子诺呆傻在当场，说不出话来。

家中的门客见平阳君失势，均如鸟兽散，在流放路上多亏了元辰沿路接济，又带了三百死士拼死保护，平阳君才得以逃脱，获得了自由之身。

重获自由的秦子诺没有听从元辰的安排去荆国，而是改道来了昭国。他是不可能再翻身了，他也不想。他觊觎那个位置，从来都不是因为贪心，只是因为想要给她更好的生活。如果她不在了，他去争去抢，又有什么意思？

他只想找到若嫣，和她好好过后半辈子。

后面的事情，秋离就都知道了。

或许是华成夫人有些日子没有碰过这件旧物，顺着它能追踪到的精神游丝多数是秦子诺的，而非华成夫人的。所以故事的线索，到这里便断了。

秋离有些气馁，可是她应下了要替秦子诺打探绍若嫣的下落，实在不想这样半途而废。

她法力被封，想要追寻极其微弱的精神游丝实在困难，在一片虚无中仔细感知残存的记忆片段，需要高度集中注意力，她屏息凝神，不放过幻境中任何细小的动静，用力过猛，只觉得脑仁有点疼，和法术反噬的疼痛叠加在一起，有点吃不消。

就在她快坚持不住的时候，突然一个女子沙哑的声音从耳边划过："阿雩阿雩，我身边没什么可信任的人，这样东西，就托付给你了。"

这是若嫣的声音。秋离强忍住身体的不适向声音的方向追去，眼前骤然明亮，闺房之中，若嫣与另一个小女娃对面而坐，而若嫣要托付的东西，正是半块苍龙阙。

这个女娃，秋离没在秦子诺的回忆中见过，想必是若嫣之前的朋友。

若嫣继续道：“拿着这个去碧渊潭找我师父无崖子，他会好好照顾你的。”

阿雩接过东西，满脸担忧地看着若嫣：“姐姐你真的要去见阳泉君吗？你不是很讨厌他吗？若晴姐姐不就是死在他手上的吗？你若是再去见他，怎么还有命回来？”

若嫣看向窗外，眼神有些迷离：“溪木杜若只有我绍氏一族会种，以阳泉君那睚眦必报的性格，既然认出我了，宴会去或者不去，我都是死路一条。”

画面忽地破碎开去，一片片朝着远离秋离的方向飞走。她努力地将碎片再拼凑起来，出现的是另一番景象。若嫣被绑在柴房中，全身伤痕累累，流出的血已经从鲜红变成了暗红，贴在身上，狼狈不堪。阳泉君面目狰狞地看着她：“我这条腿瘸了这么多年，都是拜你和若晴所赐，今天你落在我的手上，真是苍天有眼。”

此刻，秋离的法术已经使用到了极限，她整个人从幻境中被弹出来，然后“哇”的一声吐出一口血来。

元辰闻声从房间里赶来，看到满脸憔悴的秋离和昏睡在花圃中的秦子诺，有些惊讶：“怎么，刚才有人来偷袭？”

秋离摇摇头，示意自己没有事。元辰体贴地帮她擦掉嘴角的血迹，又让方泽去端了碗热茶来给她。正待他要去叫醒秦子诺，被秋离拦了下来：“他无恙，你不用担心，约莫再睡一个时辰便会醒。趁他醒过来之前，我有件事情要问你。”

元辰点头，秋离问：“华成夫人幼时与阳泉君有什么恩怨，你是不是知道？”

元辰一愣：“你怎么会这么问？”随即立刻反应过来，“你用了上次那个法术，帮叔父寻找华成夫人的下落？”

秋离点头，和聪明人说话就是省心。法术透支使她全身无力，脸色也有些苍白，只好任元辰扶着，半靠在他肩上道："嬴国十家米铺，六家姓元，以你的消息网，如果你诚心寻找华成夫人的下落，又怎么会找不到？而你之所以一直拖着没有告诉秦子诺，就是因为华成夫人已经死了，是不是？"

元辰身子一震，然后闭闭眼，并不否定。沉默了良久，他才终于有些哀伤地开口："她是被阳泉君虐待致死的。阳泉君生性好色，他年幼时去昭国，曾经试图猥亵华成夫人寡居在家的嫂嫂，被华成夫人和她姐姐举着棍子从家里打了出去，从此一条腿落下了残疾，一直怀恨在心。没过多久，华成夫人的姐姐便离奇暴病身亡，绍家人担心是阳泉君报复，便将华成夫人送去了无崖子处避难。没想到……"

秋离本已猜到会是类似的原因，可是真从元辰口中听到这件事，还是觉得伤感："所以呢？你就打算一直骗你叔叔，让他一直在昭国等着她？"

元辰摇头："华成夫人去赴宴之前，就猜到了此行必死。她还是去了，因为她知道，如果不去，以阳泉君的性格，不仅她，连整个平阳君府都会被搅得不得安宁。本来，华成夫人是想用她的死，给叔父博个好前程的。婳阳夫人答应她会扶植叔父，只是阳泉君心里忌惮若是叔父登位会因为若嫣之事对他发难，于是决定伙同韦布扶植公子楚……华成夫人是为了保护叔父才甘愿赴死的，可最终事与愿违，这个事实，你让我怎么忍心告诉他……"

秋离沉默了，因为她知道，元辰说得对，事实是如此伤人。如果有些话能够轻易说出口，绍若嫣早就亲口告诉秦子诺了。

元辰看着秋离，恳切道："我有个不情之请。华成夫人的下落，希望能你不要告诉他，就再拖上个几年，等到一切淡去，我再告诉他华成夫人云游列国，途中染疾不幸去世。到时，他心里好受些。毕竟最后的时光，她是开心而自由的。"

秋离点头。她借由浮生咒看到了华成夫人浑身血污的样子，她临死之前的悲惨模样叫她一个外人看了都揪心，何况秦子诺。所以，她明白元辰的意思，最后的时光，他们都希望她是开心而自由的。

沉默了半晌，元辰突然道："我送你的荷包，怎么不见你带在身上？"

秋离一愣，今日重逢时便觉得他往自己腰间打量了一番，本以为他是在看苍龙阙，没想到是在看荷包。她一笑，从怀中把荷包掏出来："我收在怀里了。今天下午我的样子你也看到了……"她撇撇嘴，有些不好意思，"风里来，泥里去，我怕弄坏了。"

元辰见她从怀中掏出荷包，眼神中陡然多了几分欣喜，他接过荷包，仔细帮她系在腰间："没关系，弄坏了，我再给你买新的。"

秋离脸上绷不住笑意，又不好意思看他，心中小鹿乱撞，将脸扭去一边。

"哦，对了。"秋离忽然想起来，"苍龙阙的下落我有线索了，若嫣儿时有个朋友叫作阿雱，苍龙阙的残片在她手中。"

"阿雱？"元辰似乎有些惊讶，"你怎么知道她？"

听得元辰话中有话，秋离问道："你认识她？"

元辰点头："我儿时在昭国，和她是朋友。后来她家道中落，不知所终。既然有了线索，打探起来应该不会太难。"

秋离点头，两人忽而很有默契地都不说话了，月光皎皎洒下清辉，花田幽香阵阵，虫鸣幽幽，此刻的安静不让人尴尬。

月出皎兮，佼人僚兮。秋离说不清自己有多少年没有赏过月了。从白泽离开西山开始算起，约莫有几千年的光景了。千年之中，她始终不敢抬头看月亮，怕触景生情。

而今夜，她抬头看着那明亮的玉盘，或许是因为有了可以共同赏月之人，她不觉得那么难过了。

秋离想，如此良辰美景，就差清酒一壶了。

元辰和她有着同样的心情，秋离脑子里刚闪过这个念头，元辰便喊方泽端了几壶酒来。

元辰抬头对壶直饮，一壶酒片刻一饮而尽："古人云'右手持酒杯，左手持蟹螯，拍浮酒船中，便足了一生矣’。这样的人生，确实快意得让人羡慕。”

秋离也点头：“一蓑烟雨，渺海阔而天高，确实快意。只是天下战火未歇，哪有什么闲情去吃喝玩乐呢？”

这话一出口，秋离自己也愣了。她说这话的口气，和元辰一模一样。

元辰听她此语，嘴角一扬：“听你这么说，我很欣慰。”

秋离也笑笑，刚下凡时，她对“战火连天”这四个字的理解只停留于字面之上，对于凡界的一切，没有任何留恋，满心想的，不过是赶紧找到应龙，回去向司卿复命。而现在，她不经意的一句话，却已经将天下苍生的福祉放在了心间。这样的改变，让她自己也有点吃惊。

元辰郑重道：“我以为，荆国一别，我们会有些时日见不到了。今日能在昭国相遇，我很开心。可惜明日我便要赶回嬴国去，有消息传来说嬴王秦子楚暴毙，皇子秦征继位。我和阿征是旧交，他让我回去辅佐他，我无法推辞。不知你可愿意同我一起去嬴国？”

秋离对去嬴国没有什么抵触，只是她心中记挂着赤言下界来找司卿这桩事。虽然赤言做事稳妥，可是事关司卿，她没办法不上心。

见她不说话，元辰眸子暗了暗，缓声道：“我知道了。没关系的。”

元辰有些失望的神色让秋离的心揪了揪，她脱口而出：“我不是不想同你去，我是要去找个朋友，等见到她了，便去嬴国找你。”

元辰似乎有些惊讶，毫不掩饰地欣喜道：“一言为定，我在嬴国等你。”

秋离也笑笑，摇摇手中的酒壶，与他轻轻一碰：“一言为定。”玩笑道，“不过到时候你要拿出点好酒招待我才行，这个味道……”她没说话，只是摇摇头，和赤言酿的比起来差远了。

不知是不是酒意上头，秋离身上暖暖的、痒痒的，这样半倚在元辰身上，让她莫名有一种安心的感觉。她这些天看到了太多明明相爱却错过的故事，便不想再在自己的心意中挣扎。

她借着醉酒，壮着胆子道：“元公子，我有个不情之请。”

元辰偏头看她：“嗯，怎么？”

秋离的一句话在舌头上绕了几个弯，她要问的问题实在奇怪，即使借着酒意，问出口也让人羞赧。她鼓足了勇气，道：“你能不能换件别的颜色的衣服穿给我看？”

元辰偏头：“为何？出门走得急，只带了两件换洗的袍子，都是蓝色的。”

秋离咋舌，不过人一旦突破脸皮的底线了，就没什么话说不出来了，她没过脑子道：“那……那你把袍子脱掉给我看里衣，里衣总不是蓝色的吧。”

元辰一脸吃惊地看着她。这句话出口，秋离的酒便也醒了一半，急忙摆手：“不、不，我不是要脱你衣服的意思。”

元辰一脸坏笑向她靠近了一步：“哦？那是哪个意思？”

他的鼻尖离她那么近，稍微往前倾倾身子就能碰到一起，呼吸之间，秋离能感觉到他的气息带着淡淡的酒意扑在她的脸上，微微痒着。

连带着她心里也有些痒。

靠得这样近，连夜风都不觉得凉了。秋离不受控制地想向他靠近一步，空气一下子变得暧昧，她觉得在这样的花前，这样的月下，这样的酒里，她的心已经不是自己的了。

远方突然传来一声蛙叫，拉回了秋离的意识。

她猛地向后退了一步，踩在花田中，脚下一个不稳，急急向后跌去，元辰伸手去拉她，可是喝了酒反应变慢，他伸手之时正好与她指尖相错，两个人的手生生错开，秋离毫无悬念地重重摔了下去，跌得屁股疼。

她揉揉摔得很疼的屁股，看着站在她身侧好整以暇的元辰，怨愤道：“戏本子上说，这个时候公子都要眼疾手快地给小姐当肉垫。”

元辰“哦”了一声，随即也倒在花丛中，躺在秋离旁边，两手一张，道：“那你躺在我的身上吧，我给你当肉垫。”

两个人皆是醉了才能说出这样没皮没脸的话。

元辰应了的事便会做到。他不能脱衣服，但是可以换上方泽的衣服。

元辰进屋片刻，换了一身红衣出来。秋离正疑惑他是从哪里找了赤言同款的，便见元辰手中拿着张字条给她解惑：“萧公子留字条说他先行告辞了，但不知道为什么他说给我留了一身红衣，正好穿出来给你看。”

秋离笑，赤言真够朋友。然后，她看到元辰递过来的赤言的字条，就笑不出来了。只见那字条上写着：“元弟，本以为国破山河不在了之后，会将终身大事看淡，和吾妹阿离将就此生。然，今夜辗转难眠，始悟终身大事无论如何将就不得，吾与吾妹自小唯有兄妹之情，在此将吾妹托付给你，请务必珍重。”

秋离恨不得把牙咬碎了！她不想说话，只想打人。一抬头，见到此刻元辰一袭红衣站在花间望着她，她一肚子的怒火，莫名地不翼而飞了。

什么赤言，什么将就，在看到元辰的这一刻，心中万般杂念全部抛诸脑后。

夜里安静，秋离可以很清晰地听到自己心脏一下一下跳着，跳得很大声。

月光淡淡洒在二人身上，秋离嘴角不自觉爬上了一抹笑意，她忽而想起凡界有句诗怎么说的来着——哦，对了，陌上人如玉，公子世无双。

他就是他，那样好看，让她如痴如醉。蓝衣也好，红衣也罢，她都喜欢。

秋离眯着眼睛看他，只觉得心生欢喜。赤言不是总劝她要顺从自己的心意嘛，她想，她今日就顺从一次自己的心意。借着酒意，她抬头附到元辰耳边轻声道：“元公子，你放心，我一定会去嬴国找你的。吾心悦你。”

元辰身子一颤，瞳孔猛地放大，低下头来看着她：“阿离，你是真心的，还是因为我给了你太多压力，你不得不回馈我？”

秋离头还有些晕，元辰的声音断断续续，似乎从很远的地方飘来：“阿离，其实我找了你很久了。五年前，我爱上救我的那个姑娘。我虽只是模模糊糊地看到她的身影，但昏迷之中，我感觉到她对我无微不至的照顾，那样小心妥帖……自此后，我便一直在找那个姑娘，可是她好似人间蒸发了一样……直到我再一次遇见你，只那一眼，我就知道，你就是她，虽然你好似不记得我了……”

秋离眼中的迷离尽退，闪过慌乱的神色：“我……”支吾了半晌，却作不出合理的解释。就算她据实相告，又有谁能相信？她也是方才才知道，原来她就是他的救命恩人。

不过好在元辰并不需要她的解释，只是自顾自缓慢地说：“你不是萧国的公主，阿离……你究竟是谁其实我不甚在意，我在意的是你又出现了，你又来到了我的身边，真好……尤其是你说你喜欢我，我觉得很满足。我不是一个会轻易动心的人，一旦动心，便会认准她。你可以不喜欢我，但只要你说喜欢，我便会当真。”他顿了一下，语气中有种隐忍的悲凉，“如果你想把这句话收回去，现在还有机会。”

秋离低头抠着自己的手指：“我也是认真的，我心悦你，收不回去了。”

忽而，她的脸被人捧了起来。秋离看到自己的影子倒映在他墨色的瞳孔中，洁白的皮肤上沾着一点红晕，眼睛大而迷离。她看到他眼中她的影子慢慢地离自己越来越近，突然嘴唇上贴上了一个柔软的物事。

她的脑子里好像突然被人点了一个炮仗，震惊得酒意全无。

他、他……秋离咋舌，他怎么要亲她都不提前打个招呼呢。

“阿离——”元辰低沉地唤她的名字。

“嗯？”她觉得心底好像有一潭什么东西烧开了，在咕嘟咕嘟地冒泡泡。这种感觉奇妙得难以描述，但她觉得这是一种前所未有的愉悦感受。

“闭上眼睛——”

“哦。”

过了半晌。

“阿离——”

“嗯？”

“不许笑——”

“哦。”

又过了半晌。

“阿离——”

“嗯？”

“吾心悦你久矣。”

这是秋离的初吻，秋离想，原来这就是吻的滋味，美好而令人留恋。

翌日一早，二人向秦子诺辞行。

秋离按照昨日二人商量好的“脚本”给秦子诺回话，就说华成夫人聪慧，设法从阳泉君手中逃脱后云游列国，曾在昭国待过一段时间，现在不知云游到了何方。

秦子诺听后沉默了半晌，然后只是苦笑。秋离读不懂他笑中的意味，好似有几分失落，还有几分无可奈何。

三人抱拳在竹屋外告别，临行前元辰说有一件礼物要赠予秋离。

元辰摆摆手，方泽立刻拎上一只鸽笼，他接过鸽笼递到秋离手上：“这只信鸽是我从小调教过的，不论在哪儿，只要你找我，让它传信给我就好。”

秦子诺“呀”了一声：“这信鸽通体雪白，只有头尖一点和尾尖一点是黑色的，应当是传说中千金难求的雪鸽吧。雪鸽一雌一雄，心有灵犀，无论在哪里都能找到对方。据说因为生育困难，整个中原不超过五对。”

元辰也不矫情，大大方方地承认了：“是啊。”

秦子诺调笑他：“出手挺大方啊，元老板。”

元辰一脸的理所当然：“搜罗好东西的目的，不就是送给喜欢的人吗？”

秦子诺被他噎得说不出话来。

秋离本来想推辞，可是他俩这样一唱一和，她接也不是，不接也不是。

秋离天不怕地不怕，就怕这白白的小鸽子。可是这个理由说出来，恐怕没人信。

这件事还要追溯到两千年前。

那个时候，赤言还赖在西山学酿酒，小有所成，嘚瑟得紧，大缸的酒分装成小坛，用上好的红封封上，写上两个大字“赤酒”。赤言揣上酒就往九重天上跑，说是要带去给胤川和萧夜尝个鲜。

白泽那边，自然也不会少。

赤言将酒壶挂在秋离身上，就把她往云头上推："我去九重天送酒，跟昆仑虚不顺路，就劳烦你给我跑一趟了。"

要是她显出半点不乐意的样子，他便端出一副上神的架子来："本尊的话你也敢不听了？"然后装出无赖的样子来，"你要是不乐意，我去！去了昆仑虚我就告诉白泽那小子，他在西山乱留情，害人家姑娘相思了数百年。"

被赤言这样威胁，她饶是不想去，也得去了。

昆仑虚是六界圣地，一般小仙若没有什么事儿，是轻易进不去的。她这次揣着赤言酿的酒，算是有个由头，把门的小仙没有难为她。

她向扫院子的白衣小仙询问白泽的去处，那小仙指了指身后的湖，道："师父悟道去了，一早便划船进了池中。你若想寻，前面有座栈桥，桥下有木舟。"

她施礼谢过小仙，拾起裙角，便向着木舟去了。

一望无际的碧蓝湖面上，泛着层薄薄的白雾，秋离执桨穿行，仿佛划进了那浓雾之中，而湖上的景色，又仿佛破雾而出，向她袭来。花叶相交，她仿佛立在水中，分花而去。

湖水清澈见底，连湖底鹅卵石上的纹路，也能看个清清楚楚。偶尔有红色锦鲤穿过，从她的桨下刺溜钻过去，回头冲她吐了个泡泡，不知道是在同她玩耍，还是因她划船不长眼差点撞上它进行控诉。

婆娑池一侧傍山，入了秋，树叶染了不同的颜色，离湖面较近的，还泛着青，再往上些的，便泛了黄，再向上去，接近阳光的位置，染了红，一眼望去，从青到红，渐次染出五种不同的颜色。日光暖融融，秋离好生划了会儿桨，生出了些倦意，便躺在船头，悠闲地晒起日光来。

这样舒坦的时刻，酒香钻鼻而入，勾得她犯了酒瘾，便将怀中的酒打开一壶，偷喝了两口。

她往日酒量还不错，至少三坛的量。不知道赤言给白泽准备的是什么玩意儿，她不过两口下肚，就已然晕晕乎乎分不清东西南北，整个人躺在木舟之上，软成一摊泥。日头正好晒在身上暖意融融，飘飘然睡意袭来。

她努力找回意识无果，便放纵自己睡去。身边莲叶丛丛，掩掩映映，小舟随着清波缓缓向前，载着她这一袭黄衣，消失在了莲叶深处。

不知睡了多久，直到有微微凉意，她才惊醒，猛地睁开眼，头顶上已然繁星点点。

她心下暗道不好，猛地坐起，动作之大，带得小舟在湖上晃了三下。

“醒了？”一个沉稳的男子声音从身后传来。

秋离连忙转身，这一看不打紧，差点把自己吓得从船上掉下去。

四周空旷寂寥，湖心唯一叶扁舟；扁舟上，唯她和白泽两个。白泽一袭蓝衣端坐船头，好整以暇地看着她，仿佛静候多时。

“神、神君。”秋离讷讷道。

她不知神君在船上坐了多久，也不知道这样看她睡了多久，更不知方才自己睡着之时是否流口水。

她一下子窘迫得脸都红了，心里不禁骂了赤言两句。这个家伙，给自己帮的什么倒忙。

白泽依旧是一派正襟危坐的模样，蓝衣倒影投在蓝色的湖面，相得益彰。“我这婆罗池的鱼儿，怕是都要成了醉鱼。你走的时候不妨捉两条回去给女帝做清蒸红锦，大概省了用料酒腌了。”

秋离低头，她偷喝的那坛子“赤酒”抱在怀里，没盖紧，趁着她睡觉的工夫，都流到了婆罗池中，有好事的锦鲤钻到船下偷喝，现在醉倒翻了白肚，一条条亮着肚皮，在池中打着酒嗝。

这样一来，秋离的脸便更红了。

她将怀中还好好封着的另一坛酒捧出递到白泽面前：“我来替神君送酒，叨扰了。”

白泽接过酒坛，不置一词。

两人相坐对视了半晌，气氛沉闷得有些尴尬，秋离找了很多个话题，可是绕到嘴边全都没好意思说出口，窘迫得连手脚都不知道放在哪里，最后还是白泽先开口：“西山一切可好？”

她连忙点头：“都好。女帝身体健康，司卿吃嘛嘛香，最近赤言神君上了九重天不在西山祸害——咳——做客，西山上下都好得不行。”

白泽点头，似是对这个答案不甚在意，眼神在衣袖处不经意飘了飘，又问：“那你可好？”

秋离心下一颤，感觉脸上似乎烧得有些烫，暗暗嗔了自己一句不争气，然后道：“劳烦神君惦记，秋离也一切都好。”

白泽这才满意：“那就好。”

忽而平静的湖面上狂风大作，一瞬间掀起千层大浪，原本星星闪烁的天空变得墨黑，仿佛要掉下雨来。小舟在湖面上被浪逐着左右摇晃，感觉就要翻在湖中央。

秋离心中一揪，看这架势，该不会是婆罗池下藏了个什么怪物被她的酒引了出来吧。又给白泽神君添麻烦了，她简直想把自己扔进湖里喂妖怪，省得在这里丢人现眼。

秋离深吸一口气，强迫自己镇定。既然祸已经闯了，就得面对。能和神君并肩作战是千载难逢的机会，况且她打架不弱，说不定一会儿还有美救英雄的机会。

她走上前和白泽神君并肩而立，手摸上玉笛，准备迎战。白泽余光轻轻瞥了一眼她紧张的样子，嘴角似乎有一丝笑意，蓝袖轻轻一拂，独木轻舟变成了乌篷船，头也不回对她道：“你进去躲躲，这里有我。”

秋离本来还想据理力争一下，可是看着白泽胸有成竹的样子，心想，自己的师父还是要给个面子的，于是乖乖听话转身钻进了船舱里。

她刚坐稳，便觉得船头一沉，她将竹帘扒开一条小缝向外看去，只见一个青衣男子立在船头，青丝飞扬，也是个俊美得不像话的人物，只不过眼神透着点点桀骜，让人看了有些害怕。

白泽与男子对立船头，面容陈静依旧如一泓秋水，波澜不惊。

青衣男子攥了攥拳，脸色不是很好看，似乎从牙缝里挤出两个字，说得咬牙切齿：“白泽。”

秋离想，这厮敢直呼白泽神君大名，看来来头不小。或者——她心思一转——说不定只是个不怕死的。

白泽冲青衣男子微微颔首，也不冷不淡地打了声招呼："萧夜。"

秋离一时间只觉晴天霹雳。萧夜？如果她耳朵没毛病的话，面前的青衣男子就是天地排位仅次于神尊胤川的神祇萧夜，传说中司战的战神萧夜！

刚才她还想什么来着，想和他打一架？

呵呵，若是真去了，她现在骨头渣都不知道在哪儿了。

不过惊讶过后，秋离又有些诧异，她真的没听错吗，眼前这个模样俊美、文质彬彬的小生真的是能使六界闻之变色的萧夜？他这个长相配那个名号，未免有点……有点……娘？

不是说萧夜长得娘，他长得还是很有男子英气的。只是在她心里，六界战神就算不是凶神恶煞也应该块头很大，武器傍身，满脸横肉，而不是这样……她想了很久，终于找到了一个合适的形容词，这样"秀气"。

萧夜向秋离这边瞥了一眼，轻笑道："我还以为白泽神君放了我的鸽子能有什么重要的事儿，原来是为了来看一个小仙醉酒睡觉。"

秋离一愣，放了鸽子……是什么意思？她怎么不知道有这么个说法？

后来秋离才知道，她来昆仑虚这日，萧夜也在。他在西海逮了一只白色的鸟，不知道是什么品种，便带来昆仑虚让白泽起名字。

白泽端详了半晌，说："这鸟看着性情温顺，不如就叫鸽子好了。"

白泽话音方落，便有手下的小仙来报说，西山来送酒的黄衣小仙醉死在婆罗池中，不见踪影。白泽手一松，那鸽子趁机扑棱翅膀飞走了。萧夜好不容易逮到一只没见过的鸟，还没仔细看就被白泽放走了，刚要发火，白泽却一下子没影了，他在昆仑虚找了半晌，才找到这里。

秋离听完后背上直冒冷汗，她听说萧夜殿下是个有仇必报的主，非常不好惹，不知道以后他会给她下什么绊子，于是从那以后每每见到鸽子，都心有余悸，下意识地有点害怕，以为是萧夜来给她找麻烦了。

这次再想起白泽，秋离忽然发现她没有了往日那种伤感。从前想起白泽来，她心中总有个地方空落落的，好似感觉难以言说的怅然，而这次，她觉得坦然了许多。

白泽像是一段珍贵的回忆被她妥帖地收进了心里。他还是她的导师、恩人，却不再束缚着她让她无法敞开心扉接纳另一个人。她执着地单相思了那么久，仿佛这一刻终于可以将自己从回忆的牢笼中放出来了。

她抬头看看元辰，不，是他，将自己从回忆的牢笼中放出来了。

这样想着，她脸上不由得又挂上了一丝笑意。

回忆完毕，当下，秋离看着元辰递来的鸽子，只得硬着头皮收了礼物。从此走到哪里都要带着这么一只鸽子，秋离咽咽口水，她还真有点害怕。

第六章

东风误

入秋天渐凉，叶子一层层染上红色，再一片片落下枝头，空气中弥漫着萧瑟的气息。秋离和元辰作别后，当务之急是找到司卿，可是应当从哪里入手，她没有任何思路。好在她要找的目标不止司卿一个，赤言也在找司卿，若是她能找到赤言，便能找到司卿。

而赤言这个人就好找多了。他那样一个臭美的人，肯定是不舍得换一副丑皮囊的，十有八九还是用的萧淳的模样。于是她画了几张萧淳的画像，在市集热闹的地方张贴，又加了重金悬赏，几天的工夫便有了消息。

大齐临兹，潇湘馆。

秋离一路疾驰而至。

潇湘馆做的是“春宵一刻值千金”的生意，光天化日，并不营业。门口有两个看门的小厮拦她，被她轻易地躲了过去。秋离一脚踹开潇湘馆的大门，里面空空的，想必劳累了一夜的客人们，都还在歇息。

她站在一楼的大厅正中，掏出玉笛便吹起了曲子。这曲子，是万年前，她乐理课结业被关时所作的，听过的人总共不超过五个。如果司卿在这里，那她一定知道她来了。

一曲毕，从楼梯上出现一个穿着玄色衣裙的蒙面女子，虽然遮着脸，可是身姿轻盈摇曳，如春风中的柳叶，让人想入非非，声音也是极其温柔的。女子微微欠身，丝毫没有因为被秋离踹开门而不高兴：“不才十三娘是这潇湘馆的当家的，不知女侠一早造访有何指教？”

这女子的身姿太过曼妙轻盈，让秋离觉得有些不对劲，但是一时之间，秋离也来不及多想，只是对十三娘抱抱拳，拿出赤言的肖像：“打扰了，我要找画上这个人。多少钱，你尽管开价吧。”

十三娘笑笑：“那可不巧，这位贵客昨日刚刚离开。”

秋离盯着她看：“那老板娘可知他去了哪里？”

十三娘痴痴一笑，万种风情尽在眼角眉梢：“这位女侠好生奇怪，我们潇湘馆的恩客尽兴了便走，哪里要给我们一个交代的？”

秋离打量十三娘，未觉有异常，便转身想离开。不料她刚转过身去，原本温柔的女子却突然变了脸，四下霎时窜出许多彪形大汉，将她团团围住。十三娘淡淡道：“女侠的话问完了，十三娘还有些话想问，不知女侠是否方便留步片刻？”

秋离回头看十三娘，阳光从门口直射进来，正好划过她的嘴角。她瞥了一眼身边二十来个对她虎视眈眈的壮汉，嘴角轻勾：“我有得选吗？”

十三娘款款从楼梯上走下，又轻声笑笑：“哦，说得也对，你好像没得选。”

身边的手下让出一条路来让她走到秋离身边，她伏下身，仔细端详了下秋离腰间的那块铁牌，随即直起腰来：“还请问女侠，腰间的这块铁牌，是哪里来的？”

秋离一下子谨慎起来，听说过苍龙阙传说的人不少，可是鲜有人知道苍龙阙的模样，所以她没有刻意隐藏，毕竟不过一块破铁牌，不曾有人打过它的注意，可是这青楼的女子，怎的能看出这块铁牌不寻常？

秋离身手好，她霍地出手摘下面前女子的面纱，女子躲闪不及，露出了面纱之下一张容颜尽毁的脸。

秋离倒吸一口凉气，本应拥有女子最美的韶华，可是十三娘整张脸上密密麻麻的都是烫伤后凹凸不平的伤疤。那十三娘不是平庸之辈，趁秋离出神的一瞬间，伸手抢回了面纱，挂回了自己的脸上。

两人目光相交，眼神中彼此都多了一层戒备。

秋离心中有了计较，便开口先发制人：“你可认识阿雩姑娘？”

她没在清羽或者若嫣的记忆中见过十三娘，而她又知道苍龙阙，那她最有可能是阿雩的旧识。

十三娘好似料到她会这么问：“认识如何，不认识又如何？”

秋离道：“那就是认识了。”

十三娘眉眼轻挑，眼中流光潋滟，若是不曾毁容，应当是个貌美如花的女子。

“有意思。”两人僵持片刻，十三娘开口，“不若这样，我们做个交易。你告诉我你是为了谁找苍龙阙，我便告诉你那个红衣恩客相关的消息，如何？”

秋离定定地看了十三娘的眼睛片刻：“我不信你。”

十三娘依旧轻笑：“你还有更好的选择吗？”

秋离不语。静默了片刻，她突然伸手反手便扼住十三娘的咽喉，手法快得好似一条蛇，没有人看清她究竟是怎么出的手。秋离冷冷道：“我这个人不做交易。要不你告诉我这人去哪儿了，要不我掐死你。”

“哦？”十三娘眉头一挑，似是毫不在意，只听骨头撞击在一起响了“咔嗒”一声，十三娘的身子突然缩小了一圈，轻易从秋离的手下逃脱，然后一个反手从腰间拔出一把匕首，架在秋离的脖子上，声音轻柔而妩媚，“不做交易吗？”

诚然，方才是秋离大意轻敌了。她其实注意到了十三娘好似跟常人不同的骨骼结构，却没有想到这是因为她练过缩骨功。

然而，秋离会法术。会法术最大的好处，就是可以在落了下风的时候作弊。

秋离当即使了个隐身咒，快步绕到十三娘身后，用肘扼住她的脖子，然后现身，在十三娘耳边轻声道：“是的，不做交易。”

十三娘一下子被她扼住脖子，挣扎不得。她眼见着秋离从她面前消失，又在身后出现，却没有太惊讶，半是询问半是肯定地道了句：“你也是无崖子的徒弟？”

无崖子？

秋离没有见过此人，却感觉这个名字在她耳边出现了无数回。

第一次是清羽，她为了能与祝融恽比肩，跟随无崖子修行了一年。

第二次是若嫣，当年为了逃避阳泉君的追杀，家人将其送去无崖子处请他收留。

第三次是阿雩，她家道中落，若嫣让她拿着半块苍龙阙去找无崖子庇护。

第四次是十三娘，秋离用了隐身术后她不但不吃惊，反而觉得秋离是无崖子的徒弟。

秋离有些意外，这么重要的线索她之前怎么没有想到？凡是和苍龙阙有关系的人，好似都少不了和无崖子扯上关系。

那这个从未露面的无崖子，到底和苍龙阙有着什么关系？

秋离忽而有了一个更大胆的猜想，这个猜想让她脊背一凉，苍龙阙和应龙，苍龙阙和无崖子，难道无崖子就是应龙？

这个想法使她激动得血液沸腾起来，然而她表面上装得云淡风轻：“是啊，你怎么认识家师？”

十三娘并没有回答，只是苦笑了一下：“我不跟你打了，我投降。你要问什么，我告诉你就是了。”

秋离冷冷道：“我要知道画上的人去了哪里。”她知道赤言做事仔细的性子，他应当料得到她也会来找司卿，必会给她留下些线索。

十三娘之前果然有所保留，红衣男子前日出现在他们这里，给一个不怎么有人气的花姑娘赎了身，还嘱咐道，若是日后有笛子吹得不错的人来找他，便叫她去城北莫邪庄相见。

秋离心中一叹，赤言那厮果然是个靠谱的，便立刻动身奔着城北去了。

莫邪庄一片萧索，青石瓦砌成的小院，枯死的葡萄花架下，赤言斜倚着身子在吃酒。见秋离来了，他没有半分意外，咂咂嘴调侃道：“哟，我眼没花吧，小离离你身上带的那是什么？鸽子？不要命了？”

秋离哪有心情和他斗嘴，上来就问司卿人在何处。

赤言依旧半倚着身子，眼睛半睁不睁，一副慵懒的模样：“喏，人在屋里，你去劝劝，她老在凡界躲着不是个事儿，得抓紧回西山，再这样拖下去，一条命就没了。”

秋离没明白赤言在说什么，不就私个奔，至于出要命的大事儿吗？他这个人总是喜欢将事情戏剧化，豆大点事儿也能说得天塌下来。

红木的案几上燃着凝神的安息香，屋中窗棂半掩，稀疏的几抹阳光漏在地上，半暗不暗，屋中没有半分声响，死气沉沉。

秋离依稀辨认得出，床上躺着个人儿，她以为司卿在睡觉，便没有吵司卿，只轻手轻脚地挪了过去，掀开床上的帷帐，目光落在司卿脸上那一刻，她吓得手指尖都凉了。

司卿的脸上没有一点血色，整个人形容枯槁，虚弱到只剩一口气了。

“司卿！”秋离吓得一下子跪在她的床边，“司卿、司卿！”

秋离一连唤了十几声，眼前人没有任何转醒的迹象，连脉搏都微弱得快要消失不见。她连忙将身上仅有的仙气都输给司卿，可是那些仙气到了司卿身体里，就仿佛泥牛入海，消失不见了。

秋离脑子嗡的一声一片空白，夺门而出去找院子中的赤言：“这是怎么回事儿？”

赤言不疾不徐地喝着他的酒：“怎么回事儿，我怎么知道是怎么回事儿？你跟她关系最要好，你不知道？”

“我……”秋离语塞，这件事最该知情的人就是她，她却一点也不知道，不过她脑子一转，突然意识到了什么，“青逸呢，不是说私奔吗？怎么只有司卿一个人？”

赤言有点无奈地摇摇头：“青逸被西山的人抓回去了，我遇见司卿的时候，就只有她一个人了。”

秋离忧心司卿的安危，有求于赤言，她连说话的语调都温和了好几分：“神君你可知司卿这是害了什么病？她这番憔悴的样子，我看了心疼。”

说罢还郑重地给赤言拜了拜，“六界之中听说赤言神君医术最为超群，还请神君不吝赐教。”

赤言见她这样郑重，上神的架子便端了起来：“我就说嘛，女帝给你们学什么诗书礼乐都没有用，医术这么实际的东西不学，遇到小病小灾，还要求人不是。”

秋离忍住翻白眼的冲动，憋了半天，憋出一句：“当我姐妹求神君了。”

赤言终于将手中的酒杯放下，郑重道：“司卿有孕了。凡界灵气太弱，胎儿又太耗精气，这样下去，不出三日司卿就该油尽灯枯了。西山的法术源自洪荒之前，自成一派，与我青丘并不相容。就算我现在想要传些修为给她保命，于她也是于事无补的。”

秋离的下巴差点掉在地上捡不起来：“有……有孕？神君你没逗我玩儿？”

赤言没好气地瞪了他一眼：“我像是个没事儿逗人玩的神君？”

秋离心想“可不是嘛”，不过这句话没敢说出口，转而问道：“那现在可怎么办？”

赤言沉默了半晌，一脸严肃：“三青鸟一族不可与外族通婚，你可知为何？”

秋离从未见过他如此严肃的模样，心里不由得“咯噔”一下：“为何？”

赤言道：“三青鸟一族体质特异，不但修的法术与六界不同，便是在生老病死因果循环上，也与六界不同。三青鸟一族若是与外族通婚受孕，会形成畸形胎儿，胎儿先会榨干母体，母体死亡后胎儿再因缺氧死亡，最后只能落得一尸两命的下场。”

秋离有些惊讶，这点她确实不知。这是三青鸟一族的秘密，她一个未出阁的黄花大闺女，自然没有什么人跟她说这事儿。

只是这个消息对她来说来得太突然，她一时间不知道要怎么办。

赤言摊手：“我也没辙，不过我已写信给萧夜，应该这两天就到。他鬼点子多，说不定会有办法。”

听到“萧夜”两个字，秋离下意识地打了个哆嗦，想要寻个地方躲一躲。

然而，一个念头刚转完，秋离只觉背后一阵清风，一袭青衣从云头上飘下，已经进了院子。她刚要脚底抹油，却听身后青衣人轻飘飘地发话："来都来了，急着走什么？"

秋离刚要开溜的一条腿在半空中僵住，硬着头皮转回身来，不敢抬头看萧夜，恭敬道："殿下和神君说话，哪有我小辈插嘴的道理。"

萧夜垂眼看着她："我道是谁，原来是你。"

秋离听萧夜这话里有话，似是认出她了。不过她心下一转，又觉得不可能，萧夜殿下活了几万年，若是每个见过一面的小仙都记得的话，脑容量得多大。

秋离不语，只是赔个笑脸。

萧夜却早已洞穿她的小心思，慢悠悠地道："喏，你这小仙，胆量不小，竟然敢随身带着鸽子，看来是我这个战神的名号不够吓人。"

秋离顿时一头冷汗，白泽说萧夜是个睚眦必报的人，果然没错，这么点小事儿他在心里记了这么久，居然还一眼就认出了她，这得是多么小的心眼儿啊。秋离心尖发颤，萧夜这个人，身上自带战神杀伐果决的气息，不怒自威，虽然只是静静地站在那里盯着你看，便有一种莫名的压力在身上。据说有个小仙曾经被萧夜看了一眼，就吓得尿裤子了。

当时秋离还在心里嘲笑过那个小仙没出息，现在被萧夜这样盯着，紧张得心跳加速，才明白当年那个小仙的感受。

萧夜见着秋离怕他的模样，有些满意。赤言同他详细道了前因后果，萧夜也果然不负众望地给他俩指了条明路。

青荇草有安神宁魄、使尸身不腐的功效，而六界之中青荇草生长繁茂的地方，除了九重天上的千年寒潭，便是魔界的渭河河底。魔界之中一片荒芜，若是躲去那里，说不定一时半会儿没人找得到。

待到胎儿刚刚成形，而母体尚未死亡之时，提前引产，然后将胎儿置于水晶棺中，放在渭河河底，以河底灵气滋养，待几百年后醒来，有可能保胎儿和母亲两人性命。当然此法危险性极高，需要对引产的时机有极精准的把握。若是早一分，那胎儿尚未成形，脱离母体就会立即死亡；若是晚一分，那母体灵力被吸干，也是死路一条。就算时间选择得当，由于此刻婴儿和母亲都极为虚弱，就算有青荇草的加持，也是九死一生，两人能不能活，也全看命运造化。

这虽是个极危险的法子，但也是唯一的法子。而替司卿引产这件事儿，普天之下，大概只有医术最高的赤言做得来。赤言愿意为了司卿劳累一回，但司卿毕竟是西山人，此事必须得到西山女帝的同意才可以，吃力不讨好的事，赤言不做。所以，赤言此刻要先回西山一趟探探女帝口风，照顾司卿一事，暂时便落在了秋离身上。

秋离在莫邪庄守着司卿，一守就是月余。她的修为被限，只好每晚打坐吐纳，吸收日月精华，第二天再将所有灵气传给司卿。她白日照顾司卿，晚上还要修行，整个人消瘦下去一大圈。司卿不好意思，让她不要这么劳累，她却摇摇头表示不在意。

没有司卿，就没有今天的秋离。司卿原来说秋离的命门是美男、美食、戏本子，其实说得不完全对。秋离的第一大命门，其实是司卿。为了司卿，刀山火海，没有哪处她闯不得，一点修为算什么！就算豁出命去，她眼睛也不眨一下。

天气晴好时，秋离扶着司卿坐在院子里晒晒太阳，秋离有一下没一下地给司卿扇着折扇，两人慢慢唠些家常，好似她们小时候。

当然，其中的话题少不了司卿是如何和青逸混到一起去的。

秋离只记得，那还是她和司卿天不怕地不怕在西山横着走的时候。她们听说天帝山的青逸很是嚣张，于是搓着手，跃跃欲试地想要为民除害。西山财政大权都握在天帝山，而天帝山一半的财富掌握在青逸手中，思量良久，她俩打算去敲青逸竹杠，然后去吃一顿好的。

然而，这是秋离和司卿霸王生涯的终结。

她二人去闯天帝山被狠狠地坑了一次，从此再不敢去青逸的地盘挑事儿。

她俩刚踏进天帝山的大门，还没见到青逸，秋离就被困在沼泽里，司卿说搬救兵来救她，然而一去便再未回。

之后，秋离花了半个月才将自己从沼泽里挖出来，又花了半个月才闯到青逸近前。而闯过青逸的机关和陷阱后，她才觉得，此前闯的那些机关，都不配称为机关；之后破的那些陷阱，也都不配称为陷阱。

机关、陷阱之术，秋离此生唯服青逸一人。

她原以为，和司卿分别了一个多月，以青逸的性子和司卿的智商，司卿肯定要被折磨得瘦下去三圈，可是再见的时候她才惊讶地发现，司卿不仅没瘦，还满面红光，胖了一圈。

秋离犹记得自己咂舌，问司卿这一个多月是怎么过的。

司卿一本正经：“青逸让我给他当小厮任他使唤。”

秋离疑惑：“那你怎么胖了？”

司卿继续一本正经：“他家的伙食挺好的。”

秋离无奈地看着她。

此篇就此揿过，因为有了这一遭，秋离和司卿也不再想着去招惹青逸，知道这家伙是个招惹不起的。离开天帝山的时候，秋离和司卿都回头望了一眼，当时秋离以为她们想的都是：“哼，天帝山，老子记住了，总有一天老子会再回来的。”

可是，现在再想想，司卿那分明是含情脉脉、恋恋不舍的眼神，也就秋离那时眼瞎才没看出来。没想到，在第一次她二人闯进天帝山的时候，司卿和青逸就看对了眼。原来，同大多数烂俗的戏本子一样，一个精明能干的少公子，一个糊里糊涂的帝姬变成的侍女，朝夕相处一个月，总要有些浪漫的故事发生。

秋离咂咂嘴，回忆着司卿当时的眼神，好似咂摸出些门道来，不由得暗暗骂自己愚笨，竟晚了两三千年才回过味儿来。

那时司卿不解为何青氏一族不能许嫁外族，只以为是门规而已，想着若是能将应龙找到，把自己的母亲劝上一劝，事情或许还有转圜的余地。然而热恋中的两个人，难免干柴烈火，还不待秋离回去，司卿便怀孕了。

再后来的事情，秋离都知道了。

秋离咬咬牙，司卿那个肚子里藏不住话的性子，这么大一件事，居然连她这个最要好的朋友都瞒着，定是为了保护青逸。三青鸟一族在西山独大，当时这件事若是被女帝知道了，纵然青逸是天帝山一族的首领，也免不了要被扒皮抽筋。

如此看来，司卿对青逸用情至深。

司卿躺在床上，紧紧地抓着秋离的手："你会不会觉得我傻……甘愿冒天下之大不韪，也非要和他在一起。"

秋离斜倚在帷幔旁，不由自主想起了元辰。

她微笑着摇摇头："不会。"若是有一天，跟元辰在一起要她付出生命的代价，她也会毫不犹豫地做出和司卿一样的选择。

她和司卿一样，都是那种至情至性之人。轻易不动情，一旦动情，便轻易不会改变。

平生不会相思，才会相思，便害相思。

三个月后，赤言终于回来了，回来时身后还跟着青逸。秋离一见青逸恨不得踹上一脚，好在赤言拦着："现在不是动怒的时候，司卿要紧，赶紧带她去魔界，别磨叽。"

几个人片刻工夫都不敢耽误便赶往魔界。

赤言带着司卿去了渭河河底，为她引产。秋离和青逸在岸上守着，两个人相顾无言，有些尴尬。

沉默良久，还是青逸先打破沉默，他长叹了口气道："司卿是个没什么心眼的，以后回了西山，还要劳烦你多多照拂她了。"

秋离先一愣，但脑子一转便明白，此事女帝已知晓，她怎肯让唯一的爱女冒着生命危险和青逸在一处？这几日过后，西山再无青逸的位置。于是，她下意识地脱口而出："自此以后，你都不再回西山了？那司卿怎么办？"

青逸低眉苦笑："女帝答应我陪着司卿生产，也是有代价的。此行之前，女帝给了神君一枚嘉果。青家与司卿有婚约，还愿意与司卿成婚。我答应了女帝，这次若是司卿顺利生产，我便再不出现在她面前。"

嘉果有什么作用，秋离作为百木之王，最是清楚。不周之山，爰有嘉果，其实如桃，食之忘忧。

所谓忘忧，不过是将刻骨铭心的记忆，都从人心头抹去罢了。

可是，开心也好，伤心也罢，那些都是司卿自己的记忆，究竟如何处置，也应当是她自己的选择，凭什么要女帝和青逸来帮她选择！

秋离怒火中烧，声音也高了一个八度："司卿为了跟你在一起，不畏死，可你呢？"

青逸不敢抬头看她，可是一字一句，咬得很清晰："她不畏死，可是我畏她死。她命悬一线时我束手无策，我还有什么立场说要誓死和她在一起？"

秋离狠狠地"呸"了一声："胆小鬼，她都不怕，你怕什么？畏畏缩缩是不是男人！"

青逸的声音有些暗哑："我怕，我自然怕。我怕日后每次司卿分娩，都是九死一生，而我无法以身相代；我怕每次都要连累朋友，赤言就算是青丘神君，也难免伤及真元；我怕再有下次，老天不肯眷顾，就算司卿侥幸生还，可是要面对十月怀胎落地便死，日日以泪洗面，无法释怀……又或者……"他顿了一下，似是哽咽，"又或者，她去了，那我们的孩子，便自幼没了母亲……"

秋离的眼眶一下就红了，说不出话来。因为她知道，青逸每一句都说得在理，她不是他们，无法替他们经历那般磨难，到头来选择权还是在他们手中。

"一定会有办法的！"秋离不信，她不是轻易就放弃的人。就算她没有办法，她也要想法子找到有办法的人。

她丢下这句话，登上云头就往东海飞去。她虽然怕萧夜怕得要死，但是萧夜殿下法子多，说不定能帮助司卿有情人终成眷属。

守门的虾兵蟹将说萧夜殿下闭关了，她不肯走，接连在东海龙宫门口跪了三天三夜，终于将萧夜等了出来。萧夜知她来意，只是对她摇了摇头："这件事，无解。"

秋离不信："不会的，这世上没有死局，只是没有足够努力而已。"

萧夜脸上没有多余的表情："司卿并不是第一个爱上外族的三青鸟，也不是唯一一个因此命悬一线的三青鸟。然而上万年过去了，这件事，从来无解。你的心情，我可以理解，可是世上有些事情我们就是无能为力。你现在还年轻，觉得自己是无所不能的，可是等你到了我这个岁数，就知道其实世道公平，对谁都一样残忍。"

说完，萧夜便要转身回龙宫中去。秋离猛地扑过去，拜倒在萧夜的脚下，拽住他的衣角。

她的声音中含了哭腔："一定有办法的，你是战神，无所不知的神，怎么会有难得住你的事情？"

萧夜只是冷冷地拂开了她："因我是神，知这世上有些规矩，必得守；有些事，必不能强求。你若现在回去，还能在她身边陪她，若情况危急，还能帮赤言一二；若你一直留在我这里，真的有个万一，你可能连她最后一面都见不到了。"

东海水寒，秋离的眼泪落下，凉凉的触感，从皮肤一直到心间。

萧夜的话，就像一把刀子。

是的，无论她和司卿多能闯祸，从来也没离开过西山的庇佑，就算犯了事儿，能摆平就摆平，摆不平的把西山帝姬的名号甩出来，也便平了。除了那些小打小闹的失恋，她俩没遇到过什么事儿。

所以，每次遇到问题，她都习以为常地觉得，最后总有办法能够解决。

离开了西山才知道，她们的能力那么有限，而人世间也有那么多的不如意。

天不遂人愿，改变不了的，只能接受。

萧夜快步离去，一袭青衣转眼间便隐没在水光之中。秋离也不再追，愣愣地发着呆。也就片刻工夫，她便止了眼泪，在脸上胡乱地抹了一把，深吸一口气，让自己冷静下来。

是，萧夜说得对，她现在无能为力，唯一能做的，便是回到渭河，守着司卿。

只是，回到渭河后，眼前的景象使她吃了一惊。赤言昏迷不醒，被青逸从河底捞了上来。秋离焦急地跑过去给赤言号了号脉，发现他受了很重的伤，灵力外溢。她惊得手一缩：“怎么会这样？司卿可还好？”

青逸点头：“倒是母女平安，我将她们安置在湖底将养，应当无碍。方才赤言想要输一些修为给司卿，不料遇上了出来觅食的横公鱼，两相缠斗，赤言虽胜了，但因为体力修为消耗到极点，晕了过去。我已为他护住心脉，应无性命之忧。”

从日上中天一直到日头西斜，赤言终于醒了，秋离松了一口气。

赤言懒懒地靠在秋离身上，虚弱地睁了睁眼，一副不想理人的样子。秋离不放心地看着他：“你可还好？伤得可严重？”

赤言在秋离怀里靠得舒坦，一动也不想动，只是翻了个白眼：“你看我这样子，像还好吗？”

秋离将背挺直让他靠得更加舒服：“难道你不应该为了不让我们担心，说你没什么大碍吗？”

赤言睁开眼，疑惑地看着秋离：“这种乱七八糟的想法，是谁教给你的？”

秋离认真地道：“哦，我记得是小时候你给我和司卿看的戏本子……”

赤言闭上眼，淡淡地道：“哦，看来我得给你找些新书看了。”

青逸对着赤言磕了三个头：“再生之恩，青逸谢过神君。”

赤言桃花眼半睁，睨了青逸一眼，有气无力道：“你最好祈祷我不要因为修为耗费过度长了皱纹，否则我就拔光你的狗毛……”

赤言这样一说，本有些紧张的气氛便缓和了过来。

赤言知道他们两个心系司卿，说道：“司卿没什么大碍，过几个时辰便能醒；小女娃显得有些先天不足，我将她放在青荇草最茂盛的湖底将养个两三百年，便能像正常娃娃一样了。只不过智力什么的，会显得比其他同龄的孩子差些。不过鉴于司卿的情况……”他顿了一下，咳了一声，“可能也差不到哪儿去。”

语罢，赤言喘了口气，想必是已经虚弱到了极点，不过说几句话的工夫，他就面色微微发白，额头也有些虚汗：“我方才给女帝送了信，不多久，女帝便会来接走司卿。”他面上有些不忍，将目光投向青逸，“嘉果一会儿便会生效，届时司卿便会将和你有关的一切忘记。还有半个时辰的工夫，你可以去湖底看看她，跟她道个别。”

青逸拜谢了赤言，径直分水去了湖底。

赤言说了太多话，累得闭上眼，片刻，又睁开，指挥秋离道：“对了，本神君刚才杀死的那条横公鱼，你用两枚乌梅煮了给本君吃，美容养颜，我操劳了太久，得好好补补……”

秋离无奈，都这个时候了，他还只惦记吃。

她还是很听话去给他做鱼了。洗洗涮涮，赤言一条鱼下肚，秋离看着她把鱼汤喝完，再抬头，便见着云头上女帝带着两个贴身亲信风风火火赶来。想到司卿和青逸今后的命运，秋离心中抽着疼了一下。

今日的女帝没有着华衣，只是穿了一件素净的紫色长袍，看起来，没有那么有距离感。几日不见，女帝也苍老得厉害，面容憔悴，眼底也生了些细纹。她动容的模样，更像一个母亲，而非一国威严的女帝。

秋离再叹一口气。

女帝向赤言微微欠身道谢，便命手下亲信将司卿从湖底抬了出来。

司卿熟睡在水晶棺中，不知道方才青逸和她说了什么，纵然睡着了，眼角眉梢也带着淡淡的笑意。

后面跟着的，是踉踉跄跄的青逸，满脸泪痕。

秋离别过头去，不忍再看。

女帝不失礼数地向赤言告别，说完，就带着司卿的水晶棺飞上了云头。青逸在后面追，可是女帝广袖一拂，金光一闪，一道结界就把他弹了出去。

女帝威严的声音从头顶传来：“青逸，我们说好的事情，你难道忘了吗？”

青逸跪在她脚下的云头上：“我只是想再看她一眼。”

女帝摇头：“无缘之人，多看无益。”说罢，转头离开。

秋离一个箭步跃起，将青逸扶起，想要追着女帝的脚步而去，却也被挡在了结界之外。她吃了一惊，难以置信地看着女帝："司卿现在如此虚弱，她需要我照顾。你让我跟你们回西山，我是司卿最好的朋友，没有人照顾她会比我更用心。"

女帝目光冰冷："秋离，我知道你与司卿要好，所以更不能让你去西山了。"

秋离身子一颤。

女帝继续冷冷道："嘉果虽然能改变人的记忆，可是终究非万全之策，若是哪天你在她面前说漏了嘴，她想起前尘往事，可怎么好？"

秋离身子再一颤。

女帝接着道："而且以我对你性子的了解，这一天，一定会来的，对吧？总有一天你会于心不忍将一切告诉司卿，是不是？"

秋离无话可说。

是，她不满女帝和青逸背着司卿，私下决定改掉司卿的记忆。如果真的想要忘记，那也得是司卿自己想忘才行。现在司卿身子不好，她不会说；可是，一旦司卿身子好了，在司卿成亲之前，她定会将来龙去脉告诉司卿，是去是留，要司卿自己决定才行。

见秋离不说话，女帝心下明了，掷地有声："所以，秋离，近万年内，你不要再回西山了。在司卿成亲之前，你都不可以再踏入西山。"

"女帝，你不能——"她怎么能不回去？司卿现在九死一生，女帝怎么能剥夺她陪伴司卿的资格？秋离刚要追去，可是一道金光向她袭来，她心中大痛，脚没站稳，被击得从云头上跌了下去。以她的修为，她根本不是女帝的对手。

风很凉。

风中有些夺人神识的花香，让人晕晕沉沉的。

秋离急速下落，重重地摔在地上，身上每一寸骨头碎裂般痛。然而身上再痛，也掩不住心中的痛。她想爬起来再追上去，却发现自己动不了。

她明白，这是女帝的定身咒，一个小时之内，她别想起身。秋离眼睁睁地看着女帝带着司卿消失在视野中。她忽而悲凉地意识到，从此，西山，她回不去了；司卿，她见不到了。

那个地方，那个人，曾经是她生命的全部意义。

她从幻化出人形，一睁开眼睛，就在那里。虽然受过欺负，所幸，她遇到了白泽，遇到了司卿。

她的悲，她的喜，她此生最要好的朋友，都在那里。

可如今，她再也回不去了。

赤言因为修为耗损过多，再一次晕了过去，被青丘族长接回青丘闭关疗伤。青逸沉入了渭河河底，他决定留在那里守护着他和司卿的女儿，守护到她睁开眼睛为止。

而秋离，没有人想她、期待她、盼望她、需要她。浓重的悲凉瞬间席卷了她全身，秋离任由自己在地上躺着，一动不动，连定身咒解开了也不愿起身。

她只是躺在魔界的这处荒芜之地上，只是躺着，因为即使起身，她也无家可归，无处可去。仿佛万年前那个在武学场被人欺负的小女生，满身是伤地被人推进了冰冷的婆罗池中，刺骨的湖水冻得她心灰意冷，四肢麻木，任由自己向湖底的最深处坠去。

可是，那时尚有白泽救她，现如今，谁能再将她从绝望的旋涡中拉出来呢？

没有人。

秋离就那样静静地躺着，那一瞬间，她感觉自己被世界遗忘了，就那般一动不动，从天明，躺至月上中天。

明月大而亮，仿佛一轮玉盘，盘中，映出了一个人带笑的脸。秋离有些恍惚，伸手去摸，抓了个空，才笑自己竟然犯了癔症。

耳边，好似响起谁的声音：“一言为定，我在嬴国等你。”

那声音那么轻，仿佛被风一吹就散了。

那声音好像溺水的人突然看到浮木，令人欣喜若狂。秋离猛地坐起身。

是元辰的声音。

秋离想，自己方才恍惚中，看到了元辰的脸，听到了元辰的声音。

回忆一下如潮水涌来，一发不可收拾。

“救命之恩无以为报，不如我以身相许好了。”

“吾心悦你久矣。”

“阿离，只要你肯来，我便等你。”

元辰。

不知从何时开始，他说的每一句话，她都记在心间。

她突然有些欣喜地意识到，自己不是没人期待、没人盼望的，在嬴国，还有个人在等她。

秋离终于从泥潭中爬起来，打起精神，她要回到嬴国，那里，还有人在等她。

天上一日，地上一年。魔界亦如此。

秋离再次回到人间，看到大街小巷皆已换了模样，忽然间意识到这个问题。

她在魔界逗留了七日，而人间时光如梭，春夏秋冬交替，已经过了七个年头。

还依稀记得那日，花前月下，她和元辰并肩赏月，元辰邀请她去嬴国做伴，她说：“我要去找个朋友，等见到她了，我便去嬴国找你。”

而他眼眸明亮，说话掷地有声：“一言为定，我在嬴国等你。“

那情景，依稀在昨日。

七年时光对于仙家来说，不过白驹过隙，弹指一挥间而已。可对凡人来说，却是蹉跎岁月，韶华已逝。

她在云头上吹了两个时辰的冷风才匆匆赶到凡界，可是站在咸城的大街上，她没有勇气往都城再走一步。

最怕的，不过是物是人非。

七年了，元辰还好吗？还记得她吗？还记得那年月光灼灼，他说“我在嬴国等你”吗？

她想知道答案，又不敢知道答案。没有消息总比坏消息要好一些。

她在街上踌躇了半晌，还是没有勇气直接去王宫打探他的消息。她怕他们擦肩而过，她喊他的名字，他却认不出她来；她怕两人相遇之时，他们相视一笑，他问她“真巧，你怎么也在这儿”；但她更怕她遇见他时，他怀中已经有了别的女子，而她说不出祝福的话。

她有些懊恼，觉得自己这一万年都白活了，此刻，她还像是一个没有安全感的小女孩，就像第一次白泽把她从婆罗池中救上来，她抱着白泽的衣服，提不起勇气去还。

于是，她先在城中一家客栈落脚，顺便打听打听消息。正巧，最近城中热议的都是嬴王秦征的加冕仪式。

嬴王秦征只有二十二岁，但做起事来丝毫不拖泥带水。他登基七年，摄政王韦布把控朝政，太后男宠廖皑在一旁虎视眈眈，小秦征在两座大山的夹缝中生存，一步步走得小心翼翼，从不引起他二人的忌惮，还设了巧计让他二人自相残杀。

嬴王秦征隐忍七年，装痴装傻七年，终在上个月，借着加冕仪式，引诱廖皑造反，先在故都雍城埋伏好亲兵一举拿下了叛乱的廖皑，夺回兵权，又趁机罗织罪名将摄政王韦布牵连至叛乱之中，罢免其职，将其赶回封地养老。所有动作一气呵成，秦征一日之间便从任人操控的傀儡，翻身变成嬴国手握实权的当权者，雷霆手段让全国上下叫好，民心大振。

也有人说，其实秦征的手段早就有迹可循。他继位之初，嬴国国政局势复杂，掌握在以婳阳夫人为首的荆系外戚、以胞弟秦蛟为首的韩系外戚以及母亲绍氏与韦布为代表的外戚手中，三股势力错综复杂，而秦征自己在嬴国却没有一个信得过的靠山，早年只好假意与韦布合作，逼胞弟秦蛟绞杀婳阳夫人，之后便利落地手刃廖皑，囚禁亲母，驱逐摄政王廖皑，不过七年，就将政权重新掌握在自己的手中，不可谓不厉害。

在这样的故事中，秋离也听出了元辰存在的蛛丝马迹，毕竟这样的雷霆手段，倒是像他的风格。可是秋离也打听了，嬴王身边新近的红人包括李寺、尉缭等等，没有一个是唤作元辰的。

秋离觉得事情不该如此，从当年秦征飞鸽传书给元辰专门请他回来帮自己理政来看，秦征应当是十分信任他的。

这样想来秋离便惴惴不安，难道，元辰出了什么意外？

她思索来思索去，摸到袖中的雪鸽时，终于鼓起勇气给元辰写了一封信。可是鸽子放出去了，她有些懊恼地在屋里来回踱步，不停地想着会不会太唐突了，会不会收到信的人不是元辰而是他的妻小，那他们会怎么想……

她一面揪着窗前迎春花的花瓣，一面纠结。还好，回信来得很快，在窗前那盆迎春被揪光之前，小二敲响了她的门，说有故人来访，问是否要见一见。

秋离半是期待半是紧张地捋了捋头发，随小二下楼。小二一面走一面调侃："之前就说姑娘眼熟，但没想起来在哪里见过。方才见到方大人，才想起来您正是五年前元朗阁千金悬赏要找的姑娘，小的这些天有眼不识泰山，失敬失敬。"

秋离没听明白小二在说什么，从二楼走到一楼的路又太短，她还没来得及询问，便看到了客栈门口一道笔直的身影。

颀长的身姿，脊背挺得很直，远远看去，真真当得起"玉树临风"四个字。

听到脚步声，那人回头，却看得秋离心脏猛地收缩了一下。

是方泽，不是元辰。

为什么不是元辰？难道他真的出事了？

秋离三步并作两步地从楼上跑下来，方泽见到她似乎也一时错愕，继而释然，面上带着礼貌的微笑，可眼神是疏离的："当真是姑娘。"

当年分别时不过是个毛头小童，现在提剑站在她面前，方泽已经成熟到让人感受到压迫感，云谲波诡的政局果然最锻炼人。

秋离不知道他这句话要怎么接才好，只好点点头，衣襟在手中被绞了一圈又一圈，讷讷道："是我。"

方泽做了个手势，将她引进一个隔间。小二上茶之后，便识相地退了出去。隔间布置得很是雅致，一枝干梅插在瓷瓶里，衬着一扇四折的绢白色屏风，好似冬日静雪，梅花傲立。

方泽替她斟了一杯茶，将茶盏推至她面前，脸上带着标准的笑容，客气得让秋离不知道该说什么。她抿了口茶，问：“元辰……他还好吗？”

方泽点点头，又摇摇头：“也好，也不好。”

她凝视了一会儿手中的茶杯，一句话几次滚到嗓子眼，又滚了回去，如此几次之后还是鼓起勇气道：“我想见见他，可好？”

方泽没有答，只是抬头郑重地看着她：“姑娘这次回来了，可还要走？”

秋离一时没有反应过来：“哈？”

方泽沉着嗓子，声音有些冷：“自姑娘第一次救了公子性命，公子便惦记着姑娘，这一惦记，便是五年。后来好不容易遇上了，昭国一别，又是七年。这次姑娘再见到公子，又要消失几年呢？”

秋离再傻，听到方泽这话，也知道方泽生她的气了。

“嬴王秦征年幼，狼子野心的人很多，很多人欲除之而后快，多亏公子机敏，护他周全。可这让公子成了众矢之的。七年前，昭国一别，姑娘说要来嬴国找公子，公子便一直等着，日日都盼着雪鸽能捎来姑娘的消息，每日得空，他便站在门檐外站着，抬头看着天空。那日公子一如往常地站在外面，屋檐上突然窜出十几个黑衣人。事发突然，纵然我全力护他，在其他护卫赶来之前，公子还是受了重伤，一条命剩下半条，当时大夫说，公子能不能熬过那一劫全靠天意，我便想让雪鸽传信给姑娘，请姑娘回来看看公子，可是那雪鸽不肯飞。”方泽低着头，“若是母鸽还活着，雪鸽不会送不到信的。”

秋离知道，那是因为她去了魔界，凡人养的鸽子无法在六界穿行，雪鸽感应不到彼此。

方泽继续道：“当时我还以为姑娘遇险去世了。幸好老天眷顾，公子活了下来。公子听说了雪鸽的事情，便满天下打听姑娘的下落，还拿出了元朗阁一半的收益奖赏有可靠消息的人。”方泽顿了一下，“姑娘你可知，元朗阁一年的收益，是嬴国税收的三倍。”

秋离低头无言。

方泽沉眸，眼神中有些哀伤：“公子等了一年，来提供消息的人很多，却没有一条是真的，不过是些来讹赏钱的。然而就算如此，每次有人上门公子都万分欣喜，不管什么时候一定到门口去迎接，有几次鞋都顾不上穿，然而每次都被兜头浇一盆冷水。那个时候，明眼人都看得出来公子心灰意冷。”方泽顿了一下，“后来赶上秦蛟叛乱，嬴王让公子派刺客去昭国暗杀秦蛟，但公子亲自去了。你也知道，公子的右手早就废了，此生不可能再提剑。”方泽又顿了一下，有些哽咽，“他之所以去，就是想去送死。他是在鬼门关走过那么多次都侥幸回来的人，这次却想去送死。”

方泽的声音那么沉，沉得她不敢抬头去看他。

方泽眉皱得更深了：“我听到这个消息赶去昭国的时候，公子已经被人抬去了医馆。那时公子奄奄一息，看着我说：‘阿泽，我从来没有对自己这么失望过。我想保护天下人，却没有保护好自己的心上人。’”

一句话不长，但是方泽中间停顿了好几次才说完，想必这段回忆使他有些痛苦：“公子之所以还活着，是要完成助嬴王秦征一统天下的心愿，否则，他早就追随姑娘的脚步而去了。过了这些年，公子的悲伤好不容易淡下来了些，我日夜陪着公子，知道他是在夜里大醉了多少次才能显得这样举重若轻。如果姑娘这次回来便不走了，我就带姑娘去见公子；若是姑娘回来又走，那我情愿公子不知道姑娘回来过。所以，”方泽的声音坚定，“我问姑娘，这次回来了，可还要走？”

秋离低着头，喃喃道：“我也不知道。”她有留下的心，可是仙凡有别，牵绊她的事情太多，而且万一司卿需要她，她肯定还是会义不容辞地赶回西山。

方泽沉默了很久。他的手紧紧地攥了个拳头，又分开，压抑着自己的声音不要有太大的起伏：“这样，那恕不远送了。”

言下之意，是要她离开嬴国。

秋离胸口有些堵得慌，眼眶也微微发酸。她心疼元辰，想要见他一面，可方泽的话句句在理，她无力反驳。若是她继续留在嬴国，指不定有一天会在街上相见，到时候要说什么呢？寒暄都觉得尴尬。

而且，她不能再这样不负责任地搅乱他的生活。

她是个无家可归的人了，想着嬴国有她惦念的人，便来了嬴国。此番再离开，她又要去哪儿呢？

这番话，她最终没有说出口，沉默了良久，只是点头道：“好，我今夜便起程，离开嬴国。”

元辰留在嬴王宫中议事整整两天，秦征终于得以亲政，百废待兴，廖皑叛乱后还有一片烂摊子等着收拾，他们披星戴月地处理逆党，再加之起草各项法案、制度，没时间合眼，直到夕阳西下元辰才回家。

照例，元辰每日回府后要将方泽唤来问问四下动向，可是今日回家，不见方泽踪影。元辰累得头有些痛，坐在藤椅上揉了揉太阳穴，又沏了盏茶，招来家中小厮：“可知方泽去了何处？”

小厮据实道：“方大人接到了一封信，急匆匆地出门，至今未归。”

方泽办事元辰自是放心的，只是照例问了一句：“方泽可有说是什么事？何时归？”

小厮摇摇头：“不知。”

元辰抿了口茶，觉得事情有些蹊跷。方泽不是这种做事不交代的人，方泽不论做什么事，如果没有提前告诉他，总会留下口信。此事反常，反常必有异。于是，他问：“信呢？拿来我看看。”

小厮有些为难：“烧了，方大人看到信之后就烧了。”

元辰眉头一挑，端茶的手悬在半空，心中更加疑虑。他相信方泽对自己忠心不二，一时想不到他有什么事瞒着自己：“可有看到送信的人？”

小厮摇了摇头，今天一问三不知，他很怕被自家大人惩罚，声音也低了下去：“没……没有人来送信，只是飞来了一只鸽子。”

元辰摆摆手，想必不是什么大事，便挥手遣了小厮下去。可是长久以来养成的谨慎习惯，让他追问了一句：“那鸽子可有什么不寻常？”

小厮走到门口，脚步一顿，回忆了一下，回身欣喜道：“很好看的一只鸽子，通体雪白，只有头顶和尾巴上一点黑。”

“咣当”一声，元辰手中的茶杯落地，小厮吓了一跳，以为是主子生气了，忙跪在地上等着责罚。

元辰哪有工夫和他生气，听到雪鸽来送信，元辰全身的血一瞬间都涌进了脑子里，“嗡”的一声大脑一片空白。

激动？紧张？害怕？开心？他也说不出来，双手不自觉地握成拳头，紧紧攥在一起。

他有些难以置信地问自己：她回来了吗？真的是她吗？

小厮等着元辰责罚，没想到等了半天没有动静，抬头看自家主子，却发现他脸上有一种难以读懂的表情。主子的手在微微颤抖，好似是害怕？

小厮不敢相信自己的眼睛。自家主子多年陪在嬴王秦征身边，外人都评价说，嬴王秦征有个很可怕的谋士，聪明绝顶，无欲无求，这世上，没有什么他怕的事情。

怎么会没有呢？外人不知道罢了。元辰怕的，就那么一件事而已：怕无归期，怕空欢喜，怕来者不是你。

“备马！”元辰忽而喊道，声音从体内爆发出来，将小厮吓了一跳。

“给我牵最好的马来！”

只要你肯回来，不管你在哪里，我一定会找到你。

夕阳将天边烧成火红的颜色，秋离在城门与方泽作别。

方泽冲她点头示意：“姑娘珍重。”

她亦回以点头，想了想，没什么想说的，转身想走，却又想起嘱咐一句：“照顾好你家公子。”

方泽点头：“自然。”

她又点了点头。点头的次数太多都到了尴尬的地步，秋离也不知道自己在拖延什么，往城中张望片刻，实在没有什么想说的了，于是转身离开。

走出咸城门之际，秋离觉得眼眶酸酸的，她也不知道自己该去哪儿，举目四望，天下之大，竟没有她的落脚之地。

而且，她是真的想他，哪怕只看一眼也好。

秋离叹口气，忽而听到身后疾驰的马蹄声，隐约有人在喊她的名字："阿离！"

她下意识转头，只见一袭蓝衣飞马踏尘而来，不待看清来人面貌，便被强势地拥进了怀里。

"阿离。"耳边有人似隐忍地喊她的名字。

不用看，她也知道来人是谁了。

"嗯。"她点点头。

他抱她抱得那么用力，不知道是不是在生气。

"阿离。"耳边人又唤了一遍。

"嗯。"她轻声应道。

"阿离……

"阿离……"

也不消她回话，耳边人便这样一遍一遍地喊着她的名字，仿佛只要可以喊她的名字就足够满足。

元辰不敢相信，七年，她消失了足足七年，此刻回来，他怕自己是在做梦吧。

他想这样喊她的名字很久了，可就这样一个小小的心愿，也等了七年才终于实现。

阿离，他的阿离，真的回来了吗？

良久，元辰才放开她。秋离这才有时间认真看他现在的模样，从青葱少年到年近而立，岁月雕琢出了他脸上的棱角，眉眼之间，已然有男人应有的气宇风度，这让他显得更加冷静沉着，成熟可信。

这才是嬴国第一谋臣应有的模样。

他这些年竟然消瘦至此。眼底一块乌青，显示着这些年他过得有多辛苦。

多年未见，秋离以为，她至少会客气地寒暄一句"多年不见，君可安好"，可是现在这句话卡在喉咙里，问不出口。

他过得不好，不好得那么明显。

就算是政务繁忙辛苦，他也不至于消瘦至此。她想起方泽给她讲的故事，心底又是一阵自责。

漫漫七年，他是如何度过的？不知道她是否会回来，他又是抱着怎样的心情在等她？

见她出神，元辰伸手摸摸她的脸，那小心翼翼的模样，仿佛担心她是幻觉会消失不见。

元辰想过无数次两人重逢的场面，却没想到是这样。她还没有见到他便又要离开。

他有一肚子的火气，想要斥责她为何这样不负责任，想斥责她为什么一句话都没有就消失了七年。他想问她是否忘记了答应过要来找他，但他最想问的，其实是，她曾说心悦他，都是在骗他吗？否则为什么不来找他？可是话到嘴边，便只剩一声叹息。何必，她回来了就好，何必咄咄逼人，像个怨妇。

于是，他轻轻帮她捋着鬓边的发梢，疼惜地道："瘦了，你这些日子在外面，受苦了吧。"

秋离忍了那么久的眼泪终于夺眶而出，他才是瘦了的那个，他才是受苦的那个，他怎么能只字不提自己的过去，丝毫不对自己埋怨，只是道"这些日子在外面，受苦了吧"。

见秋离哭了，元辰的心立马软成一摊水，苛责的话再没有一句舍得说出口，轻轻为她擦了擦眼泪："都结束了，从今以后，你有我。"说罢，翻身上马，俯身伸出一只手，想要牵她。

他轻声道："走，我带你回家。"

回家……这个词让秋离有些愣神，她也是有家的吗？

见她不动，元辰脸上显出一丝失落。他的声音有些暗哑："为什么来了嬴国却不见我就走？"说罢，他长叹一口气，满脸了然，"阿离，我没有你想的那么脆弱……而你，是个懦夫……"

秋离微微一愣。是，她是懦夫。

她不敢去见他，因为不知道会留在他身边多久。如果终有分开的那一天，那不如不要开始。

没必要为了一时欢愉，换回头撕心裂肺的疼。

她害怕，她现在爱得深，将来便伤得深。

元辰再一次对她伸出手来："阿离，跟我回家。你若在，我照顾你；你若走，我不拦你。只要你在一天，我便想珍惜一天。"

夕阳的最后一抹余晖洒在元辰的指尖上，明亮而温暖。

秋离莫名地觉得这个场景有些熟悉，她想起在荆国二人被刺杀那次，他也是这样在马上伸出一只手来牵她。

还有那次在昭国，她跟刺客缠斗跌入泥潭，也是他伸手将她拽了出来。

秋离忽然意识到，原来，他曾不止一次伸手想要拉住无依无靠的她。原来，在不经意的年岁中，在被人遗忘的光阴里，他曾不止一次温暖过她。

她深吸一口气，终于鼓起勇气，下定决心，以后的伤痛都留给以后吧，这样的一双手，她实在忍不住去握住。

她伸手搭在他的手上，他立刻用力地握紧，轻轻一带，她便坐在了马前，他从后面拥着她的背，那种踏实的感觉，让她莫名感动得有些热泪盈眶。

原来，手一旦牵了，便想牵一辈子。

元辰的宅子在咸城最繁华的地段，闹中取静，从元府的大门踏进去后，便仿佛踏入了另一个世界。

院外熙熙攘攘，车水马龙；院内兰花幽幽，芳香阵阵。

入口的一处假山，九曲十八弯，仿佛一个迷宫，隔开了尘世的所有喧闹，假山上有些凹凸不平的石头上长了青苔，好似泼墨山水画上的点睛之笔。

秋离在马上坐久了腿有些麻，下马后身子稍微有些不稳，元辰见状二话不说地便将她横打抱起，从家门口一直抱着走到了内堂。一路上的小丫鬟、小侍卫们看了都掩着嘴笑，还窃窃私语，弄得秋离有些不好意思，让元辰放她下来，元辰却不以为意："他们以后，得习惯习惯了。"

秋离刚开始没明白元辰的话是什么意思，明白过来之后，脸又霍地烧红了。

元辰径直将秋离抱进侧厢卧房，丫鬟们个个很有眼力见儿地退了出去，还不忘记把门带上。

秋离挣扎着想要从他怀中跳下来，可是脚才刚落地，又被他拽回了怀中。

“阿离——”元辰的声音有些哑，“别动，让我抱一会儿。”

元辰的声音好听得仿佛一个定身咒，秋离一下子就僵住了，乖乖被他抱了好一阵，动也不敢动。

不知道等了多久，秋离觉得抱着他的人变成了一个大铁秤砣，压得她腰都要折了，刚想推开他，却听得肩头传来均匀的呼吸声，他……睡着了？

秋离小心翼翼地推了推元辰，只见他长长的睫毛安稳地垂在下眼睑上，果然是睡着了。

这个家伙，一定是累极了吧，竟然站着抱着她便睡着了。

秋离不忍心吵醒她，所幸他俩离床不远，她轻手轻脚地将他放到床上，将被子掖了掖，定定地盯着他的脸看了许久，看他纤长的睫毛微微颤抖着，那样好看。她想伸手碰碰他高挺的鼻梁，然而想想，还是不忍心吵醒他，只轻手轻脚地放下床上的帷帐，转身出门。

轻掩上门的时候，看到方泽低头跪在门外，她轻声问：“你跪在这里做什么？”

方泽低头道：“今日没有跟公子通报便烧了姑娘的信，跪在这里等公子责罚。”

秋离将食指放在嘴边，比了一个噤声的手势：“小点声，元辰睡下了。今天的事儿你也别放在心上，我会跟他解释的。”

方泽听到她的话，似乎有些惊讶：“你说，公子睡下了？”

秋离轻声应了一声：“嗯，难道有什么不妥？”

方泽愣了一下，摇摇头：“没有没有。只是原先夜里刺客多，公子一直睡得浅，方圆十米内若是有脚步声必定会惊醒，没想到姑娘在身边公子竟然能放心睡个踏实觉。”

秋离先是愣了一下，接着心疼了一下，然后便释然了，释然了之后还有些甜蜜，所以露出了淡淡的笑。

方泽不懂风月之事，被秋离这个笑弄得很是丈二和尚摸不着头脑。

秋离有点开心：“你跟我说说你家公子平时爱吃什么菜。”

“啊？”方泽完全没有跟上她的思路，只是木着脑子回答，“雪菜梅子鱼、鹅掌鸭信、酒酿清蒸鸭子、胭脂鹅脯、菜胆鸡鲍翅、水煮鳝片……”

秋离抚抚额：“呃，有没有家常一点的？”

方泽“哦”了一声，思索了一下：“元朗阁用的料都很讲究，厨子也是全咸城最好的，做的菜色都挺复杂的。”

秋离汗颜，有钱就是好啊。不过她还是不气馁：“你再想想，稍微常见点的？”

方泽使劲想了想：“那就酸笋鸡皮汤、山药糕、桂花羹、荔枝蜜饯，公子过于劳累，胃不好，最喜喝汤，尤其是温热的汤。”

“酸笋鸡皮汤、山药糕、桂花羹……”秋离默念了一遍，开心地向方泽比了个手势，“我去去就回。”

她要去厨房给他弄点吃的，看他累成这个样子，肯定没有好好吃东西。秋离想，自己没有什么别的本事，除了给司卿善后，就是做好吃的。前面这项技能应该此生不太会再用到了，但是后者可以继续好好练练。她虽然在西山不是个好厨子，但是到了嬴国想必还是拔尖的。

她想对元辰好一点，想要弥补这七年的光阴，能想到的第一件事，便是亲手给他做一顿好吃的。

自此长裙当垆笑，为君洗手作羹汤。

虽然元府上下都没见过秋离，可适才元辰抱着个美人回府的事情已经传遍了。这些年来自家公子一个姑娘都没往回领过，下人们已经开始猜测自家公子是不是……秋离这时出现，很及时。

于是，大家争相瞧一瞧这个姑娘究竟有多美。

当听说秋离去了厨房的时候，半个元府的小丫鬟们都呼啦地跑去了厨房附近看热闹，将门廊、走廊、过道，挤了个水泄不通，站不下的甚至坐进了米缸中，以至于秋离蓦地见到厨房有这么多打杂的人的时候吓了一跳。她没想到元辰竟是个这么奢侈的人，连厨房都有三四十个帮工，她想，以后得找个机会跟他好好说说，留上三四个勤快的就可以了，剩下的都可以遣了去。乱世中嘛，有银子也不是这么乱花的。

这样一想，她觉得自己还是很贤惠持家的。

只是可怜了一帮小丫鬟，挠破头也想不到，只不过看个热闹，竟然将工作看没了。

鸡肉切片，用盐和料酒在一旁煨好，锅烧热，加入酸笋、姜片、青椒翻炒，爆炒出香之后加入鸡肉翻炒，再加半锅水，用小火慢慢炖着。香味从锅盖下面溢出时，在旁边候着的厨房老妈妈看着秋离默默地咽了一口口水。

老妈妈在心里叹了句，乖乖哎，她做饭这么些年，扪心自问还没有服过谁，可是眼前的黄衣小姑娘不但饭做得香，那拿刀的姿势、切菜的模样，行云流水，不像是在做菜，而仿佛在画一幅泼墨山水画，那股惬意又自得的神情，她还没在第二个人身上看到过。

这个少夫人，她服。

约莫半个时辰，酸笋鸡皮汤、山药糕、桂花羹便都准备妥当。秋离刚想端去给元辰，一抬头，看到灶台周围围了一圈脑袋，一个两个睁大眼睛看着她，带着些馋意。秋离轻轻一笑，回头跟厨房老妈妈道："酸笋汤锅中还有不少，想必元辰一个人也喝不下，你可以端了去，跟大家分分。"

她话音刚落，厨房中传来一阵欢呼声。连她自己也没有想到，这一锅汤，就让她在元府三四十个小丫鬟心里坐稳了夫人的位置。

等她再回到厢房时，里面却没了元辰的影子。有个看门的大丫鬟在门口等着她，见她回来冲她福福身子："公子刚刚又被嬴王急召入宫中，让我跟姑娘说不要等他用膳了。"

秋离端着托盘的手僵了僵，垂眸道："好，我知道了，有劳了。"

她心中想，可能元辰对她多少有些怨气。毕竟她一去七年未归，刚重逢时可能会有些难以自已，但冷静下来之后，心中还是有些难以解开的结。

丫鬟又冲她福福身子：“奴叫阿如，公子吩咐这几日就由奴贴身照顾姑娘。”

秋离冲她回以礼貌的微笑，刚想转身离去，却忍不住问了一句：“阿如，嬴王经常连夜召他入宫吗？”他，不是刻意躲她吧？

阿如是元府最机灵的丫鬟，看秋离的眼神，便知道她心中所想。她对着秋离粲然一笑：“自然，嬴王日理万机，其中九千机，都是公子帮忙理的。”

秋离被阿如一句话逗笑：“也就只有元辰，能调教出你这么伶牙俐齿的小姑娘。”

此时日理万机的嬴王在宫中连打了两个喷嚏。他揉揉鼻子，看了李寺一眼：“你说，孤连打了两个喷嚏，是不是三哥在骂孤？”

李寺含胸低头答道：“有可能。元公子回府休息还不到两个时辰，又被大王急召而来。换作是我，我也要骂人。”

秦征跪坐在屋中草席上，玩着手中的茶杯：“孤也没办法啊。韦布虽然回了洛阳，但是六国纷纷递来橄榄枝，请他去做大夫，若他真的应了，那对孤来说，简直是心腹大患。不请三哥来商量个对策，孤寝食难安。”

秦征话音刚落，便听门外传来低沉的声音：“你寝食难安了，就得扰得我也寝食不安了才好是吧。”

听到这声音，秦征一下子从草席上跳了起来，迎了出去：“三哥你来了！”

从门外走进的蓝衣男子，正是元辰。他披星戴月赶来，蓝衣之上仿佛也披了一身的星辰，带着冷冽的气息扑面而来。

迎了一半，秦征突然停住了脚步，今天三哥好像有些不高兴，离着三步远就能感受到他周身怨念的气场。秦征愣了愣，原先他也半夜召过三哥进宫，从没见过他的脸这么沉。

“三哥……”他停在原地，怯怯地道。

元辰径直从他身边走过，蓝色的下襟一撩，自顾自地坐在草席上，看也不看他：“什么事儿非得大晚上说？”

秦征愣了，平时的三哥都是温婉如玉的，这么凶的三哥还是头一回见。他连忙给方泽使了个眼色："今儿是怎么了？"

方泽向秦征身侧挪了一步，压低声音道："没喝到酸笋鸡皮汤，公子不开心。"

哈？秦征愣了，酸笋鸡皮汤还不是随随便便就能吃到，至于发这么大脾气吗？于是他十分狗腿地吩咐厨房去盛一碗酸笋鸡皮汤来。

然而，元辰看到汤时脸色更差了，脸阴得仿佛下一刻就要下雨了。

秦征拽拽方泽的衣角："你靠不靠谱，三哥怎么更不高兴了？"

方泽也一脸茫然。

当然，方泽这个没经过风月的人不会懂，元辰想吃的，只是秋离亲手做的汤而已。

他虽然靠在秋离肩头小睡了片刻，但是秋离将他放在床上掖上被角的时候他就醒了，之所以接着装睡不过是想看看她会趁他睡着的时候做什么。偷跑吗？其实他有一点怕她再失踪一次，所以秋离掩门出去的时候，他打起万分精神听着门外的动静，听到秋离问方泽他爱吃什么要去厨房给他做的时候，他还是很惊喜的，便合着眼睛躺在床上等着心上人来给自己送吃的。天知道他自从七年前在街边看到她煮面时，就想吃她亲手做的饭了。

然而，等了半晌，饭没等到，只等到了一封嬴王宣他进宫的诏书，他能不火大吗？现在秦征摆一碗酸笋鸡皮汤在自己面前是什么意思，提醒他没吃到秋离亲手做的汤？他出门的时候都闻到香味儿了！

不过生气归生气，正事还是不能耽搁的。韦布虽然被除了官，可毕竟做了七年的摄政王，对秦征也算有扶持之功，在他胞弟秦蛟和祖母婳阳夫人把持朝政时，给了秦征巨大的支持。并且此人狡猾至极，虽然秦征心知韦布与此次廖皑谋反脱不开干系，怎奈韦布是个老狐狸，竟没能让秦征找到他的罪证。

若是没有实打实的罪证，便不能赐死，否则秦征落个迫害功臣、鸟尽弓藏的名声便难以服众了。只是，韦布此人一日不死，对于秦征来说，就是一日的隐患。

思来想去，处置此人最好的方法，就是恐吓。韦布此人极好面子，又极重名声，如果嬴王写封信骂他不忠不仁，定会使他羞愤交加，再加上一个合适的送信人，便可以逼得他自尽。

信不难写，可是送信的人不好找。得有一个人有足够的威信，让韦布对他恐惧，见到他便自觉再无生路，非死不可。

这个人，除了元辰，没有第二人选。

嬴王写好了信，元辰接了过来，连夜便带着方泽出发。

送元辰出门时，秦征脸上露出小孩子般的笑意："我就知道三哥最疼我了。"

元辰刚要迈出院子的脚突然又收了回来，回头看了秦征一眼，看得秦征打了个激灵："三……三哥，还有什么事儿吗？"

元辰将手中的信举了举："这封信送了，你得答应我一件事儿。"

秦征点头："三哥但说无妨。"

元辰正色道："以后不许再连夜下诏书找我进宫。"

秦征一愣，虽不明所以，不过还是狗腿地笑着答应了。

元辰一直绷着的脸这才有了些缓和的神色。他等的人回来了，从此他晚上的时间自然也有了更好的过法。他们之间已经蹉跎了七年，他不想再错过一分一秒了。

第七章 与君同

秋离睡觉到一半迷迷糊糊地觉得身前有人影晃动，努力睁开眼睛才见得来人正是元辰。

"你回来了。"

她想起身同他说句话却被他拦住："别起了，我马上要走。"

本来还没睡醒的秋离因元辰一个"走"字困意全无："去哪儿？"

元辰捋了捋秋离额角的细发："奉嬴王的命，我去河南传一封诏书，就算快马加鞭，也要三天后才能回来。"

秋离"嗯"了一声，心中有一点失落。才见到没多久，怎么又要分开？

还在惆怅，元辰突然轻轻捏住她的下巴往前一送，便在她嘴角留下一个吻。秋离蓦地将眼睛睁得溜圆。

然后，元辰轻轻地拍了拍她的头，对还在出神的秋离说："乖，等我回来。我要喝酸笋鸡皮汤。"

元辰走后好一阵，她还保持着那个下颌微微上扬被他亲吻的姿势，然后意犹未尽地舔了舔嘴角。她听力好，隐隐约约听到房外方泽道："公子不是说进宫前走得匆忙有东西忘了拿，特意绕路回来……"

元辰的声音中带着一点不易发觉的喜悦："拿完了。"

一句话听得秋离面红耳赤，极羞涩地将自己卷在被子里，打了个滚。

既然三天后元辰才回来，秋离想，那她不能只做酸笋鸡皮汤这么简单的小菜给他了，他那么辛苦，风尘仆仆地回来，她得做一桌大菜迎接他。

这样想着，秋离便拉上阿如上街采买。凡界的吃食好多和西山的不太一样，她拿手的几个菜凑不齐材料，只好随意买些市面上常见的，又打听元辰的口味，开发新菜式。

在厨房闷头发明了三天新菜色的结果就是不仅喂胖了厨子、厨娘和烧火的小丫头，连在墙角打洞的老鼠好似都胖了一圈，秋离很开心。她不在的这些年，他消瘦了许多。他掉下去的肉，她以后都要一口一口地亲手喂回来。

得了空，秋离也在府中转转，元辰着实是个有品位的人，院子布置得很清雅，深得她心。

新树叶成阴，动摇风景丽，盖覆庭院深。后院有大片的竹林，林子一角有一把藤条打的椅子，她累的时候便愿意蜷缩在藤椅中吹吹风，听听虫鸣。这个地方总会让她想起白泽的竹中屋。偶得幽闲境，遂忘尘俗心。始知真隐者，不必在山林。

大隐隐于世，便是如此了。

秋离不觉又感叹，她喜欢男人的品味，还真是一成不变。蓝衣服，一身书生气，家中有竹林。

她想不明白这种相似是幸还是不幸，但她不打算想了，她现在和他在一起很快乐，这就足够了。

这些天元府她差不多转了个遍，唯有一个院子，门外有两个小厮把守，她想要进去的时候便被拦了下来。秋离好奇地向里面瞅了半晌，结果小厮把院子门关得严严实实，她什么也看不到，便作罢了。

第三日，掐着时辰，秋离估摸着，元辰应该快回来了。

她将一桌菜张罗好，便趴在窗前等元辰回来，一边等，一边想要摆一个什么样的姿势才好看呢。

她第一次与他相逢，她美救英雄，在地上打滚打得很难看。

她第二次与他重逢，她路见不平，在泥里打滚打得很难看。

秋离仔细回忆着看过的为数不多的戏本子，那些美娇娘和公子哥都是怎么相遇的来着？

旖旎花解语，人面桃花相映红。

是了，秋离觉得，她需要一朵花来映衬一下。拿眼在院子中扫了扫，元辰这处院子并没有种很多花，唯有墙角一株梨花，开得正盛。

就是它了！

她要坐在梨花树上，对他盈盈一笑。她甚至已经在脑海里想好了那个画面，他顺着饭香进门，走到门口，找不到她的人影，自然而然地回头，便看到她一袭黄衣袅袅，坐在一树梨花之上，对他灿烂地笑。

秋离三步并作两步走到梨树下，琢磨着怎么爬上去才比较合适，刚爬到一半，身后突然传来元辰的声音：“你在树上做什么？”

吓得秋离脚一滑，从树上直直跌了下来。树上梨花纷纷落下。元辰一个箭步上前接住了她，两个人齐齐向后跌去，她跌在他身上，梨花落在他们肩头。

秋离愤懑，为什么每次她规划的剧本都不按套路演？

元辰眼中含笑地看着她，淡淡地道了一句：“真香。”

秋离努努嘴：“这梨花是挺香的。”

元辰诚恳地纠正：“饭香。我饿了。”

秋离打算从他身上爬起来给他盛饭，可是又被元辰抱住，跌回他身上，她皱皱眉：“不是饿了吗？”

元辰抱她抱得更紧了：“先抱一会儿，我还可以再饿一点儿。”

方泽领着嬴王的手诏走进院子的时候，看到的就是这样一幅景象：梨花铺满草地，草地上一袭蓝衣和一袭黄衣正若无旁人地相拥。

他有些尴尬：“咯咯……少儿不宜。”

元辰倒是毫不在乎，怀中抱着秋离，懒懒地撑起身子看他，眼神冷得似乎能结冰：“你以后得习惯进门的时候先敲门。”

方泽想翻白眼，是他们两个大敞着门躺在院子里，要他敲哪个的门？

他以前总觉得自家公子全心全意投在商铺经营和政事上的时候半丝红尘不沾没有什么人情味儿，太有距离感，秋离姑娘回来了之后，公子身上有点红尘气挺好的。然而现在他觉得公子已经红尘得快风尘了，这个势头还是得想办法打压一下。

方泽只好捂着眼睛举了举手上的手诏："嬴王有令，召姑娘进宫。"

元辰眉头微微一皱，"嗯"了一声："只召她一个人，没召我？"

方泽点头："可能没想到公子这么快就从河南回来了。毕竟一般往返至少要五天，我们这一路跑死了八匹马才能三天赶回来。"

元辰拂拂袖子，扶着秋离一同站起来，理理衣襟道："走，我陪你进宫。"

秋离拽拽元辰的袖子："我做了一大桌菜，又不吃了吗？很浪费粮食哎。反正嬴王没有召你，你在家吃，等我回来。"

他的兄弟背着他传他的女人，他能吃下饭去就怪了！元辰望了秋离一眼，不知道她是天真还是真傻，后来看了她一脸理所当然的模样觉得可能两者皆是吧。

他望着飘香的菜咬了咬牙："都给我装上，我要摆到阿征面前去吃！让他看着，馋死他！"嗯，敢背着他偷传他的女人，这笔账他要是不好好和他算算，这些年他的元朗阁就白开了。

天地良心，秦征虽然有偷传秋离入宫的意思，可半点坏心眼也没安，宫中故事的版本是这个样子的——

那天元辰的反常让秦征很是不解，按捺了两天还是按捺不住，便悄悄派人去查究竟发生了什么事能让元辰的脸色如此难看。由于元辰那天带秋离回府颇为招摇，以至于街头巷尾都传遍了，很快，消息传回，说元辰私藏了一个美娇娘。

这个消息传到宫中的时候，秦征正和李寺对坐饮茶，听到探子来报时，两人一口茶没喝下去全都喷到了对方的身上。那画面，让探子都不忍直视。

不过两个人的心思各异，秦征想的是，功夫不负有心人，居然真的让三哥找到了三嫂!

再然后，嬴王思索了许久，便有了这封诏书。

秦征知道那天惹得三哥不高兴，要想办法补救。他这个人年纪小，睥睨天下的能力还没有，优点是会来事儿，能将这帮翻手为云覆手为雨的人攥在手心里。所以他想着先将三嫂请来，回去好帮自己美言两句，可是没想到，诏书发下去没多久，大老远便闻见了一阵饭菜香。

他探头望出去，只见一袭蓝衣手中牵着一袭黄衣朝着自己宫内走来，蓝衣人冷着一张霜打过一样的冷脸。秦征用手一拍脑门，完了，这次马屁拍到马蹄子上了。

果然，进得门庭，元辰余光瞟见他就躲在屏风后面，也没有拆穿，装作没看见的样子，让手下的人直接将食盒中的饭菜摆好，旁若无人地吃了起来。

饭菜香味儿霎时间逸了一屋子，秦征被香味勾得咽了咽口水，心想他三哥这是又从哪里找来的厨子，他在嬴王宫还没闻过这么香的饭菜，回头得想个办法将这个厨子讨来。

为了厨子，他终于沉不住气，绕到了屏风之前，垂手乖觉地立在元辰旁边。然而元辰还是自顾自地吃，没有要理他的意思。

秋离眼尖，瞟见秦征的时候便在他身上感觉到了淡淡的龙气。她一愣，此人乃是帝女星选定的真命天龙，假以时日，必定统一天下。元辰果然没有看走眼，没有跟错人。

这样的发现使她有些欣喜，她忍不住偷看了元辰一眼，自己的男人果然有眼光。

元辰回以一笑。

秋离和元辰的这个小动作，没有逃过秦征的眼睛，他没话找话煞有介事地咂咂嘴：“这恩爱，都秀到我宫里来了。”

元辰不理他，自顾自吃得很香。

秦征再咂咂嘴：“这汤看起来就很好喝。”

元辰好似完全没有听懂他的言外之意，正经道：“这汤就是很好喝。”

说罢，将碗端起来喝了个底朝天，一滴不剩。

秦征只好再舔舔快要流到嘴边的口水。

他看着元辰面前的饭菜一脸艳羡：“三哥你常说福气占得多了会折寿。你得了三嫂这么个美人，把你家这个厉害厨子让给我呗，天下事不能两全，要不然你吃胖了会被三嫂嫌弃……”

一句话还没说完就觉得殿内空气霎时间冷了一度，他不解地抬头看向元辰，只觉得他三哥的脸又冷了一分，身后的方泽一直给他使眼神，往饭菜上瞟瞟，再往秋离身上瞟瞟。

秦征只觉得头大，完了，马屁又拍在马蹄子上了。

好歹秦征生了一张甜嘴，总是能把一桩搞砸的事情再圆回来，于是煞有介事地对着秋离叹道：“果然是世间少有的美女，怪不得能逼三哥吐了一口血。”

秋离好奇心被挑起来，撂下筷子：“吐了一口血，是什么意思？”

秦征等的就是这个好奇心，元辰果不其然扫了他一眼，他连忙装作被元辰吓到的样子，摆摆手：“三哥不让我说，我可不敢说。”

秋离自是不依：“说吧说吧，我在这儿他不能把你怎么样的。”

有人撑腰，秦征的腰板便挺得直了，看了元辰一眼，故作神秘道：“你可知，我三哥今年二十有七，却还没有成家，全咸城的媒婆都要踏破元朗阁的大门了？”秦征还想再夸张地谈谈全咸城的媒婆是如何追着元辰跑的，只听身侧元辰轻咳了一声，便将话头收了回来，“别人说的亲他皆可不放在心上，可是二哥的表妹，不能不好好应付一下。”

秋离这些日子从阿如的口中得知了一些元辰的旧事。元辰小时候在昭国有几个很要好的玩伴，秦征是一个，这个二哥李靖，是另一个。

李靖从小醉心武学，是嬴国第一大杀手组织的头目，给元辰提供了手下能调动的大部分杀手和一半左右的消息来源。

机缘巧合下，李靖的远房表妹在街上遇见了元辰。元辰一直有一张非常招桃花的脸，这个“表妹”就是一朵不例外的桃花，回家之后便嚷嚷着非元辰不嫁。“表妹”的父亲被闹得没了办法，听说李靖和元辰有些交情，便拖着他一起登门造访。

若是别人，元辰定是沉着一张脸应付都懒得应付，不过二哥亲自上门，还是要给几分面子的。

于是，元辰让下人给二位上茶，掐准了两人快等得不耐烦了，再慢慢地从屋子里被人搀扶着踱步出来，一副弱不禁风的样子。

元辰给两人问好，热情地寒暄。他言语上十分客气，礼数周到，只是面色苍白，说话有气无力，每说几句话便要顿一顿，咳一咳，后来咳得厉害了，还“哇”的一声吐出一口血来，将李靖的远房亲戚吓了一跳。

而他一副已经习惯了的样子，接过下人递来的绢丝手帕，然后抱拳李靖的远房亲戚赔礼道：“小侄幼年时期被人追杀，身子骨弱了一点，不过不碍事。希望您不要见怪。”

李靖的远房亲戚脸当时就白了，哪有当父亲的想把女儿嫁给一个病秧子的，于是赶紧告辞，从元府出去还没等转过一条街，李靖的远房亲戚便拉着李靖，让他回去一定劝劝表妹，不能嫁给一个病秧子，否则后半辈子就毁了。

无巧不成书，李靖的远房亲戚话音刚落，回头便看见元辰站在街角，含笑看着他。李靖的远房亲戚一脸尴尬，估摸这个距离方才自己的话肯定一字不差地落在元辰耳朵里了。可是元辰是个涵养好的，表面上不愠不恼，好似没听见一般，依旧客气道：“方才备了两盒好茶，忘记给您带上，特地送出来。”

李靖的远房亲戚尴尬得脸上一阵红一阵白，只好厚起脸皮来，拍拍元辰的肩说：“可惜啊可惜，这么好的少年，就是这身子，喀喀……好好调养。”

秦征一边给秋离讲，一边笑：“你不知道，二哥给我讲这个故事的时候，说三哥一脸不能和表叔结亲家的惋惜，实力派演技看得他站在旁边都快要憋不住笑出声了……”

元辰自然是故意的，他就是要李靖的远房亲戚尴尬，话都说到这个份儿上了，即使他以后知道元辰是装病，也不好再回去找元辰娶自己的女儿了，要不然脸皮得有多厚。

秋离有些担心地看着元辰："那么大一口血怎么来的？咬舌头？疼不疼？"

秦征不以为意："哼，你可小看我三哥了，他怎么可能吃这种亏？不过就是含了一口牛血在嘴里，找合适的时间吐出来罢了。"

见秋离听得入神，秦征甚是得意，想继续讲下去，却被元辰打断了。

元辰脸色突然变得阴沉，看不出喜怒，只是突然抓过秋离的手，跟秦征告辞："人你也见过了，时候不早了，我们就先走了。"

元辰的脚步极快，不等秋离反应过来，就被他拉着走出大殿了。

"喂。"秦征快步追出来，"美人嫂嫂，三哥生寡人的气了，你记得要帮寡人说句好话啊！"

秋离被秦征这声"嫂嫂"喊得脸有些红，可是看着元辰沉着一张脸，没有要说话的意思，也不知道该说什么。

转眼就回到了元朗阁。秋离刚想回房，却被元辰喊住："阿离，我想带你去个地方。"

秋离点头。

在元朗阁的南苑，有一间三进的小院。正是那间她想去却被拦住没去成的小院。没想到，今日元辰主动将她带来。

院子正中是个池塘，水面上漂着白色的睡莲。虽不是接天莲叶，可风光让她想起西山的婆罗池。

秋离正看着风景出神，元辰突然开口道："我回嬴国第一年，在元朗阁置办了这个院子，因为惦记着你说要来，所以备下了个地方给你落脚。"他蹲下，双手在树根下刨了刨，刨出两坛好酒，"你上次在昭国跟我说酒难喝，我回来就花重金从芙蓉楼买了两坛好酒埋在这里，等你来喝。怕人来来往往把坛子踩碎了，便干脆封了院子，不让人进来。过去了这么久，差一点就忘了当初为什么要封院子了。"他的眼神落在极远处，"今天被阿征提醒才想起来，人啊，有的时候走得太久，就不记得当初为什么要启程了。”

然后，他牵着她走到池塘旁边，两人在一处青石板上坐下。元辰将一坛酒递到秋离手上，两人也不讲究，一人一坛对着坛口便喝。

喝得酣畅淋漓，元辰帮她擦擦嘴角：“这个味道怎样？”

喝过赤言酿的酒，哪还有别人家的酒能入口？不过秋离不忍打击他的积极性，认真品了品。白酒过喉，喝的时候不觉得呛，下肚了觉得嗓子火辣辣地烧着，是好酒，带着上了年头的香醇可口，已是人间难得的美味。

她一饮而尽：“好酒。喝君一壶酒，欠君一诺。有什么想要的，我都满足。”

元辰的眸子中有什么东西闪了闪，然而又压了下去。他仰头看着天，转了话题：“第二年，我命人在院中修了这个池塘。我记得你说你的家乡就是这样，所以我想让你宾至如归，这样你来了，可能就不想走了。”

元辰声音一顿，忽而带了一丝喑哑：“第三年，我遇刺差点去见阎王，也是那个时候，我听说了你可能不在人世间的消息。”他的声音变得很轻，仿佛是在害怕，“我找了那么那么久，求二哥出动了他手下所有的人找了半年，都没有任何消息……”

秋离咬咬嘴唇，每次听到这里，她都觉得对不起他。虽然她有她的苦衷，可是于他而言，她就是一下子消失了七年。

她喃喃道：“元公子，对不起……”她借着酒意大着胆子将头靠在他的肩上，“我也没想到耽搁了这么久。我不是故意让你等这么久的……”她犹豫着要不要将魔界的事情告诉他，可是一耽搁，趁说话的间隙，元辰突然将她打横抱起，她这话头便又断了。

他抱着她，走进西侧的厢房。

厢房布置得素雅，正对门的红木桌台上，放了两个藤编坐垫，中间的小几上摆着黑白子的残局，还是那年他二人未下完的那盘棋，像是静等着人归来，才能得一圆满。

左手的隔间用一串珠帘隔开，元辰轻轻撩开珠帘，七彩玉珠碰撞，声音清脆悦耳。空旷的小室内只摆了一个檀木衣架，架着一身大红的嫁衣，金饰的凤冠上凤凰雕刻得栩栩如生。

夕阳的余光打在红衣上，仿佛镀了一层金，闪闪发光。

元辰垂眸看着怀里的她，道："于是，第四年，我请了最好的绣娘，花了一整年的工夫做了这身嫁衣。"元辰的声音越发暗哑，"或许失去后才懂得自己最想要什么。我不知道你什么时候才会回来，但我想，若是有生之年还能等到你回来，我一定要为你穿上这身嫁衣，娶你回家。"

秋离一愣。

元辰声音低沉地道："你曾问我，为什么嬴王如此信任我，亲政后却没有封我个一官半职。那是因为我和阿征有个约定，我助他一统天下，他许我一生自由。如果是朝中之臣，那婚姻之事便会沦为政治筹码，身不由己；如果只是内府门客，那便可以随我心意，等不到你，我便终身不娶。"

这一番话，说得秋离心跳怦然加快，不能自已。

她抚摸嫁衣，不觉眼角有些湿润："傻瓜，你准备了这么多东西，就不怕——"

一句话未完，被元辰轻声打断："就不怕你不回来？就不怕你回来的时候已经成家？就不怕你回来的时候已经忘记了我是谁？"

秋离低头，他说的话，她无法反驳。

元辰的声音像珠子断了线落在玉盘上，轻轻地、脆脆地，执着又无可奈何，他的手轻轻抚在霞帔之上，那么轻柔，仿佛在摸着一件易碎的稀世珍宝："怕，怎么不怕？可是——"他话锋一转，低头看着她，"那又怎样呢？"

秋离一愣，看向他，正好对上他深沉的眼眸，可那又怎样呢？他的语气那么温柔，听上去却叫人疼得心肝肺一起碎了："心都给了你，我还能怎么样？"元辰嘴角扯出一个苦涩的笑，"你说会来，我便会等。承君一诺，等君一生。我本来是有点生你气的，阿离，你一走就是这么久，你怎么能这么狠心，七年音信全无。我原本想跟你置气的……可是今天阿征提醒了我，我七年间做了那么多事情，都是为了等你回来和你成亲，你现在回来了，我又为什么要和你置气呢？”

“阿离。”元辰温柔地唤她，“我要食言了。当初在咸城门口，我说你想留便留，想走便走，我给你自由。可事实是，我想把你圈在我身边，一生一世，每天醒来就要看到你，每天吃饭桌旁有你，再也不叫你离开。阿离，这袭嫁衣，你为我穿上可好？今生今世，我们白头到老，可好？”

元辰将木架上的凤冠取下，戴到她头上，低沉而温柔地道：“阿离，嫁我可好？”

秋离愣在原地久久说不出话来。她还有什么可说的呢？她想要找一个与她心心相印，对她不离不弃之人，这人现在出现在她面前，她没有不珍惜的道理。

“好。元……”

听得她这声“好”，对面的人激动地在她唇上印下一个吻，将她的话堵在嘴里。

她耳边是他温柔的声音：“元什么，公子？”

秋离勾起了嘴角，忍不住调皮了一下：“相公。”

她这句话出口，蓦地感觉抱着她的人身子一震。他的手轻抚上她的脸：“喏，是你要玩火的。”

还没等她反应过来，他便将她横打抱起，快步穿过珠帘，径直走进对面的卧房，掀开重重锦缎织就的帷帐，两人一同倒在柔软的锦被之中。

秋离觉得整张脸都火辣辣地烧了起来：“你你你……你要……”她想问他要做什么，却又猜得到他要做什么，所以变得不好意思开口，支支吾吾了几句，却说不成句子。

元辰的头埋在她的肩头细细地吻着，竟听懂了她支离破碎的句子，闷闷地“嗯”了一声，然后说：“总归是要做夫妻的。”

见她不说话，他深吸了两口气：“不过如果你不愿意，我也可以等到我们成亲的时候。”元辰用肘将自己的身子支起来，可是支到一半，见她不说话，大眼睛望着他眨啊眨，又停住了，“可能我也等不及了。”

元辰一双眸子落在秋离身上等她回话。秋离看着他，心中有种难以言说的感觉，好像蚂蚁在爬，有些痒，却又不知道抓哪里，只觉得喜悦。她不说话，是因为看他看得太入神了。眼前人眉清目秀，眼角眉梢都顺眼，挺立的鼻子，圆润的嘴唇，越看越让她心生欢喜。

她想，人的一生，能遇到个真心喜欢自己的人本就不易，恰巧这个人自己也喜欢，还顺眼，那概率更是微乎其微。现在这个人被她碰上了，就说明老天没有亏待她，虽然她前半生过得清苦了一点，遇见了几个不靠谱的人，但是现在遇到元辰，她觉得那些清苦算不上清苦了。

这样想着，她忍不住用手去勾勒他嘴唇的轮廓。哎，这个人怎么能生得这么好看，她在心中轻叹。她沉浸自己的小世界里，完全没有听到元辰在问她什么，只觉得她摸他嘴唇的时候他愣了一下，然后眼眸中有什么亮了亮，声音有些轻快：“我就当你同意了。”

嗯，她同意什么了？没待她问，便被封住了口，他的气息她在唇齿间游走，她有些痒，便张口咬他。

元辰被她咬笑了：“阿离，你这样调皮。”

她笑笑，又咬住他的唇。元辰也不计较，任她咬。空气中有一股暧昧的气息滋生。只是，就在此刻，秋离听到房顶有窸窸窣窣的脚步声传来。

非常非常轻的脚步声，秋离一度觉得自己是因为太紧张听错了。可是隔了片刻，又听到了脚步声。若不是她耳力好，绝对听不到，而且听声音，不止一人，来人定是故意掩盖自己的行踪。来者不善。

她还在考虑怎么告诉元辰才不会显得太突兀，然而元辰解她外衣的手忽然停了一下，然后将外衫给她系上。他这些年来遇到的刺客多了，若是连这都听不到，早不知道死了多少回。他在唇边比出了一个噤声的手势，神色有些恼：“这帮浑蛋，真会挑时间。”

南苑被元辰设为禁地，所以平常鲜有人来巡逻。想必是元朗阁中有谁的眼线，听说元辰只带着她进了南苑，便迫不及待地派了杀手来。

秋离摩拳擦掌隐隐有些兴奋，好久不打架了，手痒。而且终于有机会让她保护元辰了，她觉得欠了他那么多，能有一次报答的机会也是好的。

元辰本来还想安慰她说别怕，方泽的护卫还是很周全的，只要他们保持安静，半盏茶的工夫，护卫就可以赶到了。然而低头看到她跃跃欲试的眸子，想起自家娘子是个艺高人胆大的主，估计这帮刺客今天要倒大霉了，便转而做了个“请”的手势，有些幸灾乐祸。

秋离从榻上一跃而起，出门之前不忘回头调戏元辰一下，她附到他耳边，用气声说：“数到十，等我回来。”

元辰衣衫已经有些散乱了，他听话地从身旁拽来锦被将自己裹起来，没有要下床的意思，乖觉地对她点点头。

秋离很是满意。

“一。”元辰一手玩着头发，一面轻轻数起来。

秋离拉开雕花大门便出了去，足尖轻点翻身一跃上了房顶。

“二。”

刀剑相击，叮叮当当的声音。

“三。”

有几个黑衣人负伤从房顶上跌了下来。

…………

“九。”

最后一个黑衣人痛苦惊呼着从房顶跌了下来，房顶再没恼人的脚步声。

“十。”

随着元辰最后一声数完，秋离拍拍手掸掸身上的灰，从房顶跃下稳稳地落到院子里，回头对坐在床上的元辰嫣然一笑：“怎么样，我说十下，就是十下，是不是很厉害？”她扬着头，一副求表扬的模样。

元辰大半个身子笼在阴影里，他抬手点亮床边的蜡烛，含笑看着她，轻轻道：“很厉害呢。”

方泽带着护卫冲进南苑的时候，看到的就是这番场景，秋离一袭黄衣立于满院的刺客尸体之中，他家主子就懒懒地坐在床头点蜡烛！

这这这——

方泽有些凌乱。

主子明明是很厉害的，千军万马压境面不改色，怎么这次几个小刺客就躲在女人的身后呢？

他和元辰直来直去惯了，心中诧异，便直接说了出来：“公子，你怎么吃软饭吃得这么理所应当呢？”

秋离忙想解释一下是自己要主动冲在前面的，却被元辰不以为意地打断了：“有软饭吃，是件很幸福的事。”

“咣当咣当——”院子里的剑落了一地，所有护卫都愣了，没想到自家公子平时那么冷面的人秀起恩爱来杀人不见血。

元辰对护卫们的诧异视而不见，对着秋离招招手：“阿离，来。”

秋离从善如流地走进房间。

看着在院子里发愣的护卫，元辰沉了脸：“出去的时候记着带上门。”

一院子的护卫这才恍然大悟捡起剑争相往外退，方泽是最后一个回神的，他几乎是被别人拖出去的。被拖着的时候他还有些不忿。喂，他还有话问主子呢，你们拽什么拽……

门被掩上那一刻，秋离被拖进一个怀抱，她头枕在结实的胸膛上，觉得很安心。

“阿离。”他将她紧紧拥在怀中，轻轻落下一吻，“吾心悦你。”

秋离心中一荡，头埋在他的胸膛，听得那心脏一下一下有力地跳动：“吾心亦悦你。”

他低下头，在她额上落下轻轻一吻，她身子因他温柔的触感轻轻一震，烧红了脸。她隐隐知道接下来要发生什么，她和司卿偷看戏本子的时候，那段经常被赤言抢去撕掉，尽管如此，她也曾窥见过其中一二。

春宵帐暖，自是一夜无眠。

天微微亮的时候，秋离枕在元辰的胸口上，他把玩着她的头发，她轻轻摸着他胸前一道道伤疤，有些心疼。

元辰把她的手按在胸口，在她脸上吻了一口："别乱摸，痒。"

他略带沙哑的声音，尾音拉长向上挑，秋离一下子就听出了弦外之音，脸就红了。

她闭闭眼，折腾了一夜，有些累，困意上头，灵台也变得不清明起来，喃喃道："有我在，以后你的身上不会再添一道疤了，我会护你周全的。"

睡去之前，她只觉得他抱她更紧了，声音从一个遥远的地方似有似无地传来，也不知道是不是她的幻听："傻丫头，娶妻是用来疼的，哪有每次都是你冲在前面的道理，以后自然还是我护着你。"

元朗阁很快变得喜气洋洋，大红灯笼高高挂起，喜事将近。元辰带着秋离进宫去找嬴王赐婚。

老王家的二姑娘和老张家的三姑娘掐了七年，就为了争元辰可能喜欢谁多一点，闹得不可开交。原先元辰一直未娶，二人便都还有幻想的可能，如今听说元辰娶妻，小心肝真是碎了一地。

自然，这也只是千千万万因为元辰娶亲愁断肠的女子中的两个而已。咸城上下的女子听说七年不近女色的元辰向嬴王请旨赐婚，哭得肠子都要断了。秦宫中女子更多，哭声更大，吵得人头疼。

元辰带着秋离进宫向嬴王讨一道赐婚的圣旨，一进大殿，秋离便十分天真地问秦征："你家是不是死人了，怎么这么多人哭？"

秦征本就被哭声震得头疼，被秋离这么一问，头更疼。

关于赐婚，嬴王自然没有不应的道理，他盼元辰成家已经盼了许久。只是故作老成地摸着下巴道："寡人得给三哥挑个黄道吉日啊。三哥三嫂白头偕老，永不分离才好。”

元辰负手站在大殿上应和：“那是得慎重点挑。”

秦征见他认可，有些高兴，将占星官招来，翻着册子挑日子。占星官亦不敢马虎，捋着长长的白胡须认真地挑着：“依老臣之见，最近的吉日在明年二月初六，下一个，是明年十一月二十一，再下一个……”

元辰轻飘飘道了声：“仔细看看，有没有看漏……”

占星官有些疑惑，将册子翻来翻去：“没有啊，最近的就是明年二月。”

秋离有些泄气，明年二月，还有大半年呢。

元辰感觉到了她微微的不悦，将握在手心中的手轻轻拍了拍，示意她放宽心，然后上前一步，冲占星官礼貌地作揖道：“不知这册子可否借元某一看。”

占星官一愣，不知道他要这册子为何，只知道他是嬴王跟前的红人，得罪不起，便恭恭敬敬地将册子递给他：“公子请过目。”

那册子上画的是各种各样复杂的符号，秋离探头过去，发现自己完全看不懂，再侧头去看元辰，好似看得津津有味，只见他指着某一页诚恳地问占星官：“哎，难道明天不是一个好日子吗？”

占星官被他问愣了：“明天，不是啊……”

秋离不知道原来打断别人的话也可以如此彬彬有礼，反正元辰是做到了，他再将册子诚恳地往占星官面前递了递，沉了沉声：“您再仔细看看。”

占星官一把年纪，闻弦歌而知雅意：“哦哦，方才老臣看漏了，明天，好像也是个不错的日子……”伸手抹了抹额头，这个元公子，竟是个说瞎话脸不红心不跳的人。

秦征自然知道是怎么一回事儿，一脸黑线。三哥你用不用这样，本来是个挺沉稳的人，娶个老婆怎么这么心急？他道：“成亲这么大的事情，三哥不要多准备准备？仓促了可不好。”

旁边方泽特别没有眼力见儿地插话：“不仓促、不仓促，我家公子已经准备了七年。”

只有秋离一个人在心底感叹，还是自家相公厉害，这占星官看不出来的吉日他都能看出来。

总归元辰兴冲冲地领了成亲的圣旨拉着秋离出宫去了，留下秦征一个人在宫里长吁短叹。

待元辰走得看不到影子了，那占星官才冲秦征行了个礼：“老臣有句话，不知当说不当说。”

秦征挥了挥袖子：“背着我三哥说的估计都不是什么好话，还是不说了吧。”

老人家没想到被秦征这样噎了回来，一句话本来到了嗓子眼又生生地压了下来，一下子脸涨得通红，忍了忍，又忍了忍，还是没忍住，拱拱手道：“恕老臣多一句嘴，秋姑娘和元公子星轨不合，秋姑娘命中带煞，恐元公子日后会因她而死。王上若是器重元公子，应当早作打算……”

什么打算，他适时地闭了嘴，可是意思那么明显。

秦征被宫中宫娥哭得一个头两个大，他揉揉太阳穴：“哦？你算得那么准，那你帮孤看看，孤什么时候能统一天下？”

占星官愣住了，这种话，他怎么敢乱说，找了个由头溜了。

秦征一句话把占星官挤对走了。他兀自笑笑，三哥那样看重三嫂，为了她七年不娶，星轨不和算什么？若是不让他们在一起，才是直接要了他的命。

大婚前夜，元辰将秋离安置在了自家的一座别院，让她从别院出嫁，还安排了几个得力的丫鬟和一个喜婆第二天帮她梳妆。秋离有些不解，让他不要搞这些，她不在乎的。

她知道这样一来不止是费事而已，平时盯着元辰的刺客那么多，肯定都等着大婚这日动手呢。他迎亲的路那么长，是刺客埋伏的好机会。

元辰在她额头上轻轻一吻：“可是我在乎啊。”

秋离还想说什么，被方泽打断了：“姑娘，我家公子已经把二公子手下的三千暗卫悉数调来，就为了明天保护你们，公子花了这么大手笔，你就让他嘚瑟一下姑娘以后是他的人了吧。”

阿如玩笑道：“方护卫可说错了，公子是为了向全咸城宣告他是姑娘的人了，叫路边那些抛木瓜、李子的莺莺燕燕心思能收就收了。”

元辰抛给阿如一个“孺子可教”的眼神，秋离脸一红，没了言语。如此一来，此事便没有了异议。

秋离出嫁的队伍浩浩荡荡，十里红妆。

元辰穿过大半个咸城，将秋离迎上花轿。锣鼓喧天，道路两旁的少女心也碎了一地。婚礼有多喜庆，少女心碎得就有多彻底。秋离沿路撩起轿帘往外看看，喜庆的唢呐声和少女的哭声形成了鲜明的对比，不断地有少女扑到路中央被人拦下，要不就是还在扑的路上自己哭晕了过去。见此情景，秋离才觉得，元辰这个决定，做得还是很在理的。这些不该落在她相公身上的视线，就是应该清一清。

宫中的王公大臣多半来观礼，秋离一个人坐在新房中等着元辰掀盖头。她听着外面热热闹闹的声音，忽而觉得有些遗憾。

她出嫁这么大的事儿，身边竟没有一个朋友在，有些伤感。掰着手指细数，如果真要请，请谁呢？数来数去只数到了司卿和赤言二人，又觉得自己万八千年都白活了，知心的朋友没几个。

或许是小时被执夙欺负孤立怕了，秋离最想要的，便是一个不离不弃的朋友。前半生，她何其有幸，遇到了司卿。可惜，她叹口气，以后想与司卿再见恐怕难了。不过所幸，后半生，她遇到了元辰，一个愿意把她捧在手心里，愿意等她护她的人，除了和此人白头到老，她此生没有其他心愿了。

其实只要有他在，她便什么都有了。

正在出神之际，门被人推开，她惊讶怎么元辰这么快就回来了，抬头望去，瞧见萧谆搀着醉酒的元辰进门。

秋离讶异：“萧……堂哥，你怎么来了？”

萧谆理所应当："好歹我是你世上唯一的亲人了，你成亲这么大的事儿，我怎么能不来？"

秋离有些汗颜，还真是这么个理。离开凡界太久，她都忘了他在凡界还有这么一个名义上的亲戚，以至于成亲这件事儿都忘记通知他一声，实在有些过意不去。

只听萧谆咬咬牙："前日我收到元辰的拜帖，他说你们要成亲，让我务必赶上送你一程。收到他的拜帖我收拾了你的嫁妆紧赶慢赶，谁料想还是没赶上看拜堂成亲。元辰怎么这么心急，谁家昨天下拜帖，今天就成亲的！"他磨磨牙，"所以……我只好来闹洞房了。"

秋离有些羞赧："那也是为了赶吉时啊，今天是半年内唯一的吉日。"

萧谆呸了一声："哪个说今天是吉日的，占星官眼瞎了吧……"话还没说完，正巧方泽巡视经过这里，便直接将萧谆架出去了。

当萧谆骂骂咧咧的声音飘远了之后，秋离扶过元辰："谢谢你还想着将堂哥请来……"

元辰脸颊微红："我怕你会寂寞，哪个新娘子出嫁，不想身边有个亲人。"他这话让秋离心中一动，可能是微微有些酒意，他本就白玉无瑕的肌肤染上了一层红晕，显得更加生动，让秋离忍不住想一口咬下去。

元辰搂着她一头栽到了床上。秋离趴在他胸口，轻声问："这么快就回来了？我以为他们好不容易有机会定要灌你酒的。"

他喃喃地说："怎么没人灌？只不过我偷跑了，我想你。"酒意上头，他微微眯起眼睛，"我，我想你，于是，我就偷跑回来……找你……"

他打着酒嗝，说话略略有点不利索。

秋离觉得他醉酒的样子有些可爱，故意逗他："找我做什么？"

元辰忽而翻身将她压在床上，眼神依旧迷离："找你、找你做什么来着？"

因离得近了，元辰身上的酒气呼吸之间尽数传到秋离鼻尖，混着元辰特有的气息，让她有点贪恋地多闻了两下。

沉默了片刻，元辰眼睛一下子睁开："啊，我想起来了，我来找阿离入洞房。"

秋离无奈，这个事儿，要想这么久吗？

他将要吻住她的时候，秋离用自己仅剩的理智推开了他："等……等一下。"

元辰迷离的眸子看着她不明所以："怎么了？"

秋离想，既然从此以后就是夫妻了，便不该再有秘密，自己的身份来历他虽从来没问过，自己也是时候该解释一下："阿辰，有件事儿，我想跟你交代一下。"

元辰顿了一下："多大的事儿，还用得上交代？"

秋离被他压着，姿势有些别扭，有些难为情地将头扭到一边："关于、关于我的身份。"

元辰"嗯"了一声，眼睛里酒意浮浮沉沉，等着她的下文。

秋离话到嘴边了，却有些不好意思说了。看了一眼元辰，见他目光灼灼地望着自己，她便又鼓起勇气："其实……我不是人……我是西山的一个小仙娥……"

元辰继续"嗯"了一声，秋离睁大眼睛看他："你不惊讶？"

元辰思忖了一下："你七年来样貌分毫未变，怎么想也不能是凡人。"

这回惊讶的变成秋离了，她因为自己身份的问题纠结很久不知道该怎么和元辰开口，没想到人家早就猜出来了，有些说不出的气馁，她嘟着嘴："喂，你好歹给个面子惊讶一下吧。"

醉酒的元辰十分配合，张大嘴，像个小孩子一样："哇，我居然娶到个仙娥做妻子。"

秋离这才有些满意地点点头："我的原身是西山的一棵丹木树，得神尊照拂以五色泉水灌溉得以修成人形。我听说太上老君那里有凡人吃了可以飞升的仙丹，回头有机会，我去找他讨一颗，这样我们才可以长长久久，白头到老。”

元辰的呼吸打在秋离的脖颈儿上，声音中带着浅浅的笑意：“那我还真是托了夫人的福。”

听得“夫人”二字，秋离触电似的抖了抖，声音软软的：“其实也不好。我从小到大都被说是死心眼，认准了的事儿九头牛也拉不回来。现在我认准了你，你便只能跟我绑在一起，再不能有别人。而生活难免有变数，若是以后你不喜欢我了，还要同我在一起，那长命不死可能就不是一种福气而是一种折磨了。”

元辰似乎不解：“怎么会有别人呢？”

秋离顺着他的话认真地思考，托腮道：“万一以后……”

元辰在腰间轻拧了她一下，有些生气似的：“你还真想，咱俩大喜的日子，你就想我和别人在一起……”说着左手牢牢地拉过秋离，寻着她的嘴，低笑着咬了一口，“咬死你个小没良心的。”

这一口虽咬得不疼，但秋离觉得自己被这口咬得亏，是他问的所以她才认真地思考的，明明是他给她下了个套，还被他白白占这个便宜。她预备咬回去，可是牙齿碰到元辰的唇，却变成了两相纠缠。

唇齿相交的片刻，浑身一麻。社前新燕子，帘幕效双飞。已结同心约，蹁跹入翠帏。

一夜旖旎缠绵之后，秋离靠在元辰的怀中，晕晕欲睡。只觉他在身侧把玩着她的头发，不知道在想些什么，在快要睡着之际，她才隐隐约约听到他的声音：“傻丫头，其实你是谁，来自哪里，我都不在乎。我在乎的，是我们在一起。我这个人也是死脑筋，认准的事情便要一世认下去，我们凑一对，挺好的……”

婚后的这些日子里，秋离跟着元辰学了一句词：林花谢了春红，太匆匆。

她虽没有什么才情，不懂得诗句的原意，可是这确实是她生活的真实写照。

她与元辰刚成亲那几日，枝头上还有春意，一眨眼睛，花儿便都谢了。

大抵好的东西总让人沉醉，恍然回头，总觉太短。一晃之间，已经过去了月余。

时光果然匆匆。

她这些天跟着元辰在王城各处混得有滋有味，生活被安排得极好。每天日头刚升起元辰便拉着她出门去，玩到天色沉了才回来，极大地满足了她的玩心。

虽然各国间战火四起，可是咸城还算太平，她也终于见着了凡界繁华，非常满足。

而所有的活动之中，元辰最爱的，便是垂钓。当然，他也很为秋离考虑，怕她无聊，除了钓具，他还备了各种秋离喜欢的小食。他钓鱼，她便在一旁看着，一面吃小食，一面看风景。当然有时玩性上来，看那鱼儿要上钩，她便拿出玉笛来吹奏一曲，将鱼吓跑，然后调皮地看着他。元辰也不恼，兀自收了鱼竿，将她揽到怀里。秋离脸通红，扑通跳进湖里给他抓鱼。

因着元辰不爱吵闹，所以他二人游船之时，元辰便将整个湖面的游船都包了下来，挑了一艘最好的供他二人乘，其他的船家都拿了银子回家了，所以他说些没皮没脸的话，秋离也就默许了，反正没人能听到。

她其实还想和元辰多歇上几日，可是秦征那厢每日打发三四个人来三催四请，每个小太监都苦着个脸，堵在府门口，哀怨地道："元大人啊，王上在对昭国的战争中接连失利，在王宫里愁得头发都要拽没了，您可快去看看他吧。"

元辰搂着秋离不以为意："跟他说了先打韩国，昭国得再等等，他不信，偏要信那个只会空口说白话的韩斐，小孩子就得吃些亏才能长记性。"

太监哭丧个脸："这个亏吃了嬴国十五万兵力，是不是吃得有些大了……"

秋离本来和元辰游山玩水的心在听到“十五万”三个字后便全收了，听元辰讲，嬴国有足够的实力可以同五国开战，一一歼灭之。只是在方案的选取上，他与秦征产生了分歧。元辰主张从离嬴国近的韩、晏入手，远交近攻，一点点稳固自己实力；与此同时，韩国派来公子斐对秦征进行游说，说秦征应该从离得远的荆、昭入手，若是荆、昭二国攻下，则韩晏自动臣服，不战而屈人之兵，才是上策。

于是，秦征思索再三，被这句“不战而屈人之兵”收买，决定从昭国入手，元辰劝说无果，见秦征心意不改，也不恼，自顾自地游玩去了。

然，只半月，嬴国军队节节败退，秦征终于坐不住了，赶紧将他的好三哥请回朝堂收拾烂摊子。

元辰本还想再拿捏两天的身段，让这个臭小子以后不敢不听他的。但是秋离听完后，以天下苍生为重为理由，麻利地将元辰丢出去扔进宫了。

然，遥遥望着元辰背影远去时，秋离又有些舍不得了。

舍不得之后，她忽然悟了，元辰包了所有的船可能不是为了他俩二人世界，而只是为了躲避嬴王的说客。毕竟，湖上没船，这些说客也不能变成鱼游到他们身边。

秋离想，嗯，这个事儿等元辰回来了，要好好掰扯掰扯。

然而，看起来一切安好的日子，在三日后的傍晚发生了变故。

元辰被秦征在宫里留了三日，秋离便在家宅了三日。听说元辰终于回来，她激动地跑去门口迎接，谁知正好碰上埋伏的刺客。

秋离自然和刺客打了起来，大意之下被刺客逃跑时放出的袖箭所伤。虽然只是皮外伤，但是箭上淬了见血封喉的剧毒，秋离正要兴高采烈地同元辰回家，晕倒在了元辰怀里。

等她再醒来的时候，只听阿如告诉她，看到她晕倒，元辰吓得脸都白了，衣不解带地守在她身边。后来查明派来刺客的是韩国的大夫，元辰亲自点了三百亲卫去刺杀那个大夫，还向嬴王请旨让内史腾攻韩，非灭了韩国不可。

这一下，天下舆论炸了锅。人们纷纷议论，全天下，招惹谁也不能招惹他们元朗阁的夫人，因为他们元朗阁的公子护起短来，让你不仅命没了，连国都被灭了。

秋离躺在床上养伤半月，还能听到流言源源不断从街市上传进来。

屋内点着檀香，自从她受伤后，元辰就在她榻前设了张书桌，整个书房都挪了过来，寸步不离地守着她。她本不是这么娇气的人，可是她不好拂了他的好意。

秋离听着流言一个头两个大，不知道为什么对面的人还能一脸镇定地读战报，于是调侃一句："喂，他们都把你描绘成了一个为了美色不顾一切的人，你不想找个时间，修补一下你的个人形象？"

元辰放下竹简，好整以暇地看着挣扎着从床上爬起来的秋离，走过来又轻轻将她摁回床上："我觉得他们说得挺对的，为什么要修补？"

元辰说得轻松，可是气得秋离想翻白眼。从韩国入手统一天下已经是既定方针，这次他入宫便是和秦征谋划此事去了。只不过和她受伤之事凑巧赶在一起。干吗说得她好似红颜祸水一般，将韩国灭国的缘故全都安在了她的头上？

剑上的毒药虽然对凡人来说见血封喉，但对她来说，不过就是晕一晕罢了，没什么大事儿，他明明知道，还是将此事弄得天下皆知，沸沸扬扬。

他含笑看着她："我难道不是会为了美人冲冠一怒的人吗？"说罢从桌子上的白玉盘中捏了一块紫薯糕喂进秋离口中。秋离只觉这块紫薯糕分外好吃，本来要说的"当然不是"四个字，就随着紫薯糕一起咽进肚子里了。

元辰眼眸沉了沉："我不是开玩笑的。你不知道，看你昏迷不醒，大夫束手无策，我真的有要整个韩国给你陪葬的冲动。"

秋离打了个饱嗝，努努嘴："我又不是凡人，你知道的，那些毒药对我没什么大的伤害……"

元辰又起身帮她将被角掖了掖："知道是一码事，但看着你奄奄一息，又是另一码事。"他顿了一下，转而问，"夫人在意你在天下人心中的形象吗？"

秋离摇摇头，她不过就是为了他才留在这人世间，其他人怎么想，与她无关。

元辰嘴角露出一抹笑意："巧了，为夫也不在意。"

说完，元辰看看外面的云，在风的吹动下轻巧地飘着。是的，他不在意那些虚名，他在意的，不过是她的安康。若是能借着这件事旁敲侧击一下那些居心不良的人，让他们不敢轻易对秋离动手，那也不错。名声什么的，不过是身外之物罢了。

说话间，丫鬟已经将今日的晚饭端了上来。秋离最近身子弱，元辰吩咐下人打起精神来好好伺候，半点心分不得。府中丫鬟厨子小工都知道，他们家这个夫人是公子的心头肉，一国说灭就灭，若是伺候得不好，脑袋不是说掉就掉？于是一桌又一桌好吃的成天就往秋离屋里送，吃得秋离拽着自己肚子上的肉对元辰说："知道的是你关照我，不知道的还以为你要喂胖了我杀了卖肉呢。"

"喂胖了去卖肉……"元辰轻笑，"这倒是个好主意，不知道一斤能卖几个钱？能不能补贴补贴家用？"

秋离瞪他，元辰便立刻笑着让人去厨房说给秋离做些清淡的菜式来，大鱼大肉端了下去，隔了半晌，秋离餐桌上就只有青菜豆腐了。

看着青菜豆腐，秋离发愁。

然而，让她更愁的，还有一件事。

最近阴雨连绵，春雨润物无声，院子里所有的树都抽了新芽。

小楼一夜听春雨，明朝万树梨花开，秋离这几日身子虚，体内余毒未清，虽性命无虞，却很影响她法力的发挥，虽然能勉励维持人形，可是雨势这样凶猛，她已然控制不住浑身蓬勃的生机，头顶上、指甲缝中、耳根后面都长出了小芽。

一夜之间，她好像变成了一棵树人。好在最近秦征将元辰喊入宫中议事已经三天没有回来了，她羞得不敢见人，将自己蒙在被子里，所有人都不敢进屋。

几个丫鬟担心她，却不敢贸然进屋打扰，只好一个个在门口等元辰回来。

从宫内回来的元辰听得事情原委，莞尔，信步踏入她的小院。

听着元辰的脚步声，秋离的心怦怦直跳，有些紧张。他坐在床边，不知道她是不是睡了，不想吵醒她，轻轻往下拉拉她的被子。秋离当然没睡，她就担心元辰看见她这副鬼样子，就往上拉拉被子。

元辰再往下拉拉，她再往上拉拉。

两个人好像在拉锯战，拽着被子玩儿。

元辰哄小孩一样轻声道："怎么了，不开心了？"

秋离瘪瘪嘴："没、没不开心。"

元辰不解："那怎么不肯见人？"

秋离继续瘪瘪嘴："不想见人就不见。"

元辰不动声色："你现在连耍赖都学会了，很好。"

秋离在被子里吐舌头："我就是耍赖，你拿我怎样？"

元辰也不继续扯被子了，有点云淡风轻地道："几天没见了，本来约了车马，想带你去郊外踏青，这样看来，我去将车马遣散了好了。"

元辰作势要走，秋离果然沉不住气地探出头来挽留他。元辰趁机拉住她的手，对着她指缝中的树叶，有些发呆。

秋离想要把手收回来，挣扎半晌未果，犹豫了片刻，只好认命道："最近，天气太潮湿，我……我发芽了。"

"发芽？"元辰愣了一下，随即反应过来，爆发出一阵爽朗的笑声，"哈哈哈哈。"

秋离恼了，一下子把头从被子中探出来："你笑话我，坏蛋。"

元辰一把抓住她的手，不让她缩回被子里："实在有些好笑。"他玩弄着她指甲上长出的叶片，"还挺可爱的。"

她努努嘴，元辰在她下巴上刮了一下："你明天放心出门，不会有人笑你的，放心。”

第二日，全咸城的人都目瞪口呆地看着元朗阁的车马，不管是人还是马，只要是会喘气的，身上都绑满了柳枝，连马耳朵上都贴了两片叶子，远远看去，就像一只只移动的绿叶怪。

全城人面面相觑，不知道这是不是今年春天新流行的什么时尚花样。

总归，当晚，街头巷尾都售卖可以绑在身上的柳枝柳条，很快被追捧的百姓一抢而空。

恰巧，这日秦征想召元辰入宫，抬头一看天色已晚，便转念带了几名贴身小厮，微服去了元朗阁。

白天的热闹景象他自然没看到，只是恍然觉得大街上莫名其妙多出了些绿色，不过他坐在车中，看得不真切，也没留意。

刚入正厅坐下，只见一个非人非树的生物从后院跑跑出来，一边跑，一边叨叨着：“太潮了，受不了了……”

旁边小厮也看傻了眼：“那……那莫不是元夫人？怎么这副形容……”

秦征目瞪口呆，随即见到一个倒茶的侍女，头上、手腕上、腰上都绑着树枝树叶，走起路来树枝摇曳沙沙作响。

秦征咽了一口口水，抓住她，问道：“你们怎么都这副打扮？”

侍女冲嬴王苦笑：“岁岁春草生，踏青二三月。公子说，入了春就该满眼绿意，可是夫人身子弱，不宜日日外出吹风，故命我们均做此装扮。这是公子宠爱夫人，给夫人散心。”

秦征再回头，元辰正从屋内踱步出来，手中拿着两根树藤递给他，笑意盈盈道：“入乡随俗，王既然来了我元朗阁，那说话之前不如先感受一下春之绿意。”

秦征苦笑两声，往后退了一步：“啊，突然想起宫里还有点事儿，下次再来打扰三哥，告辞。”说罢就脚底抹油跑了。

有段日子没有秦征打扰，秋离的小日子过得惬意。元辰借口秋离生病在家请了假陪她几日没去宫中，可把家里的单身小丫鬟们都愁坏了。

自家公子没娶夫人时，一屋子的小丫鬟们愁。那时她们一天到晚地给自家公子送秋波，送得眼皮子都抽筋了也没见公子有半点反应，她们日日愁：可惜了这样一个美男坯子，不知道日后会便宜了哪家臭小子；后来一屋子的小丫鬟们更愁，原来公子就是个秀恩爱不见血的主，凡是近身伺候的，血槽不空是别想回来了。

管家也愁，这日当值近前伺候夫人的人，都请了病假，谁也不想去。

丫鬟甲哭诉："我进屋给夫人倒茶的时候，公子在一旁看书，见夫人要喝茶，便将书撂下，给夫人试水温。夫人先是嫌烫了让我去换了一壶，后来又说太凉了，又让我换了一壶，后来十分嫌弃地看了我一眼，将茶水倒出来在嘴边吹了吹，给夫人递过去。想我在元朗阁倒了近十年的茶，还没被这么嫌弃过。"

丫鬟乙跟风道："我那日当值在花园中修剪花枝。公子和夫人就一直坐在庭院里赏花，公子先是剥了颗荔枝喂到夫人嘴里，又剥了颗葡萄喂到夫人嘴里。"

众丫鬟问道："那怎么了？"

丫鬟乙道："看得我饿，后来就把月银花光了全去买荔枝和葡萄吃了。"

丫鬟丙直说她们两个矫情，她那日帮公子和夫人送餐拎着餐盒立在外面许久，可是公子从外面回来径直就将夫人抱上了床，两个人路过的时候没有一个人看到她的存在……

所以她也不去伺候了，反正去不去公子都看不到，不如躺着把钱挣了。

管家叹了口气，咂咂嘴，又叹了口气。

不过接连两天没人近身伺候，元辰和秋离果然没抱怨，反而自得其乐，更加自由。

总归，主子开心，丫鬟开心，他没什么可抱怨的。

然而这样悠闲的日子不过月余，咸城便出了一件大事。

韩国眼看便要灭国，唇亡齿寒之际，同为与嬴国接壤的小国晏国坐不住了。晏国太子丹在世家贵族中划拉了一圈，特意派了晏金戈、晏武阳两个勇士来献宝，为了同日益强大的嬴国示好。谁知献宝是假，刺杀是真。晏金戈接着上前献宝的机会，拿着一把淬了毒的匕首刺向秦征，虽然没有刺中要害，可是刀上有剧毒，秦征当场昏迷不醒，元辰被急召入宫。

半日后，元辰回到元朗阁，一脸阴霾。

秋离迎上去问："宫中可是出了事？"

元辰眉头蹙着："阿征昏迷，此事有异。我的探子来报，说晏金戈棋差一着，没有伤到阿征，可是宫中之人说晏金戈刺伤了阿征，所以阿征当场昏迷。我不相信我的探子会误报，可也实在想不到谁能在我探子给我送信的间隙，在满堂武官眼皮子底下伤了阿征，此事怪异。"

秋离道："你有没有阿征的贴身物件？我帮你看看发生了何事。"

元辰摇头，一面让方泽去屋内收拾行装，一面道："给阿征治伤要紧，御医说他中的那个毒，三天内解不了必死无疑。解药需要一种只开在大齐境内的花，两国关系紧张，我必须亲自去寻。嬴国对韩国用兵到了关键之际，我怀疑有歹人会趁我不在兴风作浪，所以留一半的暗卫给你。这几天待在府里不要乱走，万事小心，我三天后必回。"

秋离点头："那你自己也小心，我等你回来。"

然而世间事就是这样巧，说了万事小心的，便一定会出意外；说了我等你回来的，就一定等不回来。

自打从魔界渭河回来，赤言便一直在狐狸洞中闭关，未曾见客，此刻他正端坐在狐狸洞内调息，只感觉洞口一晃，应该是他的结界被人硬闯了进来。

天上地下敢闯他结界的，一只手数得过来。

胤川、萧夜、白泽、秋离，再算上司命一个。

胤川、萧夜、白泽应当都没有那么无聊，不会闲来无事闯他的结界，那便只剩下秋离和司命两个，刚才震得这样剧烈，说明来人闯得很勉强，秋离的功夫扎实，这样数来，来人必定是司命无疑了。

赤言想，司命若来，开口第一句一定是："神君，出大事儿了。"

果然，一个人影跌跌撞撞跑来，扑通一声在他面前跪下来："神君，出大事儿了。"

赤言嘴角一勾，他猜得一字不差。

每次司命来他的青丘，开场白都是这一句。他犹记得上次司命跑来他的狐狸洞，也是这样扑通往洞口一跪："神君，出大事儿了。"

上次，司命跟他说，某天他在司命府宿醉醒来，睁开眼，便见眼前站了一个仙风道骨的蓝衣神仙，不是白泽上神又是哪个？

司命赶忙爬起来给上神沏茶。

和赤言待久了，司命还以为上神都是赤言这样没有正形的。今日见到白泽，才知道，原来上神们还是很有仙风道骨的。那种高高在上、不染纤尘的样子，看得司命膝盖一软，只想往地上跪去。

幸好白泽手快，拉住了他。司命这才发现，这个不染半点世俗气息的蓝衣上神，眼底却有一抹淡淡的哀伤，像是藏着一段心事。

一杯茶见底，蓝衣上神缓缓开口："司命，听说你管凡人名簿，本座要下凡历个劫，有桩事劳烦你帮忙。"

司命狗腿地点头，上神发话了，还是如此仙风道骨的上神，他哪有不应的道理？

只听蓝衣上神说，他要下凡历个情劫，怎么苦、怎么折腾怎么写，苦情到恨不得求死，还要折腾得求死不得才好。

司命一听，下巴差点没掉在地上。下凡历劫的神仙，来他这里走后门的不少，一般都是求个大富大贵、一生无忧的命，没有见过让他使劲折腾自己的。

难道上古神祇的思想境界就是和他们这帮后辈小仙不一样吗？下凡历个劫就要踏踏实实历个劫，不能有半点水分。这样的风骨气节，令他佩服。

他不由得多打量两眼眼前这个仙风道骨的上神。

蓝衣上神的眼神中多了两分迷离。司命嗅嗅，坏了，他昨日为了助眠往茶壶里灌的尽是赤言给他带的“一杯倒”的新酒，他想也没想，方才就顺手倒给白泽了。

看蓝衣上神这架势，应当是醉酒了。

他腿肚子有些哆嗦，灌醉上神，这是个什么罪名？应当可以去跳诛仙台了吧。

不过白泽并不恼，可能是酒意让他今天分外话多：“我已饮了忘川水，所以历劫过后，会前尘尽忘，司命不用担心我会报复你，大胆地写。”

听了这句话，司命乐了。白泽这个神仙他喜欢，爽快！

白泽嘴角勾勾，似乎有些无奈：“越痛越好，最好痛到回来就算什么都不记得了，还能感受到心中有情之一字在隐隐作痛。”

司命眉头又皱了皱，这个上神，可能不是思想觉悟高，而单纯是受虐体质。

白泽不理他，自顾自地说：“这样，以后便再也不敢沾情字。天君对六界虎视眈眈，我们身为神祇，谈情太过奢侈。”白泽叹了口气，“只有心中无情，再不敢谈情，方能在修为上再精进一步。”

说完，他捏了个诀，便消失了。

司命在原地咂咂嘴，终于想明白了：“白泽上神，这是有心上人了！”他为自己这个发现感到高兴，于是一边写天命册子，一边喝酒，喝了个酩酊大醉，趴在册子上睡了一觉，醉了几日，等再醒来时，只觉得晴天霹雳。

这是造了什么孽！睡了一觉，他竟然让白泽上神的凡人转世，英……英年早逝了。

十五岁，情窦还没初开呢，就死了。

司命后背一片冷汗，片刻不敢耽误，驾云来了青丘往狐狸洞门口一跪，接连喊了两句，一句是“神君，出大事儿了”，另一句是“神君，救我”。

此桩事恰好和西山女帝找女儿的事儿赶在一起，便有了上一次赤言的凡界之行。

所以，赤言猜测，这次司命接下来的台词也应该是一样的。

然而第二句，赤言竟料错了。此番前来，司命话锋一转，换了个话题：“神君可知九重天有个小仙名唤执夙？”

恹恹的赤言眼睛都不带睁开：“本座像个很闲的神祇，每个后辈小仙都认识？”

司命摸摸额角的冷汗，心想，可不是嘛，不过嘴上还是很恭敬的：“不像不像。”他把手在袖子里揣了揣，换了个问法，“百年前的那场蟠桃会，南斗星君家的那位夫人，因为南斗星君喝了百花园小仙娥递来的百花酿，当即打翻醋坛子随手将案几掀了砸在小仙娥身上，被天君关了百年禁闭的那个……神君可还记得？”

赤言这次终于点点头。司命得意，他就知道，和八卦相关的事情，赤言的记性一直都是极好的。只见赤言慢悠悠地睁开眼睛，眼神还有些迷离：“那个泼妇竟有个如此好听的名字，真是可惜了这个名字。”随即眼珠转转，“这个人，和本座有什么关系吗？”

司命不好意思地缩缩头：“是和神君没关系，可是和秋离小仙有很大关系。”

“和秋离有什么关系？”听到“秋离”二字，赤言迷离的眼神一下子变得凌厉起来，看得司命打了个哆嗦。

司命恭恭敬敬地作了个揖：“不知道神君听说过没有，秋离小仙幼时在西山学府受教，曾受一众西山女仙欺负，带头的就是这个执夙。”

赤言瞳孔缩了缩，秋离没跟他明说过，只是有一次喝醉了，隐隐提到过这件事，眼角仿佛有些湿。那时赤言就知道，此事是秋离心中很难跨过的一道坎。

赤言听了一会儿，声音突然变得很沉：“这个执夙，最近又怎么了？”

司命结结巴巴道：“我前两天和南天门的守卫聊闲天，聊起了这桩八卦。按理说，这位夫人的禁闭还得有几年才关到头，可是她前些时候被天君秘密召去，不知道谈了些什么。据眼最尖的张守卫说，他看到南斗星君的夫人偷偷摸摸下凡去了。”说到这儿，他偷看了一眼赤言的脸色。

司命想，该说的不该说的，他说到这里，对面的那位，应该懂了吧。

赤言眯起狐狸眼，他本就生得极美，这样将眼睛眯起来，又多了几分智慧的狡黠，饶是司命一个男子，看得也快要把持不住了，赶紧又将头低了下去。

赤言琢磨着，天君掩人耳目让执夙下凡，定是有任务交给了她。

天君允和胤川面和心不和不是一两天了，只是碍于上古神祇的威慑，不敢轻举妄动罢了。此刻，他派执夙下凡，难道是冲着白泽去的？

转念一想，不应该，就算白泽去凡世间历劫，也不是一个后辈小仙说伤就敢伤的，如果不是白泽，那就是……

秋离！

赤言眼睛骤然一缩，她的目标是秋离！

借刀杀人，赤言“哼”了一声，允这一招，杀得漂亮！

司命只觉面前红光一闪，一阵风刮过，待他能再睁开眼的时候，眼前哪还有红衣神君的身影！

第八章

逢旧识

秋离这几日听从元辰的安排，大门不出二门不迈地在家待着，好不容易熬到第三天，她忍不住想要上街买好吃的，被阿如好说歹说拦下，打发了两个小厮去街上给她买桂花糕。

未几，小厮回来。秋离夹起一块桂花糕刚要心满意足地放进口中，突然面色一变，一个飞身将送桂花糕来的小厮踹到地上，欺身上去掐住他的脖子，声音利落丝毫不拖泥带水：“说，你背后的人是谁？”

她作为西山丹木，百木之首，世间一般的毒药不能置她于死地。能令她生不如死的，唯有焦毒草的粉末混上白色曼陀罗的汁液，她小时不慎碰过一次，若不是赤言来得及时她便命丧黄泉了。

而在刚才小厮递来的桂花糕中，她便闻到了这两种植物的味道。焦毒草和曼陀罗都鲜少生于凡界，能用这两种植物混合制成毒药的人，定不是凡人。

小厮被她掐得直咳：“什么背……背后的人……小的听不懂夫人说什么。”

秋离眼睛微微眯起来：“不想死就老实说，这药是谁给你的。”

元辰选的手下一向稳妥，怎么竟让这么个奸细混了进来？秋离不禁心惊，元辰说现下是多事之秋，难道连元朗阁也不安全了？

身后有轻微的帘幕被风吹拂的声音，秋离耳朵微动，突然明了。这小厮眼神和动作有些不和谐，应当是中了离魂术，被人当成傀儡操控。她抬手，袖中的暗箭划破空气，向着声音的方向急速刺去。一个女子从帘幕后翻身越出，敏捷地躲过秋离这一箭，拍手轻笑道："几千年不见，阿离你的功夫比以前更好了。"

秋离瞳孔猛地一缩，深吸了一口气："执夙。"

执夙对秋离的表情似乎很满意，脸上带着极标准的客气笑容："好久不见。"

秋离撇撇嘴：说得好像谁想见你一样。

执夙装作不经意地整整袖子，轻笑道："几千年过去了，你还是老样子。"

秋离的心跳突然变得很快，有点不知所措。她以为近万年过去了，过去的那些往事应该不会对她造成任何影响了，可是见到了执夙她才意识到，不论她装得多么坚强能干，再见到这个人的时候，她还是瞬间被打回原形，好似还是那个可以任人欺负而无依无靠的小姑娘。

她有一瞬间的不知所措，不过很快镇定下来："你也还是放眼六界最想我死的那个人。"

执夙脸上化了很浓的妆，深红到发紫的嘴角轻蔑上提："不错，几千年过去了，看到你过得好，我还是很不舒坦。"

秋离其实很想问执夙，听说她嫁得很不错，为什么她就不能安安心心地过她的日子，非要来找她麻烦。可是话到嘴边又不想问了，大概有些人注定了一辈子是冤家。

秋离也装作云淡风轻地笑了笑："这样看来这几千年你过得不好，那我就更舒坦了。"

执夙的脸色一下子变得很难看，但瞬间便放缓了："你过得舒坦吗？不过是自欺欺人罢了。"

秋离懒得理她："若是没有别的事儿，我就不奉陪了。"说罢转头就想走。

执夙在她身后高声说道："你以为找到了个真正爱你的人？不过是因为你的出现让他的生命脱离了天命簿子的束缚而已。你是他活下来的原因，所以他才本能地对你好，能有几分真心呢？不过是天命罢了，你真是高看了自己。"

秋离身子一顿。

几千年过去了，执夙还是知道在哪里捅她刀子最疼。秋离从小被人欺负，被朋友抛弃，所以今生所求，不过是找个真心相爱的人相守一生，不离不弃。她原以为找到了元辰就可以一生无忧，而现在，执夙提醒她，元辰不是真的爱她，只是因为她曾经逆转时光走进他的过去，让他在本该死的时候活了下来，所以从此他的命数才和她紧紧联系在一起。他对她的好，只是天命，无关真心。

秋离的手紧紧攥起拳头，因为太过用力，指节有些咔嗒作响。

其实很多次秋离想和执夙狠狠打一架，可从来都忍着不曾动手。因为她知道，有些人是疯狗，一旦开了这个头，图了一时痛快，便是不死不休的追逐和撕咬。想一想，她便觉得累。

不过，秋离现在足够成熟，知道逃避不是解决问题的方法。有些人你敬他一尺，他便欺你一丈，如萧夜殿下的格言，有些人你须得往死里坑他，他才会长记性。

她深吸一口气，回身快走两步，立在执夙面前，伸手就是一巴掌甩在执夙脸上："你可以污蔑我，但是不要对我相公出口不敬。"她不以为意地笑了笑，"执夙，你真以为我还像几千年前一样任你揉扁搓圆都不会还手吗？你若再敢诋毁他，我定要你后悔。"秋离拂袖，声音凛然，完全不给执夙插嘴的余地，"天命为何不能代表真心？真心为何不能是命定？只要我们彼此相爱，其余的都不重要。"

说罢，她嘴角轻扬，轻轻拍了拍掌心，像是抖掉什么不干净的东西，厉声道："执夙，我告诉你，我想打你不是一天两天了，以前怕给司卿找麻烦不想跟你搞得太难堪，后来你要嫁去九重天，我懒得跟你计较那些破事儿，省得在九重天上给西山抹黑。不过现在反正西山也跟我撇清了关系，你要是想打一架，我奉陪。只是怕你去九重天做了这些年的富贵夫人，修为什么的，都荒废了吧。小的不才，从西山一路打过来，皮糙肉厚了，你要是不信，咱们就试试！”

这一番话秋离憋在心中很久，如今一口气从心底倒出来，仿佛排山倒海，感觉心情舒畅了不少。

秋离话音刚落，身后便传来“啪啪啪”的掌声，只听一个极柔媚的声音轻笑道:“小离离，认识你近千年，这是我听你说过的最拎得清的话。”

人未至，声先到，一袭红衣推门而入，红衣上盛着点点日光，美得夺目，来人不是赤言又是哪个。

秋离一愣：“你不是在青丘闭关，怎么来了？”

赤言款步走到秋离身边，像看小孩子一样在她鼻子上点了一下：“这不是怕你犯蠢被欺负嘛。”然后他颇感慨地拍拍胸口，“是我多虑了，我家小离离长大了，再也不怕大狼狗了。”说到大狼狗的时候，他还白了执夙一眼。

执夙没料到这一变故，毕竟赤言是上古神祇，论辈分比她高了不知道多少，于情于理她都得跪拜：“小仙执夙，给青丘神君请安。”

赤言看着执夙乖觉地跪在地上，很是满意，他的手轻轻地拍了拍执夙的头：“还记得长幼尊卑就好。”

执夙撇撇嘴，跪是跪了，言语上却没有那么尊敬：“这是我和秋离早在西山就结下的恩怨，神君您老人家在青丘歇得好好的，莫要来蹚这浑水。”说着便要起身。

可是赤言的手看似漫不经心地放在执夙头顶，却犹如千斤重，无论执夙怎么挣扎，都抬不起头来，若是今儿非要和秋离计较，那她的脖子，便要被赤言漫不经心地拧折了。

执夙大吃一惊，眼神中满是难以置信：“神君，你……”这个传说中脾气最好的上神，今儿居然真的自降身价和她这个后辈小仙动了手。

赤言敛了笑意，一张脸虽不怒，却沉得可怕。他张口语气淡淡，气势却盛：“本君这几年和后辈小仙处得近了，你便忘了，从前本君帮助胤川协理六界，是怎样的了？”

“砰”的一声，风将大殿的门吹开，呼呼的风声从外面灌了进来，吹进了缕缕寒意。

秋离被风吹得打了个哆嗦，心想，赤言的从前……呵，秋离笑了，从前的赤言她从未见过，不过能从洪荒战后一片血腥中走出来的人，哪个脚下不是踏着千万尸体？能站在胤川身边睥睨天下的人，哪个不是翻手为云覆手为雨、铁石心肠？

他从前愿意和他们小辈亲近，那是他没有架子，若是不识好歹蹬鼻子上脸，就是不识时务了。

现在这个不识时务的人，就是执夙。

执夙惊讶到语塞，疼得凝出泪来：“神、神君……”

“还记着我是神君，就把我接下来说的话，记牢了。”忽然赤言话锋一转，语气变得冰冷无比，“从现在开始，远离嬴国，有多远走多远，休要再打我家小离离的主意。你若敢动她一根毫毛，我就断你全身筋骨；你若敢伤她一寸皮肤，我就要你容颜尽毁。听懂了吗？”

秋离从没有听赤言这样说过话，可就是这样凛冽的语气，不怒自威的震慑力，才当得上“上古神祇”四个字。只是听着，就令人胆寒。

执夙咬牙不想回答，不甚服气的样子。赤言手轻轻一抬，一道红光卷上执夙，一下子将她拎到半空，赤言面无表情地再问了一遍：“我再问你，记住了吗？”

执夙两脚在半空扑腾，几乎喘不了气，只得咬着牙，不情不愿地从牙缝里挤出了三个字：“记住了。”

赤言满意地拍拍手，解了加在执夙身上的禁锢，她狼狈地跌落在地上，赤言轻喝一声：“那还不快滚！”

执夙不情愿地拉着身后的小仙娥从元朗阁狼狈地离开，赤言转身看看吓得不知所措的小厮，抬手一道红光消除了他的记忆。

大概是用法术过多产生了反噬，赤言忍不住咳了一声，秋离赶紧上去扶他：“上次在渭河之后，还没调养好？”

赤言哼了一声："可不是！真是要为你们这些小后辈操碎了心。"

秋离拍拍赤言的肩："够义气！下次有了新酒我自告奋勇给你试酒就是了！"

赤言翻了个白眼："我现在酿的酒已经很贵了！哪个还要你试？！"

元朗阁外。

小仙娥一脸担忧地看着执夙："主子……"

执夙咬咬牙："为什么？为什么所有人都护着她？她到底有什么好？"

小仙娥看自己主子在气头上，不好劝，只得说："赤言神君不比天君位低，您没必要与他硬碰硬，非要再去招惹秋离仙子了。"

执夙气得脸色煞白："你懂什么，这一切天君都已经料到了。他说赤言护短，若听说此事，定会出面阻挠。我这次打草惊蛇，为的便是让他们以为我已经暴露，被他们吓到不会再有后招，由此放松警惕。"执夙的眸子突然变得万分狠厉，"然而，好戏才刚开始。"

夕阳西下，高墙深巷之中夹着两个人的身影，斜阳将两人的影子拉得长长的。

秋离看着赤言，好不容易遇见老朋友觉得万般亲切，想让他多留几日："好不容易下凡走一趟，多待几天吧？咸城有不少好玩的地方，回头我带你去。"

赤言低头捋捋头发，故意逗她："哎哟，元辰不在，你背着他这么留我不怕他吃醋？"

秋离拳头在他胸口一捶："你想多了，他才没你那么无聊。"

赤言笑了一声："是吗？那是一般男子长得都没他好，所以他没有威胁感，我来了就不一样了。"

秋离忍不住翻白眼，这只狐狸什么时候才可以不这么自恋？

两人说笑着，前面有个身影匆匆迎来，是方泽。他一脸惨白，看来是连夜赶路，身子有些吃不消。此刻见到秋离，他面露喜色，忙从怀中掏出一个小盒子，交到秋离手中："夫人，这个是公子给王上求来的解药，快给王上送去。"

秋离接过盒子："你脸色怎么这么差，出什么事了？"说罢在方泽身后望了望，没见到元辰的身影，有些担忧，"元辰呢？"

方泽的眼神有一丝躲闪，她还没来得及深究，就被赤言打断。

赤言见她这眼巴巴的模样，忍不住酸了她一句："哟，这才几天不见，就想成这样，出息呢？"

秋离嘿嘿傻笑一声，旁边方泽虽然倦累，但警惕地看了他一眼："这位是？"

秋离忙接过话道："这是以前的一位老朋友，来看我。"

方泽自是不太相信的，面前这位容貌这么出挑，以他们的消息网竟从没听说过，定不是寻常人。不过此刻他惦念着给秦征送药，也想不了那么多："公子说，一定要亲手送到王上口中……"说罢，忽而口中吐出一口鲜血，晕了过去。

秋离一惊，刚要去扶方泽，赤言先一步将手扶到了方泽的手腕处："你放心，这小子没甚大碍，只是几天没好好睡觉，疲累过度了。他强打着精神赶路回来，看到你，精神一放松，便晕了过去。"

他看了一眼秋离手中的药盒："你去送药吧，这个小子我帮你照看着。"

秋离点头谢过赤言，便向嬴王宫赶去。因为方才见着方泽眼神闪烁，她直觉他一定有什么事情瞒着她，便想通过浮生咒看看能不能透过盒子看到和元辰有关的点滴，可是刚催动法力，就觉得猛地被什么弹开，她一时不察，被反噬得差点喷出一口血来。

秋离伏在旁边宫墙上干咳两声，紧紧盯住手中盛放解药的檀木雕花小方盒，心中感叹，这药盒上竟然有防术法的禁制，来头不小。

这让她心中有种不祥的预感。能拥有这盒子的，定不是俗人，她便越发担心起元辰的安危来。

推开咸城宫的门，大殿里空空荡荡的，宫女太监不知道都去了何处，正中央的寝榻上帷幔半掩，可隐约看到秦征躺在里面。

秋离掀开帘帐，看到秦征的样子，不由得一愣。只不过三天未见，他已经瘦削得不成样子，两侧颧骨高高突起，像个皮包骨的骷髅。嘴唇是紫黑色，可见中毒已深。

秋离有些心疼地赶紧将药给他喂了下去，见他眉头舒缓了些，再伸手给他把了把脉，感觉没什么大碍了，才略微将提着的心放下来。

秋离手刚要离开秦征的腕脉，锥心般的刺痛感突然从手腕袭来，她下意识地将手一缩，那感觉便立刻消失了。

秋离意识到这很有可能是和昏迷中的秦征共情，立刻撩起秦征的衣袖，果然在他右手腕骨下面，找到了一个不起眼的小红点。

这是被极细的暗器所伤的痕迹。

秋离忽然想起那日元辰所说的秦征遇刺一事有异，不由得眉头一蹙。

若真是这么小的伤口就能让秦征中毒如此严重，那来者不善，来头不小。她低头看了看手上的药盒，不禁蹙眉，药盒上的禁制，加上银针上的剧毒，究竟是谁有这般本事？

她重新握住秦征的手腕，强忍着身上的不适感，用浮生咒来一探当日究竟。

眼前景致纷乱，一瞬间暗了下去，耳边传来众人倒吸一口凉气的声音，眼前刀光突然一闪，只见一个看上去很精干的男子抓起桌子上地图中藏着的刀，瞬间向秦征的面门冲来。

这想必就是刺客晏金戈了。

利刃划破空气传来尖锐的呼啸声，秋离听声辨识，果真是一把好刀。

刀刃上不正常的银光让她意识到，此刀淬有剧毒，见血封喉。她的心不禁为秦征揪了揪。

好在秦征反应快，往后重重一摔，躲开了当面一刀，然后站起身来便跑。只是他的身手没有晏金戈快，来人伸手速度如鹰，一下子便抓住了秦征的衣袖。

有毒的刀，瞬间就再次冲到秦征面门。还好，衣料不禁拉扯，秦征极力向后退，晏金戈拽得又紧，千钧一发之际，“刺啦”一声，衣服被扯破了，秦征重重往后栽去，和晏金戈拉开了些许距离。

殿中护卫们手中没有武器，也没有人敢贸然招惹这手中有毒刀的不要命的晏金戈。秦征唯一的希望，是身后背着的那把长刀，可是这时形势紧急，怎有他伸手拔刀的时间？

眼看刺客便要再次扑来，秦征只好先一把将刀拖下来，一面绕着桌子躲避，一面试着拔刀，只是那刀实在过长，秦征试了几次皆失败了。

刺客越追越近……可是秦征的刀一直卡在一半抽不出来……

眼看毒匕首再次卷上了秦征的脖子……

若是放任事情这样发展下去，秦征必死无疑。秋离揪心，在这千钧一发之际，究竟是什么改变了事情的走向，保住了秦征一命？

秋离正思忖着，突见刺客重重栽倒，原来秦征身边一个小太监奋不顾身扑上来扯住刺客的大腿，大喊一声："王上，快……"

眼见就要得手，却被人拖住，晏金戈恼羞成怒，对着小太监就是几拳猛捶，那个小太监瘦瘦弱弱的，一个受不住一口血喷了出来，手还是紧紧拽着晏金戈不肯放松。秋离仔细端详着这小太监，觉得对方有点说不出的眼熟。她正迟疑，说时迟，那时快，只听"噌"的一声，长刀出鞘，秦征一刀便砍在了晏金戈腿上，血溅当场。

这一变故让秋离长吁了一口气，忘了之前关于小太监的疑虑。

元辰的探子说得没错，大殿上的刺客，没有得手。

虎口脱险的秦征第一件事便是伸手去扶倒在地上的小太监。见那小太监受了重伤，秦征气极，咆哮着命人将刺客拖下去，秋离这才注意到，来的刺客是两人，还有一人呆立在大殿上，像是已经吓傻了。

秋离讶异，就晏武阳这种胆识，怎会被派来当杀手？还没来得及讶异完，打横抱起小太监的秦征在刚要起身的那一刻，突然倒了下去。

"王上！"

殿里一片惊呼。由于这变故来得太突然，没有人看清楚发生了什么。晏金戈突然仰天大笑，说了句"报应"。不知道发生了什么事的人被晏金戈这一笑弄得迷糊，以为是晏金戈的后招。

唯有秋离知道并不是这样。她见到一束极弱极快的银光一闪而过扎到秦征的手腕上。

她立刻顺着那束银光飞来的方向看去，那个方向没有别人，只有被押出去的晏金戈和晏武阳两人。秋离知道不是晏金戈，他若有这个身手何必那么麻烦大张旗鼓地来行刺？

她将目光转到刚才好像被吓傻的晏武阳身上，那张脸半笼在阴影下，看不清神情，只是觉得他嘴角含着一抹不易察觉的笑意，并不像是方才那个被吓傻了的刺客。

秋离眉头微微一皱，是他，没错。

可是他为什么要等到现在才出手？方才晏金戈的刺杀马上就能得手，他武功不差，只要出手相助，方才便能在大殿上将秦征置于死地，没有必要暗地里出手……

除非……秋离的瞳孔骤然收缩，除非，他和晏金戈的目标并不同，并且他想把一切事情嫁祸到晏金戈头上，不让人看出破绽。秋离心中升起了一抹疑虑，晏武阳的目标并不是秦征，或者说并不只是秦征。

那还有谁，嬴国还有哪个人强大到让人心生顾虑必要除之而后快？

答案呼之欲出，难道来人的目标还有……元辰？

这个念头一出，秋离的心脏突然大痛，她因为思绪不稳，生生从秦征的回忆中弹了出来，被浮生咒反噬，“哇”地吐出一口血来。

然而她现在也顾不上这么多，从秦征宫殿出来，她一颗心惴惴不安，半刻不敢停脚，一口气冲到地牢内，抓住牢头的衣领，逼问晏武阳的下落。

她神情狰狞恐怖，差点将牢头的胆子吓破。

地牢阴暗，室内无窗，一支烛若有似无地亮着。

晏武阳盘腿坐在地上，一下一下撩拨着烛心玩，全没有一个死刑犯该有的慌张，好整以暇的样子，好像在等她。见秋离来，他回头冲她笑笑，声音有些暗哑：“主子说姑娘一定会来，果然料事如神。”

秋离端立在牢房外，垂目冷冷地看着他，声音不带一丝温度：“你家主子是谁？”

晏武阳笑笑，不答，只是从怀内扯出一方帕子，不疾不徐地递了出来：“主子说，你看了就知道了。”

秋离接过帕子，不过是一方素白的普通帕子，上面只绣了一个图案。那图案她太过熟悉，就算是地牢灯光昏暗，她也只瞟一眼就知道那个图案是什么。

苍龙阙。

秋离将帕子攥在手心里，手心微微潮湿。她忽而想起今天方泽回来时吞吞吐吐的神情，便明了，元辰定是卷入这桩事中，凶多吉少了。

她还猜不透晏武阳的主子是谁，但元辰在哪里，她心下明了。她冷冷地问：“大齐国主什么时候对仓龙阙也感兴趣了？”

这是一场嫁祸，一场以歼灭嬴国来嫁祸晏国，而大齐渔翁得利的阴谋。

晏武阳和晏金戈一起入嬴行刺，刺嬴的罪名，是晏国的。不管嬴王能不能醒来，嬴国都会以为这是晏国的过错，从而和晏国发生大规模的战争，和齐国一点关系也没有。

而晏武阳的主子，给了他另一个任务，就是将这银针上的毒，神不知鬼不觉地下到嬴王身上。这种大齐特有的毒会引得元辰明知可能有诈，却也不得不只身潜入大齐。

元辰是秦征的智囊，除去他，便削去了秦征的左膀右臂，毁灭嬴国，这是必须的。

最后，即使被秋离看穿了这一切，背后那人以苍龙阙诱之，也不怕她不去一见。

一石三鸟。秋离莞尔，将手中的帕子握紧，这件事，越来越有意思了。

只不过，秋离觉得那人的最后这步有些多余了，只要以元辰为饵，她定是会去的。关于那人的身份，秋离到现在，也只是猜到会是大齐一个位高权重的人，可究竟是谁，她也没有猜透。

这境况与晏武阳说的看了帕子就会知道，并不相符。那人机关算尽将他们算计到这个地步，没有理由在这个环节失手。

如此想来，秋离心中突然转过的一个念头，心中大惊。难道，晏武阳的主子要找的人，并不是她？

晏武阳只是来送信的，他并不知道来人的模样，只是知道来人应当是个年轻的女人，所以看到秋离时才将她二人混为一谈。

她的心怦怦跳了几下，如果是这样，那嬴王宫里还有一个人熟知苍龙阙，与嬴王关系密切，还不为她所知。这样一个人，是敌还是友？

一瞬间，秋离心思翻了好几转，可脸上情绪藏得极好，泰山崩于前而不动声色的面容，让人看不出她心中所想。

她轻轻将帕子揣在怀里，淡淡“哦”了一声，声音上挑，故作熟稔道：“她可有什么话带给我？”

晏武阳摇头，闪烁的烛火将他的面容轮廓投射在墙壁上，棱角分明。

“没有了，主子说，看到这帕子，你自然知道去哪里找她。”

秋离的眼睛微微眯起，或许是和赤言待久了，她思考的时候仿佛一只沉思的狐狸，狡黠而让人看不透。她思考的时候极其安静，仿佛空气在那一瞬间静止，安静得可以听到灰尘落在地上的声音。然而，这种安静也不过刹那工夫，下一瞬，她骤然出手，手臂穿过牢房木制的栏杆，一下子锁住晏武阳的咽喉。

她轻哼一声：“如果我不知道呢？”

晏武阳声音无波无澜，毫无惧色，眼中有些不明所以的笑意：“那你就不是主子要找的人。”

秋离对他这种镇定有些摸不到头脑：“你的任务失败了，不怕吗？”

晏武阳虽被她扼住咽喉，可是神情自若得仿佛闲庭信步：“败了便败了，主子再派人来就是了。”

秋离将扣在晏武阳颈上的手收了。这个人软硬不吃，她逼问不出什么来。适才她在秦征处使用法术被反噬身子极弱，现在一时间无法运用其他手段一探此人究竟，只好作罢。

她嘱咐了地牢守卫将此人看护好，急匆匆赶回元朗阁。

此刻，天色已经暗了下来。乌云密布，不见月光，显得越发阴沉。

空气中充满着萧索的气息，风雨欲来。

回到府中的她，正好遇上出门的方泽。他们在门口遇见，一个要进，一个要出。

方泽对上秋离的目光，有些惊讶："夫……夫人，你这么快就回来了？"

秋离环顾四周，虽然没有看到人影，可是树林中传出的沙沙的脚步声和屋顶上若有似无的呼吸声都让她知道，方泽这次出门，至少带走了府中一半暗卫。

她登时明白，什么托她去送药、什么晕倒，只不过是支开她的调虎离山之计。元辰凶多吉少，方泽瞒着她，他们都瞒着她。

她厉声喝道："元辰到底怎么样了，不许骗我。"

方泽一下子跪了下来，死死地咬着下嘴唇："夫人您别问了，我们此去，定将公子安全带回来。"

风声猎猎，一道巨大的雷骤然劈下，然后便是淅淅沥沥的雨。

秋离全身湿透了，还是保持着挡在方泽身前的姿势，方泽不动，她也不动。她冷冷开口："告诉我，他怎么样了。"

"夫人——"方泽将双手在胸前抱拳，"事情紧急，耽误不得，还请夫人不要为难我。"

风呼呼地从她耳边刮过，她仰头，冷笑："方泽，在你眼中，我就是个需要你们保护，丝毫帮不上忙的废人吗？"

方泽垂目，将嘴唇咬得更狠："公子要是知道我们让夫人涉险，回来定是不会饶了我们的。我已经调了公子手下一半的暗卫随行，此次定能将公子安全带回来，请夫人安心在家等候。"

秋离闭闭眼，清冽的雨水浸湿衣服，浸透皮肤，凉到心里。她怎么能安心，明知道元辰在某个地方遇险，她怎么能安心地在家等着。

她只是有些无奈地笑了笑："方泽，你是不是觉得，我只能和他共富贵，不能共患难？还是我被你们保护久了，你便忘记了，我也是有功夫的？"不待方泽反应过来，她已经一个箭步抢过方泽手中的马，翻身而上，动作一气呵成，将方泽头上的斗笠摘下戴到自己的脑袋上。

坐于马上，她居高临下地看着方泽，露出一个淡淡的笑容："不记得十二年前，我们是怎么相识的了吗？那时候，我也救过他的命呢。”

说罢，她狠狠地在马上拍了一下，那马嘶鸣一声，抬起前蹄，便飞奔着消失在雨幕之中。

只听秋离微弱的声音从远方传来：“齐都见……”

方泽冲着秋离的方向愣了半晌神，他仿佛又回到了十二年前，同样黑暗的夜里，那时他和公子还在昭国，他们被富商派来的刺客层层包围，身负重伤，在毫无生机之际，也是这个女子，仿佛从天而降的救兵，只消一招，便救他们于危难之中。

怎么会忘呢？

只是，此去凶险，无论是公子还是他，都不希望她置身于这样凶险的境地。

以大齐现在的情形，这实在是他们近三年来，遇到的最大危险。

一整夜的飞驰，翌日第一缕阳光穿透云层，落在大地上的时候，秋离勒马，刚好立于齐都城的门口。

她看了一眼天色，脸上露出一抹笑意。今天，应当会是个艳阳天。

方泽的脚程不及她，应该还有几个时辰才能到。秋离心想着，那人的目标不是方泽，而是晏武阳错将她当成的那个女子。若此行她一个人行动，擒贼擒王，直接找那幕后主使摊牌，说不定等方泽到的时候，她就可以带着元辰一起回嬴国了。

天色尚早，城门未开。于是她弃了马，一个翻身便翻上了城头。

早上守卫薄弱，两个守门的侍卫在城墙脚下哈欠连天，没有人注意到她。

淡薄的雾气还缭绕在城内，街巷市井看得不太明晰，可是城正中的那座大齐王宫的气派倒是掩不住的。秋离右手一抬，幻出一张弓，将狱中从晏武阳手中得的那方手帕穿在箭尖，抬手拉弓，只听“嗖”的一声，长箭飞出，带着划破空气的呼啸声，穿越长空直直钉在齐王宫的大门之上。

这便是她的投名状了。

守门的侍卫先是惊叫一声，将箭从宫门上取了下来，一路小跑着送入宫中。随后寂静的街巷开始微微骚动，再之后，熙熙攘攘的人从各个门中涌出，似是被这破晓的一箭惊醒，微微不安了起来。

秋离在城墙上居高临下地看着鱼贯而出的人流，知道她这张投名状算是送了出去，嘴角露出不易察觉的微笑，然后一个跟头从墙头又翻了下去，找了一家茶馆落脚。

点了一壶茶，秋离坐下想捋捋思路，可是一个念头还没转完，突然脑海中一道惊雷劈落，完了，赤言还被她晾在元朗阁里。

他千里迢迢跑来给她解围，她却一声也没吭就跑了。

秋离跺跺脚，她这件事办得有点不地道了。

在人间使用法术不便，她本来还想留一点力气等会儿打架用，可是左思右想实在是觉得对不起赤言，只好咬咬牙用自己所剩不多的灵力捏了只纸鹤，让其飞回去帮她给赤言传个消息，说她来了齐国，过阵子才能回去。

这个法术颇费心力，她做完之后脸色白了几分，连喝了两口热茶，才缓过来一些。

太阳悄悄往上爬了几分，秋离三盏茶下肚，有个穿戴整齐的小宦官便站于她面前了，冲她礼貌地作了揖："姑娘，我们王后有请。"

秋离"嗯"了一声，将茶盏放下，看了看日头。

从她将箭射在宫门上算起来到现在，不过一个时辰的工夫。看来齐王后的消息网铺得很密，从消息传递下来，到找到她这个齐国上下没有几个人看到过的人，速度很是惊人。秋离这样想着，便对元辰的安危又忧心了几分。

她被宦官一路带到正中的大殿，然后，那人停在门口，对她做了一个"请"的手势，意思是，从这之后，她便要一个人进去了。

秋离斜眼看了那人一眼，一拂衣襟，凛然抬腿迈了进去。然而她刚站定，身后的门突然关上，光线一瞬便暗了下来，有种说不明的压迫感。秋离嘴角轻扬，不屑地轻笑了一声，搞得这样吓人，只要元辰在这里，别说只是一座齐王宫，就是十八层地狱，她也闯得。

殿不大，离她四五步远的主座上，坐着一个华服女子，头上戴着琉璃珠串的装饰，长长地垂下来，挡住脸，看不清面容。

那人见她进门，缓缓抬头，目光对上她的那一刻，有一瞬的愣神："怎么是你？"

秋离思索了很久，才从记忆深处认出这人的声音，有点难以置信："十三娘？"秋离讶然，她们相识时，十三娘不过是潇湘馆的老板娘，怎么如今摇身一变，竟成了大齐的王后？

十三娘也一愣，声音微微颤抖："怎么会？七年过去了，你的容貌竟分毫未变？"

秋离不客气地往十三娘对面的椅子上一坐："将元辰还给我，我便告诉你。"

十三娘轻笑，像看着个不懂事的小孩子般看着她："秋离姑娘，有求于人，态度要好些。"

秋离只是冷哼："十三娘忘了吗？我秋离不做交易。"

当了王后的十三娘越发冷静，越发难以捉摸。她静静地看着秋离，未几，并未恼，反而露出了一抹淡淡的笑："秋离姑娘，有些事不是你不想就可以不用做的。"

秋离敛了嘴角的笑意，眼神忽而冷下来，袖中的小刀忽地飞出，闪着银光直冲十三娘的面门而来。十三娘不慌不忙地向左闪身，面前的珠帘被飞刀齐齐斩断，但人毫发无损。

秋离拢了拢袖子，看着十三娘："七年不见，十三娘的武艺又精进了。"

十三娘扶扶歪掉的发冠，轻轻笑道："彼此彼此。"没有珠帘挡着，十三娘的容颜露在外面，除添了些岁月的痕迹外，那满目烫伤的疤痕，依旧狰狞。

每次看到十三娘的容貌，秋离都会感叹，明明是那样明媚的女子，却带着满面伤疤，让人惋惜。

她俩静静地对望，一动不动，微风吹动两人的发丝，挠得脸颊微痒，下一秒，两人同时出手，迅雷不及掩耳之势，赤手空拳地缠在了一起。

高手之间的较量，即使不用兵器，也让人心惊胆战。

十几招过去，秋离和十三娘没在彼此身上讨到半分好。两人喘口气，继续，终究秋离棋高一着，又十几招过去，秋离的手死死卡住十三娘的脖子。

秋离冷哼一声，眼神似冰刀般盯着十三娘：“放人！否则我此时此刻就扭断你的脖子。”

十三娘眼睛定定地看着秋离，没有惧色，冷笑：“你试试啊。你想怎么玩我都奉陪，只是你就算弄死我，也找不到他。你大可以一间宫殿一间宫殿地搜。齐宫这么大，不知道他耗不耗得起。”

秋离被她这句话说得心神不宁，手腕不自觉一松，被十三娘一掌隔开，然后顺势一掌追过来，打在秋离胸口。秋离不躲不避，生生接了，只觉得五脏六腑被震得生疼，喉头一腥，一口血涌到口中，她咬紧牙关生生咽了下去，只有一丝血迹顺着嘴角流了下来。

她毫不在意地用手背狠狠抹去嘴角的血。十三娘先是一愣，然后满目了然：“秋离姑娘这是肯做交易了？”

秋离目光如炬，似乎要吃人，每一个字似是从牙缝里挤出来，恨不得将牙都咬碎了：“你要我帮你做什么？”

十三娘挽袖笑了笑：“其实也没什么，我有一师妹，许久未见，甚是想念。听说她在嬴国，想请来坐坐。”

秋离冷冷道：“找人没什么难的。既然是嬴国的人，我和阿辰便定能给你找来。你将他还给我，我说话算话。”

十三娘不疾不徐地整整头上的玉冠：“人质便是人质，若让你将人带走了，我怎么知道你是否会信守诺言？”

秋离咬牙：“那你让我见他一面，确保他安好，总可以吧。”

对于秋离的这个要求，十三娘出乎意料地没有拒绝，直接让人带她去了水牢。

漆黑伸手不见五指的地牢中，蕴着一潭近乎发臭的水，秋离点了蜡烛，才见那臭水中，三根胳膊粗的铁链吊着一个人，全身肩以下的部位都没在水中，头发散乱着浸在水中，了无生气。

她一时间没敢认，这就是她心中那个无坚不摧、纤尘不染的夫君？

秋离双膝一软，一下子跪在水牢边，两行清泪顺着脸颊滑下。

怪不得十三娘说她耗得起，元辰却耗不起。

怪不得方泽不让她跟来，大概是不想让她看到元辰这副落魄的样子。

她记得临行前，元辰还是一副精神抖擞的样子："三日后必回。"

因为他是视承诺重于生死的人，凡是他说的，都会做到。所以他当时言之凿凿，她便信了。她也习惯了无论什么样困难的事情，他都可以应对自如。

秋离有些后悔，她应该跟来的，他事前便有所怀疑，但是因为顾及她的安危，才没有带足够的人手。

她双手颤颤巍巍地伸出去想要抚他的脸颊，可是看他好似睡去的样子，却又不忍弄醒他。

离近了看那脏水潭之下，似乎还有许多无名的浮游生物在蠕动，一只只附在元辰身上，似乎在啃食他身上的肉。

"阿辰……"秋离心痛得连话都说不出，哽咽起来，"都是我不好，我应该陪你来的。"

她沉浸在悲哀之中，没有注意身后动静，等再反应过来的时候，已经被身后刀光在水中折射的倒影晃了眼。她骤然回头，只见一个狱卒手中长刀寒光凛凛，正悬在她的头顶。

秋离眼神一凛，吓得狱卒一顿，手上动作一慢，刀便被她一掌打飞。

她擦干脸上的泪水，站起身，右手幻出一把长剑，倏地向铁链砍去，铁链应声而断，秋离一个箭步从水中捞出了元辰。

几个守门的士兵见她劫囚，纷纷拔剑阻挡，可他们怎么是秋离的对手！她上去就是一剑，直接将挡在前面的几人砍杀。

她顺利地带着元辰推开地牢的门。

乌云蔽日，天色不明，压得人心头有些闷闷的，喘不上气。

一路冲杀到地牢门口，秋离刚要松一口气，却被眼前的景象惊呆了。地牢门口，整整齐齐地排列着许多黑甲精弓的士兵，一眼望去，黑压压的一片，队列竟长得看不到头。层层叠叠的士兵，在她踏出地牢的那一刻，黑压压如食人蚁群般涌了上来。

风萧萧兮，吹得人心寒。此刻，冷风如醍醐灌顶一般，秋离才明白过来，眼前这一幕是怎么一回事儿。

怪不得十三娘会放她来看元辰。秋离冷笑，心下明了，十三娘这是对他们下了必杀之心。十三娘不会放过她和元辰，因为世道就是如此。十三娘若心软，回头嬴国的虎狼之师便会踏平大齐的城池。十三娘从未想放他们二人离开，她只是想引秋离来到地牢，然后将他们杀死在这里。

可笑她竟没有察觉。她怎么会如此天真？天真到竟以为，她可以带他成功身退。

她再一次了悟，怪不得方泽不肯让她来。这不是一场私人恩怨，而是一场嬴国与大齐的生死之战提前打响。他们知道这是一场有去无回的死亡之战，所以拦着她不让她来。一直是她在自作聪明，以为自己可以带着他脱险。

可是，事到如今，她没有退路。她只能硬着头皮，杀出一条血路。

她将元辰好好地背稳，用腰带绑紧，长剑一提，便冲进了刀光剑影之中。

秋离虽然是个调皮捣蛋的神仙，闯过不少祸，但是从未枉杀过一人。可是事情到得这一步，她不得不将长剑举起，正对着那些凡人。

她红着眼睛，如地狱之魔，谁若是挡着她带元辰离开的脚步，她一律杀无赦。兵甲如海，人潮如山。她没有选择，只能逼自己成为杀人狂魔，银色长剑如闪电不停地刺进、戳出，腥风血雨，如同狂风巨浪，向她袭来。她从未想过自己的剑竟可以挥得这样快，在那样的血战中，她变得麻木，只是重复地朝着每一个举刀相向士兵刺去。

她耳边尽是哭喊、号叫，她原本还不忍，可是后来渐渐竟连这些声音也听不到了……她杀得麻木，麻木的不仅是手，更是心……

她不知道自己结束了多少性命，也不知道自己身上有多少伤口，在那样拼搏近乎麻木的战斗中，她已经不知道痛的滋味了。

死了多少人？她不知道，只知道杀到最后，脚下不平全是尸首，手中的长剑也卷了刃。

她原先不懂为什么赤言这样美艳而柔媚的男子，眼角眉梢间也会不经意地流露凛冽的神色，她现在懂了，这是见过血雨腥风之后，留在骨子里的寒意。

这是杀戮给人心底留下的永远的痛与创伤……与这些比起来，她曾经与执夙的明争暗斗，不过小孩过家家罢了。

她开始理解为什么白泽将六界安定看得那么重要，因为没有经历过死亡的人，永远不会理解战争带来的死亡有多可怕。

而她现在所经历的，不过是冰山一角。

那些人被杀的时候发出的惨叫声充斥在秋离耳边，扰得她头痛，就算是铁人也架不住这般无穷无尽的包围，她感觉自己已经杀了许多人，可抬眼一望，人好像一点都没减少，依旧黑压压一片，如汪洋一般向她倾倒过来。

法术耗尽的她双腿一软，跪在地上……

她也不想伤害这样多的性命，她只是想带着他活下去。

只是，战国纷乱，时势不允。

她心如寒冰，终于累得再也动弹不得。

刀光冷冷落下，秋离闭了闭眼。她堂堂西山丹木，如今死在凡人的刀光之下，有点窝囊。窝囊就窝囊吧。她已经累得无法思考，只是本能地回头看着背上的元辰，眼神有种说不出的温柔。她在刀光剑影中分出神去摸摸他的脸，此生，能够死在挚爱的人身边，她没什么遗憾了。

头顶的刀光突然一顿，身侧传来士兵的惨叫。她一愣，看过去，是方泽带着黑衣人杀到，替她挡下了致命一击。

他一面格挡，一面后退，伸出一只手来拉她，想要将她拽进由他们形成的保护圈内。

秋离冲着方泽的方向伸出手去，忽而有弓箭的簌簌声作响。远处的高墙之上，一排弓箭手向他们射出了死亡之箭，秋离眼见着那箭射来，片刻后就会射入方泽的心脏，于是她本要拉他的手突然间将他狠狠推了出去。

秋离和方泽本离得很近，但现在两人间出现了很大的空隙，周遭的那些士兵便仿佛洪水决堤般涌来，将两人分隔两处。

她推开了方泽，自己累得再也没有力气躲避，只听“噗”一声，那箭狠狠穿过她的肩头。她被箭矢的巨大力道带得踉跄着向后跌去，整个人重重地跌在泥土中，溅起的血水糊了她一脸。终于，她再没有力气站起来。

几十把钢刀同时对着她，她认命地闭眼，可是等待许久的剧痛并没有到来。她再睁开眼，只见周遭红光大盛，霎时间万物皆静止……

周遭安静异常，落针可闻。

秋离闭闭眼，眼角凝了一滴泪，无声滑下，哽咽半晌，才吐出两个字：“赤言……”

这是赤言的凝时诀，当上古神祇祭出凝时诀的一刹，凡界的时间便静止。她忽而有种如释重负的感觉，毕竟他肯来，他们应当都会安全了。

可秋离又有些不安，所有和时间相关的法术都是非常消耗心神的，她不知道赤言身子重伤初愈，再承受这样的法术反噬，后果当如何。

头顶，一袭红衣悬于天际，面色冷如冰，秋离第一次见他如此凝重的神色，知道他应当是生气了。

她抬头想向他道个歉，可实在是太累了，浑身的酸痛感在她放松紧绷精神的这一刻一起袭来，如同滔天骇浪，将她淹没。

头顶那人连骂了她好几句，可见她如此疲累，也不好继续跟她置气，只是轻声问：“伤得重不重？可还撑得住？”

秋离浑身痛得仿若被撕碎，于是诚恳地摇了摇头。

赤言哼笑了一声：“不是你说的，作为朋友，你应该怕我担心，对我挤出一个微笑，然后说没什么大碍吗？”

她气得想笑，也就只有赤言这个家伙才能在这种情况下还开得出玩笑。她扯扯嘴角，没有力气笑，只觉得就要晕过去的时候，身子突然变得轻飘飘的，向天空飘去。

她摸了摸背后，元辰还在，于是，她放心地晕了过去。

另一个躲在云头的人看到了这一切，脸上浮现一丝鬼魅的笑容。

旁边的小仙娥看得有些不明所以：“主子，让秋离逃了，你怎么还有些开心呢？”

金衣的执夙笑了笑，咂咂嘴：“本来只是想借大齐之手让他们吃点苦头，真是没想到她会为了这个男人这样拼命，士别三日，当刮目相看啊……”

小仙娥一脸疑惑地看着她。

执夙敛了笑意：“我突然想到一个让他们都生不如死的好法子，天君一定满意。”

秋离醒来的时候，发现自己和元辰躺在温泉中，身周雾气森森，隐隐有淡淡花香。温泉旁有一块玉碑，上面写着三个字“润玉汤”，她心下明了，自己此刻身在青丘境内。

调理身子的温泉效果最好的，自然是九重天上的天泉，从三十三重天外直泄而下，落在九重天的蟠桃园外，成了一方温泉，是疗伤的最佳去处。

赤言看着那温泉心生羡慕，只是青丘虽人杰地灵，却偏偏没有温泉，于是他费尽心力在青丘内劈了一方天地，周遭种上桃花树，挖了个大坑，然后从九重天上一勺一勺地将天泉中的水舀下来，盛在这青丘境内，折腾了大半年，还命了个名字曰“润玉”。

也就是这红狐狸才能干出如此劳民伤财的事情。天界一众仙官上书讨伐赤言铺张浪费，当时秋离和赤言还不熟识，也凑热闹在声讨书上签过字，没想到，兜兜转转，现在竟然便宜了自己。

思绪转完，秋离伸手把了把元辰的脉，见他身子无大碍，便放下心来，将他的头扶着靠在自己的肩头，她安心休息片刻。

她知道是赤言在千钧一发之际用了法术将他们救了出来，此番受了他的救命之恩，又泡了他的温泉，这么大一个人情，不知道要怎么还。她最不喜欢欠人情，却三番五次地欠赤言人情。

思索的工夫，感觉肩头上的人动了动。

她惊喜地低头，果然是元辰醒了。

秋离把来龙去脉向元辰讲过后，元辰对于他们能从齐国地牢里逃出来感到很不可思议。垂眼看到秋离锁骨上的伤痕，他心疼地用手摸了摸："辛苦夫人了。"

秋离不好意思地撇撇嘴："没什么辛苦的，正好和你一身的伤疤凑成一对，我们这也算情侣款了。"

说话间，二人已经换了一个姿势，原本是秋离坐在水中元辰靠在她肩头的姿势，片刻就变成了元辰端坐在水里，她靠在他的肩头。

元辰良久不说话，秋离知道，他是心疼自己。

他们二人的发垂在水中，丝丝散开，交缠在一起。

良久，元辰吻了吻她的额头："阿离，对不起，成亲那天我说我会保护好你，却还是害你受伤，是我食言了。"

秋离见他伤感，攀上他的脖子，又使劲往他身上蹭了蹭，将他抱得更紧了："拼得我一身伤，能换你平安，也值了。"

这时，恰有一个红袍子的小侍女顶着果盘经过，听得他们的对话，大概是年纪还小，未经人事，一不小心酸倒了牙，手中的托盘也吓得掉了下来，红着一张脸转身跑出去。

秋离不好意思地放开他，用手推了推他，却被他将手按在胸口："没什么怕的，我喜欢你就是要全世界都知道。"

秋离挣不过他，只好红了红脸贴回了他的胸口。

情谈完了，也该谈些正事了，秋离将那天在地牢和晏武阳的对话一五一十地告知了元辰，不过他并没有太惊讶，只是沉着地点了点头：“十三娘的目标本就不是我们，我们不过是误打误撞钻进了她的套子，她生了杀心而已。”

轮到秋离惊讶了：“这十三娘是个什么人物，如此难对付？”

元辰揽着她，简单地讲起了十三娘的过往。

十三娘原名敖瑛，家族中本是大齐望族。敖瑛幼年时便显得比同龄的女子聪慧得多，于是她父亲将她送去了无崖子处修行。

五年后，敖瑛出关回家，不料正好赶上晏齐大战。当时是晏国率领六国大军攻打齐国，齐闵王被杀，齐闵王之子不知所终。而敖瑛此刻恰好经过两国边境，被晏军掳去，九死一生逃出来，只可惜，一张脸毁了。

虽然捡回了一条命，可是，从敌军手中逃出来的姑娘，哪还会有人相信她是清白的？她再能干，再无辜，家中也少不了人对她冷嘲热讽。

而这敖瑛也是烈性子，受不了家中人的白眼和恶语相向，于是离家，自己在外面经营起小生意来。

她的生意一点点从小做大，也是不易。

秋离哑然，原来十三娘和晏国还有一层这样的仇怨，怪不得她要行刺嬴王还不忘拉晏国下水，原来是借嬴国之手灭了晏国，这等君子报仇十年不晚的深沉心思，秋离佩服。

只不过，她不解：“十三娘一个姑娘家家，选什么营生不好，偏要开潇湘馆？”

元辰抿嘴笑笑：“这便是她的厉害之处了。”

不过半年，齐军击破晏军顺利复国，宰相请人遍寻太子，便是在十三娘的潇湘馆中寻到人了。

原来，敖瑛慧眼识英雄，在府邸中发现了落难的太子齐法章，便以潇湘馆为掩饰，暗中替他传递了许多消息。这些消息，对大齐获胜和齐法章重新登位有至关重要的作用。齐法章亦是个重情重义之人，继位之后，便派人将敖瑛接回王宫，立为王后。

这样说来，也算是一段伉俪情深的感人故事了。

只可惜，齐法章寿数不长，没多久便去世了，留下敖瑛和儿子齐建支撑齐国。

孤儿寡母，最是被人欺负的。既然吞并六国是嬴国的目标，那么这个时候正是对大齐动手的好时机。

动手之前，要试探一下对方的实力。于是元辰代表嬴王出使齐国，给齐国送了一副玉连环，请齐国上下解开。

自然，这个玉连环是无解的。元辰只是想用这个法子看一下大齐的态度。如果大齐很容易便放弃，并向嬴国认输，那便直接派兵攻打大齐；若大齐态度强硬，不解开不罢休，那便要再思索一下。

这个十三娘倒好，听说群臣没有人能解开玉连环，随手抄起一把锤子，当着元辰的面手起锤落就将这副玉连环砸得粉碎，然后命人将一地的碎玉碴儿捡起，包在手帕里，盛到元辰面前，道："解开了，还请来使转交嬴王。对了，若是还有什么花样，不妨一起拿出来，大齐奉陪到底。"

那声音冷而烈，沉稳有力。她眼神灼灼，毫无畏色。

元辰说，他长这么大，头一次见到如此野心勃勃而自信满满的眼睛。

正是因为这双眼睛，让嬴国对大齐七年按兵不动。

秋离皱皱眉，元辰似乎遇到了一个劲敌，从前不论他谈到什么，就算是刀山火海，也可以谈笑风生，可是，这次谈到十三娘，却让他轻轻蹙了蹙眉。

也是，秋离虽和十三娘交手不多，却觉得她是个难对付的人。

她伸手抚平元辰轻蹙的眉头："你说十三娘的目标不是我们，那是谁？"

元辰沉默了，他回想起在齐王宫被十三娘捉住的那一幕。

他和方泽在齐王宫取到解药时，触动了密室机关。走投无路的两人被上千士兵团团围住。元辰自知无法脱困，只好以自己为诱饵，给方泽赢得了一个逃跑的机会。

方泽含泪离开后，元辰被人押到宫殿之上，接受十三娘的审问。

他被人押着重重跪在地上，腰板依旧挺得笔直，嘴唇虽有些干裂，却扯出开朗的笑意："元辰不才，应当不需要王后布下这般天罗地网来捉，不知道世间有谁才有这个福气。"

十三娘笑笑："果然聪明。鉴于你是个将死之人，告诉你也没什么。我在找我的师妹阿雩。阿雩出关之后本来是要来齐国找我的，只是后来在路上收到了一封信，就不知道去哪儿了。"

元辰微怔，问信是谁写来的。

十三娘笑意有些鬼魅，脱口而出两个字，掷地有声："秦征。"然后，转了一副故作惊奇的口气，"怎么，你的好兄弟没有告诉你吗？"

元辰脸色一变。

若是他之前不知道心寒是什么意思，在那一刻，他知道了。

他尽心尽力辅佐嬴王，一心一意要帮嬴王问鼎天下，嬴王居然将这么大一桩秘密瞒着他。

从回忆中回过神来，元辰咂咂嘴，将中间这些过程都省略了，直接道："阿雩。"

秋离张了张嘴，刚想说什么，只见三只三尾的红狐狸从林子外，一颠一颠地跑过来。三只灵狐开道，这排场，后面跟着的人是谁，不消多言。

果然，秋离抬头望去，便见嘚瑟的赤言一袭红衣捏着把折扇走了过来。

秋离从温泉中一跃而起，立在赤言对面，恭敬地行了个礼："这次多亏了神君出手相助。"

赤言风骚地摇摇折扇："这没什么的，反正本神君闲着也是闲着，举手之劳，给自己添个乐子……"

秋离撇了撇嘴，臭狐狸，还是那般傲娇。

秋离和元辰得知，他们已在赤言处叨扰了四日。天上一日，地上一年，一眨眼，居然过去了四年。

秋离心惊，六国局势纷乱，眨眼间生死变幻，他们离开这么久，不知道凡界会发生怎样翻天覆地的变化。于是，二人连忙向赤言告辞，赶回凡界去。

第九章

两不负

行至齐都临兹，秋离和元辰决定歇歇脚。街上百姓皆喜气洋洋，元辰向人打听后，才知大齐给嬴国递了停战的降书，两国和谈。这四年，嬴连年对外征战，以迅雷之势歼灭四国，大齐的投降意味着嬴国统一了六国，百姓终于可以过没有战火的日子了，怎么能不喜？

茶馆说书人正津津乐道着那日的情形。

三天前，嬴国大军压境，齐都临兹好似黑云压顶，战争一触即发。

东风吹，战鼓擂，咚咚咚的急促声入耳，使人精神紧张起来。弓箭手已经拉满了弓，骑兵也蓄势待发，只要战鼓响毕，上万生命濒临涂炭。

就在这一刻，临兹城门突然打开了。

鼓声停，周遭一下子安静得落针可闻。

几万双眼睛直直盯着那慢慢打开的城门。金色的阳光从门后直泻而出，仿佛拨云见日。门后，没有严阵以待的士兵，没有金戈铁甲，只有一个瘦弱的白衣男子。

他自称是临兹城主，双手捧着一卷竹简，道：“此仗一打，便是上万条人命。齐王爱惜子民，特下此诏，若是嬴王肯给齐王建五百里地作为封地，安度晚年，那齐王建现在便开城投降，免得百姓受苦；若嬴王不允，大齐便拼尽全国兵力，与秦决一死战。”

这个消息一出口，很是动摇军心。

若能兵不血刃便夺下齐国，哪还有将士肯拼命呢？如此一来，嬴王不接受这个条件也得接受这个条件。毕竟，齐王爱民，此举便得民心；若是嬴王坚持再战，便失了民心，定是一场苦战。

秦征思索再三，终于同意。

双方签署停战协议，临兹开城投降，齐王退位，隐居山林。从剑拔弩张到兵不血刃，只有一卷降书的距离。原来，和平如此简单，只要一道诏书，便免了万人流血之灾。

那薄薄一卷降书握在当权者的手中，想必是沉甸甸的。

秋离呷了一口茶，打量着临兹城。虽然六国战火久矣，可是临兹不像被战火荼毒过，百姓日子安宁，不得不说这临兹城主有些治世之才。

秋离这厢正想着这城主是个怎样了不起的人物，那厢就有小厮走到他俩面前，说是临兹城主有请。

秋离一口茶没咽下去差点喷出来：“你们莫不是找错人了吧。”他们只是路过，怎么这么巧就有人找他们。

小厮十分肯定地说没找错，城主说是有关苍龙阙之事，请他们去小坐。

元辰看过请柬，眉头皱了皱：“此人深不可测，你先回元朗阁去，我让方泽照应你。”

秋离努努嘴：“不是说同生共死吗？”

元辰摇头：“如果换作是你，明知前路凶险，也非要带上我吗？”

秋离理直气壮：“你放心，以后死我也会拉上你给我垫背……我俩肯定死在一起。”

元辰哭笑不得，这听着不太像好话啊。

竹声簌簌，秋离和元辰手挽着手踏进临兹城主的后院，本以为会看到金戈铁马严阵以待，没想到，这真的只是个普普通通的小院。

黑瓦白墙，翠竹掩映，竹后的红亭中一个白衣男子正斜卧在小榻上咳嗽，一副弱柳扶风的娇弱样子，帕子从嘴上拿开时，已经浸了血渍。

明明是一张年轻的脸，却已满头银丝。

手边的石桌上温着一盏清茶，白衣男子要端茶漱口，可身子一歪，手一抖，便将茶盏往地上摔去。还好秋离眼疾手快地上去扶住了，又将茶盏递回了白衣男子手中。

白衣男子冲她虚弱地一笑："有劳。"然后上下打量秋离，"以前在昭国的时候便总想着，是哪个有福气的女孩子将来能嫁给三哥，今日一见三嫂，果然惊为天人。这样看来，有福气的，倒是三哥了。"

听白衣男子这话，秋离和元辰都是一愣，元辰眸光在白衣男子身上停了停，终于难以置信地问了一句："阿雰？"

秋离也是一愣，盯着她的脸看了许久，没有喉结，还有一个隐约可见的耳洞，果然是个女子。

原来这便是阿雰。秋离想过很多次会在什么样的情况下遇到她——绍若嫣的远房表妹阿雰，十三娘唯一忌惮的师妹阿雰，她和元辰寻寻觅觅的阿雰。

她以为会是在一个什么了不起的场合，她终于和这个奇女子狭路相逢。

没想到，只是在这样风和日丽，简单到不能再简单的午后，见到这个清丽、超然又出人意料的女子。

只是，她怎么憔悴成这个样子？

秋离下意识去诊阿雰的脉，然后惊讶地收回手。

看秋离瞪得浑圆的眼睛，阿雰却不以为意："生死有命，这次请三哥前来，是有件事欠三哥一个解释。"

阿雰拿出半块苍龙阙，交给秋离，有些抱歉地道："知道三哥一直在寻苍龙阙，却一直未能据实相告这最后半块苍龙阙在我这里，实在对不住三哥。"

元辰抿嘴，沉默半晌："你可知道这苍龙阙背后的传说？得苍龙阙者得天下，可属实？"

阿雰说话费力，说说停停："这苍龙阙的传说，只是一个传说罢了。

没有什么呼之即出的苍龙，能得天下的，只有人心。苍龙阙背后，也不过是吾师无崖子一颗忧国忧民的心。”

元辰眸子看着苍龙阙闪了闪：“你今日叫我来，只为了将苍龙阙交给我？”

阿雩的手抚上额角，看起来有些疲惫，嗓音有些暗哑：“我是师父最后一个传人，我死后，苍龙阙再无用处。”

半晌，她将手从额角放下来，睁开眼睛，声音冷淡如水：“当然，请三哥来，我还有一个私心，便是希望我死后，三哥能将我的骨灰带回嬴国，交给阿征，待他殡天后，我们好葬在一处。”

她低了低头：“没能实现陪他一统天下的诺言，不能生同衾，只好死同穴了。”说罢，她似乎有些自嘲，“我这一生，实在是太失败，对不起师父，也对不起他……”

秋离心中存了太多的疑问想问她，可还没来得及开口，只觉得从阿雩手上接过的苍龙阙变得温热，她低头去看，眼前闪过一道柔和的白光，还不待她反应过来，便跌入了光中。跌入之时，一只手温柔地牵住了她。

电光石火之间，眼前就已经换了天地。

她方才给阿雩诊脉，知阿雩命不久矣。

临死之人元神涣散，阿雩一生的梦魇，求而不得的心愿，皆在这块陪伴她多年的苍龙阙中。秋离赶巧握着它，便被卷了进来，除非找到阿雩的心魔所在，否则他们无法从这里出去。

眼前光怪陆离的景色飞速掠过，乱世白沙，古树枯藤，凄凉景致飞快地穿过秋离的身体，还来不及捕捉，便飞速地消逝。金戈铁马声呼啸而来，再转眼又成了庭院深深，刹那间一团白光爆裂开来，似坠落的点点晨星，耳边莫名有孩童的声音响起，陡然大开的视野，只见碧波袅袅，青草依依，一派阳光明媚之景。

“我李靖、晏丹、元辰、秦征、绍阿雩在此义结金兰，我五人誓当同心，患难与共，不求同年同月同日生，但求同年同月同日死……”

几个孩子有模有样地拜天拜地，结为异姓兄妹。

是了，元辰说过他幼时和阿雩相熟，他们是拜把子的兄妹，能在她的回忆里见到元辰，倒也不算是稀奇事。当时，昭国还是九州国力最强的大国之一，晏国、嬴国为了与昭国示好，便纷纷送了世子来昭国作人质。元氏、绍氏乃昭国大姓，元辰与阿雩便同这些世子玩到了一处。

秋离眼尖，立马认出来，五个孩子里面个子最高的那个穿蓝衣服的，正是元辰。这一瞧，她便喜欢得紧。

她打趣道："我家元辰小时候竟然生得这样可爱。"

元辰斜睨她一眼："怎么，你是说现在长裂了吗？"

秋离掩嘴笑笑："不敢不敢，现在的阿辰风流倜傥，没想到小时候也是圆滚滚的小可爱。"

元辰也不恼，只是突然拉过她的手，将她猛地拽到怀里，在她耳边轻声吹气道："怎么样，你要不要跟我生一个圆滚滚的小可爱？"

秋离脸霎时便红了，猛地推开他："你这个人怎么这么没正形？"

元辰负手笑着看看她，不言语。

几个孩子玩闹间发现一棵枣子树，都争先恐后地去摘枣子，无奈个头太矮，除元辰能勉强够到几个之外，剩下的孩子们都只能仰着头对着枣子流口水。元辰踌躇了一下，便将几个孩子挨个扛到肩头，举着他们去够枣子。

阳光穿过树叶的缝隙落在元辰的脸上，照得他额上的汗珠晶莹剔透。他一言不发，认真地将那几个小孩子一个个举起来，听着他们说"左边点、右边点"，他耐心地移动着，陪他们打枣子。

一个时辰的工夫，每个孩子都捡了一大兜枣子，开心得手舞足蹈。唯有元辰一个人坐在地上擦汗，看着那些吃枣子的孩子，咽了咽口水。

在一旁玩闹的秦征和阿雩看到他，从池塘边跑过来。秦征递了一把枣子给元辰，道："谢谢三哥帮我们摘枣子。"然后推推阿雩，"三哥带我们摘枣子，你分一些给三哥。"

秋离在心中赞叹，秦征小小年纪就深谙为人处世之道，怪不得日后做了嬴王，能笼络天下贤士辅佐。

无忧无虑的时光总是短暂的，转眼间时光流转，春去冬来，元辰家便落了难。元家财大势大，遭到佞臣觊觎，当家主父主母双双下狱，剩下的老幼妇孺全都被监禁在府中，一众侍卫带着兵器来抄家。

元家显赫，珍奇异宝运送了百车不止。

昭王已下令，等到元家搬空，便要处置了元家人，男子被流放，女子做官妓，永世不得返回昭国。

好好的一个家，就这样散了。

秦征担忧元辰安危，时常拽着阿雱在元府外转悠。那时阿雱年纪还小，不懂抄家是什么意思，她只是想跟着阿征哥哥和元辰哥哥玩，就成日跟在秦征后面。元府外守卫森严，他们踌躇了好几日也没有找到溜进去的机会。几日后，秦征终于决定趁着夜黑风高，从后墙打个地洞进去找元辰。

秦征小小年纪，政治嗅觉却异常准确，他料定元家倾覆不过旦夕之间，如果他们不早日行动，元辰危矣。

李靖和晏丹被看管得严，营救行动，只余秦征和阿雱两个人。

秦征的动员讲话说得很简单，他双手扶在阿雱的双肩上，拍了拍，道："阿雱，救出三哥的任务，就落在我们肩上了。咱们既然结拜了就是一家人，救出家人，义不容辞！"然后他拍拍胸脯信誓旦旦道，"如果有一天你出事了，我和三哥也会这样奋不顾身地去救你的！"

很多年后，阿雱经常问自己，究竟是什么时候爱上秦征的。他们属于日久生情，感情羁绊一点点写进生命中，分不开，拆不散，说不清，道不明。但如果非要说是从某一个瞬间才开始的，阿雱想，就是这个瞬间吧。

是夜，天色很暗，可是秦征的眼睛很亮，炯炯有神，写满不知从何而来的信念。

阿雱爱上这样的秦征。从这一刻开始，她无条件信任他。她相信如果有一天她身陷囹圄，他也会奋不顾身地来救她。

这个世上，只要还有他在，她就不害怕。

于是两个小孩子踩好点，找了一个守卫最松的地方，蹲在元家外墙脚就开始挖，从月上中天一直挖到月亮西斜，挖得指尖都渗出血来，才挖出一个仅容一个小孩子通过的洞。

不过，这足够让他二人欣喜。

阿雩留在外面站岗，由秦征去将元辰接出来。

被关了三天的元辰，整个人清减了一大圈，黑着眼圈，眼眶也近乎要凹进去。不过十多岁的年纪，做事情倒是一板一眼，被救出后的他恭敬地冲着秦征和阿雩作揖道谢："救命之恩，元辰此生不忘。"

只是，元家全族受到牵连，元辰虽然逃得出元府，却逃不过颠沛流离的命运。秦征想了想，咬咬牙，从身上摸出来一块玉佩，递到元辰手中："三哥，这个是我父亲留给我的玉佩，你拿着到嬴国去，他会庇护你。"

这么贵重的东西，元辰怎么好意思收。两人推搡了半天，还是元辰拧不过秦征，深深向他鞠了一躬："承君此情，当以生命报之。"

见到这一幕，秋离这才明白为什么元辰对秦征那么好，原来小时候，他承过他的救命之恩。他本就是滴水之恩涌泉相报的性子，豁出性命去保护秦征，于他，是本能。

秋离有些心疼地握紧元辰的手，担心少时家破人亡之事会勾起他伤心的回忆。元辰心领神会地拍了拍她的手，轻轻在她额头上落下一吻："放心，该是我的，我都争回来了。所以，过去的事情，我便让它都过去了。只有这样，才能过好以后的日子。"

接下来的记忆犹如走马观花，纷纷乱乱，大致是那时的生活本身就动荡且混乱的，所以留给小阿雩的，就是那样断断续续的片段。

在这部分记忆中，充斥着离别。

元辰走了半年后，晏丹被父亲接回晏国，再半年，李靖被云游的剑客高手收留，也离开了昭国。原本热热闹闹的五人，不过一年多的光景，便只剩下阿雩和秦征两人。

然而，分离并未落幕。

嬴昭两国交恶，因秦征是嬴国人，百姓恨嬴国，牵连到秦征头上，他多次遭到暗杀，所幸后来受到阿雩一家人的庇护，得以喘息。然而好景不长，不久阿雩家族受到牵连，很快也家破人亡，也成了孤儿。

自此，天寒地冻，只剩下两个小孩子艰难度日，秦征怕遇到追兵，不敢抛头露面，只有靠着阿雩。白天阿雩将秦征藏在破庙里，自己上街乞讨度日，晚上回去再同秦征共享今日的口粮。就算一整天下来只讨到一个饼，两人也要掰一半分着吃。

日子再难，阿雩也从没有想过放弃秦征。因为她始终记得，那天秦征对她说，他们结拜了，就是一家人，照顾家人义不容辞。她相信，如果有一天她出事了，他也会倾尽一切来救她。

可惜后来昭王还是发现了秦征的藏身之所，将他抓去关押在宫中，阿雩孤身辗转各地，最终来到无崖子门下。

或许是过于颠沛，前半截虽然是阿雩的回忆，却鲜见她的影子。到无崖子处时，正是阿雩十岁生辰。幸好，无崖子对她很好。至此，她少年时代的流离失所，终于短暂地画上句号。

那些碎片似的回忆，终于可以拼拼凑凑，有了些生活的影子。

无崖子虽然严苛，可是待徒弟极好。教她们读书识字，教她们天下大义。山中的师姐们比阿雩年长许多，所以对她这个师妹分外宠爱。

日子波澜不惊地过了三年。

一个罕见的风雪夜，一个身着白袍的中年男子出现在碧渊潭，脸上满是岁月刻下的风霜的印记。那样一张脸，棱角分明，那样一双眸，盛的是天下的阴谋诡计。

冷白月光中，一棵巨大的桃树迎风招摇，红色的桃花散落半空，似赤雪纷飞。无崖子坐于树下，和这个中年男子人有一搭没一搭地下着棋。

旁边，炉上温着茶，阿雩和另一个女子坐在无崖子两侧，帮两人添茶。秋离定睛看了看，认出这是未毁容时的十三娘。阿雩已经是个不可多得的美人，可是正值二八年华的十三娘，脸上的明媚之色，生生将阿雩衬得过于素净了。

无崖子手执白子，抬头淡淡一笑：“归谷，十几年未见，你精神还是一如往日矍铄。”

归谷子抿了口茶，毫不客气：“无崖，十几年未见，你收的女徒弟，倒是一个比一个好看了。这样下去，你的徒弟们怕不是要比贤，而是要比美了。”

无崖子白字稳稳落在棋盘上，不疾不徐地端起茶杯，也饮了一口茶，咂咂嘴：“十几年过去，你这个瞧不起女子的毛病怎么还不改？”

从两人的谈话中，秋离才明白为何无崖子教出来这么多胸怀天下的女徒弟。

百年之前，隐居在碧渊潭的无崖子遇到了游历至此的归谷子，两人一见如故。

那时，战国风云已经变色，天下分裂成许多不同的国家，所有有识之士皆想谋得生前身后名，安邦定国，实现天下太平，归谷子也不能免俗。

只是，归谷子看不起女子，他收的徒弟，从来只是男子。此事让无崖子颇为不悦，无崖子觉得，男人能做成的事情，女子亦可以。可以翻手为云覆手为雨的并非只有男子，还有许多女子，她们默默为家国做了不可估量的贡献，只是偏见如此，她们的事迹，多半没有被记载下来。

所以，二人立下了一场泼天豪赌。

两人以天下为棋盘，开始了这场博弈。

他们赌，百年之后，能够影响国家战局促成天下一统的，究竟是归谷子的男弟子还是无崖子的女弟子。至此，赌期已过大半，输赢便在片刻之间。

归谷子不语，看似不经意地拿起一枚黑子，将要落于棋盘之时，手腕突然一翻，中指一弹，那黑子便径直朝着阿雩面门飞去。这要是真打在脸上，非把阿雩打得毁容不可。

阿雱被这突如其来的变故吓得一愣，而十三娘眼疾手快，拿起手旁的青花茶盏对着棋子掷去，就在棋子离阿雱鼻尖约莫一指的距离处，精确无比地将棋子打飞。

归谷子捋着胡须，不经意地瞥了十三娘一眼："身手不错。"

十三娘倒不谦虚："承让。"

她一眼便看出归谷子的试探之意，心中有些恼，他既是试探怎么还下这么重的手，然而面上不辨喜怒地给他添了些茶，心不在焉地道了一句："我这小师妹阿雱从小体弱，并不曾学武。不过尺有所短，寸有所长，我虽善拳脚，可师父曾夸阿雱聪慧过人，是我们所有师姐绑在一起也比不了的。"

归谷子接过茶，"哦"了一声，语气中尽是不屑之意。

无崖子看了惊魂甫定的阿雱一眼，有些不悦，默不作声地转了转手中的杯子，淡淡道："听说令徒春申公子最近向荆王进献了一名女子。"

归谷子抿了口茶，"嗯"了一声，突然反应过来："那姑娘，是你的徒弟？"

不等无崖子回话，十三娘抢道："是啊，我李媛师姐可是世间少见的美人。"

归谷子将茶盏稳稳放在桌上，轻哼一声："也不过是个好看的皮囊罢了。"

无崖子也不恼，将阿雱招来手边，对归谷子道："我再跟你打一个赌，战国纷乱，将由我这个最小的徒弟辅佐最有能力的君主，还天下太平，你可敢赌？"

归谷子笑："有何不敢？赌什么？"

无崖子徐徐道："若是你输了，你须向我徒弟道歉说你错了，看走眼了。"

归谷子轻蔑一笑："这有何难，你定是赢不了的。"

无崖子只是静静地又在棋盘上落了一子："我是不会输的。"

白雪苍茫，在一个深山老林中，一个赌约便悄无声息地刻在了一片苍茫的白雪之中。阿雳咂舌，无崖子和归谷子世纪赌局最后的输赢，竟系在了自己的身上。

秋离摩拳擦掌："好气哦，归谷子这个态度看得我好想打他。"

元辰揉揉她的头发："世俗如此，男子志在天下，赚钱养活女子，自然有些人会重男轻女。"

看着秋离不好的脸色，他十分懂事地又补充了一句："当然，只是有些人，我就不这么想。我觉得我家夫人最厉害了。"

秋离"哼"了一声："那春申公子后来如何了？"

元辰垂眸："荆王祝融烈驾崩，他去奔丧的时候，遇到李媛的埋伏，全家被杀。"

秋离倒吸一口凉气："难道就是为了师门之争？斗成这个样子？"

元辰摇头："并不是。春申公子和李媛之间，从他们认识开始那天，就注定你死我活。政见不同的人，再惺惺相惜，最后也难免落得个互相残杀的下场。"

元辰一席话说得有些怅然，带着些对故事未来走向的洞悉。

风止，雪停，转眼又是一年春天，十三娘离开师门。阿雳送她，她笑意盈盈地邀请她有机会去齐国做客："到时候师姐罩着你，天天吃香喝辣！"说着对无崖子吐了吐舌头，"我们再也不用听师父碎碎念。"

看着这样的十三娘，秋离有些感伤。这个时候，十三娘笑容还如此干净，清澈的眼眸中不带一丝烟火气。可惜，秋离和她认识的时候，她眼中只有杀气。否则她和十三娘，可能还蛮投缘的。不说别的，就冲爱吃辣这一点，秋离便看她顺眼。

自阿雳拜入师门，她的饮食起居，全都是十三娘在照料。十三娘长她七八岁，又在师门中陪她时间最长，就算说是半个娘也不为过。阿雳受十三娘照拂颇多，十分舍不得她离开。自山门惜别，阿雳悄悄追着十三娘的脚步从山上追到山下，又从山下追到市郊，直到追不上了，才作罢。

暮春的雨无休无止。无崖子染上了一场风寒，春去春又来，到第三年再开春的时候，他已然到了弥留之际。

阿雱半步不离地在无崖子床前照顾。她自幼生活颠沛流离，在无崖子跟前的这六年，是她少有的安闲时光，读书虽清苦，可是她很满足。

大雨倾盆，院中梧桐遮天蔽日，阵阵春雷落在浓荫之后，细细的竹叶在雨中微微发抖。阿雱握着无崖子的手，也在微微颤抖。

无崖子叫她来床前："阿雱，有件事，为师要委托于你……"无崖子的声音有些颤抖，"世人皆言，得苍龙阙者得天下，不是因为什么青龙的助力，而是，人心。"

无崖子接着说出了关于苍龙阙的秘密。

他便是世人口中的那条龙。万年前在一场天地浩劫之中，他失了仙身，被遗忘在凡界。有一次他走火入魔，被误打误撞走进碧渊潭的将军救下。

当时的将军受到了君主的猜忌和排挤，无崖子投桃报李，凭着自己一身政治好本事和军事才能，帮助将军建立了自己的国家。无崖子还给了将军一块铁牌，允诺说，如果有人带着苍龙阙前来，便帮他一统天下。

因为萧国建国之战打得太过顺利，有如天助，便渐渐演化出了萧国将军得真龙相助的传言。

所以，得苍龙阙得天下的传言中，真龙没有，得天下倒是真。

而阿雱是无崖子的关门弟子，无崖子将终生所学都传与了她。因此，她不仅要替无崖子完成他和归谷子的赌局，还要帮他完成苍龙阙中承载的夙愿。找到仁君，平定天下。

无崖子看好大齐。虽然嬴国看起来更强大，可是嬴国以霸道治天下，非长治久安之策。失民心者失天下，这是亘古不变的真理。水可载舟亦可覆舟，人民之于国家，亦是如此。反观大齐的这些年在十三娘的治理下，政治经济都有所起色，若是能再得阿雱的相助，便极有可能在短时间内一统六国，实现长治久安。

最后，无崖子怜她年纪小，交给她两个锦囊，让她在不知如何是好的时候再打开看。

随后，无崖子便离世了。

阿雩写了一封信，寄给了已经当上大齐王后的师姐十三娘，将师父的话告与她知晓，说自己要去投奔她，与她携手壮大齐国。

没想到，这封信日后竟给阿雩埋下了不小的祸患。

料理完无崖子后事，阿雩便下山了踏上去往大齐的路。沿途她听说秦征已经当了嬴王，因少年时的情谊尚在，她便写了封恭贺的信去，没想到，第三天秦征便派了使者来接她入嬴国。

此刻，秦征虽继位，但朝政被韦布把控，他需要她的帮助。天无二日，国无二主，秦征和韦布之间，注定有一场你死我活的战争，她心知，一旦她卷入，便是深陷嬴国政坛，再不能抽身。

阿征是她的结拜兄弟，她的家人，她和秦征的情分，从小便与旁人不同。她始终记得那夜秦征看她炯炯的目光，如果有一天她有困难、他一定会来的。可另一方面，她又答应了师父去大齐辅佐师姐。

去或不去，阿雩经历了一番思想斗争。

据她这些日子以来对时政的了解，大齐外强中干，并没有表面上看上去那么富强。若是真的要迅速解决战争，那最有希望一统天下的，其实是嬴国。

是夜，她第一次打开了师父给的锦囊。上面没有什么妙计，只有三个字：不要怕。

仿佛已经预料到有一天她会面临两难的选择，所以，无崖子鼓励她按照自己的心意行动。

手中握着这三个字，阿雩做了决定。她要留在嬴国，直到嬴国统一六国。

阿雩能留下，秦征自然高兴，只是阿雩此刻不愿让旁人知道自己在嬴国。世人皆知无崖子的徒弟颇有本事，若是消息走漏，会给嬴国引来不必要的麻烦；并且自从十三娘当上齐王后以来，手段雷厉风行，若是消息走漏，也可能会招来十三娘不必要的猜忌。毕竟，师父说让她去找十三娘，辅佐大齐，她却私自来了嬴国。

为了确保阿雩在嬴国之事半点风声都不走漏，他们连元辰也瞒了下来。

秦征的书房内有一间密室，而阿雩便住在那间密室之中，若非有大事，从不出来走动，即便要出来，也是化装成小太监的模样，没有人能认出她来。

元辰主外，阿雩主内，他们一明一暗，一内一外地配合着，让秦征每一步都走得很稳。如此，便也注定了在秦征统一六国之前，阿雩便只能像一个影子一般，躲在他身后，活在黑暗里。

日子流水一般过去，直到那一天，韦布力挺秦蛟带兵攻打昭国。

阿若见到秦征魂不守舍地回来。

她有些讶异地问秦征发生了什么，只听他苦笑："原来，我不过是个假的公子。"秦征不舍自己的弟弟出征，本想着下朝后去和韦布理论一番，没想到，却听到了韦布和母亲绍姬的对话："秦蛟在嬴国王族中口碑甚好，对于征儿来说是个心腹大患，毕竟，你我皆心知肚明，征儿不是嬴王族最纯正的血统。"

阿雩听到这个消息，心跳漏了一拍，关于秦征的身世居然还有这样一个惊天秘密！原来，绍姬早些年不得宠，为了争宠，便出宫与韦布一夜风流，假装怀上皇子。阿雩虽知绍姬风流，却没想到她竟然大胆至此。

这样，秦蛟的存在对秦征威胁过甚，阿雩下定决心，这一战，秦蛟必不能再活着回到嬴国。

此事干系甚大，她和秦征商量，要趁着此战的机会，将秦蛟处死。她建议秦征将嬴国负责押送粮草的士兵换上自己的心腹，断了秦蛟的补给。

此等军政大事，阿雩以为她要费一番口舌才能说服秦征，没想到他立刻便答应了。这让阿雩十分感动。秦征摸摸她的头道："傻阿雩，你愿意帮我，是我的福气。这天下不止是我的舞台，也是你的。你需要做什么，就去做什么，我无条件支持你。”

听着秦征这番话，阿雱差点掉下眼泪来。

她想起师父的话，想起之前归谷子不屑的态度，心想，师父，我不会辜负你的期望，就算前路再艰难，我也会辅佐我的秦征哥哥一统六国。

因着阿雱的筹谋，秦蛟对阵昭国势弱，必输无疑。无可奈何之下，秦蛟叛逃，人人唾弃之，元辰趁机带人将秦蛟暗杀，此一战，秦征大获全胜。

可是，除掉秦蛟，秦征没有显得开心。阿雱听到秦蛟的死讯去看秦征时，只看到他一个人蜷缩在床上，不说话，也不吃饭。

她有些心疼地走过去坐在他的床边，他便像个小孩子一样挪到她的身边，将头枕在她的掌心里：“阿雱，你说小时候我们那么苦都熬过来了；现在锦衣玉食，为什么反倒觉得日子难过了呢？”

阿雱明白他的意思，她叹了口气，大概是因为欲望。

小时候，虽然躲在破庙中，少吃少喝，但是只要能活下来，就很开心。

现在，虽不缺吃穿，却处在算计的旋涡之中，为了满足更多的欲望，他不惜除掉陪伴在身边多年的弟弟。成日里不是伤害别人，便是被别人伤害，自然不开心了。

只是，他们别无选择。

阿雱没有说这些，只是用手轻轻摸了摸秦征的脸颊，轻声道：“阿雱一直陪着阿征，不管同甘还是共苦。”

秦征抓住她的手：“阿雱，你要说话算话。”

时光再一转，眼看秦征便要亲政，再后面的一系列事情——廖皑造反被杀，元辰去洛阳送诏书，韦布自杀。秋离都知道得差不多。

绍姬的两个情人接连落网，心中不忿来找秦征理论，说他忘恩负义，说他兔死狗烹，说他大义灭亲，毫无良心。阿雱躲在密室里看着对秦征破口大骂的绍姬，有些心疼他。

半个时辰过去，绍姬骂累了，坐下喘口气，秦征才红着眼睛抬眼看她，他一句话都没有说，只是愣愣地问了一句：“母亲可曾爱过寡人？”

绍姬一愣。

秦征声音带着倦意：“于母亲而言，我是争宠的工具？是稳权的手段？母亲为了哄情郎开心，甚至可以将兵符相赠，可有想过，这样会致我于何地？”

绍姬身子一颤，往后退了一步。

是，廖皑之乱，若不是她给了廖皑兵符，也不至于引起如此腥风血雨。

秦征红了眼睛，“至少，我曾经爱过母亲。只是，我从此，再没有母亲。”

第二日，嬴王秦征下令软禁太后绍氏，令她从此再不得干政。

这一连串的事情做下来，秦征在朝堂上虽赢了，在人后却显得郁郁寡欢，整晚整晚失眠，四下没人的时候，他便跑到阿雩的身边像一只小猫一样，温顺地躺在她的腿上，仿佛这样才能心安。

他们两个坐在四下无人的院子中，吹着清风，数着星星。阿雩用手轻轻拍着秦征的背，哼着温柔的小调，哄他入睡。

只有这样，秦征才能睡着。

他时常像一个缺乏安全感的小孩子，问她：“摄政王不在了，母亲也不在了，会不会有一天阿雩也不在了？”这些都是他曾经以为的亲人，在他最难的时候帮过他，助过他，可是最终为了权力，彼此拔剑相向，死的死，伤的伤。

阿雩则温柔而耐心地一遍遍回答他：“不会的，阿雩是阿征的家人，无论什么时候，阿雩都会一直陪着阿征。”

只有这时秦征紧绷的神经才会微微放松：“等寡人统一了六国，便要阿雩做寡人的王后，生同衾，死同穴。”

阿雩神情微微有些发愣，捋着秦征的头发轻声说：“阿雩不需要王后这种虚名，只求有一天，可以和阿征一起走在阳光下，不用再躲躲藏藏，就好。”

幼年时，她将他藏在破庙中；长大后，他将她藏在密室里。他二人，很久不曾执手一同站于众人面前。阿雩唯一的心愿，不过是可以与他光明正大地站于世人面前，一起笑看世间沧海桑田。

不论成败，她只想一直陪在他身边。

秦征懂她的想法，郑重承诺道：“总有一天，寡人要名正言顺地牵着阿雩的手走在世人面前。”

夏日的风轻轻吹过，说过的话，夹在风中，被吹散到天涯海角。年轻的时候，许的诺都是真心的，只可惜，有的时候，真心抵不过流年。

秋离叹了一口气。

她一直以为秦征是个养尊处优的小孩子，凡事躲在元辰后面，就算战国纷乱，元辰也护得他一颗赤子之心。谁知，他心底也装了这么多事，却丁点不外泄在脸上，叫人瞧不出来。

她去牵元辰的手，那只手冰凉得吓了她一跳。

她侧头看他：“你还好吗？”

元辰深吸了一口气：“我以为这些年将他保护得很好，原来……”他没有说下去，但秋离明白了他的意思。他对秦征的好，超越友情，超越亲情。他甘愿做秦征的刀，将所有事一力承担，是因为自己小时候吃了太多的苦，不想让这种事情也成为秦征心中的苦。

他希望，就算这世道黑暗，秦征在他的保护下，也只看到人间美好。

可惜，天不遂人愿。

每一个的表面乐观的人心中，都埋着不为人知的苦。

乱世之中，众生皆煎熬，没有谁能够幸免。

与大多数的凡界戏本子中所描述的不同，才子佳人一见钟情的戏码并不适用于阿雩与秦征。

阿雩之于秦征，秦征之于阿雩，没有心动的瞬间、天雷勾地火、认准了彼此便要赴汤蹈火。他二人是长久以来相濡以沫，由岁月将彼此印在心间，彼此成为生命中最信任、最重要的那个人，仿佛融在骨血中，不可分割。

阿雩参透这一点，是在晏金戈出现的那天。

那天是她的生辰，秦征将她扮成小太监的模样，说是她许久未曾出宫，等着下了朝就带她去集市上转转。

谁知，朝堂上陡然生变，晏金戈献宝，借机行刺杀之事。

当时没有一个能帮忙的人，阿雩虽不会武功，但是眼见晏金戈就要得手，顾不上许多，扑上去便死死拽住晏金戈，给秦征争取喘息的机会。

她往常是个极稳重的人，每一桩难题，都会思虑再三，找到最完美的解法。只是那天她大脑一片空白，什么都来不及想。

来不及想晏金戈恼羞成怒会不会拔剑刺向她……

来不及想她不会武功能将晏金戈拖上几时……

来不及想会不会不仅救不了秦征，还将自己搭进去……

在这危急时刻，她满脑子想的，就只是给秦征争取一点机会，让他活下来。晏金戈的重拳雨点般向她落下，她只觉得五脏俱裂，在猛烈的捶打下挤压得无法呼吸，周身每一处都撕裂，疼，疼得她近乎失去意识，不知道是什么样的信念在支撑着她，让她双臂牢牢抓紧晏金戈的腿，丝毫不放手。

她多坚持一刻，秦征生还的希望就多一分。

生死关头，她才意识到，原来自己是这样爱他。

爱到失去理智，爱到不顾生死，爱到将让他活下去，变成一种信念。

听到晏金戈被秦征刺中倒地的声音，她才长出了一口气，晕厥过去。

秋离想起那个当初看起来有些眼熟的小太监，终于明了原来这是女扮男装的阿雩。故事到这里都讲得通了，因为阿雩昏厥阴错阳差地错过了晏武阳，这才引出了后续秋离在齐国的那串变故。

当真命运弄人，差之毫厘，失之千里。

寒风乍起，转眼便入了秋。

咸城霜色尽染，满城一片金黄的景象，有些地方的叶子着了红色，风起，黄中夹着红，仿佛层层叠叠的海浪，一望无际。

吃了解药的秦征虽然醒了，但身子孱弱，只能在天气好的时候，在阿雳的搀扶下，去城楼上看看夕阳。招太医来看，太医只道，毒虽已解，暂时性命无忧，但是余毒已经深入骨血，总会对身子有些影响。

那日秦征暴躁地将竹简丢在太医身上，将他赶了出去。

阿雳进去劝他，可是他袖子一拂就将她捧的药打翻了溅在地上，冲她大吼："滚出去！这没用的药，孤不喝！孤要痊愈，孤必须痊愈！该死的晏国，孤要他们陪葬，所有人陪葬！"

阿雳第一次见到如此暴躁的秦征，心间一颤。她感觉，眼前的这个人，第一次变得这样遥远而陌生，陌生得让她害怕。

如此，嬴国和晏国正式宣战。

与此同时，元辰失踪的消息由方泽传回国内。秦征在对晏用兵与寻找元辰之间做了艰难的抉择，最终选择了前者。

认识了十几年从未吵过架的秦征和阿雳，这一夜在尚书房中一直争吵到天亮。

阿雳认为晏国式微，国君治国无方，少则三年，多则五年便会从内部瓦解，到时只要兵临城下便不怕他们不投降，这样不仅可以减少流血与伤亡，还可用这段时间来寻找元辰。

而秦征认为夜长梦多，今天有晏金戈，明天就有银戈、铜戈，六国不灭，噩梦不断。元辰固然重要，但是更重要的，是他必须快刀斩乱麻，灭了六国的异心。

从天黑吵到天亮，没有一个人肯向后退一步。

那一晚，阿雳说到最后，只觉得身心俱疲。排兵布阵、阴谋诡计，她全都放在一边，只是淡淡地有气无力地问道："是你说三哥是家人，我们是家人，家人有事，要不顾一切地营救，难道你说的话，现在不算数了吗？”

秦征被她诘问得哑口无言，沉默半晌，终于吐出一句：“此一时，彼一时。当前的形势和那时怎能一样？阿雱你这样问孤，未免太儿戏了。”

阿雱被秦征这句话抽掉了全身的力气，她愣了半晌，才难以置信地道：“所以有一日，若阿雱和大王的大业相左，阿雱也会被大王毫不留情地放弃吗？”

秦征瞪她，怒道：“这种不可能发生的事，为什么要做这种假设？出兵晏国之事已定，休要再提。”他盯着她，一字一句，慢慢道，“阿雱，孤才是这个国家的王。”

阿雱身子一颤，几欲摔倒。

最终，此事以秦征搬出嬴王的身份压制阿雱，不理会阿雱的意见执意派大将王简出兵晏国，而阿雱负气出走不见身影而告终。

这还是阿雱第一次主动离开秦征。阿雱连夜不辞而别，说明两人的关系，第一次出现裂痕。

离开嬴国的阿雱什么都没带，从她离开师门来到秦征身边至今，已经八个年头了。八年中，她一直像一个影子一样跟着他，不见天日，没有朋友，如今离开，除了一点盘缠，竟没有任何多余的需要带上的东西。

再说，她也不是真的要离开，她只是要去找王简。

她理解秦征的难处，统一六国长路漫漫，多一天，就多一分危险与变数。她说服不了他，可不代表她就要妥协。她要按她的方式，将此事解决。

披星戴月，她赶了七天的路，终于追上了王简大军。

此刻的王简陈兵辽东，与晏国的正面交锋一触即发。秦兵仗着人数众多，必胜无疑。但晏国可依托坚固的城墙和地理优势，积极设防，浴血奋战，死守个把月不成问题。

到时候，晏国虽然攻下，但无辜枉死的，都是嬴国的士兵。

她不舍。

她懂得，战争与统一总是会有流血牺牲的，可是这些士兵抛头颅，洒热血，为的应当是将来的盛世天下，而不是秦征一个人的心安。她总要做些什么来减少伤亡，否则，她寝食难安。

于是，她马不停蹄地来求见王简，希望他不要好大喜功，可以采用包抄的战略。

虽然以嬴国的绝对优势，正面交锋可以在三个月内速战速决，但是此法死伤必定惨重。

十则围之，而非攻之，乃因能全之。

若是王简能够采用包抄战术将燕军围困辽东，断其补给，燕军外无增援，内无补给，不出半年，必定军心溃散，到时便如散沙般一击必中，大大减少两军对垒而产生的无谓伤亡。

可是秦征想要速战速决，这样一来，王简未免失了君上欢心。

所以，阿雩有些忐忑，忐忑他是否会接受自己的意见，没想到，王简恭敬请她入帐，听她讲完一席话，斟了杯酒敬她，爽快道："姑娘好计策，王某自愧不如。战场杀敌是战士们的本分，但也不能白白丢了性命。你放心，若是君上怪罪，自有王某担着。"

如是，半年后，十万嬴国大军死伤不过千人，便顺利地拿下晏国都城，晏王带着太子仓皇出逃，溃不成军。

随后，阿雩随大军一起返回咸城，才听说秦征找她，近乎要找疯了。他在嬴国上下都找不到阿雩，以为齐王后故技重施将阿雩掳了去，正打算对大齐宣战，还好这个当口阿雩赶了回来。

秦征喜出望外，鞋都没来得及穿好便从殿里赶出来，一把将她抱进怀中："阿雩，不要再离开孤了，好不好？"

生杀荣辱放在面前都不眨眼的秦征，泰山崩于前都不变色的秦征，因为阿雩的失踪，竟然急得像个孩子一样。

阿雩有再多的怒火，也息了；有再多的不满，也散了。她沉吟半晌，长叹了一口气："好。"

那天，他们秉烛夜谈。

像以前一样，他们坐在院中，阿雩坐在台阶上，秦征躺在她的腿上。

阿雩托腮看着月亮，将心中的忧虑如实相告："阿征，师父虽教给我了很多计策、兵法，但是，师父临终前说，得天下，靠的并不是这些，而是民心。靠着暴力建立起来的国家，不多时也会被暴力推翻。"她顿了一下，"阿征，我希望我们一手建立的国家，可以千秋万代。我希望的是万世的和平，百姓永世安康。统一，不过是其中一种手段，不急于求成。"

秦征努着嘴，把玩着她垂在腰间的头发："阿雩，你不过是个女子，不要操心这么多，你就安安心心地看着寡人统一天下，当寡人的王后，陪着寡人看尽世间美景，不好吗？"

阿雩后背僵了僵，她没想到秦征会突然说出这样的话，下意识地有些抗拒："阿征，我受师父所托，想要辅佐一代明君，开辟一方盛世，你……"

秦征好似有些没耐心地打断她："好好好，寡人知道了，只要阿雩你不再离开，你说什么，就是什么。"

阿雩长叹一口气，抬头看看月亮，也不知道今日她一席话，秦征听进去了多少。

往后，是几天安宁的日子。但是，阿雩觉得有点不一样。

以前，凡是重大的政治、用兵决定，秦征都会与她商量，曾经的他对她说："这天下不止是我的舞台，也是你的。"

可是最近她觉得秦征时刻避着她，小心地提防着，不让她知道当今局势，她想要给他一些意见，他总是绕开这样的话题。

因为不再忌惮十三娘，他对她越发宠溺，宠溺得恨不得将天下所有的宝贝都送给她，恨不得将天下所有的美食都送到她嘴边，可是，他不再将她当作是一个平等的伙伴，而是像随便的一只金丝雀，只要穿暖吃饱，便不应该再想别的事情。

终于有一日，她忍不住了，化装成小太监溜去他的书房外，听到李寺在向他汇报："不出王上所料，嬴国只要稍微施压，晏王便手刃了太子晏丹，并将项上人头送了来。"

只听屋内的秦征冷笑一声："哼，他竟敢派刺客刺杀寡人，便让他尝尝被至亲杀死的滋味。"

阿雳下意识地往后退了一步，她知道，嬴国晏国开战，晏丹难逃一死，却没想到，他竟生生被自己的父亲割下了头颅。

这一刻，阿雳觉得，面前的这个人她看不懂了。他仿佛和秦征有一样的面容，可是眼神不再一样了。

她闭闭眼，想起来小时候他们几人结拜的场景，那么遥远，仿佛是上辈子的事情。

晚上，秦征来陪阿雳用晚膳，心情不错的样子，积极地给阿雳布菜。阿雳没有动筷子，垂手低眉道："阿征，打江山难，守江山更难。做个明君，不要滥杀无辜，好吗？"

秦征夹菜的手顿在半空："丹的事情，你都知道了？"

阿雳点头："毕竟他曾是我们的兄长，给他留个全尸吧。"

秦征将筷子摔在桌子上："他是寡人的兄长？他派晏金戈来刺杀寡人的时候，有没有念着寡人是他的兄弟？"

阿雳低头，语气却坚定："可是，若天下人知道你逼着结义兄弟的父亲割下他的项上人头来求和，会怎么看你呢？若是不天下归心，就算统一了，又如何能确保百姓心悦诚服，不想着谋反呢？"

秦征冷笑："所以寡人就应当像只乌龟，他刺杀寡人，寡人还不能报复了？"

秦征的声音冷得阿雳全身一僵，她还是硬着头皮道："上位者本就应当有不一样的肚量，以德报怨，况且，我们曾经结拜，理应……"

秦征近乎咆哮起来："寡人才是这嬴国的王，寡人是将来的六国共主，寡人受够了看别人的脸色过日子，寡人想处置谁，就处置谁；寡人想杀了谁，就杀了谁！"

说完，还不等阿雳回话，秦征愤怒地在桌子上一拍，拂袖而出。

阿雩看着空座位发呆，她第一次认识到，原来，她想让他做一个明君，心系天下苍生；而他，只想做一个霸主，俯瞰众生。他们想要的，看似一样，其实南辕北辙。

此题何解，她不知道。

之后，嬴国出兵韩国，韩王降，押解回咸城，被秦征二话没说砍了头。

阿雩和秦征又大吵一架，两国通信，不斩来使，两国交战，不斩降君。若是他一意孤行，日后怎还有国君会投降？那嬴国每攻下一座城池，将士必要奋战到最后一兵一卒，耗尽最后一滴血。因为，对方不降也是死，降也是死。就算收复失地，百姓心生惧意，又怎么会诚心归顺？

秦征如此做，一步步，都是在给自己的未来埋下被推翻的伏笔。

而阿雩的话，秦征一句也听不进去。他拍着桌子冲她吼道："韩王不死，便有无数的韩国旧兵会想着找到他复辟韩国，这对嬴国来说会是多大的压力，你想过吗？"

话不投机，两人不欢而散。

再后来，王贲攻荆国重镇渭城，王贲水淹渭城三月，渭城城塌，城主出降。在嬴王的授意下，城主被就地斩杀，凡是曾经抵抗过的渭城士兵，全都当着全城百姓的面被砍了脑袋。

阿雩听说了这个消息之后直接冲到御书房去和秦征理论。她知道她说的话秦征不爱听，可是文死谏，武死战，劝谏君王，推行仁政，本就是她的理想、她存在的意义。

于是，在御书房，两个人又从天亮吵到天黑。阿雩最终气得口不择言，说秦征如此暴虐，就算统一了六国不多久也会被推翻的。

秦征气得将桌子都拍碎了，直接叫人将阿雩拉出去软禁了起来。

两人每吵一次，关系就凉几分，而这次，终于降至冰点。

此后，秦征再没来看过阿雩。

虽然吃穿用度从不曾少了她的，却不再同她讲话。她仿佛一只被豢养的宠物，除了等他投食，再没别的价值。

没多久，嬴国对荆国的战役全面爆发了。王简坚持六十万士兵才能攻打荆国，而小将李锌夸下海口二十万即可。渭城战役的顺利让秦征对嬴国的军事实力有了过分的自信，所以他认为王简上了年纪，丢了胆量，于是派了李锌前去荆国，王简失了王宠，称病辞官，回归故里。

刚开始的战役李锌虽然打得顺利，后来却被荆国从后包抄，被打了个措手不及。

一下子，七都尉亡，嬴军告急。

如此情势，秦征无奈，只好驱车赶往频阳请王简出山，阿雩和秦征许久没有说过话，却在秦征离开的那天自请跟随。

秦征什么都没有说，带上她一同出发。

王简听说阿雩也来了，要求与阿雩单独会面。秦征虽疑惑，但没有说什么。

王简在屋中设了茶，熏了香，阿雩跪坐在他对面的草席，笑道："这是伽南香的味道，原来将军也是这样雅致的人。"

王简用手拨拨香炉让香燃得更旺："伽南送知音，姑娘肯同王上来到频阳，这等恩情，王某怎能不用心？"

阿雩有些意外，随即反应过来，以他的聪慧早已料到她会来频阳，也早知晓她为何前来，于是客气地赞了一句："将军玲珑心。"

王简不再同她打官腔，开门见山："姑娘既然前来，便自是知道王某疑虑，姑娘是最懂君上的人，那便请姑娘为王某解惑，如今的君上，是否还值得王某卖命？"

阿雩顿了一下后说："值得。"只此一句，没了后文。她垂眼看着案上的香炉袅袅地吐着青烟，似乎在犹豫，又似乎在出神。

王简等了半晌，不见下文，笑了："如果只是这两个字，姑娘便不会千里迢迢赶来了。"

阿雩的眼神暗了暗，嘴唇开合半晌："我多希望我是错的。"阿雩长叹了口气，"君上的疑心日益加重，六十万已经是嬴国全部的兵力，若是悉数交于将军，难免不放心。"

王简点头："如此困局何解，还请姑娘赐教。"

阿雩用手蘸着茶水，在桌子上写下了一个"贪"字。贪心的人，大多是没有政治上的抱负和野心的。

王简心领神会。

该说的话说完了，阿雩起身告辞。阳光不偏不倚地透过窗棂，打在她的身上，从后望去，好似周身笼罩了一层金光。

王简望向她，有一瞬间的失语。长年在官场摸爬滚打，让他比旁人多了一些对事情的了然，因此他似乎看到了这个女子红颜薄命的结局。阿雩今日会前来，便说明她心底已经对秦征有了不信任。不管他们二人发生了什么，这总不是一个好的征兆。

王简长叹一口气，管帝王的家事，是作为臣子的大忌。只是，他不忍心，不忍心看着如此美好的姑娘，落得孤寂终了的下场。

"阿雩姑娘。"他轻轻唤了一声，仿佛长辈对晚辈的谆谆教导，"王某多嘴了，夫妻之间，若想走得长远，便要信任。有什么心结，要趁早敞开了说，如此才不至于渐行渐远最终形同陌路。"

阿雩的身子颤抖了一下。

因为背对着，没人看到她的表情。

她沉默良久，才道了一声："谢将军挂念。"

秋离不知道阿雩现在作何感想，她不由得有些替阿雩惋惜。她和秦征青梅竹马，可以算是过命的交情了。可是他要请手下将军出山，她竟然不放心地跑来，警告这个将军要防范秦征的疑心。

秦征对她看起来一如往常地宠爱，然而粉饰的太平下，隐藏的是已经大到无法弥合的嫌隙。曾经的他们可以携手风雨，同舟共济，可如今，两人每天说话如履薄冰，要小心翼翼地斟酌拿捏，总是怕说的哪一句话不合对方的心意，便会将这段关系推向万劫不复的深渊。

阿雩也意识到了这一点。行军打仗，排兵布阵，她都不怕；运筹帷幄，刀尖舔血，她眼睛都不眨一下。可是没人有教过她，如果她用命去爱的那个人和她不再同心同德了，她要怎么办。

此情此景此人，都让她一筹莫展。她想改变他，可是她也知道，她无法改变他。

如王简所说，她看着他们渐行渐远，却束手无策。

仿佛有水滴砸落在地上的声音，秋离顺着声音看去，只见阿雳刚走过的地方，有点滴水珠的印记，不知道是不是她的眼泪。

王简向秦征要了万两黄金、良田百亩，作为出兵荆国的条件。

一时间朝野舆论议论纷纷，觉得王简狮子大开口，是活腻了。

然而令人没想到的是，秦征对此没有显示出丝毫的不悦，反而高高兴兴地将黄金凑够了给王简运了去，然后钦点了六十万士兵送他出征荆国。

对于兵强马壮的嬴国来说，万两黄金也不是一个小数目，就在这一日，秦征将元朗阁搬空了，鼎盛一时的元朗阁，在这一天宣告破产。

阿雳默默看着什么也没有说。一整日，她就坐在花园湖心的亭子上，对着天空发呆。

她想帮元辰保全元朗阁，她也想嬴军能够顺利攻楚，然而世间安得两全法，她不是小孩子了，懂得有舍才有得的道理。

这是艳阳高照的一天，天空没有半片云彩。

从前朝回来的秦征高兴地走来阿雳身边："请得王将军出山，攻楚指日可待。这样想来，花好似都比往日红了。"

阿雳提提嘴角，有气无力地笑笑，没有说话。

秦征看着她好似兴致不高的样子，斟了一杯热茶递到她手里："怎么了，生病了吗？不舒服吗？寡人找大夫来给你瞧瞧。"

阿雳接过茶盏，摇摇头。

她想说，三哥还生死未卜，可如今我们便将元朗阁搬空了，若是回头三哥回来，要怎么和他交代呢？我们五人曾经那么亲密，现在却只剩你我二人，你若想起这些，会不会有些神伤呢？小时候，我们两个在元府外挖墙脚挖到手指流血，只为了将三哥救出来，你还记得吗？呵，你又怎么会记得，除权力以外的东西，你都已经不在乎了……

她心中闪过无数句话，然而她一句也没有说。因为她知道，这番话说了也白说。他早满心扑在统一大业上，从不回头看。那些幼时的玩伴，早就被他遗弃了。而遗弃她，不过是早晚的事。这些话说出口，只会给两个人徒增不快罢了。

可有些话不说，压在心中就好似一块大石，让人喘不过气来。

第一次，她觉得，原来张口说话也是一件费力气的事情。

他们原本是世间最亲密的两个人，现在却落到心中有话却无从说起的地步。

红烛烧了一夜，阿雩对着红烛呆坐一夜。

第二天，她给秦征留书一封，去了平舆，王简屯兵在那里，等着和荆国最终一战。荆国虽已式微，然而百足之虫，死而不僵，她不去看着，实在放心不下。

阿雩依旧坚守自闭，养精蓄锐，伺机出击的作战计划；两军对垒，耗的便是主将的耐心和士兵的气势。只要能将楚军熬垮，就可以摧枯拉朽之势攻下荆国。

因为，即使战争伤亡不可避免，她也要努力在可控的范围内，将伤亡降到最低。

她再一次来到军营找王简，王简看到她的作战计划，捋着胡子笑笑：“所见略同。只是，姑娘可否想过，损耗对方气势的同时，如何保住本军的气势？”

这倒将阿雩问住了，这些她从没细想过，只好羞赧地笑了笑：“纸上谈兵，让将军见笑了。”

王简便耐心地教她如何管理军队，如何训练士兵。而阿雩的进步，也让他感叹。

看着玉带束发每日在校场和士兵操练的阿雩，王简时常遗憾：“姑娘是我见过的，学兵法学得最快的人。如此英姿飒爽的模样，真是我兵营里许多男儿也比不过的。可惜了，若姑娘不是个女儿身，定是平定天下的栋梁之才。”

阿雱不以为意，笑笑：“女儿身又怎么样，不还是一样辅佐君王？”

此刻的阿雱，是自信的、开心的，军营忙碌的生活让她忘记了和秦征之间政见不合的烦恼，她只要专注地练好兵，打好仗就可以了。当人的目标更简单的时候，果然更容易快乐。

只是愉快的日子没有过太久，不过月余，就听说嬴王御驾亲征，歇脚在离军营约莫一个时辰的驿站，宣阿雱前去见驾。

阿雱听到这则消息的时候，端着茶要送到口中的手，就那么僵在了半空。

她没想到，秦征会真的来找她。

他九五之尊，竟真的千里迢迢来找她。她坐在马车上忐忑地来到驿站，她以为秦征会对她的离开勃然大怒——鉴于他最近的脾气不怎么好，然而真的看到他的那一刻，她差点心疼得掉下泪来。

只是一个月的工夫，他竟瘦了这么多。

“阿雱。”他看着她，缓缓唤出她的名字，眼中有那种孩子气的不甘和委屈，“你说过，不再离开寡人的。”

阿雱偏过头去不看他：“我给你留了书信，不算不辞而别。”

秦征仿佛没听见，轻轻伸手抚摸她的脸庞：“没事，寡人留不住你，你愿走便走，可你离开一天，寡人便找你一天，上穷碧落下黄泉，一直找你，找到为止。”

阿雱别过脸去，她知道秦征一直是固执的。这样固执的秦征，让她心疼，也让她觉得无能为力。

见阿雱不说话，秦征有些不安，小心地问：“你是不是还在生寡人的气？”

阿雱低着头不说话，她不生气。但是他们政见不同，说着说着便会吵架。

秦征误会了她的意思：“寡人之前答应过要名正言顺地牵着阿雱的手走在世人面前，却一直没做到，难怪阿雱生气。”他将一个木盒子放在她面前，“这个是寡人给你的礼物，是寡人的诚意。从此，阿雱你再没什么需要躲避的了。阿雱，你以后不要再离开寡人了，好不好？”他的目光定定地落在她身上离不开，“阿雱，我们不等了，不用等到六国统一，不用等到天下安定，只要你还想，明天寡人就带你回咸城，从此你便是嬴国的王后。”

阿雱的心又柔软起来，做女子的，心肠哪有硬的？再生气，再失望，男子哄一哄，心也软了。她相信秦征是真的爱他，她也舍不得离开他，她只是无法接受他的政见。如果他愿意改变，她愿意同他再试一试，试着执手白头，共看天下盛世。

毕竟，她那样深爱过他，愿意为了他连性命都不顾。只要有万分之一的可能，她就愿意付出百分之百的努力同他在一起。

然而阿雱打开秦征递过来的木盒，看到里面的东西，吓得将盒子扔在了地上。

一个满脸血污的头颅从盒子中滚出来，秋离看到那人头忍不住惊叫了起来：“十三娘！竟然是十三娘？”

连秋离这个外人都如此震惊，阿雱的反应更不用说。她的手颤抖着捡起那颗头颅，嘴唇一直上下颤抖着，攒出一个破碎的句子：“师姐、师姐，她……是怎么死的？”

秋离听得出来，她花了好大的力气强自镇定，但精神已经游走在崩溃的边缘。

秦征却好似没有察觉，全然不在意地撇撇嘴：“她，呵，她最在意她的宝贝儿子和大齐国的江山不是吗？那我便要她的儿子在江山和母亲中做出选择……”

阿雱的声音忍不住有些颤抖：“所以，她是被最爱的儿子……”

心如刀绞，面如死灰，一切悲怆的词句，都不足以形容阿雱现在的心情。惊愕、悲伤、悔过的表情交织在阿雱脸上，难看到让秋离不忍直视。

秋离转过身将头埋在元辰的胸口，叹息一声：“唉，到底，秦征还是不懂她，他们还是不合适的。”

元辰轻轻地“嗯”了一声：“经今天这一遭，他们估计无法在一起了。说到底，阿雩的性子，也不适合这个世道。”

秋离将头又在他胸口蹭了蹭。

秦征作为乱世君主，有些雷霆手段，无可厚非。能够以一己之力，保全一国百姓不见血，是一桩稳赚不赔的买卖。齐王不傻，为了保全大齐，不与嬴国兵戎相见，十三娘便成了牺牲品。

只是，十三娘是阿雩的师姐，是幼时为她遮风挡雨的至亲，就算日后有了再多嫌隙，以阿雩的性子，也决计不忍对十三娘出手。就算她日后助秦征攻打下齐国，她也会给十三娘谋条后路，给她养老。

阿雩以仁治天下，若放在太平盛世，定是盛世明君，只可惜，现在是乱世。霸道手段见效更快，便没有人会耐着性子去实行仁道。

秦征重眼前，阿雩志在千秋，自然话不投机。

若有人欺负秦征，他便百倍欺负回去，所以，秦征照顾阿雩的方法，就是以残忍的方式诛杀对她有威胁的人。他觉得阿雩软弱，便要以这种方式帮助她成长。

只可惜，秦征不懂，有些善良，永远变不成铁石心肠。世道对她再不公，阿雩也从未生出过害人的念头，更何况是从小对她照顾有加的十三娘。

对阿雩来说，这是致命的打击。她可以防着十三娘，躲着十三娘，偏偏不可以去害她。

阿雩的善良，让她难以融入这个波谲云诡的世界。

对于这样的善良，只能保护，不然，便只能分道扬镳。

阿雩蹲在地上，将头埋在膝盖间，不出声，也不抬头。过了许久，她才起身，将十三娘的头抱在怀中，对着秦征行了一个欠身礼：“多谢嬴王美意，请容阿雩思考一下。”

说完，她便抱着十三娘的头颅，转身离开。

漫天阴云密布，衬得她的背影坚毅而决绝，她一袭单薄的衣裳走进了凛冽风中，好似走向无人的深处，让人有一种她走了便再也不会回来的错觉。

这一刻，她与秦征彻底决裂。

他们吵过那么多架，可是当决裂真的来临的时候，无声无息。

原来，所有真正的离别，都是这样悄然无息的。

阿雱不知道自己是怎么走回去的，只感觉自己木着脑袋，恍恍惚惚地回到自己的帐中，径直地倒在自己的床上，憋了一路的眼泪，如决堤一般，再也忍不住了。

刚开始是小声啜泣，后来变成了放声大哭。

十三娘，她的师姐，在碧渊潭待她如亲人的师姐，居然被她心爱的人逼得被亲儿子杀死了。

她不知道自己哭了多久，从天色大亮哭到月上中天，终于哭不动了。

刚开始是哭十三娘，后来，哭她和秦征的关系，哭得那样撕心裂肺，肝肠寸断。秋离没有想过，她这样一个要强爽利的姑娘，也会由着自己的性子，这样号啕大哭。

或许，一生只这一次，她任由自己放纵自己的感情。

他们，终于回不到过去了。秦征永远不会懂，阿雱想要的是什么。

那夜，阿雱悲恸过度，一夜白头。

是夜，阿雱满心绝望地打开了无崖子给她的第二个锦囊，并没有什么妙计，里面还是三个字，甚至，跟第一个锦囊里有两个字是重复的，只见无崖子力透纸背地写着——不要悔。

无崖子是这样懂他这个徒弟，他知她聪慧无双，却也知道，她的性格过于柔弱，放于乱世，她的肩膀或许扛不起天下。可是他坚信她的善良会将她带领到正确的道路上，所以在她第一次踌躇的时候，他让她不要怕，就算面临艰难险阻，也要勇往直前；在她第二次怀疑自己的时候，他告诉她就算善良被辜负，也不要悔，要善良下去。

他什么都未曾说过，却早已看透了她人生的路。他虽对她寄予厚望，希望她能实现他的心愿，实现天下一统；可是，他也知道，她不会按他规划的路走。

他是这么了解她。

因为了解，所以原谅。

阿雩的眼泪瞬间便抑制不住流了下来。师父，对不起，我终究还是辜负了你的信任。

她哭了整整一夜，第二天天明，阿雩擦干眼泪，思考她最想做的是什么。

思来想去，发现其实她和秦征的目标是一样的——天下统一。

只不过，秦征只相信武力，而她相信兵不血刃，照样可以收复一个国家。她拦不住他，那她也不再说了，她去做。

她要证明给他看，她说的，是对的。

于是，她向王简辞行，然后连夜离开了平舆，去了临兹。

大概是临兹的日子过于单调，这段回忆过得飞快。在这里，她女扮男装，做了大齐的谋士，她取得了齐王的信任，将都城治理得太平安逸。

如是，便是三年。

在这期间，若说唯一有什么料不到的，便是阿雩的身体了。那日她为了救秦征，在大殿上挨了晏金戈几拳，那些拳头力道极大，对她的五脏六腑都造成了损伤，一直没有调养过来。再加上十三娘之死让她悲伤过度，隐疾一下子爆发出来，便压制不住。

后来，嬴王大婚，娶了一个貌美如花的女子，封为骊姬，宠幸有加。有几个试图揣摩圣意的人借此机会博得龙颜大悦，于是上折子建议嬴王加封骊姬为王后，却不小心引得龙颜大怒，差点被贬官。

听到这个消息的那一日，阿雩一口血咳出来，躺在床上好久不能起身。

从此，她时不时咳血，人也一天比一天消瘦。

就这样日复一日，直到王简兵临城下。她已经有足够的实力劝说齐王投降，也终于走到油尽灯枯的一天。

那天，她拿着一纸诏书，亲自送出城门，交到王简手上。她也终于证明给秦征看，兵不血刃，也可以收复一国。

手中苍龙阙一丝丝地凉下去，秋离知道，阿雱的生命，要走到尽头了。

忽而迷雾又起，重重叠叠的影子一闪而过，画面定格在那个月明星稀的晚上。

村口的老槐树下，两个幼童的身影被拉得老长。那是幼年时的秦征和阿雱。

这是他们去救元辰的那一夜。秦征目光灼灼地看着阿雱，双手在她肩上豪气地拍拍：“结拜了就是一家人，救出家人，我们义不容辞！如果有一天你出事了，我和三哥也会这样奋不顾身地去救你！”

小阿雱睁着圆溜溜的大眼睛，眼神中尽是惊讶、感动，许久说不出话来。忽而，大眼睛眨巴眨巴，感动变成悲伤，流出两行跟此情此景不相称的清泪来。

秋离认出，那是成年后的阿雱的眼睛。

她经历过了太多的失望，再次听到这句话，便只剩下了物是人非的悲伤。

时间就定格在这一刻。两个人，长久地沉默地伫立着。阿雱的眼泪一直流淌着，顷刻间电闪雷鸣，化为一场倾盆大雨，仿佛黄河决堤，滔天大浪转瞬间席卷了天地间的一切。

秋离下意识地抓住元辰的手，两个人被大浪冲走，被旋涡席卷身不由己地向远方冲去。

秋离明白，这便是阿雱的梦魇。她对秦征全部的信任和爱意，起源于这一天，她一直相信就算全世界都抛弃她，秦征也会不顾一切地来寻她。她也一直相信，他是她可以毫无保留去相信的人，是值得她拼上性命也要保护的人。这种想法，深深地根植在她内心深处，仿佛一种信仰。

他给了她这种信仰，却又亲手打破。他继续向前走着，她却一直被困在这打破信仰的悲伤中，故步自封。

这种悲伤，给了她想要毁天灭地的冲动。

周遭的一切景致被巨浪席卷，房屋倒塌，树木损毁，目之所及，一片断壁残垣。巨浪滔天，秋离和元辰在洪水中挣扎着浮浮沉沉，可是阿雩和秦征的身影似是两尊雕像，安然不动地站在槐树下。

秋离急了，再这样下去，她和元辰，都要命丧于此。

“阿雩！”秋离急切地对着她喊，“醒过来，阿雩，醒过来。”

面前的两人依旧一动不动。

秋离又在水中沉浮几遭，才将头又伸出来，喊道：“阿雩，他终不是你的良人。这世上没有人能救赎你，除了你自己。”

声音落时，暴雨骤停。

一道金光劈开重重乌云，在墨黑的天际撕开一道裂口，投下和煦的日光。

呆立许久的阿雩终于开口，脸上是与她小小年纪不相称的悲伤：“阿征，你说的话，我当时怎么就信了呢？”

“人是会变的，可我却那么傻，一直还留在原地。”

阿雩的手轻轻地抚上秦征的脸颊：“阿征哥哥，你已经不是以前的那个你了……是我，一直没有承认的勇气……”随后，阿雩轻轻将手收回来，“我不再固执了。我，决定放我们自由。”

就在她的指尖离开秦征脸颊的那一瞬，所有的画面破碎了，碎成千千万万块，消失于虚无。

秋离身边景致变成了一片白雾，然后，在一片白雾中，颜色又被一笔一笔地被填上，仿佛一个最厉害的画师，勾勒出了世间的景象。

终于，秋离和元辰回到了阿雩的小院。

阿雩静静地躺在竹榻上，显得那么安详。秋离喊了她一声，许久没有人回应。

元辰伸出手探探阿雩的鼻息，然后一脸哀伤地冲她摇摇头：“阿雩她，去了。”

与此同时，消息传来，嬴王秦征统一六国，诏书下达至整个嬴国，也传到了临兹的这间小院。

他终于统一六国，而她，在同一时间，香消玉殒。

他曾经承诺她，待六国一统，便可以牵着她的手，光明正大地接受万人朝拜。

可惜，这一天，永远无法到来。

第十章

离别诗

自阿雱去后，临兹连落了七日雨，第八日，天气才终于放晴。

秋离和元辰将阿雱于扶桑花间火化，熊熊烈火燃烧之时，秋离心中大痛，拿起手中玉笛，为她吹了一首离别曲。

她许久未曾吹笛，此刻，心中怜惜阿雱走得悄无声息，遂作一曲，为她送行。

笛声婉转，悲悲切切，凄凄惨惨。

这便是告别了。

大火漫天之时，元辰将秋离搂在怀中，一言不发。他上手的力道很重，勒得秋离微微有些痛。秋离明白元辰是在为阿雱心痛，这种痛，无法用言语来表达。毕竟他们曾一同长大，小时的玩伴，死的死，伤的伤，称得上与元辰贴心的，阿雱是最后一个了。

秋离将阿雱的骨灰收在一个青色的双耳罐中，这便是一代奇女子最终的结局。

那一日，天色晴好，秋离和元辰动身离开临兹，返回嬴国。

因为秋离说想要再去一趟碧渊潭看看，元辰觉得也不赶时间，便陪她取道羊城，两人再次去碧渊潭走了一遭。

从阿雱手中拿到最后一块苍龙阙的残片，秋离终于将苍龙阙拼成了一整块。作为应龙的凡人身无崖子虽已故去，但是作为上古神祇，他的元神不灭。她想，现在她已经凑齐所有的苍龙阙残片，应该可以在碧渊潭找到应龙的踪迹。

桃花十里，粉红色连成一片，清风拂面，清香阵阵，星空当头，湖面上水汽袅袅，汇聚的都是天地灵气。碧渊潭还是一如她初来时那般宁静，明月，清风，净水，花香，干净得仿佛不染纤尘，秋离叹了口气，就算外面血光熏天，战火连绵，早已经变了样子，世俗也从未污染过这片净土。

秋离找了块巨石在上面坐定，沉沉闭眼，双手合十，做法将日月光华引到苍龙阙上，只见日月光华照在苍龙阙上时。苍龙阙突然亮起一道白光，晃得人花了眼，那道白光径直从苍龙阙中射出，直至湖底，秋离顺着白光望去，别的没看到，只看到那条当年啃了她手指的黑泥鳅顺着白光从湖底一跃而出。

正在她迷茫之际，黑泥鳅突然说话了："小姑娘你是不是瞎？我虽然长得小了一点，但也是一条小黑龙，至于让你认成黑泥鳅吗？"

秋离愣了一下，结巴了一下，下巴差点掉在地上："应……应龙前辈？"

黑泥鳅满意地点了点头："这还差不多。"

再怎么说，他也是洪荒之前的战将，上古神祇的架子多多少少端着一些。之前被秋离认成一条泥鳅简直丢面子丢到家了，可惜他那个时候消耗了所有的法力，不仅被打回了原形，连话也说不出，真是窘迫到家。这回见她如此震惊的模样，应龙才觉得自己找回了一点面子。

秋离看着泥鳅更加摸不着头脑，说好的身长百米呢？说好的打个喷嚏连山河也要抖三抖呢？洪荒战乱中以一己之力诛杀了蚩尤的应龙，原来是一条黑泥鳅？书上说的难道都是骗人的？

黑泥鳅一脸嫌弃地看着她："那么大的身子养起来很累的。这个大小的身量对修为消耗比较低，我才比较容易休养。"

据应龙说，碧渊潭虽然是凡界灵气最盛的地方，但一年不如一年，他修为补给的速度完全赶不上消耗的速度，不得已舍弃了人之身，变成了这个最小的模样，好减少一些消耗。

上次秋离来的时候，他还虚弱得连话都说不了，攒了十几年的功力，才终于修成了如今的成果，可以和她对话了。

秋离将应龙捧在手心，好心好意道："那你为何不回天界？天界灵气比凡界盛得多，你休养起来，也快一些。"

黑泥鳅不屑地拱了拱身子："谁耐烦和他们那群洪荒后的毛孩子为伍？我听说父神一魄化身成了天地尊神，我瞥见过一眼，那个白面小生的样子，哪里当得上'神尊'二字？"

秋离咂咂嘴，还真是架子大，话不过三句，又摆上谱了。她食指在黑泥鳅头上一弹："出言不逊，就你现在这个样子，我两根手指就能捏扁，你还好意思看不起神尊？"

"哼。"黑泥鳅翻了个白眼，"有什么不好意思的？你要是敢捏我，我就咬你。我的牙口还是不错的，保证一口见血。"

秋离看着黑泥鳅认真地耍无赖的样子想笑笑不出来，托着腮一脸发愁地还想再劝劝，被元辰拦下。元辰恳切地对她道："阿离，一朝天子一朝臣，对于应龙前辈来说，现在的天界，已经不是以前的天界了。他回去了，不好自处，高不成低不就，反倒更尴尬。"

元辰说到最后，声音小了下去，若有所思的样子。他说的是应龙，却也是在说他自己。一朝天子一朝臣，虽然嬴国还是那个嬴国，可是秦征已经不是以前的那个秦征，他连阿雩都舍弃了，这样的人，变得让他陌生，不敢相认。

黑泥鳅不知道元辰心中一时间滚过这么多道心思，只是点点头，对着元辰扬扬脖子："还是这个小子通事理，就是长得娘了些，否则，本尊倒是愿意和你交个朋友。"

这下元辰也笑不出来了，真不知道应龙是在夸人还是在损人。

黑泥鳅眯着眼睛看看她俩，不耐烦地摇了摇头："好了，本尊现在这个样子，话说多了累得慌。既然现在天下一统了，苍龙阙便还给我吧。"

说罢，金光一闪，秋离腰间的苍龙阙便往应龙的方向飞去。

“你。”秋离伸手去抓，却抓了个空，“还有一半是司卿给我的呢，你都拿走了，我拿什么去还她？”

黑泥鳅不以为意：“本来就是我的东西，我现在收回来而已。你还给她什么，干我什么事？”

嘿，秋离气得咬咬牙，如果不是要尊老爱幼，她真的恨不得将两个巴掌一拍，拍扁这条臭泥鳅。

可能是听到了秋离咬牙的声音怕被她拍扁，应龙一跃而起，从她手掌心跃回湖底，留在她掌心的只有一片风干的桃花瓣。应龙的声音幽幽从湖面上传来：“小姑娘，你将苍龙阙完整地还给我，算我应龙欠你一个人情，以后有什么需要帮助的，拿着这片桃花来碧渊潭找我。”

秋离轻哼一声，不以为意：“你现在这个泥鳅样，我有什么要找你帮忙的？”

秋离说这话时，应龙正在半空中跃到一半，被她这么嫌弃，一分心，径直从半空中摔了下去，在湖面上砸出一大片水花，砸得他生疼。

应龙无奈，捂着摔疼的腰，十分不服气。他活了几万年，什么叱咤风云的事情没做过？现在竟被一个后辈小仙如此嫌弃，不由得心疼自己片刻，酸溜溜道：“你用推演术算算嬴国这个王朝的命数……唉，教出来的徒弟也不听话……”

最后一句话，应龙用的是秘术传音，只说给了秋离一个人听。毕竟天机不可泄露，王朝走势这种事情，不能说给凡人听。

秋离眉头微微一皱，觉得事有蹊跷，当即闭上眼，大拇指在四根手指依次点过，突然吃了一惊。嬴王暴虐，这个本想要千秋万代的王朝，撑不了多久。

六国好不容易才统一了，可她看到了更多的流血、苦役、酷吏……

应龙还真是给她提了个醒。联想起元辰方才说的一朝天子一朝臣，嬴王如此暴躁多疑，她忽而有些担心此次他们回了嬴国，元辰若是想留下在嬴国任职，凶多吉少。

见她发愣，元辰问：“怎么对着桃花瓣发呆？可是在想着要许什么心愿？”

秋离看着那片风干的桃花瓣，撇撇嘴，又看了元辰一眼，将刚才脑子里转的念头从舌尖上咽下去，调笑道：“我有你了，以后应该没有什么需要的了。赤言那个性子不闯祸则已，一闯祸就是大祸，齐国之围他救我们一命，这片干桃花瓣，不如我们送给他，当还他的人情。”

元辰将她拥入怀中：“好，我也不喜欢欠人情，给了他也好。”

秋离靠在元辰肩头，心中暗暗盘算，如何才能劝元辰打消回嬴国任职的想法。

一面跟着元辰从碧渊潭向外走，一面发呆，前面元辰突然驻足，秋离一个不小心，撞了上去。她揉揉脑门，元辰一脸宠溺地望着她，帮她揉揉额头，他问：“你可还记得这是哪里？”

秋离抬眼望去，看到一处密密的桃林，嘴角扬起一抹了然的笑意，她折了一株桃花拿在手中：“这是我们第一次相遇的地方，那时你被人追杀，我出手相救，你还记得吗？”

元辰将桃花从秋离的手中接过来，别在她的耳后：“第一次相见，可不是这里哦。”

秋离这才醒悟，眨眨眼睛道：“唔，昭国那次不算，对我来说，那都是认识你好久以后的事情了。”

元辰继续细心地帮她理着头发：“嗯，不算那次，也不是这次。”

秋离“唔”了一声：“对了，是在茶馆听说书那日，你用一个故事，讹了我一盘茶点吃。”

元辰继续耐着性子纠正：“也不是这次。”

秋离想破脑袋也想不出了，只听元辰好脾气地说道：“我们的第一次重逢，是在萧国灭国的那日。”

秋离努力回忆半晌，突然睁大眼睛：“难道说，将我从火场中带出来的两个小侍卫，是你和方泽？”

元辰微笑着点点头，清风吹得他长发飘飘，衬得他有种说不出的俊秀。

秋离不敢相信：“原来，我一直以为是我救你，我们才相识。没想到，你救我，我救你，我们俩的牵绊这么深。”

元辰“嗯”了一声：“我们早就牢牢纠缠在一起，你这辈子，应该是跑不出我的手掌心了。”

话音刚落，元辰突然往前走了一步，贴得离秋离更近了些，秋离下意识往后退了一步，可是避无可避，她身子抵在一棵粗壮的桃花树上，被元辰死死堵住面前的路。元辰低下头，将额头抵在她的额头上，离得那么近，秋离可以感受到元辰呼吸时温热的气息打在脸上。

“那这里呢？这里有什么特别的，你可还记得？”

元辰离得她如此之近，她满眼只看得到他，满心只有他，脑子里哪里还想得到别的事情？她木着脑袋摇摇头，感觉在元辰的注视下整个人都融化了，声音也不自觉小了许多，蚊蚋般答了一句：“不记得了。”

元辰也不恼，嘴角挂着有些得意的笑：“这里，是我们私定终身的地方。”

秋离疑惑道：“谁跟你在这私定……”终身两个字还没出口，就被元辰一个吻堵回了口中。

元辰帮她擦拭了一下嘴角，道：“当时，你救我后向我要十两银子，我说：‘银子虽然没有，但小生模样还不错，若姑娘瞧着顺眼，便以身相许当是还债了。’你从来不曾拒绝我的提议，难道不算是在这里私定终身吗？”

“你……”秋离作势抬手打他，“原来你预谋了如此之久！”

元辰握住她的手，顺势将她往怀中一带：“阿离，你是我求索半生，来之不易的珍宝，自然不会放手。”

秋离被他抱在怀中，舒服得不想思考。元辰的声音突然变得低沉：“阿离，这次将阿雱的骨灰送回嬴国之后，我便辞官，你说好不好？”元辰顿了一下，“我们去云游四方，你想去哪里走走，我们便去哪里走走……这样的我，你会不会觉得太耽于儿女情长，没有志向？”

秋离有些惊讶：“出将入相一直是你的梦想，现在六国好不容易统一了，你可以大展抱负了，为什么要现在退出？”

元辰长叹一口气："阿征，他变了，他已经不是从前的那个人了，就算我想留下，也留不下了。元朗阁也破产了，嬴国再没有什么我留恋的了。"

秋离还是有些不放心："就这样离开，你甘心吗？"

元辰拍拍她的额头："急流勇退，才是真的宠辱不惊。我本来也看不开，这次回来，我本想回到他身边，陪他开启百年盛世，只是……"

他眸子暗了暗："连阿雱都说服不了他，我又有何德何能，能让他听我的？虽说文死谏、武死战才是臣子应尽的本分。阿离，若是没有你，我定是不惜自己这一条命，也非要进言到底不可的。但是，阿离，我有你了，我怎么舍得离开你？我等你了那么多年，知道喜欢一个人却不能厮守一生的痛苦；我担心，若是真的有一天阿征杀了我，你要怎么办……"

秋离有些感动，说不出话。

或许是看气氛有些沉闷，元辰活跃气氛笑道："应龙前辈那样叱咤风云的人物都能如此轻松地急流勇退，我的贡献比他小多了，我又怎么不能？而且你放心，我这些年攒了很多私房钱，养活你是不成问题的。"

秋离抬头看着元辰，有些出神。急流勇退，本就是人世间最难的事情。多少人看不破繁华，放不下富贵，最终落得个无法善终的下场。她喜欢的人能够选择在光辉还在的时候便隐忍所有锋芒，为了他们后半辈子的安宁，舍弃唾手可得的荣耀，他的气度，她佩服。

元辰察觉到她的目光："盯着我做什么？"

秋离开心地笑了笑："我觉得你一天比一天好看，越看越顺眼。"

元辰在她脸上吻了一下，边笑边嗔道："你呀，嘴真是越来越甜。"

秋离闭上眼安心地感受元辰怀抱的温暖，这个人，让她越抱越安心，越抱便越不想离开。这世道风云变幻，她只要有他的怀抱，便再不求别的。云若卷，她便陪他在世间浮沉；云若舒，她便同他笑看花开花落。

凡界王朝更迭自有其命数，她无权插手，她想做的，不过是找个世外桃源，和喜欢的人安稳一世。

所幸，她喜欢的人，也是这样想的。她，大概是世上最幸运的人了吧。

十日后，他们抵达咸城。

元辰进宫将阿雩的骨灰送去给秦征，秋离在元朗阁收拾好了所有的东西等他回来。他们商量好，这次事毕，他们便离开咸城，去外面的逍遥天地，过他们自己的日子。

一大早，秋离在元朗阁门口送元辰入宫，看着她恋恋不舍的样子，元辰笑着对她嘱咐道：“我去去就回，等我做完这最后一……”

秋离赶紧伸手堵住他的嘴：“别说‘最后’，不吉利。”

不知道为什么，她心中总是有些惴惴不安，没由来地，她总有些不好的预感。这预感就像一面鼓，在她心中捶呀捶，一颗心怦怦直跳，无论如何都觉得不安稳。就像戏本子中写的那样，金盆洗手的人总是要在洗手的时候被仇家杀死，说干完这一票就收手的坏人总是会在这一票的时候被抓。

听秋离说完，元辰气得去刮她的鼻子：“我们是坏人吗？”

秋离被他堵得说不出话，是，他们不是坏人，可是秋离迷信：“‘做完最后一次，就怎么怎么样’这个句式，总是不吉利的。”元辰见她认真模样，兀自笑笑：“你在家等我回来。”

秋离抓着他的衣角，突然有莫名的不舍：“你说话算话，我等你回来。”

元辰点头，秋离目送着他离开，一直看着，直到他的身影变得模糊，才进屋。她笑自己怎么突然变得这么多愁善感，多少大风大浪都闯了过来，她秋离遇神杀神，遇佛杀佛，还有谁能挡她不成？

如此想着，她拿着拳头在空中比画了几下，才觉得痛快些。

当时的天色很沉，只是秋离并没有注意到这样的天色，到底预示着什么。

午后时分，元辰没有回来。

傍晚时分，元辰还是没有回来。

月上柳梢头，门口终于有脚步声响起，秋离激动地跑去门口，失望地发现，回来的不是元辰，而是一个传话的小厮。

小厮说，嬴王念及和元公子的情分，同元公子叙叙旧，并且设宴想要在他二人离开之前为二人送行。

秋离看着这小厮，觉得有什么地方怪怪的，可是此时元辰并没有回来，她没得选。

月已爬上屋檐，一片清冷的月辉洒在地上，清清冷冷，孤孤寂寂。

秋离跟着小厮一路走入正殿之中，看到元辰坐在秦征左边下手的位置，她三步并作两步跑到元辰身边，有些担忧地问："没事吧？"

元辰对她摇摇头，示意她放心。

头顶上的声音幽幽地传来，不失威严且略带些压迫："三嫂这么担心做什么？朕还会害三哥不成？"

秋离顺着声音望去，正殿之中，燃着袅袅的龙涎香，秦征一人高坐高台之上的龙椅上，居高临下地俯瞰着他们。他背后垂着重重金色的纱帘，纱帘后透出些光来，里面应该还有一个小小的内室，一个长发女子坐在里面，身影隐隐约约显现出来。

再看到秦征，秋离心中一颤，这个人，变了许多。每个人身周都会有一种气场，好的，坏的，令人欣喜的，令人胆寒的。秋离原身就是一株植物，她对气场的捕捉，更是优于常人。

秦征现在的气场，让人不寒而栗。

他眼神中不只是桀骜，更有一种看了便让人心生寒意的东西。残忍，藐视万物的残忍，天地间唯我独尊的残忍，众生皆蝼蚁的残忍。

秋离直觉这其中可能有什么猫腻，除非是经历了人生巨变，没道理一个人会在短短几年内变化这么多。就算幼年时东躲西藏，人人喊打，都没有让他生出对世界的那么多恶意，何况作为上位者这么多年？

就算是统一了天下生出些骄傲，也决不该有这种令人胆寒至极的残忍！

哪里出了问题？

她掐指推演，隐隐觉得秦征的命数有一处不寻常的分岔，就在他被晏金戈刺杀不久之后。从推演上来看，是有强大的外力干预他的生命轨迹，所以才会如此。

秋离来不及细想其中关卡，便听秦征缓缓道：“一别近四年，三嫂的容貌竟分毫未变，难道真如骊姬所说，这世上有可以长生不老之人，有让人起死回生之术？”

不待秋离张口，便听一个柔媚的女声道：“那可不是，奴家什么时候骗过大王？”

秦征拂拂袖子，沉了沉嗓音：“朕富有四海，若说还有什么所缺，便是长生了，朕打得下这万里江山，若无法千秋万世地看着它繁盛下去，岂不是遗憾？”

秋离吃了一惊，抬头看了秦征一眼，长生不老，他这是想要成仙？

骊姬的身影掩在重重帘幕之后，看不真切，可是秋离觉得有些熟悉，一时生了许多疑心。

秦征见秋离不说话，又问了一句：“三嫂可愿助朕？”

秋离当然无法助他，只是碍于她和元辰两人在人家的地盘上，不能太放肆，只好恭恭敬敬作了个揖：“陛下谬赞，秋离爱莫能助。”

“哦？”秦征的声音缓缓上提，听不出喜怒，“可是朕听说，西山有丹木，结五色丹木果，能够活死人，生白骨，助人长生不老。”

秋离猛地抬头，眼睛瞪得老大：“你……”你怎么会知道？可话到嘴边，又全都咽了回去。西山丹木是她的原身，秦征此刻说出这番话，定不是巧合。

她和元辰互看一眼，彼此眼中都是惊讶和了然。惊讶的是，秦征如何得知此事；了然的是，这个骊姬的身份必定有诈。

背后，有人在算计他们。

秋离比元辰想得多一些，她本就看那骊姬的身影莫名熟悉，再加上秦征能说出“西山丹木”四个字，她几乎可以确定，骊姬是执夙无疑。

秋离长时间不出声似乎惹怒了秦征，他身子微微前倾：“三嫂可能将此果找来？”

元辰一步跨到秋离身前，替她挡住秦征那似乎要吃人的目光，恭敬作揖道：“回陛下的话，元辰自以为熟知山水地形，却没听说过哪里有个叫作西山的地方，有棵叫作丹木的树，夫人更是久居闺中，怎么可能知道？陛下未免有些强人所难了。”

秋离看着元辰，替他难过。原先一口一个“阿征”，叫得亲切；现在，只能诚惶诚恐地喊“陛下”了。

这时，帘后的骊姬又开口了：“元公子这么急着替她回答，可有什么不可告人的秘密？”

秋离怒了，她才不管什么嬴王，什么天下，执夙如此阴魂不散，就是脾气再好的人，也要受不了了。她拉回元辰，一个箭步跨上台阶，伸手用力一扯，便将秦征身后的幕帘悉数扯掉，骂道：“执夙你个浑蛋，有什么冲着我来，别用那些不入流的手段！”

自从她意识到帘后的人是执夙了之后，她便留心观察了一下秦征的举动，他有些动作不甚自然，别人可能注意不到，但是躲不过她的眼睛——傀儡术。

执夙控制了秦征的言行。从什么时候开始的？她竟完全没有意识到。联想起方才对秦征命运的推演，她忽然明了，自从那次遇刺后，执夙便介入了秦征的生命，到现在，已有四年多的光阴。如果只是为了让她过得不顺，那这个局，执夙未免布得太大了。

秋离的动作僵了僵，突然一个想法似一道惊雷落下响在她的脑海中，不对，这其中有什么不对。

她以前从来没有仔细想过，可是今天不知道为什么突然想起。或许执夙当初下凡，本就不是来找她的。

大千世界，若是没有人帮助执夙，执夙怎么可能顺利地找到她，不对，这后面一定有更大的阴谋。

为什么执夙要找上秦征，她现在还想不明白，可是她知道，这个阴谋，无关大秦江山，无关六国统一，这个阴谋，是冲着她来的。

秋离心思再一转，不对，执夙从不是个有耐心的人，就算是要坑她，也耐不下性子等这么多年布这样一个局。能让执夙花这么长时间，定有不寻常的理由。或许执夙背后有高人指点，而执夙只不过是那个高人手中的一枚棋子罢了。

是谁？她的目标是谁？

秋离头脑中一团乱麻，赤言？犯不上。西山？也没道理。那还能是谁？

秋离捉摸不透，只是直觉此事不妥。她趁人不注意，偷偷捏了一只纸鹤，从指间飞出，飞往青丘给赤言报信：执夙在嬴国，此事有诈。

执夙见她识破，也不再躲躲藏藏，撩起帘子欠身走了出来，那张脸，在帘子后面还是阿雩的模样，走到近前，便换回了自己本来的模样。

怪不得世人说嬴帝专宠骊姬，原来是因这张和阿雩有八分相似的面容。

秋离冷哼一声：“我当你是有多厉害，原来还是借用了别人的模样。”

执夙不以为意：“手段如何不重要，只要最后我赢了你，就好。”

秋离冷冷地凝视执夙：“你在凡界蛰伏这么久，挑唆嬴王寻找长生不老药、寻找丹木果，究竟是何居心？”

执夙漫不经心地看看自己红色的长指甲：“我？我还有何居心？我不过是一直都见不得你过得比我好罢了。”

她的眼神突然变得狰狞起来：“以司卿那个缺心眼的智商，我才应是西山最受瞩目的小郡主。我本来受万众瞩目，是所有人的掌上明珠。可是为什么你来了？女帝照拂你，夫子关心你，连白泽上神也对你青眼有加。我就是要与你作对，你抢了我的，我都要一一抢回来。可是我不明白，后来我嫁给了九重天上的仙官，你不过嫁给一介凡人，但你还是比我过得开心，我不服气。”

秋离轻蔑地扬扬嘴角：“你这万年间怎么一点长进也没有？我小的时候还羡慕你有那么多的朋友，而我总是形单影只。没想到，万年过去了，你还是这样闲得没事找事。”

执夙不与她争辩，自顾自地拢了拢发尾：“便让你逞一时的口舌之快好了。”她双手轻轻拍了拍，突然紧闭着的大门被推开，涌进来成百上千金戈铁甲，持剑相向的士兵将秋离和元辰团团包围起来。

向外望去，整个大殿外，都是严阵以待的士兵。

秋离抬眼看了看那些兵士，并不在意："凭他们，只怕还困不住我。"

执夙不疾不徐地道："我也没有想让他们困住你。我只是想让你知道，我将离魂引下在井水中，所以，现在全咸城的百姓都是我的傀儡。所有人的生死，都在我的一念之间。"执夙朱红的嘴唇微微上提，"他们，并不是来威胁你的，只是为了证明给你看。"执夙的话音刚落，只见她轻轻打了一个响指，殿上一百士兵齐齐拔刀，好像不知道疼似的在脖子上一抹，齐齐倒下。

秋离愣在当场。怪不得她回来之后觉得哪里有些不对劲，原来全城的百姓都中了执夙的离魂引。中了离魂引的人，一举一动都被施术者控制，成为她的傀儡，身不由己，因此行动和眼神剥离，让人觉得奇怪。

她本来隐隐有些感觉，可是全城的人皆是如此，便让她放松了警惕。

她应该早些发现的。秋离暗暗有些懊悔，如果她可以早些发现，便可以拯救这些无辜的士兵。离魂引不是什么高深的法术，解起来也耗不了多少修为，只是这个法术颇为霸道，要缓缓治之。以水为媒，以清心咒为引，调养个三天才可以。是她大意了，她一心想着和元辰远走高飞，忽略了身边那些本来显而易见的线索。

元辰在殿中看到这一幕，身子有些微微发抖，冲着执夙骂了一句："你简直是个疯子。"

执夙只是哈哈笑起来："看到你们俩生气的模样，我很是开心。"

他怎么不气？嬴国的统一，是他的愿望，有着他半生的心血。天下太平，百姓安居乐业，一直是他的信念。如今，动乱百年的天下终于安定，本以为将士再不用为战事捐躯，本以为从此再无杀戮，却眼睁睁地看着这样一幕在他面前上演。

最可怕的是，虽然中了离魂引的人会被控制言行，然而拥有清晰的意识，他们知道自己在说什么、做什么，只是控制不了自己。

所以，那些举起刀自杀的士兵，在刀刃接触到脖子的时候，眼中尽是恐惧。

他们不想死，却亲手将利刃划过了自己的脖子。他们的手战抖着，不想让剑架上自己的脖子，他们的面容扭曲着，极力地向后躲避着，却扛不住背后那双牵引的手，惊悚地结束了自己的性命。这种求生不得的绝望，让人看了毛骨悚然。

秋离恨不得将牙咬碎："执夙，你到底要怎样？"

执夙双眼泛上了血一样的红色，妖媚地笑了笑："怎么样，不过是我过得不开心，也见不得你开心而已。"说罢，执夙手中幻出一把剑，扔到元辰脚下，"全咸城百姓的命，和秋离的命，你选一个吧。"

秋离双眼瞪得老大："执夙，你……"

执夙只是轻轻笑笑，看向元辰："要不你今日亲手杀了秋离，要不你就看着全咸城的百姓给你们陪葬。"

两难之局。

天下太平是他毕生的梦想，他怎么可能因为一己之私置全城百姓于死地？若是他选了秋离，他将永远承受着害死一城人的内疚，生不如死；可是，秋离是他最爱的人，他怎么忍心伤她分毫？让他亲手结束挚爱之人的生命，是比死还要惨烈的酷刑。

无论元辰怎么选，他都无法承受选择带来的伤害。

执夙这个局，设得极歹毒。

秋离的手有些抖，她暗暗抚上了身侧的玉笛，准备好全力以赴和执夙打一架。可是手指在玉笛上捏了半晌，还是没能下定决心与她动手。秋离许久没有觉得事情如此棘手了。若是单和执夙打一架，她拼尽全力，倒不一定会落得下风，只是她担心执夙身上的离魂。她担心若不能一击得胜制服执夙，那么以她对执夙的了解，气急败坏的执夙定会拉着全咸城的百姓陪葬。

她看着元辰，内心同他一样煎熬。

他们结为夫妻数载，算得上心意相通，可是此刻，她完全想不出来元辰会如何决断。

如今，三十六计，拖为上计。她已经给赤言递了消息，只盼着他早些到，能解了这个困局。

秋离尝试着找些话题拖延时间，可是执夙机警得很，只见她响指一打，门口又一排士兵齐齐自尽。执夙厉声对元辰道："莫要拖延了，再不选，我便替你选了。"

慢慢地，元辰的眼神暗了下去。他的脊背一节一节地弯下去，伸手拿起地上执夙扔给他的那把剑，秋离看着他，连连摇头，她试图用眼神告诉他，只要他们能再拖上一时半刻，拖到赤言来，一切便都好了。

可是元辰好似看不懂她递过来的眼神，他将剑握在手中，木然地一步步，走近秋离。执夙满意地笑了笑："很好，看来你决定了。"

元辰举着剑缓步走上台阶，距秋离越来越近，他们离得是那样近，近得她可以看到他眼中噙着的泪水，脸上的纠结与不舍。

秋离的心蓦地往下沉了沉，她的目光落在元辰执剑的手上，那手掌微微颤抖着，带着整个剑身，一起微微颤抖着。

元辰离她越来越近。秋离一直冲他摇头，元辰置若罔闻，口中轻轻呢喃："阿离，对不起。"

秋离有些难以置信，口中喃喃道："阿辰，别冲动。"

执夙笑得很是满意，声音带着些胜利者的骄傲："你看到了吧，这世上没有谁值得你付出生命去爱，你以为你的男人很爱你，可是你看，当需要抉择的时候，他还是会毫不犹豫地舍弃你。阿离，你和我并没有什么不一样，我们，在这世上，都是孤家寡人……"

秋离狠狠瞪了执夙一眼，要她闭嘴。执夙只是有些满意地笑着，凝望着他们："下手吧，元辰，你下手快一点，秋离可能就不会那么疼。"

元辰似乎听不到周遭的一切声音，只是一步步慢慢地向秋离走近，眼看着元辰手中的剑对着自己高高举起，秋离任命地闭闭眼，只是耳边的剑落到一半忽然转了个弯，掉转了方向，她错愕地连忙睁眼，只见元辰的剑掉转剑锋，向执夙劈下去。

剑声伴随着元辰的声音："你跟我同归于尽吧。"

只是，剑光劈到一半，戛然而止。

元辰举着剑的手停在了半空，在原地呆立了片刻，然后一寸一寸地转过身，他的手不停他的使唤，重新将剑尖对准了秋离。

元辰眼中尽是泪意，他拼命地控制自己的手，却也控制不了。只见那剑尖一寸寸地贴近秋离胸口的位置，元辰奋力挣扎，整个剑身剧烈颤抖起来。

他努力扯着自己的手。

“不要……”他口中不停地呢喃着，可是手还是不听使唤地，将剑抵在了秋离的心口上。

秋离看着挣扎中的元辰，忽然明了，眼中半点温度也没有地看着执夙：“你竟也给阿辰下了离魂引！”

执夙满意地笑了笑：“是啊，要不这一整天的工夫，你以为我留他在宫里做什么？我本来想让他选择杀了你，这样你便知道情啊爱啊的，都靠不住。只可惜，棋差一着。不过，他既然做不了这决定，那我也不介意帮他一把，让他看着自己亲手杀了你，却无能为力也不错。”

执夙眼中露出一丝得意，挑衅地看着秋离：“怎么，难道你敢还手吗，阿离？这个执剑对着你的人，可是你最爱的人，你要反击吗？你舍得下手吗？”

元辰手中的剑一点点刺入秋离的胸口，她没有躲，没有闪。

因为，躲闪也没有用。

执夙说得对，对面的人是元辰，她无法还手。

还有咸城全城百姓的性命。其实，从头到尾，执夙要挟的，从来都不是别人，而是秋离。执夙见不得她好过，只有她痛苦了，执夙才会达到目的。

执夙要她心甘情愿地，被心爱的人所伤。

好狠的心。秋离在心中痛骂了执夙一百遍，可是面对眼前的形势，她依旧束手无策。

说话间，元辰的剑尖已划破秋离胸口的纱裙，刺透表层的肌肤，流下两滴鲜红的血液来。元辰执剑的手颤抖得越来越剧烈，他不断抗争着离魂对他的控制，可是剧烈的头痛让他不能自已。

“阿辰……”秋离轻轻唤他，“没事，我不疼，我不怪你。”她心里暗暗骂一句，赤言这个挨千刀的，平时有热闹凑得挺快的，今天怎么回事儿？这么久了还不来。

元辰的眼睛变成了血红色，他的手抖得越发剧烈，秋离闭上眼睛不忍心看他挣扎的模样，只听，一瞬间刀剑穿过血肉的声音，鲜血溅了一地。

秋离没有觉得丝毫的疼痛，她睁开眼睛，惊讶地发现，剑尖穿过的，是元辰自己的心脏。

执夙也有些惊讶地望着眼前的变故：“怎么会这样？我的离魂引从未失手过，你怎么可以摆脱我的控制？！”

元辰身子虚弱无力地倒地，朝着秋离的方向看了一眼：“阿离，咸城百姓，便交给你了……”

“阿辰、阿辰。”秋离慌了，她冲过去蹲下将元辰抱在怀中。

他的身子已经浸在了血泊中，伸手试图去抚摸她的脸庞，似是有些欣慰：“阿离，我答应过永远都不会伤害你的，还好，我没有食言……”一句话没说完，便没了声响，他伸出的手，在半空僵了片刻，无力地落下。

“阿辰！”秋离慌了神，“你不能死，阿辰，你不能死……”

秋离用力呼喊他的名字，可他再也没有给她回应。她有些手足无措地抱着他，脑子一片空白。

早上他还要她在家等他回来，却再也回不来了；他们要寻找的世外桃源，再也去不了了。

为什么一瞬间，事情就变成了这个样子？

秋离的眼泪一颗颗不受控制地夺眶而出：“你说要我等你回家的，我等着呢，你回来啊……”

阿辰……我不怕死，不怕疼，只怕漫漫人生，回头寻找，却再找不到一个你。没有你的日子，才是对我最大的伤害……

秋离唤他，可是他再也听不到了。

秋离的泪如断了线的珠子，她一生要强，受了委屈只管往肚里咽，可是今日的她，坐在地上，抱着元辰的尸身，号啕大哭。

她从前不哭，是因为即便哭了也没有人关心；后来不哭，是怕哭了之后关心她的人担心。然而现在，世上最关心她的那个人，去了，她便再也没有顾忌，痛哭流涕。

他死前惦念的，是他说过此生护她不再受伤害，所以即使拼上性命，也不可叫她失望。

还好，我没有食言……

这是他留给她的，最后一句话。

从此，漫漫仙路，只剩下他的这句话，陪伴她挨过数万年。

尾声

weisheng

青丘。

“神君、神君，查到了。”司命从云头上连跑带跳地跌下来，赤言正在后庭山浇花，便听司命喘着粗气道，“你说得不错，崔判官在生死簿上发现了元辰的命数有异，将此事告诉了阎殿东君。可是东君将此事按下，没有呈报阎王，而是偷偷告诉了天君。”

赤言放下手中的浇花壶，理了理发，轻笑：“果然。”

在嬴国看到执夙的时候，他便觉得不对劲。

他最初能在凡界和秋离偶遇，是因为司命手中有元辰的天命册子，他本是去看元辰的，遇到秋离，实属偶然。

然而执夙也能如此快就找到秋离，便让他觉得有些奇怪了。唯一可以解释的，就是她本就知道白泽和秋离在这里。

对于天君来说，他不可能时刻跟踪一个小仙的动向，而白泽下界之事更是没几个人知道，所以执夙这样巧地出现在这里，一定有别的原因。

于是，自从上次从嬴国回来，他便让司命着手去查这件事情。

这一查，果然查出了猫腻。

崔判官看到生死簿上有人应该死了十几年，却一直没来地府报到，便亲自来人间走一遭捉人入地府。不料认出此人正是下凡历劫的白泽上神，觉得兹事体大，不能随意动手，便将此消息告诉了十方殿阎王之首阎殿东君，请他定夺。

然而东君得知此消息后，只做了两件事：一、找了个由头将崔判官软禁在地府内；二、亲自偷跑上九重天，将此事告知天君。

然后，便有了后续执夙的事情。

赤言幻出张手帕将手上残留的水珠擦干，看了司命一眼："都怪你，喝酒误事。要不然，哪会惹出这么多麻烦来？"

司命被赤言这一眼看得两腿哆嗦了一下，只好低下头，呵呵一笑。

再抬头的时候，面前的红衣人已经走出去好远了，司命喊道："哎，神君去哪儿？"

赤言的声音已经飘得很远了："去昆仑虚找萧夜。打架的事情不找他，难道找你吗？允那个一肚子坏水的人，谁知道和鬼界在搞什么见不得人的勾当。"

忽而天空白光一闪，司命看到一只纸鹤冲着赤言的书房飞去，看这纸鹤的颜色，极有可能是秋离的。司命刚要提醒赤言："哎，神君……"

只听赤言喊了他一声："你还不快跟上，到时候鬼界出了什么岔子，你担责任？"

司命低下头，狗腿地跟上去，嗯，他想，还是眼下这桩事重要一点，他喝醉酒捅下的篓子还是得先解决了为好。纸鹤的事情，还是等神君自己回来了再去处理吧。

后来，萧夜只身闯十方殿，一掌震碎阎殿东君的地宫大门，发现阎殿东君密谋造反，意图挑起六界争端之事，三两下就将仓皇逃命的阎殿东君打成了重伤。

随后赤言从胤川处领了三万天兵前来助阵，将一众地府小兵捆了个结实，由于萧夜和赤言动作极快，让人毫无察觉，于是不费吹灰之力便将一场即将血洗六界的祸事消弭于无形。

往后的很长一段时间，人们都感叹赤言神君观察入微，见微知著，能于无形处发现蛛丝马迹，提前发现阎殿东君叛变的野心。连从不夸人的冰块脸神尊胤川，也破天荒地夸奖青丘神君是个细致的人。

这也成了赤言颇为自豪的一件事情，若是之后再有人说他太八卦，他便将这件事拿出来说事："不，这不叫八卦，这叫细致。这种细致是可以预防谋反的。"

不过，这都是后话了，当时的赤言没有抓住允的把柄，还是有些气得牙痒的。

他也知道天君允与几位神祇嫌隙已久，虽然面和，但是手底下总有些不干净的动作。这次的行为明明是允和东君勾结，借用鬼界的力量，对上古神祇发难，尤其是胤川，想将他从神尊的位置上拉下马。赤言本以为，可以借这次机会，发现天君允的马脚，好趁势将其一起罢免，却没想到允行事极为小心，他搜遍了阎殿东君府，只找到了东君屯兵的证据，没有找到丝毫和允有关的内容。

他愤恨地想腾云去九重天让胤川多加小心，可是走到一半，突然发现昆仑虚白光一闪，昆仑虚之主白泽上神归位了。

他脚下一软，差一点摔个跟头。白泽怎么会归位了？难道元辰死了？好端端的，怎么死了？可就算是死了魂归正位，也应当是悄无声息的，怎么整出这么大一道金光？赤言腹诽，是怕没人知道你下凡去历了个劫吗？可转念一想，不，这不是白泽的性子。

他心中咯噔一下，难道，出了什么别的事儿？

于是，腾了一半的云生生掉转了方向，又向昆仑虚飞去。

飞了一半，又被司命拦住。

赤言气得想打人，他这一整天就在云头上飞来飞去，一会儿赶去九重天，一会儿赶去昆仑虚，来回赶路，什么都没干。

一肚子火气全都撒在司命头上，喝道："到底怎么了？你最好给我说清楚，要不本尊就把你从这云头上扔下去解气。"

司命从云头上向下瞥了一眼，因为恐高让他觉得有些头晕，好不容易稳住心神，低眉顺眼道："又有个凡人的命格出现了变动，嬴国的国君得知了世上有起死回生之术，便一直在搜寻，想要复活心上人，一艘船不小心驶到了蓬莱境内，惊动了比翼鸟……"

赤言有些不耐烦地打断他："他们蓬莱的事让他们自己解决，要打要杀他们自行决定，跟我有什么关系？我忙着呢。"说完他就要继续赶路。

司命赶紧追上拦住他："那嬴国国君会知道起死回生之术，是因为他亲眼见到了秋离使用此术。"

赤言赶路的脚步终于顿了一下，面色沉下来："说重点。"

司命垂手顺目一副乖巧的模样："前些个日子执夙以咸城百姓的性命相要挟，要元辰亲手杀了秋离……"

余光扫到赤言立马就变了的脸色，又急忙道："别着急、别着急，后来元辰无奈之下，选择自尽了。"

赤言又愣了："什么！那秋离……不行我得去看看她。"说着便掉转方向向凡界飞去。

司命又追上去拦住他："她化了一万年功力，结成了一颗五色丹木果，喂元辰吃下，所以元辰起死回生了。不过你也知道，那丹木果可以活死人、生白骨，吃了之后就地成仙，所以，元辰活了过来，白泽上神便直接回归仙位了。"

赤言点头，这倒可以解释昆仑虚上的白光，如此想来，他还是应该先去昆仑虚看看。于是，他又掉转方向赶往昆仑虚。

赤言在前面飞，司命在后面追，赤言动作太快，他根本追不上，只好一面追，一面在赤言身后碎碎念："神君你现在去了昆仑虚也没用。天君早已命人传了旨，他在昆仑虚，就等着白泽上神呢。说是秋离小仙私自动用要献给王母娘娘的贡品五色丹木果，特意传了白泽领旨带着几万天兵天将下凡去将秋离捉拿归案，你现在赶过去，白泽上神肯定已经走了。而且天君说了，要是秋离殊死抵抗，可……"司命顿了一下，声音低了一个八度，"可就地处死……"

司命低着头说话，没注意身前的赤言突然停下，狠狠地撞了上去。

赤言突然转身回头，冷冷地盯着司命，脸色铁青得吓人，盯着司命一字一句地问："你说的，可属实？"

司命跟在赤言身边许久，一直觉得他是个不怎么有正形的神君，第一次见他这样严肃的表情，竟被吓得瞬间结巴了："属……属实。我怎么敢诓您？"

赤言的眸色一下子沉得仿佛乌云蔽日，瞬间就能掀起惊涛骇浪。

赤言终于想明白了，原来，执夙下凡，竟是这个目的。

天君的目标，原来是白泽。想要击垮一位上神，并不是容易的事情。允要白泽伤害秋离而不自知。

因为，打垮白泽这种一根筋最简单的方式，就是让他背叛自己最爱的人。

秋离因为要救元辰私自动用丹木果而触犯天条，而被救起的元辰会因白泽神识归位不记得所有的事情，阴错阳差伤害她。

若是白泽日后想起自己亲手杀了心爱的人，以他那执拗的性子可能伤心欲绝，自断筋脉，此生便再也没有执剑的可能了。

赤言咬牙，狠，允好狠毒的计谋。

如此情况，赤言琢磨了一下，以自己的修为，在白泽面前就是一个渣渣，定是拦不住他的。并且秋离本就只有万年出头的修为，现在全都化成丹木果给了白泽，基本上什么都不剩了，弱成一个渣渣，比一个凡人强不到哪里去，以自己一个渣渣的实力还要带着秋离这个渣渣从几万天兵天将的手下突围，决无可能。

这怎么看都是一个死局。

司命知道，赤言想事情的时候，喜欢挠头，想不出来的时候，就喜欢揪头发。他看着赤言这番形容，知道若是自己再不吭声，赤言就要把自己的头发揪秃了。神君一头飘逸俊秀的银发，他看着就心疼。

于是，司命揣着手，惴惴道："小仙有一话，不知当讲不……"

话到一半，被赤言瞪了一眼，将后面几个字咽到肚子里面，不卖关子了，直接道："为今之计，只有请胤川神尊出手了。虽然神尊不理六界事务许多年，可神君您于鬼界一事刚立下大功，加之事关白泽上神，胤川神尊不会袖手旁观的。"

若不是实在没辙了，赤言也不喜欢去找胤川那个冰块脸，每次都要被胤川碎碎念许久说他行为不端。可是赤言脑子里转了好几个圈，现下除了去求胤川，也没有什么别的好方法了。

赤言抬腿，突然想到什么，转头看了司命一眼："都说完了吗？你可还有什么别的要告诉我？"

司命头摇得像拨浪鼓一般，做了个"请"的手势："没有了，您请。"

赤言头也不回地赶向神界第一十三重天，带上胤川，赶向秋离所在的那一处凡世。

千倾芙蕖灼灼，碧叶万里。秋离一身血衣伏在一叶扁舟之上，头顶上是黑压压的天兵，看着白泽疏离的眼神，她只淡淡道："你杀了我吧，元辰，既然注定要失去你，倒不如死在你手里来得痛快。"

赤言听得心中钝痛了一下，就算白泽还在，元辰也千真万确地回不来了。这一世的凡人，离开了，便离开了。白泽下界之前饮了忘川之水，一旦恢复仙身，就会忘却凡界的一切。

赤言看了胤川一眼："你还犹豫什么？她都这样了，你赶紧呀。"

胤川回头瞪了赤言一眼，赤言乖乖闭嘴。

胤川白衣飘飘，只见他广袖一挥，口中念念有词，白光一闪，在场的每个人脸上，都露出了满意的神色。

然后，胤川俯身，抱起奄奄一息的秋离，去了三十四重天。她受伤不轻，得找个地方好好调养调养。

赤言咂舌，跟上去："这就完了？你方才干了什么？我以为会有一场恶战。"

胤川眉头微微蹙蹙："能动动嘴就解决的事情，为什么要动手？我施咒消除了他们所有人的记忆，这样在所有天兵的脑海中，白泽手刃了秋离。他们可以回去向允复命了。"

赤言再次咂舌："那白泽呢，白泽怎么办？他要是以为是他杀死了秋离，还不得难过得要死要活？"

胤川用看智障一样的眼神看着赤言："过几天，你去昆仑虚走一趟，就说我请白泽上神来三十四重天小叙。还有别的问题吗？"

赤言笑了笑："没有了。您老人家出手，最靠谱了。"